Zum Buch:

John ist völlig verwirrt. Den Namen Max Danzler hat er schon mehr als fünfundzwanzig Jahre nicht mehr benutzt. Er stammt aus einer Vergangenheit, die tief in
unerreichbaren Archiven und Akten verborgen liegt. In diesem leer stehenden
Ladenlokal, zwischen all den Menschen mit kaputten Haushaltsgeräten, hat niemand diesen Namen zu kennen. Und trotzdem steht hier ein Mann, der ohne
Umschweife nach Max Danzler fragt, der ihn zu erkennen scheint und der eine
Waffe auf ihn gerichtet hat.

Zum Autor:

Charles den Tex wurde 1952 in Australien geboren und lebt seit 1958 in den Niederlanden, wo er zu den erfolgreichsten Autoren zählt. Fast alle seine Bücher wurden für den Gouden Strop nominiert, und dreimal hat er diesen Preis bereits gewonnen. »De Repair Club« wurde 2022 in den Niederlanden für den VN Thriller
des Jahres nominiert.

CHARLES DEN TEX

REPAIR CLUB

Geheimnisse eines Meisterspions

THRILLER

Aus dem Niederländischen von
Simone Schroth

HarperCollins

Die Originalausgabe erschien 2022 unter dem Titel
De Repair Club bei HarperCollins Holland, Amsterdam.

N ederlands
letterenfonds
dutch foundation
for literature

The publisher gratefully acknowledges the support
of the Dutch Foundation for Literature.

Für @

1

JOHN ANTINK

Der Mann fällt sofort auf. Nicht weil er auffällig wäre – im Gegenteil, er tut sein Bestes, um das zu vermeiden, und das sieht man. Es liegt an seiner Haltung, an der Art, wie er sich bewegt, zielbewusst und dabei nonchalant, als hätte er alle Zeit der Welt. Zeit, die es nicht gibt. Er hat einen träge suchenden Blick, nicht gehetzt, eher zielgerichtet, er sucht etwas, von dem er sicher weiß, dass er es finden wird, wenn nicht heute, dann bestimmt morgen. Er schaut und beurteilt, was er sieht, als hätte er eine Checkliste im Kopf, auf der er die Dinge abhakt, die seinen Augen begegnen. John erkennt das, darum ist ihm der Mann aufgefallen. Ein ganz gewöhnlicher Mann, Anfang fünfzig, schätzt er. Slawisches Aussehen mit extrem heller Haut, selbst nach dem wärmsten Sommer seit Jahren. Kaum Bartwuchs, nur ein paar spärliche dünne Härchen, die wie ein leichter Flaum sein Kinn überziehen. Er trägt einen ordentlichen Anzug aus grauem Stoff, wirkt gepflegt. Hemd ohne Krawatte, hellbraune Lederschuhe. Eine Sonnenbrille hängt mit einem Bügel im Hemdkragen, die dunklen Gläser wie Spiegel auf der Brust.

Er darf den Mann nicht zu lange anschauen, sich nicht anmerken lassen, dass er ihn beobachtet, das sind die Regeln, die John automatisch im Kopf hat, quasi hören kann. Er richtet seine Aufmerksamkeit wieder auf die Arbeit. Seine Finger sind nicht mehr so geschmeidig und schnell wie früher, und trotzdem finden sie immer noch ohne Probleme die richtige Stelle, die Schrauben und Muttern, die Federn und Klemmen. Was er ertastet, sieht er als Bild im Kopf, er hat ein außergewöhnlich stark ausgeprägtes Visualisierungsvermögen. Zum Teil ist das Veranlagung, Talent, und zum Teil geht es auf die Jahre zurück, in denen er im Dunkeln mechanische und elektrische Apparate zum Sprechen bekommen musste. Er schaut zu der Frau ihm gegenüber am Tisch hinüber und lächelt freundlich, während er tief drinnen im kaputten Toaster die gebrochene Sprungfeder findet. Es ist ein ruhiger Tag im Repair Club. Die Sonne scheint, das schöne Spätsommerwetter zieht die Menschen nach draußen und an den Strand.

»Müssen Sie denn da gar nicht hinsehen?«, fragt die Frau und deutet auf den Apparat, der sich nicht mehr abschaltet, wenn der Toast fertig ist.

»Habe ich schon.« Das hat er noch nicht verlernt. Ein einziger Blick, und er weiß genau, wo alles ist. Er braucht das nicht immer wieder zu kontrollieren, er sieht blitzschnell, was funktioniert und was nicht. Ob es jetzt um Menschen oder um Technik geht – er schaut hin und weiß Bescheid. Seine Augen stehen dann in direkter Verbindung mit einem Gedächtnisarchiv, in dem unendlich viele Bilder gespeichert sind. Er erkennt Muster und Strukturen; wenn er das Gehäuse eines Toasters aufschraubt und sich dessen Innenleben anschaut, sieht er sehr schnell, wo der Fehler liegt. In diesem Fall war es allerdings wirklich sehr einfach. Die Feder, die den Halter mit den Brotscheiben nach oben springen lässt, ist gebrochen. Dadurch unterbleibt die Unterbrechung des Kontakts, und der Toast verbrennt. Viel simpler ginge es gar nicht. Genau wie dieser Mann mit dem slawischen Aussehen, den brauchte er auch nur eine einzige Sekunde zu sehen, um ihn einordnen zu können. In dieser Hinsicht ist der Mann eine Art Toaster. John sieht ihn und erkennt Marke und Modell. Dann kann er an die Arbeit gehen.

Sie betreiben zu viert den Repair Club. Reparieren ist schön. Es bedeutet, dass man wissen will, wie alles funktioniert, welche einzelnen Teile es gibt und warum auch das kleinste von ihnen für das Ganze gebraucht wird. Reparieren ist begreifen. Und es ist ein Grund, sich regelmäßig zu treffen. Jaap, George und er sind alle drei technisch begabt, schon immer gewesen. Der eine Mechaniker, der andere Hausmeister und er selbst ein nicht zu definierender Experte. Nur bei Lydia liegt die Sache anders; sie kommt aus der Pflege und hat ihr ganzes Leben lang alles mit den Händen gemacht, auch in Zeiten, in denen nichts funktionierte und kein Geld da war, um die Dinge zu kaufen, die man brauchte. Für sie ist der Repair Club eine Fortsetzung ihrer praktischen Arbeit. Jahrelang hat sie älteren Menschen mit ihren kaputten Sachen geholfen, weil sie es einfach nicht übers Herz gebracht hätte, sie ohne Unterstützung sitzen zu lassen. Alle sagten diesen alten Menschen immer nur, dass sich eine Reparatur nicht mehr lohne, dass sie keinen Sinn ergebe und ein neues Gerät billiger sei. Manchmal schien es, als ginge es dabei um die Menschen selbst, dass *sie* nicht mehr der Mühe wert wären, und darum hatte Lydia ihnen geholfen. Nach ein paar Jahren in der häuslichen Pflege hatte sie immer einen kleinen Schraubenzieher, eine Zange und ein scharfes Messer dabei, mit denen sie die am häufigsten auftretenden Defekte beheben konnte. Niemand hat mehr lebensgefährliche alte Stecker gesehen als sie.

Sie kennen sich schon mehrere Jahrzehnte, und zusammen bilden sie ein kleines Netzwerk. Als er noch arbeitete, brauchte John Menschen, die außerhalb des Geheimdienstes Dinge regeln konnten – ein sicheres Haus, einen Einbruch, das Platzieren eines Mikrofons, jemanden aufnehmen, verschiedene Jobs, große und kleine. Lydia, George und Jaap sind beim Geheimdienst nicht bekannt. Was sollte der auch über sie wissen? Gar nichts. Es gibt so viele Menschen, über die der Geheimdienst keine Informationen hat. Der Club ist entstanden, als John einmal eine Aktion überhastet abbrechen musste und keine Zeit mehr hatte, alles zu regeln. Genau das, nämlich das Chaos beseitigen, die Fehler beheben, ohne dass es jemand sieht, war damals lebenswichtig. Das machen sie noch immer.

Aus dem Augenwinkel verfolgt John den Mann, der langsam an der Tür zwischen den wenigen Leuten hindurchschlurft. Überall auf den Arbeitstischen liegen Einzelteile und Geräte, ein bunt gemischtes Chaos. An Jaaps Tisch schaut der Mann zu, wie Jaap eine Kaffeemaschine repariert. Das ist komplizierter als bei einem Toaster, denn so eine Kaffeemaschine hat kaum bewegliche Teile. Haartrockner sind oft einfach, außer wenn das Element durchgeschmort ist. In dem Fall ist eine Reparatur unmöglich. Manchmal funktioniert das Gebläse nicht mehr, dann lässt sich noch etwas machen. Je mehr Elektronik, desto schwieriger. Wenn das Gerät einen Chip hat, kommt auch noch Software ins Spiel, und man kann nur hoffen, dass kein digitales Problem aufgetreten ist. Aber solange es die Mechanik oder Elektrik betrifft, können sie fast alles reparieren.

Der Mann geht weiter, allem Anschein nach ist er fasziniert von dem, was in diesem großen Raum abläuft. Er hat zwei Supermarktplastiktüten bei sich, eine knallrote von Dirk van den Broek und eine grüne von Plus.

»Meinen Sie, Sie kriegen das hin?«, erkundigt sich die Frau. Sie ist jünger als er, schätzt John. Wirklich? Plötzlich traut er seinem eigenen Urteilsvermögen nicht mehr. Wie alt ist sie? Sechzig? Oder älter? Blondes Haar, gefärbt, das schon, offen, nicht zu lang, helle blaue Augen, eine wohlgeformte Stirn, kaum eine Falte. Nicht aus Den Haag. Aus Brabant wahrscheinlich, irgendwo aus dieser Region, auch wenn er das jetzt schon rät. Ihr Akzent ist kaum wahrnehmbar, nur am weichen G und an den melodischen Vokalen.

»Fast fertig«, sagt er. Aus einer Werkzeugtasche holt er eine Dose mit Kleinteilen, sucht eine Sprungfeder in der richtigen Größe heraus und fummelt sie in den Toaster. In seiner Tasche ist alles Mögliche, von kleinem Werkzeug bis hin zu Schrauben und Muttern, Lötdraht, Sicherungen und Schaltern. Im Laufe der Jahre hat er überall Zeug zusammengetragen, das er aufbewahrt und zu den Treffen mitnimmt. Wenn ihm irgendwo ein Elektrogrill begegnet, der sich nicht mehr reparieren lässt, holt er die brauchbaren Teile heraus und bewahrt sie auf. So ist er auch an diese Sprungfeder gekommen.

Der Mann steht jetzt neben Lydia, die jemandem mit einem Radio hilft, einem etwas älteren Transistormodell. Das Interesse des Mannes ist nur vorgetäuscht, das kann John aus der

Entfernung sehen. Er interessiert sich nicht für die Reparatur. Er sucht etwas. Oder jemanden.

Er muss aufpassen; das hier läuft zu glatt. Während seiner Jahre im Einsatz hat er gelernt, dass man solchen Situationen misstrauen muss. Der Argwohn steckt ihm in den Genen, eine Eigenschaft, die er in den vergangenen vierzig Jahren perfektioniert und die sich ihm so tief eingeprägt hat, dass er sie wahrscheinlich nie wieder loswird. Er hat gelernt, sie zu lieben wie eine warme, schützende Schicht um sich herum. »Auf Misstrauen kann man vertrauen«, das ist eines seiner Prinzipien. Er hat noch ein paar mehr, zum Beispiel seine vier Grundregeln: Man muss warten können, man muss den Mund halten können, man darf nie übertreiben, und man muss lügen können. Mit diesen Regeln hat er sich schon aus allen möglichen Situationen gerettet. Gut lügen zu können, ist nützlicher, als gut kochen zu können. Mit einer Lüge kann man das eigene Leben retten, mit einem Pilzcappuccino nicht. Sein gesundes Misstrauen hat ihn noch nie im Stich gelassen.

Der Mann steht immer noch bei Lydia. Hier und da warten Leute mit Apparaten, die nicht mehr funktionieren und an denen sie aus dem einen oder anderen Grund hängen. Hier können die Leute alles auf den Tisch legen, und das im wörtlichen Sinne. Sie trinken Kaffee oder Tee, manchmal auch ein Bier. Es herrscht eine gemütliche Atmosphäre, und die Leute kommen nicht nur wegen der Reparaturen. Zweimal im Monat trifft sich der Repair Club irgendwo hier in der Gegend, in einem Gemeindezentrum, einer Kirche, einem Firmengebäude oder wie heute in einem leeren Ladenlokal. Das Modegeschäft, das hier vorher drin war, wurde vor einem halben Jahr geschlossen, und bisher ist noch niemand Neues eingezogen. In jeder Ladenzeile gibt es Leerstand, und an einem solchen Ort werden sie mit offenen Armen empfangen.

Langsam, aber sicher kommt der Mann in seine Richtung, wie zufällig, scheint es, aber daran gibt es nichts Zufälliges. John hat diese Art des Anpirschens zu oft selbst angewandt, um darauf hereinzufallen, er kennt die Bewegungen und die Blicke. Der Mann hier beherrscht sie nicht besonders gut. Er gibt sich nonchalant, ist es aber nicht. Das kann John an seiner ganzen Haltung sehen, an der Anspannung in seinen Schultern und seinem Hals. Ein Amateur, und die sind am gefährlichsten.

John schließt die Augen, konzentriert sich und versucht die Sprungfeder an der richtigen Stelle einzuhängen. Die Frau ihm gegenüber redet immer weiter. Jetzt, wo sie einmal angefangen hat, hört sie nicht mehr auf. Kaputte Sachen sind häufig ein Anlass zum Erzählen, zum Reden, und wer repariert, kann gut zuhören. Während man mit den Händen zugange ist, hört man zu. Mit halbem Ohr reicht meistens. Im Einsatz hat das auch ausgezeichnet funktioniert. Er hat immer dafür gesorgt, dass er etwas in den Händen hatte, dann wirkte es, als würde er nicht aufpassen oder als wäre er mit den Gedanken irgendwo anders. So schuf er eine Atmosphäre der Unaufmerksamkeit, in der sein Gegenüber, ohne es zu merken, mehr sagte, als gut für ihn oder sie war. Dann erfuhr er Dinge oder konnte zuschlagen, Menschen kompromittieren und auf die andere Seite manövrieren, auf seine Seite. Das konnte er besser als alle anderen, überall, wo er geheime Operationen durchführte.

»Meine Tochter wollte mich eigentlich abholen«, sagt die Frau und schaut zur Tür. »Wir arbeiten beide in derselben Firma, als Reinigungskraft, aber sie kann es besser als ich.

Nicht mehr lange, dann wird sie meine Chefin.« Sie lacht. »Können Sie sich das vorstellen? Dass das eigene Kind die Chefin wird? Das ist doch ziemlich ungewöhnlich.«

Er dreht eine Schraube im Toaster fest, und damit ist das Gerät repariert.

Die Frau schaut wieder zur Tür. »Ach, da ist sie ja.« Sie hebt den Arm und winkt. Eine energievolle hochblonde junge Frau küsst ihre Mutter zur Begrüßung dreimal auf die Wangen, bevor sie zu ihm und dem Toaster herschaut, den John den beiden nun hinschiebt.

»Fertig«, verkündet er. Die Mutter hält die Tasche auf, und er lässt den Toaster hineingleiten.

»Vielen Dank. Wie viel bekommen Sie von mir?«

Sie legt fünf Euro auf den Tisch, und die Frauen verschwinden zwischen den Wartenden. John schaut sich um. Lydia hat inzwischen eine Nähmaschine vor der Nase, Jaap arbeitet immer noch an der Kaffeemaschine, und George begrüßt gerade einen neuen Kunden, der vorsichtig einen alten Videorekorder auf den Tisch stellt. George hat ein breites, stumpfes Gesicht, sein Äußeres verhüllt einen scharfen Verstand und eine enorme technische Begabung. Was seine Augen sehen, können seine Hände schaffen. Er fühlt sich mit einer Zange und einem Computer wohler als mit Menschen. Durch die Ablenkung hat John nicht bemerkt, dass der slawische Mann mit den beiden Plastiktüten an seinem Tisch steht und wartet. Jetzt hat er ihn doch noch unbemerkt erreicht.

Der Mann schaut ihn schweigend an, ruhig. Er scheint zu zweifeln, ob er etwas sagen soll. Dann beugt er sich nach vorn, kommt näher, als wollte er John besser sehen, als ob er einen Hinweis sucht, den nur er kennt. Nun setzt er sich, stellt die rote Tüte auf den Boden und nimmt die grüne auf den Schoß. Er steckt die Hand hinein und legt eine Pistole auf den Tisch.

John rührt sich nicht, blinzelt nicht einmal. Jede Bewegung kann die falsche sein, nur Totenstille ist sicher. Das Herz schlägt ihm bis zum Hals. Er muss etwas sagen, um die Stille zu durchbrechen, um die Initiative zu übernehmen. Er muss.

»Ist die kaputt?«, fragt er.

»Vielleicht.«

John starrt die Waffe an. Zwischen dem ganzen Zeug auf seinem Tisch fällt sie kaum auf. Er kann mit geschlossenen Augen eine Pistole auseinandernehmen, reinigen und wieder zusammensetzen. Es ist eine Fähigkeit, die lebenswichtig war, als er beim Geheimdienst gearbeitet hat. Seine Glock liegt in einem Schließfach. Es gab Zeiten, da war es lebenswichtig, dass er seine Waffe immer griffbereit hatte. Jetzt nicht mehr, dachte er zumindest. Vor ihm liegt eine Makarow, eine russische Handfeuerwaffe, die schon seit den Fünfzigerjahren von Heer und Polizei in Russland eingesetzt wird. Er hat schon mehrmals eine in der Hand gehabt. Jetzt rührt er sie nicht an.

»Haben Sie dafür einen Waffenschein?«

Der Mann antwortet nicht, sondern stützt sich mit den Armen auf dem Tisch ab, nimmt die Makarow in die Hand, schraubt einen Schalldämpfer darauf und hält die Pistole jetzt mit beiden Händen fest, der Schaft ruht auf der Tischplatte zwischen den Schraubenziehern und Zangen, den Zeigefinger hat der Mann am Abzug, der Lauf ist auf Johns Herzgegend gerichtet.

»Und jetzt?«, fragt John. Sein Atem verlangsamt sich, wie bei einem Raubtier, das sich ohne eine Bewegung zum Angriff bereit macht.

Der Mann entsichert die Waffe. »Jetzt dürfen Sie raten: Tut sie's, oder tut sie's nicht? Und während Sie sich Ihre Antwort überlegen, habe ich noch eine Frage. Sie sind doch Herr Danzler? Max Danzler?«, sagt er auf Deutsch.

In Johns Kopf stehen die Gedanken still. Er kann nur noch an eines denken.

Vera anrufen.

2

VERA ANTINK

»Bei der Arbeit hat er sein Handy immer aus.«

»Bei der Arbeit?« Der junge Mann an der Tür schaut überrascht. »Meneer Antink ist doch schon im Ruhestand?« Seine Überraschung verwandelt sich in etwas anderes, jetzt scheint er eher beunruhigt, als hätte man ihm versichert, Meneer Antink würde nicht mehr arbeiten.

Er ist jung, er kennt ihren Mann nicht, er weiß nicht, dass John immer irgendetwas zu tun hat. Man hat ihn losgeschickt, damit er jemandem von früher eine Nachricht überbringt. Im Laufe der Jahre hat sie Dutzende solcher jungen Männer an der Tür gehabt, alle voller Ehrgeiz und darauf brennend, sich zu beweisen. Laufburschen des Ministeriums, ganz frisch in der Beamtenhierarchie, im ordentlichen Anzug, die ganze Karriere noch vor sich, eine großartige Zukunft in greifbarer Nähe. Herr John Antink gehört inzwischen zur alten Garde, ein Relikt aus vergangenen Zeiten, das ab und zu noch mal hervorgezaubert wird, um Probleme zu lösen, um auf diplomatische Weise Konfliktparteien wieder zusammenzubringen,

17

Feinde an einen Tisch zu bekommen, denn die höchsten Höhen des Beamtentums sind eine wahre Schlangengrube. Manchmal wird er gebeten, eine Untersuchungskommission zu leiten. »Weil ich für niemanden mehr gefährlich bin«, sagt er dann. Gleichzeitig genießt er das Ganze – jedes Mal, wenn man in einer Angelegenheit auf ihn zukommt, lebt er auf. Er ist schon seit fast sechs Jahren im Ruhestand, aber Johns Ansicht nach kam der zehn Jahre zu früh.

Jetzt steht also wieder so ein junger Mann vor der Tür, vor ihrer Tür, ihrem Haus. In ihrem Vorgarten. Es ist ein ordentliches Haus in Den Haag, nichts Großartiges, auch nicht im schicksten Viertel, wie sie das früher einmal gehofft hatte. Dieses Haus ist groß und gediegen, mit vier Schlafzimmern, zwei Bädern und einer großen Küche mit Esszimmer, einem herrlichen Wohnzimmer und einem prächtigen weitläufigen Garten.

John war früher im Staatsdienst tätig, man hat ihn losgeschickt, wenn Dinge erledigt werden mussten. Worum es dabei ging, hatte er nie erzählt. Später hatte er ihr immer mehr über seine Reisen ins Ausland anvertraut und darüber, was er dort getan hatte. Er arbeitete viel im Untergrund, das wusste sie. Vor allem während der ersten Ehejahre war er oft unterwegs, für Einkauf und Handel. So nannte er das. Nach mehr als zwanzig Jahren wurde er befördert und blieb öfter in Den Haag. Er wurde Chef beim Staatsdienst, und wenn sie ihn fragte, welcher Dienst denn genau, erwiderte er: »Das ist geheim.«

Davon war kein Wort gelogen. Geheim. Aufträge. Im Untergrund. Vera begriff alles, auch wenn sie seine Arbeit nie genau beim Namen nannten. Es war ein Spiel zwischen ihnen beiden, und in diesem Spiel erzählte er ihr, was sie wissen musste. Nie direkt, nie buchstäblich, immer über einen Umweg. Sie hatte das Zuhören neu lernen müssen, um ihn zu begreifen, und genau das brachte sie einander näher, darum erzählte er ihr mehr, als er vielleicht durfte. Schließlich ist sie für ihn die Einzige, das hat er gesagt, und das sagt er immer noch. Trotzdem hatte sie manchmal Zweifel.

»Er ist also nicht da?«

Allmählich wird der junge Mann nervös. Vera hat schon fast Mitleid mit ihm. Sie ist die Anständigkeit und Höflichkeit in Person. Vier Jahre jünger als ihr Mann und ein ganzes Leben weiser. John ist derjenige, der nie irgendetwas erzählt, sie wird nie irgendetwas gefragt, sie ist nur »Johns Frau«, und darum glauben alle, sie wisse nichts. Schon vor langer Zeit hatte sie entdeckt, wie praktisch das sein kann. Ihre angebliche Unwissenheit ist eine Art Knautschzone zwischen ihr und den Machomännern und -frauen im Ministerium. Sie ist klein, John reicht sie gerade so bis zur Schulter. Sie trägt eine lange Hose und eine Sommerjacke, sie ist schlank und zuvorkommend, ihr zartes Äußeres täuscht, denn sie ist zäh und stark. Was ihr an körperlicher Kraft fehlt, kompensiert sie mit dem Kopf, ihr Geist ist wach und scharf. Hinter ihren ausgezeichneten Manieren verbirgt sich eine Frau, die gelernt hat, für sich selbst zu sorgen. Dank John. Oder vielleicht ist es vielmehr seine Schuld. In den Jahren, in denen er ohne sie unterwegs war, musste sie allein zurechtkommen. Geld war immer genug im Haus, darum kümmerte sich John schon, und er kontaktierte sie, wenn auch in manchen Phasen nicht öfter als zweimal im Monat. Das waren lange, einsame Jahre, und sie haben sie härter werden lassen.

Sie liebt Ordnung und Komposition, Farben faszinieren sie, sie philosophiert unendlich gern über bestimmte Kombinationen, warum manche Farben nicht zusammenpassen und andere schon. Was steckt dahinter? Ist das eine Eigenschaft der Farben, oder legt sie die in die Farben hinein? Als sie ein Kind war, sagte ihre Mutter immer, Grün und Blau würden sich beißen, und das stimmte auch. Diese Überzeugung ihrer Mutter übernahm sie, ohne sie zu hinterfragen. Jahre später hieß es plötzlich, dass Grün und Blau in Wirklichkeit besonders gut zusammenpassten, und das ganze Konzept der sich beißenden Farben wurde hinfällig. Orange und Rot? Grün und Gelb? Egal was, alles passt zusammen, das ist jetzt die vorherrschende Ansicht. Ihre nicht. Es gibt richtige Farbkombinationen und falsche, da ist sie sich ganz sicher, und so schaut sie auch Menschen an: Sie sieht sie als Kombinationen, Kompositionen aus Farben und Schattierungen, die zusammenpassen oder eben nicht. Darin ist sie schnell.

Der Junge da im Anzug ist so blass wie das Sonnenlicht im Nebel, er passt zu allem.

»Kann ich etwas für Sie tun?«, erkundigt sie sich. Eine überflüssige Frage, sie weiß nur zu gut, dass er nicht zu ihr will. Trotzdem hofft sie, ihn beruhigen zu können. Nervösen jungen Leuten muss man ein wenig entgegenkommen.

»Ich habe eine Nachricht für Ihren Mann.«

»Das ist mir klar, Sie sind nicht der Erste, der hier an der Tür klingelt.«

»War heute schon jemand da?« Er hat ihre Antwort falsch interpretiert, seine Nervosität schlägt in Panik um. »Das hätte ich wissen müssen. Wissen Sie auch, wer das war?«

»Heute sind Sie der Erste, machen Sie sich keine Sorgen. Aber ich weiß ja nicht einmal, wer Sie sind.« Sie lässt sich durch seine Panik nicht aus der Ruhe bringen und auch nicht provozieren. Er steht vor ihrer Tür, er will etwas, also wird er sich anpassen müssen.

»Mein Name ist Klophart. Jurgen Klophart.« Er entschuldigt sich dafür, dass er sich nicht vorgestellt hat, das hätte er natürlich tun müssen, aber durch die Anspannung hat er es vergessen.

Vera streckt den Kopf ein wenig weiter nach draußen und schaut rechts und links die Straße hoch. Es ist ruhig, eine stille Wohngegend am Stadtrand, direkt hinter den Dünen. Ein wenig rechts vom Haus, halb vor dem der Nachbarn, steht ein Auto mit laufendem Motor. Ein dunkler Audi A6. Am Steuer sitzt ein Chauffeur. Jurgen Klophart ist nicht einfach nur ein Laufbursche, er wurde hergefahren mit der Absicht, dass er mit ihrem Mann im Auto wieder wegfährt. Er hat nicht wirklich eine Nachricht für ihn, er kommt ihn abholen.

»Kann ich ihm etwas ausrichten?«, fragt sie. »Er ist heute mit seinem Repair Club unterwegs, und ich erwarte ihn erst am späten Nachmittag zurück. Frühestens um sechs.«

»Repair Club? Wo ist der denn?«

Das weiß sie nicht, sie merkt sich solche Dinge nicht. Und auch wenn sie es wüsste, würde sie es dem jungen Mann hier nicht einfach so sagen, ohne das erst mit John zu besprechen.

»Irgendwo in der Stadt. Wie gesagt, ich kann ihm gern etwas ausrichten, wenn ich ihn sehe.«

Klophart schüttelt heftig den Kopf. »Nein, nein, ich muss ihn persönlich sprechen. Mevrouw Calder will sich wegen der Angelegenheit in Syrien mit ihm beraten. Dringend.«

Calder. Vera flucht innerlich, ohne auch nur einen Muskel ihrer freundlichen Miene zu verziehen. Die Frau ist hoffnungslos, jedes Mal, wenn es ein Problem gibt, darf John wieder antanzen. Und jetzt ist es auch noch dringend.

3

MAX DANZLER

John ist völlig verwirrt. Den Namen Max Danzler hat er seit über fünfundzwanzig Jahren nicht mehr benutzt. Er stammt aus einer Vergangenheit, die tief in unerreichbaren Archiven und Akten verborgen liegt. In diesem leer stehenden Ladenlokal, zwischen all den Menschen mit kaputten Haushaltsgeräten, hat niemand diesen Namen zu kennen. Und trotzdem steht hier ein Mann, der ohne Umschweife nach Max Danzler fragt, der ihn zu erkennen scheint und der eine Waffe auf ihn gerichtet hat.

»Wozu denn die Pistole?«

»Um sicher sein zu können, dass Sie gut aufpassen.« Er schirmt die Waffe mit dem Körper ab, damit die anderen im Raum sie nicht sehen können. »Sie streiten es nicht ab, es stimmt also, Sie sind Max Danzler. Hören Sie zu, Danzler-Mann, ich sage das nur ein Mal.«

»Kann das Ding weg?« John hat keine Angst. Er ist vielleicht alt und langsamer als früher, aber er ist noch stark und weiß genau, wie er sich in solchen Situationen verhalten muss.

Soweit möglich tun, als wäre nichts, sich nichts anmerken lassen und dafür sorgen, dass der andere die Waffe wieder wegsteckt.

»Sie sagten doch, ich soll raten? Dann rate ich, dass die Waffe nicht funktioniert. Also …« Er will aufstehen, um den Mann loszuwerden.

»Daneben«, gibt der Mann zurück. Er lächelt falsch, hebt die Waffe ein wenig, richtet sie nach links und schaut sich rasch um. Niemand achtet auf sie. Dann betätigt er den Abzug, und mit einem gedämpften Plopp bohrt sich die Kugel in eine Platte der Systemdecke. John hört die Kugel leise pfeifen. Ganz kurz. Im herrschenden Stimmengewirr fällt das Geräusch nicht einmal auf.

John hält den Atem an, seine sämtlichen Sinne sind geschärft, er sieht sich selbst in den spiegelnden Gläsern der Sonnenbrille. Er schaut sich um, als hätte er noch andere Dinge zu tun, durchsucht mit dem Blick gründlich den Raum. Lydia hat ihre Tasche mit Werkzeugen und Einzelteilen auf den Tisch gestellt. Jaap ist nach hinten gegangen, hat sich dort ein Glas Wasser eingeschenkt. George ist gerade dabei, das Gehäuse des Videorekorders loszuschrauben. Alles ist genau wie vor fünf Minuten, nur ein ganz klein wenig anders. Niemand außer ihm merkt es. Am liebsten würde er seine Leute vom Repair Club dazuholen.

»Anschauen!«, sagt der Mann.

»Warum sollte ich?«

»Weil du zuhören sollst, das habe ich schon mal gesagt.«

Im Klang seiner Stimme nimmt John Nervosität und Panik wahr, seine Worte klingen ängstlich. Das ist kein gutes Zeichen, denn ängstliche Menschen sind unberechenbar. Der

Mann ist ein Amateur, genau wie er vermutet hat. John weitet die Augen und schaut den Mann an. Die Angst, die er gehört hat, erkennt er in den blauen Augen des Mannes nicht.

Der Mann zieht die Makarow zu sich hin, bis er sie sich an die Brust drückt, sichert sie wieder und lässt sie in der grünen Plastiktüte verschwinden. Dann stellt er die rote Plastiktüte auf den Tisch und holt einen viereckigen kleinen Koffer hervor, schwarz mit deutlichen Gebrauchsspuren. Er klickt die Schlösser auf. Jetzt, wo die Pistole nicht mehr auf ihn gerichtet ist, hört John der Stimme des Mannes an seinem Tisch zu. Die Stimme kennt er, der Akzent kommt geradewegs aus seiner Vergangenheit und sitzt jetzt hier im Repair Club.

Der Mann dreht den geöffneten Koffer zu John hin. Eine alte Schreibmaschine ist darin.

»Nichts wert, natürlich, und ich benutze sie selbst auch nie, aber sie hat meinem Vater gehört«, sagt er. »Und jedes Mal, wenn ich sie sehe, denke ich an meine Familie. Diese Erinnerung will ich bewahren, verstehen Sie?«

Diese Stimme, sein Akzent. Was für ein Akzent ist das? Ein russischer?

»Ich bin auf der Suche nach etwas, was Sie, Herr Danzler, einmal an sich genommen haben. Und das will ich zurück.«

John hört den Namen Danzler im Kopf, und sein Blick wird magisch zu der Schreibmaschine hingezogen, die der Mann zur Reparatur mitgebracht hat. Es ist eine Robotron. Sprachlos starrt er auf die Maschine. Robotron ist eine Marke aus der ehemaligen DDR, weder die Fabrik noch das Land existieren noch. Die Erinnerung daran umso mehr.

»Es ist ein inneres Problem«, erklärt der Mann.

»Das ist meistens so«, erwidert John. Er holt die Maschine zu sich heran und verzieht keine Miene, während die Panik durch seinen Körper peitscht, aufgehetzt von Gedanken und Erinnerungen und von Dingen, die er tun muss. Er muss Vera anrufen. Und Calder, die Chefin, denn die Vergangenheit ist plötzlich wieder da. Ganz offensichtlich ist der Geheimdienst, den er vor sechs Jahren verlassen hat, noch sehr deutlich anwesend, und das in einem Augenblick, in dem er das nicht mehr erwartet hatte.

4

ALISHA CALDER

Sie steht an einem großen, fast leeren Konferenztisch. Nur die Kopie eines Zeitungsartikels liegt darauf. Sie braucht ihn sich nicht einmal anzusehen, um zu wissen, welcher es ist. Auf der anderen Seite des Tisches sitzt ihr Chef, der Generalsekretär des Innenministeriums, ein freundlicher, gut ausgebildeter, intelligenter weißer Mann. Er hat Kaffee für sie bringen lassen. Selbst trinkt er Wasser – so einer ist das. Den Kaffee rührt sie nicht an; so sehr willkommen fühlt sie sich auch wieder nicht.

»Hier«, sagt er. Er schiebt ihr den Artikel hin. Es ist September, die Sommerferien sind gerade vorbei, bald wird die Thronrede gehalten, und jetzt das.

NIEDERLANDE UNTERSTÜTZEN TERRORBEWEGUNG

Die Niederlande haben Hilfsgüter im Wert von mehreren Millionen Euro an gemäßigte bewaffnete Gruppen in Syrien geliefert. In den vergangenen Jahren wurden in aller Heimlichkeit Pick-ups, Uniformen, Satellitentelefone, Kameras, medizinische Versorgungssets,

Zelte und Gummimatratzen an Rebellengruppen im Land geliefert. Doch diese Hilfe haben auch Terroristen erhalten …

»Das steht in der Zeitung, im Fernsehen wird ebenfalls darüber berichtet, doch das hätte nicht passieren dürfen.« Der Generalsekretär strahlt eine eisige Ruhe aus, auch seine Stimme ist ruhig und dadurch im stillen Zimmer besonders eindringlich. Seine Augen sind auf sie gerichtet, Alisha Calder, die Chefin des Nachrichtendienstes. Das hier ist ihre erste Besprechung seit dem Erscheinen des Artikels vor vierundzwanzig Stunden, und ihr GS ist höchst verstimmt, auch wenn man das an seinem Verhalten nicht ablesen kann. Selbstbeherrschung ist seine mächtigste Waffe.

»Im Prinzip fällt das in den Zuständigkeitsbereich des Außenministeriums, nicht in unseren«, sagt Calder und versucht dabei genauso ruhig zu bleiben wie ihr Vorgesetzter.

»Ach was.«

Stille. Calder reagiert nicht, es ist besser für sie, wenn sie jetzt den Mund hält und erst einmal hört, was der GS zu sagen hat, aber er sagt nichts. Er kann ungerührt ein Schweigen so lange andauern lassen, bis sich sein Gegenüber dadurch unbehaglich fühlt. Er schaut einfach, rührt sich nicht und wartet ab. Sein Gesichtsausdruck verändert sich nicht, er schaut neutral, weder freundlich noch verärgert, nicht aufgeregt oder aufgewühlt. Calder muss seinen Blick erwidern, und es fühlt sich so an, als dürfte sie den eigenen Blick nicht abwenden. Ihr Chef erwartet von ihr, dass sie weiß, was er fragen will. Das hier ist eine Besprechung, und es ist ein Test. Er will sie zwingen, etwas zu sagen, was er nicht für Unsinn hält, will sie zwingen zu tun, was er will. Und das kommt für sie nicht infrage.

In diesem Zimmer geht es um mehr als um ein durchgesickertes Geheimnis. Hier sitzt ein weißer Mann einer Schwarzen Frau gegenüber. Im Ministerium gibt es viele Leute, die ihre Ernennung zur Generaldirektorin immer noch nicht akzeptieren können. Sie ist GD des Nachrichten- und Sicherheitsdienstes. Mehr als fünfundzwanzig Jahre Erfahrung in der Welt der Beamten und in der des Untergrunds haben sie gelehrt, dass die Schicht der Antidiskriminierung dünner ist als die Glasur auf einem Donut. Und auch nicht so süß. Wenn es zu Konflikten und gegenseitigen Beschuldigungen kommt, spielt der Hintergrund immer eine Rolle. Calder hat sich nach oben gekämpft, sie hat sich zum Erreichen ihrer Karriere durch ein Bergmassiv von Vorurteilen schlagen müssen. Der Rassismus ist nie weg, er schläft nur, solange alles gut geht. Sie weiß, dass sie jetzt sehr vorsichtig sein muss, dass jeder Schritt, jede Antwort stimmen muss, jede Quelle hinter der Quelle hinter der Quelle muss überprüft werden. Doppelt überprüft. Keine Fehler. Sie ist eine Frau, und sie ist Schwarz, und ihr Chef, ein weißer Mann, tut sich damit schwer. Unbewusst vielleicht, aber das ist egal.

Er muss als Erster sprechen, er ist der Generalsekretär. Er muss sagen, was los ist, das ist seine Arbeit, seine Verantwortung, und das hält sie gut aus.

Sie sagt nichts. Schweigen kann sie genauso gut wie er.

»Das hier ist inakzeptabel«, verkündet er. »Es kann nur aus einem einzigen Grund passieren, und zwar dem, dass bei euch da irgendwas ist. Es ist völlig egal, ob das Finanzielle übers Außenministerium läuft. Meinetwegen läuft es über das Bildungsministerium. Aber das hier ist ein Staatsgeheimnis, es *war* ein Staatsgeheimnis, sollte ich besser sagen, und darum brauche ich jetzt Antworten.«

Jetzt benennt ihr Chef die einzelnen Fragen. Wo befindet sich das Leck, wer ist es? Welche Interessen haben die Niederlande dort in Syrien? Wen oder was schützen sie dort? Was haben die Niederlande als Gegenleistung für die Unterstützung erhalten? All diese Fragen hat sich Calder auch schon gestellt, aber jetzt kommen sie vom Generalsekretär, und dann kommen sie nie ohne einen Preis.

»Sie haben eine Woche.«

»Und dann?«

»Dann haben Sie Antworten, oder Sie sind raus. Ein GD vom Geheimdienst, der seinen eigenen Dienst nicht unter Kontrolle hat, hat kein GD zu sein. Klar?«

Sie nickt.

»Und holen Sie Ihren Vorgänger dazu, Antink. Der weiß wenigstens, was in diesem gottverlassenen Sandkasten los ist.«

»Sicher. Ich habe schon jemanden losgeschickt, der ihn holen soll.«

Damit ist die Besprechung beendet. Sie verlässt das Zimmer und spürt den vorwurfsvollen Blick im Rücken. Fünfundzwanzig Jahre hat sie alle Vorurteile bekämpft, und dieser Kampf ist noch nicht vorbei. Er wird nie vorbei sein.

5

JESTESTWENNO

Sein Zweithandy vibriert in seiner Hosentasche. Eine Nachricht von Vera, nur sie hat die Nummer von diesem Gerät, es ist ein altes Modell, kein Smartphone, denn es ist alles andere als smart.

Sie suchen dich.

John antwortet.

Wer?

Die Jungs und Mädels vom Ministerium, du weißt schon. Einer stand hier vor der Tür, samt Auto mit Chauffeur.

Auch das noch.

Das bedeutet, dass auf seinem anderen Handy wahrscheinlich zig verpasste Anrufe sind, WhatsApp- und SMS-Nachrichten, die mit jedem Mal panischer werden. »Dringlichkeit« nennen sie das, ein unbequemes Wort, das er nicht ausstehen kann. Wenn die Leute von Dringlichkeit anfangen, hört er schon gleich nicht mehr zu.

Calder will dich sprechen. Irgendwas mit Syrien.

Okay.

Wenn seine Nachfolgerin beim Dienst etwas von ihm will, muss er reagieren. Nicht nur weil es sich so gehört, sondern auch, weil er für Alisha Calder eine Schwäche hat; er hat sie selbst zum Dienst geholt und enormes Vertrauen in sie. Jetzt muss sie trotzdem kurz warten. Er steckt das Handy zurück in die Tasche und wendet seine Aufmerksamkeit wieder dem Mann auf der anderen Seite des Tisches zu, dem Mann mit der Makarow und der Robotron M125 Comfort.

»Entschuldigung«, sagt er. »Ich musste schnell eine Nachricht beantworten.« Äußerlich ist er ruhig, in seinem Kopf fällt jedoch eine Reihe Dominosteine um. Calder will ihn sprechen, aber er kann hier nicht weg. Wer ist dieser Mann mit der Schreibmaschine und der geladenen Pistole in der Tasche? Das muss er erst wissen. Ein Mann, der seinen alten Tarnnamen kennt. Der Mann will etwas. Er will, dass seine Schreibmaschine repariert wird. Und dann gibt es da noch etwas.

»Danzler, sagen Sie? Den kenne ich nicht.«

Ohne Vorbereitung muss er improvisieren. Jetzt würde er am liebsten George, Lydia und Jaap zur Beratung dazuholen, damit sie zusammen entscheiden könnten, was am besten zu tun ist. So wie sie das seit Jahren tun, als Team. Doch das geht jetzt nicht. Wenn sie jetzt zu viert zusammenstehen, fällt das auf. Damit würden sie die Aufmerksamkeit aller auf sich ziehen, und das darf jetzt nicht sein. Er geht in Gedanken einen Schritt nach dem anderen durch. Es gibt einen festen Ablauf.

Versuchen, die Identität festzustellen.

Wanze und Tracker anbringen.

Adresse feststellen.

Vera anrufen. Calder anrufen.

»Geben Sie sich keine Mühe, Herr Danzler. Leugnen ist zwecklos und außerdem viel zu spät.«

»Und Sie sind?«

Der Mann antwortet nicht sofort, fummelt stattdessen an der Tüte herum. Die Nerven. Das hier ist kein Spiel.

»Wenn Sie nicht Max Danzler sind, sagt mein Name Ihnen auch nichts.«

»Da ist was dran.« John beugt sich über die Robotron. Der Repair Club erledigt Reparaturen, das muss er also jetzt tun. »Eine Schreibmaschine, na, so was.« Er schaut den Mann an, mit ruhigem, scharfem Blick. Wer ist das? Die Frage brennt ihm unsichtbar im Kopf. Ist das einer der Männer, auf die er seit Jahren wartet? Gehört er zu einem Aufräumteam aus Moskau, das Feinde aus der Vergangenheit ausschalten muss? Ist das hier einer der Männer, die so wenig greifbar sind, dass man an ihrer Existenz zweifelt? Er sucht in einem Blick, einem Augenaufschlag, einem körperlichen Merkmal nach Bestätigung. Bilder schießen ihm durch den Kopf, Fotos, Zeichnungen, Skizzen, Filmaufnahmen. Diese Bilder vergleicht er mit dem Gesicht des Mannes ihm gegenüber. Und die ganze Zeit redet er weiter, als würde er gar nichts denken. »Was genau ist denn das Problem?« Er beugt sich vor und schaut sich den Apparat genauer an.

»Bei dem Ding klemmt was«, sagt der Mann, sein Niederländisch klingt dickflüssig, träge.

»Ach ja, dass was klemmt, das kennen wir alle, oder?«

Der Mann lacht. Es ist ein nervöses Lachen, auch das ist kein gutes Zeichen.

John zieht den Apparat zu sich heran. »Eine Robotron, schön, die habe ich hier noch nie gesehen. Die haben Sie nicht hier gekauft«, fährt er fort. »Nicht in den Niederlanden, meine ich.« Er schaut den Mann an.

»Nein, nicht hier. In Dresden.«

Dresden. Der Name dieser Stadt löst einen Erinnerungsstrom in ihm aus, den er jetzt nicht gebrauchen kann. In Dresden ist so viel passiert, dort hat alles angefangen. Er zwingt seine Gedanken in die Gegenwart zurück und konzentriert sich.

»Dresden war mal eine prächtige Stadt.« Im Kopf hakt er die Information ab. Dresden. Ostdeutschland. Alter. Wie alt ist dieser Mann? Höchstens an die fünfzig. Abgehakt. Er schaut wieder die Schreibmaschine an und runzelt die Stirn. »So eine begegnet einem hier nicht oft, das ist sicher.«

»Sie kennen sich mit Schreibmaschinen aus.«

»Wenn man so viele Geräte repariert hat wie ich, gehen sie einem irgendwann in Fleisch und Blut über. Und dann ist ein auffälliges Modell gerade besonders interessant. Darf ich die Maschine kurz ausprobieren?«

»Deswegen bin ich hier.«

John betätigt ein paar Tasten, doch die Metallarme mit den Buchstaben bleiben totenstill im Gehäuse liegen. Auch als er fester zudrückt, tut sich nichts. Die Maschine bewegt sich nicht, es ist, als wäre sie mit einem Schloss blockiert.

»Die muss ich wohl auseinandernehmen.«

»*Jestestwenno*«, sagt der Mann. Das ist Russisch und heißt »selbstverständlich«, denkt John und tut, als hätte er es nicht gehört. »Das dauert jetzt einen Moment«, sagt er. »Wenn Sie inzwischen etwas trinken möchten, können Sie sich da drüben Wasser nehmen oder Kaffee, Tee oder Limonade.« Er dreht sich halb um und deutet auf die improvisierte Bar. »Wenn Sie sowieso gehen, können Sie mir vielleicht ein Glas Wasser mitbringen, dann fange ich direkt an.«

Der Mann steht auf und geht nach hinten, in Richtung Bar. Die grüne Tüte nimmt er mit. John denkt an die Pistole in dieser Tüte und fragt sich, was er jetzt tun soll. Er muss ruhig bleiben, er will hier keine Panik verursachen. Er nimmt die Maschine und schraubt das Gehäuse los, hebt es von der Maschine und legt die Einzelteile vorsichtig in eine Ecke des Tisches. Alter Kunststoff und altes Metall. Das Innenleben der Maschine ist nun sichtbar, und er erkennt schnell, was da los ist. Eine Verbindungsachse im Transportmechanismus hat sich gelöst und blockiert alles. Er holt die Stange heraus und probiert, die Mechanik wieder in Gang zu bekommen, aber sie bewegt sich immer noch nicht. Beim Weitersuchen entdeckt er eine Häufung kleinerer Defekte, die zusammen dafür sorgen, dass sich die Maschine nicht bewegt. So viele gleichzeitig auftretende kleine Probleme, das ist nicht logisch, es sieht fast so aus, als hätte man die Schreibmaschine mit Absicht unbrauchbar gemacht. Als er durch ein Vergrößerungsglas die Schrauben betrachtet, mit denen das Gehäuse an der Maschine befestigt war, entdeckt er kleine Kratzer und Schäden, die er nicht verursacht hat. Die weisen darauf hin, dass man die Maschine vor nicht langer Zeit geöffnet hat. Er nimmt die Abdeckung des Gehäuses in die Hand und betrachtet sie von allen Seiten, dreht sie um und sieht einen Zettel, den jemand mit Klebeband auf der Innenseite befestigt hat. Er nimmt die

Lupe wieder zur Hand. Es ist kein alter Zettel, der Tesafilm ist noch so gut wie neu. Diese Nachricht hat man hier erst vor Kurzem platziert.

Vorsichtig macht er den Tesafilm los und faltet den Zettel auseinander. Ein Code steht darauf, eine Kombination aus Buchstaben und Zahlen.

2.349.7/zu1744353

Die Vergangenheit, die sich gerade angekündigt hat, kommt mit einem gnadenlosen Schlag zurück.

6

ZUCKERTÜTCHEN

Der Mann kommt zurück und stellt einen Becher mit Wasser vor John ab. Für sich selbst hat er Kaffee geholt. Er reißt ein Zuckertütchen auf und schüttet den Inhalt in die Tasse. Den Kaffeeweißer hinterher. Seine Bewegungen sind sehr präzise. Er rührt um und trinkt einen Schluck. Alles ohne ein Wort.

John denkt an die Zeit zurück, in der er als Max Danzler durchs Leben gegangen ist, denn er hat mehr als nur eine Vergangenheit, er hat viele verschiedene Namen gehabt. Alles, was er tat, war unter einer falschen Identität und streng festgelegten Abläufen und strikten Protokollen verborgen, damit er seine Geheimnisse hüten konnte. Die Vergangenheit mit Robotron spielte sich in Dresden ab, der Stadt in der östlichsten Ecke von Ostdeutschland, nicht weit entfernt von der Grenze zur Tschechoslowakei und zu Polen. Eine langweilige Industriestadt, wiederaufgebaut nach der völligen Zerstörung durch die Bombardierungen am Ende des Zweiten Weltkrieges, als Dresden innerhalb von zwei Tagen zu drei Vierteln in Schutt und Asche gelegt wurde. Ein Brandbombenteppich hatte einen gewaltigen Feuersturm über der Stadt entfesselt. Vierzig Jahre später, in den Achtzigerjahren, war Dresden ein unerwartetes Zentrum für die Geheimdienste von Ostdeutschland und der Sowjetunion. Moskau hatte überall das Sagen, die Stadt war eine Hochburg des illegalen Handels und der geschmuggelten Technologie, es gab quasi unbegrenzte Möglichkeiten für Menschen, die die Embargos umschiffen konnten oder sie einfach ignorierten. Offiziell durfte kein einziges westliches Land, keine einzige westliche Firma mit dem Ostblock Handel treiben. Inoffiziell sah es anders aus: In Dresden trafen sich Ost und West mit gut gefüllten Bankkonten. Dort hatte alles angefangen, vor fast fünfunddreißig Jahren. John war damals achtunddreißig und dieser Mann da noch keine zwanzig. Wäre er in diesem Alter nach Ostdeutschland gekommen, wäre das als Neuling gewesen, er wäre dort stationiert worden, wahrscheinlich mit einer Frau, denn ein Mann allein wurde nicht einfach so auf einen Außenposten geschickt. Vielleicht hätte er sogar schon ein Kind. Das wünschte sich Moskau immer von seinen Leuten: Stabilität. Ein Mann allein könnte leichter in den Westen flüchten. Eine Frau und ein Kind hielten ihn dort fest, wo er war.

John schaut ab und zu über die Schreibmaschine weg. Er erkennt etwas in der Stimme, im Timbre, einen trägen Rhythmus. Der Mann spricht gerade nicht seine eigene Sprache, er behilft sich mit einer Mischung aus Niederländisch, Deutsch und Englisch. John kennt den Mann nicht, aber der kennt ihn. Dieser Mann weiß, wer John ist, und das ist eigentlich unmöglich. Er hat sich zielgerichtet an seinen Tisch gesetzt. John ist in jeder Hinsicht ein ganz gewöhnlicher freundlicher Pensionär, Durchschnitt, vielleicht etwas größer, graue Haare, normale Kleidung. Der Repair Club ist sicher; dass dieser Mann jetzt hier auftaucht, hätte Zufall sein können, das ist es aber nicht. Zufälle gibt es nicht, und ganz sicher nicht, wenn da ein versteckter Zettel klebt, und schon gar nicht, wenn Moskau irgendetwas damit zu tun hat.

Eine Angst durchläuft seine Adern wie schleichendes Gift. Passt dieser Mann möglicherweise in ein Puzzle, das er vor so vielen Jahren abgebrochen hat? In ein Puzzle, von dem er gehofft hatte, es müsste nie gelöst werden? Dieser Mann sucht etwas, und die Kombination auf dem Zettel ist der Hinweis, mit dem er es finden kann. Es bedeutet, dass dieser Mann auch nur diesen Hinweis hat und selbst nicht weiß, worum es geht, sonst würde er das schon sagen. John ist es, der herausfinden muss, was genau der Hinweis bedeutet.

»Ich habe das Problem gefunden«, sagt er.

»Ein Glück.«

»Die Frage ist allerdings, ob ich es beheben kann. Darf ich ein Foto machen?« Er nimmt sein Smartphone und macht schnell eine Aufnahme von der Schreibmaschine und dem Mann, der jetzt wieder ihm gegenüber am Tisch sitzt. Darum ging es ihm, um ein Foto von dem Mann. Ist er Freund oder Feind? Das ist noch nicht klar, sogar ein Mann mit einer Pistole kann ein Verbündeter sein, aber was will er? Die Kombination auf dem Zettel ist der einzige Hinweis. Was will er damit? Warum ist dieser Zettel so versteckt, so geheim? Das bedeutet, dass John nicht einfach so davon anfangen kann, ohne den Mann und sich selbst vielleicht in Gefahr zu bringen.

Er verlässt sich auf sein altes Training, auf seine Erfahrung. Vertraue niemandem, nur dir selbst, und auch das nicht immer. Darum führt er dieses Gespräch so nonchalant wie möglich scheinbar darüber, was an dem Gerät kaputt ist. Während er spricht, arbeitet er weiter und zeigt hin und wieder auf die entsprechenden Stellen. Währenddessen hört er konzentriert weiter zu in der Hoffnung, dass der Klang der Stimme irgendwo in seinem Gedächtnis ein Bild findet, ein Gesicht und einen Ort, damit er sich erinnern kann, wer dieser Mann ist.

Was er tut, ist nicht ungefährlich, noch immer gibt es jedes Jahr Abrechnungen. Von Moskau aus werden alte Spuren ausgelöscht. Jedes Jahr verschwinden Leute, stellt sich heraus, dass wieder jemand gestorben, überfahren, von einer Brücke gefallen oder Opfer eines Raubüberfalls oder einer Vergiftung geworden ist. Einige dieser Leute hat John gekannt, sie waren Teil des Netzwerks, zu dem er auch gehört hat. Sie waren diejenigen, mit denen die Sowjetunion handelte, bis zu ihrem Zerfall im Jahr 1991. Das waren die Leute, denen es gelang, die Hunderte von Millionen, Milliarden Dollar halb legal aus dem in sich zusammenstürzenden Reich zu lotsen, bevor das ganze Vermögen im schwarzen Loch der bankrotten Sowjetwirtschaft verschwand. Es war die größte Kapitalflucht der Geschichte des Russischen Reiches. Die Kommunistische Partei und der sowjetische Geheimdienst, der KGB, verkauften riesige Mengen an Grundstoffen – Öl, Gas, Korn, Nickelerz – auf dem westlichen Markt, zu Westpreisen. Das alles hatten sie vorher in der Sowjetunion zu staatlich festgelegten Preisen erworben, häufig zu weniger als einem Viertel von dem, was die Stoffe auf dem Weltmarkt wert waren. Die Differenz verschwand auf den Bankkonten von GmbHs und AGs in Steuerparadiesen. Die Sowjetelite sicherte sich die Zukunft, und er saß mittendrin, mit einem falschen Namen, einer falschen

Identität und einem falschen Job. John ist einer von denen, die zu viel wissen, die eine Bedrohung darstellen und die einer nach dem anderen ausgelöscht werden. Vom Dresden-Netzwerk ist nicht mehr viel übrig.

»Sieht nicht so aus, dass ich die Maschine hier reparieren kann. Das ganze Ding muss auseinandergenommen werden, und wahrscheinlich muss ich ein paar Einzelteile anfertigen lassen.« John nimmt den oberen Teil des Gehäuses in die Hand und schraubt ihn wieder an die richtige Stelle. »Wollen Sie die Maschine bei mir lassen und sie irgendwann abholen kommen? Nächste Woche oder so?«

Der Mann vermeidet jetzt den direkten Augenkontakt, beobachtet aus dem Augenwinkel weiter die Umgebung.

Typisch, denkt John. Er kennt dieses Verhalten eines Agenten im Einsatz, alles sehen und nichts sagen. Das Gespräch dreht sich angeblich um die Reparatur, in Wirklichkeit sprechen sie über die Nachricht auf dem Zettel. Ohne das überhaupt zu erwähnen, müssen sie einander begreifen und eine Verabredung treffen. Wenn er die Schreibmaschine behält und mitnimmt, müssen sie einander zu einem bestimmten Zeitpunkt irgendwo wiedertreffen. Und John weiß nicht einmal, wer dieser Mann ist. Auch nicht, was er will. Er braucht Zeit, um herauszufinden, was genau der Zettel bedeutet.

»Wenn Sie mir Ihre Adresse geben, kann ich vielleicht jemanden bei Ihnen vorbeischicken«, schlägt John vor.

»Das geht leider nicht.«

Eine zusätzliche Komplikation. Der Mann will seine Adresse nicht sagen, wahrscheinlich beobachtet man ihn, also muss John damit rechnen, dass es noch andere gibt, die er nicht kennt.

»Wie kann ich Sie denn erreichen? Dann rufe ich Sie an, wenn die Maschine fertig ist. Haben Sie eine Handynummer?«

Natürlich hat er das, jeder hat eine Handynummer, die Frage ist nur, ob er sie auch herausgeben will. Der Mann zögert.

»Ich könnte krank werden«, sagt John. »Oder Sie könnten krank werden. Es kann alles Mögliche passieren, und dann ist es praktisch, wenn man …« Er sieht, dass der Mann immer nervöser wird. Wenn er ihn noch weiter drängt, besteht das Risiko, dass er ihn abschreckt und der andere sich davonmacht. Das will John verhindern.

»Vielleicht machen Sie einfach einen Vorschlag? Dann können wir schauen, ob sich so etwas regeln lässt.«

Immer noch sitzt ihm der Mann bewegungslos gegenüber, er schwitzt stark, ab und zu hebt und senkt er die Augenbrauen, er hat ständig die Umgebung im Blick. Er sagt nichts.

John macht einen letzten Versuch. Er nimmt einen Zettel, schreibt seine eigene Handynummer darauf und hält sie ihm hin.

»Unter dieser Nummer können Sie mich immer erreichen.« Er wartet ab und hält den Zettel fest. »Geben Sie mir auch Ihre?« Er tut sein Bestes, um den Vorschlag so attraktiv wie möglich zu machen. So normal wie möglich. Zwei Männer und eine kaputte Schreibmaschine tauschen Kontaktdaten aus, das ist das Normalste von der Welt. »Was meinen Sie?«

Der Mann streckt die Hand aus, nimmt Johns Zettel an und steckt ihn ins hinterste Fach seines Geldbeutels. Dann steht er auf, und kurz wirkt es, als wollte er gehen, dann dreht er sich um und verlagert das Gewicht von einem Fuß auf den anderen.

»Gibt es hier eine Toilette?«

»Natürlich.« John erhebt sich ebenfalls und zeigt in eine Ecke hinter sich. »Den Gang runter, hinter der Tür da.«

Der Mann macht sich auf den Weg, und sobald er die Toilettentür hinter sich zugezogen hat, geht John zu Jaaps Tisch.

»Ganz schön was los, was? Alles in Ordnung?«, fragt sein Freund. »Brauchst du Hilfe?«

John hockt sich zu Jaap und erklärt das Ganze. »Da ist gerade ein Mann auf der Toilette, und ich will wissen, wer das ist. Also: hinterher, Adresse rausfinden, Nummernschild seines Autos checken, nicht aus den Augen verlieren. Kümmere dich drum. Ich muss zurück.«

Jaap sagt nichts mehr, er geht zu Lydia und dann zu George. Aus dem Augenwinkel bekommt John mit, wie sich ihre Arbeitsweise verändert: Ihre Bewegungen werden schneller, zielgerichteter. John geht zurück zu seinem eigenen Tisch, holt aus der Werkzeugtasche eine kleine runde Scheibe und klebt sie an die Unterseite der roten Tüte. Einen Minigeolokator. Dann schraubt er den letzten Gehäuseteil wieder fest, stellt die Schreibmaschine in den Koffer, schließt den Deckel und wartet darauf, dass der Mann zurückkommt. Er schaut sich die Dinge auf dem Tisch an. Zwischen den ganzen Werkzeugen und Ersatzteilen stehen da ein Becher Wasser und eine Kaffeetasse, und da liegen ein leeres Päckchen Kaffeeweißer und ein Löffel. Automatisch streicht er alles von einer Checkliste, die er im Kopf hat. Unbewusst, es erfordert fast keine Anstrengung, seine Augen scannen und vergleichen das, was sie da sehen, mit dem, was da liegen müsste. Zum Beispiel das Zuckertütchen. Der Mann hat den Zucker in den Kaffee geschüttet und das leere Tütchen auf den Tisch gelegt. Alles ist noch da, nur das Tütchen nicht.

Check. Zuckertütchen.

Er wartet geduldig, bis der Mann zurückkommt, und stellt die Schreibmaschine neben seinen Tisch auf den Boden.

»Die Toiletten sind sehr sauber«, sagt der Mann. »Sogar die Abfalleimer.«

»Darüber bin ich auch sehr froh«, gibt John zurück. Sie verstehen einander, als wären sie zusammen im Training gewesen. Anfangs konnte John das nicht gleich erkennen, aber dieser Mann ist ein Profi, genau wie er.

»Kann ich den leeren Becher hier stehen lassen, oder soll ich ihn wegräumen?«

»Lassen Sie nur, das mache ich schon.«

»Danke.« Der Mann bückt sich und hat nun die grüne Plastiktüte in der rechten und die rote in der linken Hand. »Kennen Sie das Zeeheldenkwartier?«, will er wissen. »Die Zoutmanstraat?«

»Natürlich.«

»Übermorgen, halb elf, an der Ecke Piet Heinstraat. Rote Tüte bedeutet alles sicher, grüne Tüte bedeutet Gefahr.« Er hebt die Tüten nacheinander ein wenig an. »*Auf Wiedersehen, Herr Danzler*«, sagt er auf Deutsch. »Und machen Sie keine Dummheiten.« Er dreht sich um und geht zum Ausgang.

Hinter seinem Rücken gibt John Lydia ein Zeichen, die dem Mann nach draußen folgt. Er selbst eilt in die Toiletten, zu dem Abfalleimer unter dem Waschbecken, und sucht zwischen den zusammengeknüllten Papierhandtüchern, flucht, als er nichts findet, hält inne, holt einmal tief Luft. Ruhig bleiben. Er sucht weiter und findet das Zuckertütchen, ganz klein zusammengeknüllt.

Zurück im Laden, packt er sein Werkzeug ein, macht seine

Tasche zu, entschuldigt sich tausendmal, weil er die noch wartenden Leute enttäuschen muss, und kurze Zeit später steht er mit Jaap draußen auf der Straße. Lydia und George beschatten den Mann bereits. Er friemelt das Tütchen auseinander und liest, was der Mann darauf geschrieben hat.

Sorge du für deinen Teil, dann besorge ich den Rest.

John knüllt das Zuckertütchen wieder ganz klein zusammen und steckt es sich in die Tasche. Jetzt muss er wirklich Vera anrufen.

1

EIN NAME

John holt sein normales Handy heraus und sitzt eine Weile mit dem Gerät in der Hand da. Es ist ausgeschaltet. Wenn Calder und ihre Experten das wollen, können sie ihn immer noch aufspüren, aber es ist ein bisschen schwieriger. Wenn er das Smartphone jetzt anschaltet, wissen sie innerhalb einer Minute, wo er ist, und das will er nicht. Er muss noch einen Moment außer Sicht bleiben, erst muss er seine eigenen Dinge geregelt haben, die Verbindungen aus der Vergangenheit wiederaufnehmen und die entsprechenden Fäden ziehen. Er schickt über sein geheimes Handy noch eine Nachricht an seine Frau.

> Komme ein bisschen später, warte nicht mit dem Essen auf mich, ich wärme mir was auf.

Mehr braucht er ihr nicht zu sagen. Im Laufe der Jahre haben sie eine eigene Art der Kommunikation entwickelt. Ihre Ehe war auf seiner Abwesenheit aufgebaut, das weiß er. Jahrelang hat Vera akzeptieren müssen, dass er häufig weg war, manchmal für längere Zeit. Sie war mit einem ungewöhnlichen Beamten verheiratet; er durfte ihr nicht sagen, was er machte, sie blieb außen vor. Sie hat sich ein eigenes Leben rund um einen Mann aufgebaut, der de facto unerreichbar war, im buchstäblichen wie im übertragenen Sinne. Wenn er unterwegs war, wusste sie oft nicht einmal, wo er sich befand oder wie lange er wegbleiben würde. Trotzdem blieb sie seine Frau, und er verließ sich darauf, dass sie da wäre, wenn er nach Hause kam, wenn er manchmal nach einem halben Jahr plötzlich wiederauftauchte.

Diese längeren Phasen hatten begonnen, als er in den Libanon geschickt wurde, UNIFIL in den Siebzigerjahren war seine erste lange Mission, damals war er noch keine dreißig. Dort hatte er das Arbeiten unter Umständen gelernt, die er oft nicht unter Kontrolle hatte. Seit dieser Mission hatten sie einander über fünfzehn Jahre so selten gesehen, dass sie ihr Bestes hatten geben müssen, um einander immer weiter zu lieben. Mitte der Achtzigerjahre wurde er in die Schweiz geschickt, nach Zürich. Er brach in ein neues Leben in einem neuen Land auf, und sie kam nicht mit. Er arbeitete bei einer auf Finanzdienstleistungen und Technologie spezialisierten Tarnfirma. Drei Jahre blieb er dort, es waren die schönsten und vielleicht auch die gefährlichsten seines Lebens, gerade weil die Schweiz so sicher erschien. Er agierte als Geschäftsmann, vom Geheimdienst platziert, er trieb Handel mit Leuten aus Ostdeutschland und aus der im Einsturz begriffenen Sowjetunion. Von Zürich fand er den Weg nach Dresden, wo er sich als jemand ausgab, mit dem man Geschäfte machen konnte. Man hatte eine Firma namens Econocom Tech gegründet, die durch den Geheimdienst geschützt wurde, um für die Riesenmengen an Kapital einen Weg aus der implodierenden Sowjetunion zu schaffen.

In Dresden fand das Ganze statt, denn dort saß Robotron, der ostdeutsche Technologiegigant, der in jeder Hinsicht abhängig vom Westen war. Nach Dresden kamen alle, die Kontakte zwischen Ost und West benötigten, und John mit seiner unabhängigen Finanzberatungsfirma stellte das ideale Zwischenglied für andere Parteien dar. Er war ein unbekannter Regler im Hintergrund, der immer ein finanzielles Konstrukt parat hatte. Und alles, was er hörte oder sah, gab er in Berichten nach Den Haag weiter.

Vera kümmerte sich um das Haus in Den Haag, er ging seiner Arbeit nach. Kinder haben sie keine: Vera wurde nicht schwanger, und John war das nur recht. Er hat sich für sie entschieden, und er darf gar nicht daran denken, dass sie ihn verlassen, sich von ihm scheiden lassen oder das auch nur in Erwägung ziehen könnte. Ihr gegenseitiges Vertrauen reicht tief, und er weiß, dass ihr völlig klar ist, was die Nachricht bedeutet. Noch nie hat er seine Aktivitäten explizit benannt. Vera ist zur Spezialistin geworden, wenn es darum geht, zwischen den Zeilen zu lesen. Sie haben eine eigene Sprache entwickelt, eine eigene Art und Weise, einander zu verstehen.

Nach diesen Nachrichten ist John sehr unruhig. Der Repair Club hat vorzeitig geschlossen, und das zur großen Unzufriedenheit der Leute, die gehofft hatten, noch an die Reihe zu kommen. Jetzt will John so schnell wie möglich weiter. Der Russe hat ihn in Alarmbereitschaft versetzt. Lydia ist dem Mann nachgegangen und hat sich das Kennzeichen seines Wagens notiert. John selbst hat einen Geolokator an die Tüte des Mannes geklebt. Der Beginn einer Aktion, es gibt Arbeit für den Repair Club, der auf das Ganzmachen kaputter Dinge spezialisiert ist, auf das Korrigieren von Fehlern aus der Vergangenheit. So wie diesem hier. Er weiß noch nicht, worin genau der Fehler besteht, nur dass da etwas genauso kaputt ist wie die Schreibmaschine.

8

INFORMATIONEN UND VERTRAUEN

In einer Einkaufsstraße würde sie nicht einmal auffallen. Sie ist mittelgroß, Ende vierzig, nicht mehr ganz schlank, hat kurzes, lockiges Haar, trägt eine Brille und einen Anzug. Sie hat einen Juraabschluss und in Sozialgeografie promoviert, sie hat mehr als zehn Jahre Erfahrung bei Operationen, ihr Training hat sich dauerhaft in ihre Muskeln und Sehnen eingeprägt. Alisha Calder ist der erste weibliche Chef des Geheimdienstes, und sie ist Schwarz.

Das Gebäude des Geheimdienstes kennt sie, als würde sie dort wohnen, und manchmal ist das auch so, wenn sie während einer Krise ganze Nächte durcharbeiten muss. In ihrem Büro steht ein Schlafsofa, es gibt eine Toilette und auf dem Gang eine Dusche, die Kantine ist Tag und Nacht geöffnet, alle Korridore und Räume, alle Stockwerke fühlen sich vertraut an. Die Architektur mit dem vielen Glas soll Transparenz ausstrahlen, aber das ist das Allerletzte, was der Dienst will. Hier ist sie groß geworden, hier hat ihr Erwachsenenleben seine Form erhalten. Der Nachrichten- und Geheimdienst ist das Herz all dessen, was der Staat wissen muss, und all dessen, was er lieber nicht wissen will. Auf dem Konferenztisch liegen hohe Aktenstapel und Kopien des Zeitungsartikels. Alle Anwesenden haben eine Kopie. Innerhalb eines Tages haben ihre Mitarbeitenden alle Dokumente zusammengetragen, die auch nur im Entferntesten irgendetwas mit der Angelegenheit zu tun haben können. Calder beugt sich vor, die Ellbogen auf dem Tisch, mit entschlossenem, ungeduldigem Blick.

»Die meisten Fragen sind beim Außenministerium gelandet, weil dahin die finanzielle Verbindung läuft, aber in Syrien sind sie nicht aktiv. Wir schon, und ich will wissen, wie.«

Die Leute glauben, man könnte auf Abruf alle Fakten und Informationen bekommen. Dabei wird alles von Tag zu Tag nur immer komplizierter. Auch das wissen alle, und trotzdem fragen sie immer weiter. Regieren heißt Vorausschau, so sagt man. Wer sich das ausgedacht hat, hat noch nie für die Regierung gearbeitet. Regieren heißt, einander entgegengesetzte Strategien zu entwickeln, um sich alle zum Freund zu machen, und dann erstaunt zu reagieren, wenn in der Ausführung etwas nicht läuft. Mit einer gequälten Geste schiebt sie den Aktenstapel zur Seite. Nichts ist ermüdender als Beamte, die sie über jedes Detail informieren wollen. Immer wieder muss sie ihren Mitarbeitenden und auch den Politikern deutlich machen, dass die Informationsflut sie erdrückt.

»Ich muss nicht wissen, wie groß das Ladevolumen von einem Toyota Pick-up ist. Ich muss nicht wissen, ob diese Autos aus der EU geliefert wurden oder direkt aus Japan oder meinetwegen auch über Dubai. Ich muss nicht wissen, ob sie als *people carriers* vorgesehen waren, und außerdem, warum sollte das wichtig sein? Terroristen sind auch *people*, auch wenn es manchmal anders aussieht. Wichtig ist für mich: Wenn wir auf der einen Seite Freiheitskämpfer unterstützen und dann auf der anderen eine Schwarze Liste mit terroristischen Gruppierungen herumgereicht wird, dann gehe ich davon aus, dass in diesem großartigen Laden wenigstens einer so schlau ist, diese Listen zu vergleichen und herauszufinden, ob es da vielleicht einen Namen gibt, der auf beiden Listen auftaucht. So schwer ist das doch nicht. Mit anderen Worten: Ich *muss* wissen, wer dahintersteckt.«

Die anwesenden Direktoren schweigen. Sie kennen ihre Chefin, sie ist noch nicht fertig. Der Blick, mit dem sie sich gerade umschaut, ohne sie anzusehen, verrät, dass in ihrem Kopf die Gedanken noch weiter rasen. Die Zeitungsinformation stammt aus einer geheimen Akte, diese Akte hat sie gelesen, und zu ihrer großen Verblüffung wurde sie daraus kein Stück schlauer. Die finanzielle Verbindung zum Außenministerium ist nur ein Ablenkungsmanöver. Eins ist klar, hier stimmt etwas nicht; fragt sich nur, was.

Sie wendet sich Huibert Groeneveld zu, ihrem Leiter für Operationen. »Hier geht es um uns, das sind wir. Was ist hier los? Warum gehen wir davon aus, gemäßigte Gruppen zu unterstützen? Wer hat gesagt, dass sie gemäßigt sind? Denn davon sind wir ausgegangen, hoffe ich. Ich hoffe, es hat sich niemand in den Kopf gesetzt, mit niederländischen Staatsgeldern eine Terrorgruppe zu unterstützen. Oder habe ich irgendwas verpasst, und wir tun das sogar bewusst?«

Ohne es zu wissen, hat sie eine Frage gestellt, die geradewegs zum Kern der Sache führt. Was sie da mit beißendem Sarkasmus von sich gibt, ist in der Praxis weniger geistreich.

Keiner ihrer Leute weiß, wo genau die Grenze verläuft, häufig verlassen sie sich auf die Expertise anderer, auf Informationen, die ihnen geliefert werden, auf Fakten, an denen sie möglicherweise zweifeln, die sie aber trotzdem verwenden, weil sie gerade gut ins Bild, zur Strategie passen.

Der Nachrichtendienst ist ein Bollwerk. Der Dienst ist ein großartiger Bundesgenosse und ein gefürchteter Gegner. Es ist *ihr* Dienst. Ihre Fragen schneiden quer durch alle Flankierungsmanöver, niemand entkommt der Schärfe ihres Blicks. Calder hat sich hier hochgearbeitet, indem sie die Ellbogen ausgefahren hat, und sie sitzt auf ihrem Posten, weil sie die Beste ist, auch wenn es Leute gibt, die darüber anders denken. Sie ist keine Quotenfrau, das weiß sie. Und sie weiß auch, dass ihr Generalsekretär sie sofort fallen lassen würde, wenn er das für notwendig erachtet. Ihr Gespräch von vor ein paar Stunden hallt noch laut und deutlich in ihrem Kopf nach.

Das darf nicht passieren, und das wird es auch nicht. Dafür hat sie schon zu viel durchgemacht. Sie hat jede Beleidigung längst tausendmal gehört, von »Affe« bis hin zu Urwaldgeräuschen, von weißen Männern, die wegschauen, wenn sie etwas sagt, oder so tun, als wäre sie nur zum Kaffeeausschenken da. Es trifft sie immer, so winzig die Geste an sich auch sein mag. Ihr Leben ist ein Kampf, alles hängt davon ab, wie viel sie einstecken kann. Solange sie ihre Funktion ausübt, kommt niemand an sie heran. Calder kann diplomatisch sein wie keine andere, aber wenn Politik und Presse ihren Dienst im Visier haben, reagiert sie hart und schnell.

Auf einem großen Monitor an der Wand sieht man eine Karte von Syrien, die Städte im Westen des Landes sind markiert. Aleppo, Idlib, Kadrija, ar-Raqqa, al-Salameh, al-Fu'ah,

Homs, Hama, Latakia, al-Sarah und natürlich Damaskus. Das ist das Gebiet, in dem sich die Feindseligkeiten abspielen. Latakia und Aleppo liegen näher an der Grenze zur Türkei, Homs und Damaskus nicht weit weg vom Libanon. Am allerwichtigsten ist jetzt die Überprüfung ihrer eigenen Informationen. Um welche Gruppen geht es hier? Was geht dort vor sich, und wer ist da vor Ort?

Fakten will sie, und das gestaltet sich schwierig, denn die Aktivitäten in dieser Region sind ein Staatsgeheimnis. Seit den Medienberichten geht da alles durcheinander. Syrische Rebellengruppen gibt es in vielen verschiedenen Formen, und der Unterschied zwischen Freiheitskämpfern und Terrorgruppen lässt sich manchmal nur sehr schwer ausmachen. Die vielen gegensätzlichen Interessen, die dort eine Rolle spielen, machen alles nur noch komplizierter. Die Russen und die Amerikaner stehen einander dort gegenüber, und vor allem Moskau beansprucht eine Rolle, die von keinem einzigen anderen Land beansprucht werden kann. Darüber ist niemand glücklich, aber niemand außer den Russen will sich so explizit in Kämpfe mischen, in denen Hunderte, Tausende Menschen ums Leben kommen. Zivilisten, Soldaten, Milizen, Terroristen, Widerstandskämpfer – es gibt so viele Gruppierungen, dass man den Überblick verliert. Vor allem Politiker finden es schwierig, bei der Bewertung zwei oder drei Schichten tiefer zu graben. Jede Gruppierung kann auf mindestens zwei verschiedene Arten beurteilt werden: für oder gegen Assad und für oder gegen Russland. Und dann gibt es noch den IS, die Türkei, die Kurden, Iran und Saudi-Arabien, die alle mit Geld oder Leuten oder beidem involviert sind und alle ihre eigenen Interessen vertreten. Man braucht Wissenschaftler, um zu berechnen, wer mit wem zusammenarbeitet und wer gegen wen und warum und wie lange und bis wann.

»Erste Frage: Wo befindet sich das Leck? Denn es ist nicht derjenige, der mit Vor- und Nachnamen in der Zeitung steht. Der reagiert nur auf die Fragen eines Journalisten, der es schon weiß. Außerdem arbeitet er nicht hier.«

Totenstille rund um den Tisch, niemand reagiert. Im Geheimdienst gibt es ein Leck, eine andere Erklärung ist nicht möglich. Ohne ein Leck wäre diese Information nicht nach außen gedrungen, und dieses Leck kann überall sein, hier im Büro, im Einsatz oder irgendwo dazwischen.

»Zweite Frage: Wie sieht unsere Position dort aus?« Die Frage ist nicht, ob sie da überhaupt aktiv sind, denn das sind sie, ganz eindeutig. Aber wie?

»Dritte Frage: Um welche Gruppierungen geht es?« Der Zeitungsartikel beschreibt drei: Shuhada al-Jarmukh, zurzeit Teil des Islamischen Staates, Jabhat al-Shamija und Ahrar al-Sham. Wie Calder ihre Leute kennt, haben sie Kontakt zu mehr Gruppierungen gesucht als nur zu diesen dreien.

»Vierte Frage: Stimmt das? Wenn es hier ein Leck gibt, und das gibt es, dann basiert das Weitergegebene auf Informationen, die zumindest teilweise korrekt sind.« Calder hat die schlimme Befürchtung, dass es in diesem Fall um mehr als nur »teilweise korrekt« geht. Nicht einmal sie weiß alles. Bei vielen Aktionen ist Geheimhaltung notwendig, doch wenn etwas schiefläuft, kann sich diese Geheimhaltung gegen sie wenden. »Handelt es sich hier um korrekte Informationen oder um falsche?«

Diese Frage richtet sie an Harold Varman, ihren Direktor für Informationen. In seiner Abteilung wird das Rohmaterial für alle strategischen Beurteilungen gesammelt. Seine Abteilung bezieht geheime Informationen aus den Einsätzen und womöglich von befreundeten Diensten im Ausland, das Ganze ist oft ziemlich undurchsichtig.

»Wir haben unseren Entscheidungen eigene Informationen zugrunde gelegt«, antwortet er. »In erster Linie eigene Informationen, muss ich sagen, und teilweise die der Amerikaner, der Briten und der Franzosen.«

»Harold, ich will Namen, Daten und Orte. Auf meinem Schreibtisch. Und damit das klar ist, kein Wort zu niemandem, vorläufig bleibt alles intern. Ich spreche mit dem Minister und mit dem GS, und ansonsten herrscht absolutes Schweigen. Antworten auf Fragen kommen von innen und nur von denjenigen, die Antworten geben können. Denk gut nach, bevor du irgendetwas herumposaunst.«

Einer nach dem anderen darf den Raum verlassen, bis Calder und Groeneveld allein sind. Calder zieht eine der Akten aus dem Stapel und schlägt sie auf. Sie mag den Stapel missbilligend zur Seite geschoben haben, doch Alisha Calder weiß, was in den Akten steht. Sie verschlingt Akten förmlich, und sie behält alles. Der Dienst ist in gefährlichen Regionen aktiv, das ist richtig so, und das muss so sein. Wenn eine Terrorgruppe unterstützt wird, geht etwas anderes vor sich, dann wird hier ein anderes Ziel verfolgt. Dann findet irgendwo eine Infiltration statt, und dann ist das Zuspielen von Informationen an die Presse nichts weniger als Verrat.

»Wenn ich dahinterkomme, dass man unsere Operation und unsere Leute absichtlich in Gefahr gebracht hat …« Sie beendet ihren Satz nicht. Die Versuchung, Kraftausdrücke zu benutzen, ist zu groß, und das will sie nicht. Selbstbeherr-

schung ist lebenswichtig, eine Schwarze Frau, die Schimpf-
wörter von sich gibt, löst automatisch rassistische Reaktionen
aus. Das weiß sie. Herauszufinden, was hier los ist, wird eine
Heidenarbeit, viele Informationen aus der Vergangenheit werden auf den Tisch kommen müssen, und es ist nötig, alles zu
kontrollieren. Was wissen sie? Woher wissen sie es? Woher
stammt die Information? Von wem? Ist sie zuverlässig? Hier
geht es um Syrien, und Syrien grenzt an den Libanon, wo die
Niederlande bereits seit 1979 aktiv sind. Schon seit mehr als
vierzig Jahren. Das niederländische luftbewegliche Bataillon
Dutchbat war dort Teil von UNIFIL, der United Nations In-
terim Force im Libanon, die die Kriegsparteien auf Abstand
halten musste. Damals wurden Kontakte zu lokalen Gruppen
und Kämpfern geknüpft, die vor Ort Handlangerdienste aus-
führten und wertvolle Informationen einholten. Sie hat darüber gelesen, aber sie hatte mit diesen Informationen und
Agenten nie selbst zu tun. Es waren Ereignisse vor ihrer Zeit.
Der Dienst hat in dieser Hinsicht eine Geschichte, die nicht
durchgängig gleichermaßen transparent dokumentiert ist.

Mittlerweile steht sie unter großem Druck, denn der Minister kann durch diese Angelegenheit ernsthaft in Verlegen-
heit gebracht werden. Er muss darauf vertrauen können, dass
er die korrekten Informationen bekommt. Darum dreht sich
alles, um Informationen und Vertrauen. Sie weiß Dinge, die
andere nicht erfahren dürfen. Allen ist klar, dass sie Informationen zurückhalten wird, wenn sie das für notwendig erachtet. Sie wissen nur nicht, um welche Informationen es sich
handelt. Das geht nicht anders, weil sie weiß, dass ein Minister,
ein Staatssekretär oder ein Mitglied der Zweiten Kammer ihre
Geheimnisse nie für sich würden behalten können. Auch der

Generalsekretär nicht, denn der ist der Grenzposten zur Politik, und dort sind die Übergänge fließend. Auch für sie selbst gilt: Wenn es sein muss, wird sie plattgemacht. Sie hat eine Woche, um Antworten zu liefern.

Ihr Gesicht ist angespannt vor Konzentration, dieser Mist da in Syrien ist ein Albtraum. Das Ganze spielt sich mitten im komplexesten Wespennest der Welt ab, wo alle Großmächte vor Ort sind und nicht zögern, ihre Kriegsmaschinerie in Gang zu setzen. Niemand kann noch sagen, welche Gruppierung auf welcher Seite steht, Loyalitäten können sich von Woche zu Woche verschieben, und ihr Dienst ist irgendwie in diese Dinge involviert. Um ein besseres Bild der dortigen Beziehungen und Allianzen zu bekommen, braucht Calder ihren Vorgänger; er ist der beste Libanon-Experte, den sie haben, er ist selbst dort gewesen, er kennt das Gebiet und die Region und weiß mehr über die wichtigsten Player dort, die Syrer, die Israelis und die Russen. Dieser Mann ist John Antink, der sie zum Dienst geholt und ihr mehr beigebracht hat, als sie überhaupt in Worte fassen könnte. Dieser Mann müsste längst hier sein. Wo steckt er also?

9

ZWEI HANDYS

Sie hat genau so ein Handy wie er, ein zweites, ein altes, das sie früher immer in der Tasche hatte und das seit seiner Pensionierung in einer Küchenschublade liegt. Nachdem der Mann vom Ministerium bei ihr vor der Tür gestanden hatte, hat sie das alte Handy wieder hervorgeholt. Sie hat immer dafür gesorgt, dass es aufgeladen ist, auch wenn sie ihre geheime Telefonverbindung schon eine ganze Zeit lang nicht mehr benutzt haben. Nur John hat die Nummer. Jetzt ist es wieder so weit. Wenn diese Nummer zum Einsatz kommt, ist etwas los.

Sie liest die Nachricht.

> Komme ein bisschen später, warte nicht mit dem Essen auf mich, ich wärme mir was auf.

Selbst wenn sie diese Handys benutzen, verwenden sie für ihre Nachrichten ihren eigenen Code. Diese hier kennt sie nur allzu gut; sie hat sie schon viele Male erhalten. Sie bedeutet: Bin ein paar Tage weg, vielleicht eine Woche oder länger. Im

Notfall gibt es Nachrichten über ihren vertrauenswürdigen Kontaktmann in der Nachbarschaft, den Pfarrer.

Was er genau tut und warum, sagt er nicht. Sie hat schon vor langer Zeit aufgehört, Fragen zu stellen. Er ging und kam wieder, das war das Wichtigste. Er ging zu keiner anderen Frau, er hatte keine Geliebte, keine Freundin irgendwo in einem anderen Land. Das hatte er damals nicht und jetzt erst recht nicht. Das war am Anfang ihre Befürchtung gewesen. Heimlich hatte sie seine Hosen und Jacken durchsucht, seinen Geldbeutel und die Tasche, die er immer mit ins Büro nahm. Alles Mögliche hatte sie gefunden, aber nie irgendetwas, was auf eine Affäre hingedeutet hätte. Ganz sicher ist sie sich dennoch nicht; ab und zu schaut er sie an, als würde er sie nicht erkennen, mit einem Blick, der aus einer anderen Dimension zu kommen scheint. Ist das ein schuldiger Blick? Das fragt sie sich, auch wenn sie nicht einmal sagen könnte, wie ein schuldiger Mann dreinschaut. Sie kann suchen, so viel sie mag, nichts bleibt ihr verborgen, wenn sie das nicht will. Dass sie keinen einzigen Hinweis gefunden hat, bedeutet, dass er keine andere Frau hat.

»Vertraust du mir denn nicht?«, hatte sie ihn mehr als einmal gefragt.

»Natürlich vertraue ich dir. Warum fragst du mich das überhaupt?« Er konnte sich nicht einmal vorstellen, dass sie sich darüber den Kopf zerbrach. »Bei meiner Arbeit dreht sich alles um Vertrauen, alles. Aber das bedeutet noch lange nicht, dass jeder alles wissen darf. Das ist etwas anderes. Genau als würde ich bei einer Bank arbeiten, so musst du dir das vorstellen. Dann wüsste ich auch einiges über Kunden, wie viel Geld sie haben und wo das herkommt und so, und das könnte ich dir dann auch nicht erzählen. Nicht weil ich dir nicht vertraue, sondern weil es dem Verhaltenscodex entspricht.«

Mit der Erfindung des Handys, vor etwa fünfundzwanzig Jahren, hatte er ihre Restbedenken aus dem Weg geräumt. Eines Tages war er mit zwei Schachteln nach Hause gekommen, mit zwei Handys. Für jeden eins. Nur sie beide wissen von diesen Handys.

»Ich will, dass du mich immer erreichen kannst, wenn etwas ist, und andersherum.« Er hatte ihr sein Handy gezeigt, genau das gleiche wie ihres. »Die sind nur für uns«, hatte er gesagt. Zwei identische Handys, wie neue Eheringe. Es war eine Bestätigung ihrer Beziehung, er zeigte damit, dass er sich immer für sie entscheiden würde, wenn es wirklich darauf ankam, unter allen Umständen, auch wenn er ihr über diese Umstände nicht viel erzählen konnte. Seine Arbeit war anders als die ihrer Nachbarn, das bestätigte er mit den geheimen Handys, es war, als schlössen sie einen Pakt. Sie verstand, dass seine Geheimnisse nicht dazu dienten, sie auszuschließen, sondern dass es um etwas anderes ging, etwas Größeres, und dass sie sein Anker war. Er arbeitete für den Staat, das war eindeutig, nicht für die Polizei, das war auch sicher. Auch nicht für das Verteidigungsministerium. Ganz offensichtlich war seine Arbeit so geheim, dass er auch ihr gegenüber schweigen musste. Es hatte lange gedauert, bis sie hatte akzeptieren können, und sie verstand, dass dahinter nichts Persönliches war.

Mit Tremor in ihren Fingern zögert sie über den kleinen Tasten. Bei ihr ist die Parkinson-Erkrankung früh ausgebrochen, und auch damit muss sie zu leben lernen. Sie kann noch nicht sagen, was ihr schwerer fällt. Dann schließt sie die SMS und löscht sie, genau so, wie er es ihr beigebracht hat. Er hat sie gedrillt, sie kennt seine Vorgehensweisen und seine Eigenheiten. John ist ein lieber Mann, ein altmodischer Mann, der sich nie anmerken lässt, was in ihm vorgeht. Auch das hat sie zu akzeptieren gelernt, weil sie weiß, dass er letzten Endes immer für sie da ist.

10

KEIN ZUFALL

Er legt den Zettel auf den Tisch, nicht mehr als ein kleines Stück Papier, auf das jemand mit winziger, präziser Handschrift etwas geschrieben hat.

2.349.7/zu1744353

»Der war in der Schreibmaschine«, verkündet er.

Einer nach dem anderen lesen sie, was da steht.

»Sagt mir nichts«, kommentiert Jaap.

»Da stehen ein paar Zahlen und Buchstaben.« Lydia nimmt den Zettel vom Tisch und hält ihn vorsichtig zwischen den Fingern, dreht ihn um, betrachtet die Rückseite und hält das Papier gegen das Licht.

»Warum hast du diese Nachricht bekommen? Kennt dich der Mann? Kennst *du* ihn?«

John schweigt. Die Antwort, die er geben kann, ist zu kompliziert. Ja, der Mann kennt ihn, unter einem anderen Namen. John Antink kennt er nicht. Seine Freunde vom Repair Club kennen einen Teil seiner Vergangenheit; sie wissen, dass er für den Geheimdienst gearbeitet hat. Sie haben zahllose Aktionen zusammen durchgeführt, aber Herrn Danzler kennen sie nicht. Nicht einmal Vera hat er bisher von Max Danzler erzählt.

»Ich kann mich nicht an ihn erinnern«, sagt er. »Er ist jünger als ich.« John nimmt den Zettel von Lydia entgegen und legt ihn vorsichtig wieder auf den Tisch. »Ich weiß es nicht.«

»Er hat dir den Zettel doch gegeben?« Georges Den Haager Dialekt gehört zu der Autowerkstatt, die er seit Jahren betreibt.

»Genau das ist die Frage.« John hat den Zettel gefunden, gegeben hat ihm der Mann den Zettel nicht. Alle starren sie auf das Stück Papier.

»Vielleicht ist der Zettel ja gar nicht für dich gedacht? Vielleicht wusste der Mann nicht mal, dass der da drin war. Vielleicht ist es ein alter Zettel, von vor vielen Jahren.«

»Er hatte eine Pistole auf mich gerichtet, damit ich den Zettel auch ganz bestimmt finde.«

Es könnte eine Nachricht aus der Vergangenheit sein. Aber es ist kein Zufall. Der Name und die Nummer sind eindeutig, die können nur absichtlich in einem Atemzug genannt werden. Das hat nichts mit Zufall zu tun. Außerdem erkennt er die Nummer. Nicht diese ganz bestimmte Nummer, aber den Aufbau. Diese Kombination aus Zahlen und Buchstaben hat er häufiger gesehen, sie ist Teil seiner Identität. Es ist eine Aktennummer. Von Akten, die sich früher in Ordnern befanden, alle in alphabetischer Reihenfolge in verschließbaren Aktenschränken im Archiv des Geheimdienstes aufbewahrt. Zu seiner Zeit lief das Ganze noch mit Bleistift, Federhalter, Papier und Stempeln ab. Akten sind das Rückgrat des Geheimdienstes, darin findet sich alles, Namen, Daten, Aktionen, Vereinbarungen, Erfolge, Misserfolge, Ergebnisse, Verwundete und Tote. Darin steht, wer erpressbar ist und womit, wer die Informanten sind und wer als Agent in einer Doppelfunktion arbeitet. Jede Akte hat einen Code, eine Nummer, wie die hier auf dem Zettel. Auch das ist kein Zufall.

Die große Frage lautet, wie ein Russe an diese Nummer kommt. Ein unbekannter Mann erscheint mit einer Schreibmaschine der Marke Robotron aus Dresden bei ihm und sorgt dafür, dass er einen Hinweis auf eine Akte im Archiv des Geheimdienstes in die Hände bekommt. Wie? Warum?

»Wer ist dieser Mann überhaupt?«

Das ist vielleicht sogar die wichtigste Frage. Erst wenn er weiß, wer der Mann ist, kann er dahinterkommen, was das hier bedeutet. Selbst wenn er die Akte jetzt zum Vorschein holen könnte, wüsste er immer noch nicht, wonach er darin suchen sollte, ohne einen Namen hat er keine Orientierung. Alles, was mit Dresden zu tun hat, stammt aus der Zeit vor 1989, vor dem Mauerfall, liegt also mindestens dreißig Jahre in der Vergangenheit. Eine Akte, auf die er nicht einmal Zugriff hat. Seit seiner Pensionierung gelten seine sämtlichen Befugnisse und Ermächtigungen nicht mehr. Er kann das Gebäude des Geheimdienstes ohne die explizite Zustimmung eines anderen nicht einmal betreten.

Wenn er diese Akte finden und lesen will, muss er da rein. Mit einem Auftrag, einer Einladung oder einer Ausrede. Offensichtlich sucht Calder bereits nach ihm, sonst hätte sie keinen Wagen samt Chauffeur zu ihm nach Hause geschickt. Und nicht die ganzen Nachrichten auf seinem Handy hinterlassen. Seine Nachfolgerin sorgt immer dafür, dass er gut empfangen wird. Trotzdem fühlt es sich jedes Mal an, als wäre er bei einer

Erbin zu Besuch, die auf seinen Tod wartet. Und plötzlich kommt ihm der Gedanke, dass das eine vielleicht etwas mit dem anderen zu tun hat, dass der Zettel etwas mit der Frage der aktuellen Geheimdienstchefin zu tun hat, dass hier etwas vor sich geht, was von zwei verschiedenen Seiten auf ihn zukommt.

Oder ist es einfach nur Zufall?

»Wer ist dieser Typ?«, wiederholt er. »Das will ich wissen, bevor ich hier zur Tür rausgehe. Also in der nächsten halben Stunde.«

Sie sitzen im Souterrain eines Bürogebäudes an der Neuhuyskade. Dort hat der Repair Club Büroräume gemietet, zwei Zimmer am Ende eines Flurs. Sie sind Untermieter einer großen landesweiten Vereinigung, die die Beletage und das erste und zweite Stockwerk für sich beansprucht. Das Souterrain ist übrig geblieben, und die Räume werden zu einem anständigen Preis vermietet, weil niemand halb unter der Erde hocken wollte. Als Lydia zur Besichtigung dort erschien, wirkte es, als würde sich der Vermieter dafür schämen, überhaupt Geld haben zu wollen. Es hätte nicht viel gefehlt, und er hätte sich dafür entschuldigt.

Alles ist perfekt. Das Souterrain verfügt über einen eigenen Eingang an der Seite des Gebäudes, mit einer Treppe direkt nach unten. Die Repair-Club-Mitglieder kommen ins Büro, ohne dass jemand sie sieht. Es ist ihr Revier, die beiden nebeneinanderliegenden Zimmer bilden das Büro der Stiftung RC, einer Non-Profit-Organisation, und das stimmt auch so, denn sie erzielen keinen Umsatz, erhalten keine Förderung. Da gibt es nur eine kleine Summe, ein Kapital, von dem sie die laufenden Kosten und ihre Reparaturaktivitäten bezahlen können.

John legt den zweiten Zettel auf den Tisch, das Zuckertütchen, und streicht es glatt. Darauf steht die Vereinbarung: *Sorge du für deinen Teil, dann besorge ich den Rest.* Geschrieben in derselben winzigen Handschrift wie der Text auf dem ersten Zettel. Von Zufall kann hier keine Rede sein, die beiden Zettel stammen von derselben Person.

Lydia legt das Autokennzeichen des Russen daneben. Innerhalb einer Viertelstunde haben sie eine erste Antwort. Der Besitzer des Autos wohnt in der Stalpertstraat, in Duinzigt, einem kleinen Viertel zwischen der Van Alkemadelaan und den Sportplätzen, sehr beliebt bei Botschaftsangehörigen zweiten und dritten Ranges. Hübsche Wohnungen und Apartments, manche etwas größer, manche etwas kleiner. Sie stoßen auf einen Namen: Wladimir Swetlow. Wahrscheinlich ist das nicht sein richtiger Name, alle Agenten arbeiten unter einem falschen. John hat selbst auch schon eine ganze Menge gehabt.

»Ich brauche seinen richtigen Namen«, sagt er. »Um den herauszufinden, müssen wir tief in sein Leben eindringen. Riskant tief. Mit seinem echten Namen kann ich besser erkennen, wonach ich in dieser Akte suchen muss.«

Lydia, George und Jaap haben solche Akten noch nie gesehen. John schon, Hunderte davon hat er in der Hand gehabt, er hat sie selbst erstellt und ins Archiv gebracht. Er hat selbst Nummern angefordert und auf Akten geschrieben, aber diese Nummer erkennt er nicht, dafür ist er schon zu lange weg, und es ist zu viel passiert. Auf welche Akte verweist diese Nummer? Das Einzige, was er erkennt, sind die beiden Buchstaben »zu«, die Archivabkürzung für »Zürich«.

Die Nummer ist die einer Akte aus der Zeit, während der er sich dort aufhielt, etwas anderes kommt nicht infrage. Der

Russe will, dass er zurückblickt, sich umdreht. Unwillkürlich läuft ihm ein Schauer über den Rücken, die Verbindung zurück in die Vergangenheit ist noch dieselbe wie die aus der Vergangenheit in die Gegenwart.

»An die Arbeit«, sagt er. »George und Jaap, ihr übernehmt die Stalpertstraat, Lydia behält unseren Russen im Auge, und ich grabe in der Vergangenheit. In Zürich.«

11

ZÜRICH
– 1986 –

Jedes Land, das etwas auf sich hielt, verfügte über ein Spionagenetzwerk. Zürich ist die größte Stadt in der Schweiz, mit mehr Banken als Bäckern, das Wohnzimmer des internationalen Kapitals, das Zentrum des unsichtbaren Weltfinanzhandels. In dieser Stadt hatte sich Econocom Tech niedergelassen, die Firma, für die er seit einigen Jahren arbeitete. Er trug moderne Anzüge. Modern für die Zeit damals: Bundfaltenhosen und zweireihige Jacketts mit breitem Revers, Kamelhaarmäntel. An das Foto in seinem damaligen Pass denkt John noch heute manchmal wehmütig zurück: achtunddreißig Jahre alt, fit wie nie zuvor und durchtrainiert. Er war einer der besten Agenten des Dienstes gewesen, durch die Stationierung in Zürich kam er das erste Mal so nahe an zu Hause in Aktion. Econocom Tech hatte sich auf Dienstleistungen zur Steueroptimierung und sicheren Kapitalanlage ihrer Kunden spezialisiert. Die Niederlande hatten auf dem Gebiet der Treuhandstellen, Briefkastenfirmen und Lizenzgebührkonstruktionen schon damals das ein oder andere zu bieten. Sobald das große

Geld in Bewegung kam und aus der Sowjetunion eine wachsende Anfrage nach schwer nachzuverfolgenden Routen entstand, waren die Niederlande sofort ganz vorne dabei. »Finanzielle Dienstleistungen« hieß das. Econocom Tech konnte über die besten Steuerexperten und Buchhalter verfügen, die sich auffällig intelligente Kniffe einfallen ließen. Die größte Stärke des Büros bestand darin, dass es durch den niederländischen Geheimdienst gedeckt wurde; jede für die Kunden erdachte Lösung wurde umgehend ermöglicht. Das wussten vor allem die Leute vom KGB zu schätzen, die blitzschnell begriffen, worin die Vorteile einer Antillenroute oder eines anderen Weges über Amsterdam in ein Steuerparadies bestanden. Solche Dienste bot Econocom Tech von einem Büro aus an, das fußläufig vom Zürichsee entfernt lag. John nannte sich dort Max Danzler.

»Büro« war ein großes Wort – er arbeitete dort mit der Direktorin zusammen, der einunddreißigjährigen Sabine Muller. Sabine sprach drei Sprachen, hatte eine Walther in der Tasche und eine Schlagkraft in der Faust, mit der sie einen ausgewachsenen Kerl niederstrecken konnte.

Sie teilten sich einen Assistenten und eine Sekretärin und verfügten zusammen über vier Zimmer und einen Geheimraum voller Kommunikationsapparatur. Eine schnelle Verbindung nach Den Haag und zu anderen Posten war entscheidend, um unmittelbar auf Fragen reagieren zu können. John war kein Experte und brauchte fachliche Unterstützung.

Zürich war ein ideales Sprungbrett in den südlichen Teil von Ostdeutschland, nach Dresden, dem Hauptsitz von Robotron, der gigantischen Firma, die die Basis der gesamten Computertechnologie des Ostblocks darstellte. Dort arbeiteten rund fünfundsechzigtausend Beschäftigte in riesigen Büroräumen und Fabriken. Die Technologie selbst kam zu einem Großteil aus dem Westen. Der Rückstand, in den die kommunistischen Länder inzwischen geraten waren, ließ sich nur noch bekämpfen, indem man möglichst viele westliche Produkte kopierte; man musste versuchen, sie illegal zu importieren oder ansonsten durch Spionage oder Erpressung an sie heranzukommen. Und selbst dann würde man den Westen nicht mehr einholen können. Man konnte nur zu verhindern versuchen, dass die Kluft weiter wuchs.

Durch diesen Rückstand und den brennenden Wunsch, sich dem Westen nicht unterlegen zu zeigen, war rund um Robotron ein blühender illegaler Handel gewachsen, der ostdeutsche Geheimdienst und der KGB zogen sämtliche Register, um westliche Geschäftsleute und Wissenschaftler nach Dresden zu locken: mit Seminaren, Kongressen, Austauschprogrammen und Vorträgen. Die perfekte Tarnung für die Suche nach Möglichkeiten, Kapital in den Westen zu schleusen. Daraus bestand die kaum verhüllte Agenda von KGB und Kommunistischer Partei. Um die Zukunft der eigenen Organisation zu sichern, plünderten sie das Land und suchten immer wieder nach neuen Wegen, um enorme Beträge in den sicheren Westen zu bringen.

Die Zeiten waren perfekt, um zu versuchen, Ostdeutsche oder Russen als Agenten oder Informanten für westliche Geheimdienste anzuwerben. Zwei große, fette Fliegen mit einer Klappe.

An der Ostfront war der niederländische Geheimdienst mehr oder weniger taub und blind. Die Entwicklungen in Dresden boten eine einmalige Chance, das endlich zu ändern.

Weit weg von den internationalen Scheinwerfern, die tagein, tagaus auf Berlin gerichtet waren, dicht an der Grenze zur Tschechoslowakei, tief in der ostdeutschen Provinz, wurden Kontakte geknüpft, die Interessierte auf unerwartete Weise zusammenbrachten. In Dresden war jeder auf der Suche nach der Zukunft, weil die Vergangenheit immer heftiger zu knarren begann.

Im sicheren Luxus von Zürich baute sich Max Danzler einen Kundenkreis auf. Durch strategische Kontaktherstellung gelang es einigen hochrangigen Mitgliedern der Französischen und der Italienischen Kommunistischen Partei, ihn rasch zu finden, und sie wurden zu seinem Ticket nach Dresden. Nach etwas mehr als einem halben Jahr landete die erste Einladung in seinem Briefkasten: ein Kongress über die Vorteile der Computertechnologie für das Volk. Das war der eigentliche Anfang von allem, was nun, dreißig Jahre später, auf ihn zukommt. Wladimir Swetlow zwingt John, eine der tief verborgenen Verbindungen in dieser Vergangenheit freizulegen, und das ist nur möglich, wenn er dabei sehr vorsichtig agiert. Sein eigenes Leben und das von Vera hängen davon ab. Jede Verbindung führt zu einer Leiche im Keller. Einige dieser Keller müssen bis zu seinem Tod verschlossen bleiben. Swetlow führt allerdings zu einem Keller, der geöffnet werden muss, das scheint John nicht mehr verhindern zu können, und da dies offenbar sein muss, ist es besser, wenn John es selbst erledigt.

12

ZUFÄLLE GIBT ES NICHT

Er ist nicht da, weder zu Hause noch in diesem Repair Club, den er mit ein paar Freunden auf die Beine gestellt hat, und nicht dort, wo er sein sollte, nämlich hier bei ihr im Büro. Dringend, hatte sie gesagt, darum hatte sie einen Wagen samt Chauffeur geschickt. Außerdem sollte ihr Vorgänger merken, dass man mit ihm rechnete. John Antink ist ein Mann, der sich nichts aus irgendwelchem Trara macht, der würde genauso auf dem Fahrrad kommen, aber die Zeiten haben sich geändert, zudem ist es schneller und sicherer, ihn abholen zu lassen. Auch den Mitarbeitenden des Dienstes soll gezeigt werden, dass hier nicht einfach irgendjemand dazugeholt wird. Der Ex-Chef des Dienstes ist immer noch ein Chef. Jemand, der mehr über die Arbeit weiß als viele von ihnen hier. Jemand, der weiß, wo die Verantwortlichkeiten liegen und wie sie verteilt werden. John Antink zählte zu den Ersten einer neuen Generation von Analytikern und Agenten: intelligent, schnell, unendlich flexibel, trainiert, körperlich stark und mit strikten Prinzipien, die er fast nie in den Vordergrund stellte.

Er arbeitete in einem Schatten, den er selbst schuf. Er hatte sich dafür eingesetzt, dass beim Geheimdienst immer mehr Raum für Menschen wie ihn entstand. Seine Fitness war nicht mehr dieselbe wie früher, aber ein Körper, der einmal bis zum Anschlag trainiert war, behält die Fähigkeit bei, die verbleibende Kraft mit tödlicher Präzision auf den Gegner zu richten. Sein Wissen über den Mittleren Osten ist unentbehrlich, um schnell die Forderungen des Generalsekretärs zu erfüllen. Wenn sie ihren Posten behalten will, muss sie die ganz großen Geschütze auffahren, und Antink ist der Anfang.

»Seine Frau sagt, an solchen Tagen stellt er sein Handy aus. Anrufe und WhatsApp-Nachrichten erreichen ihn also nicht. Wir haben übrigens trotzdem welche geschickt. Mehrere«, berichtet ihr Assistent, Kenzi Kuipers, ein junger Mann mit größerem Ehrgeiz, als es seine Funktion erlaubt. Er ist schnell, scharfsinnig und genau derjenige, den Calder jetzt braucht.

Sie erhält auf ihre Nachrichten auch keine Reaktion, und das ist auffällig. Normalerweise steht Antink im wahrsten Sinne des Wortes innerhalb einer Stunde auf der Matte, so begierig ist er darauf, noch zum Dienst zu gehören.

Bis sie den Repair Club gefunden und erreicht hatten, war der schon geschlossen gewesen. Nur ein paar Reinigungskräfte waren noch vor Ort, die noch nie von einem John Antink gehört hatten, ihn auf dem Foto nicht erkannten und genau genommen sowieso kaum Niederländisch sprachen. Seine Kollegen vom Repair Club kennt niemand, und es ist nicht klar, ob Antink über die Reparaturen hinaus irgendwie mit ihnen zu tun hat. Auf ihrem Schreibtisch liegt eine kurze Zusammenfassung des Gesprächs. Kuipers hat den Vermieter gesprochen, den Mann, der sich um die zeitweise Nutzung leer stehender Ladenlokale kümmert. Und auch der wusste nicht genau, wer überhaupt zum Repair Club gehörte.

»Seine Kontaktperson ist eine Frau, eine gewisse Lydia, Nachname unbekannt.«

»Und wer zahlt die Miete für das Ladenlokal?«

»Die Gemeinde, dafür gibt es Gelder.«

»Dann weiß doch sicher jemand bei der Gemeinde mehr.«

»Das muss ich noch herausfinden.« Kuipers blättert in seinem Gesprächsprotokoll. »Heute haben sie ein bisschen früher Schluss gemacht als sonst«, sagt er. »Bevor sie überhaupt fertig waren. Als hätten sie es eilig gehabt, nach Hause zu kommen.«

Als hätten sie es eilig gehabt. Calder schaut auf diesen einen ganz bestimmten Satz im Protokoll. *Als hätten sie es eilig gehabt, nach Hause zu kommen.* Aber Antink war nicht nach Hause gegangen, warum sollte er es also genau an dem Tag eilig haben, an dem sie ihn sprechen will? Warum? Zufall? Zufälle hasst sie. Sobald irgendwo von Zufall die Rede ist, sieht sie das als Anlass zum Weitersuchen. Zufall ist der Beweis für Absicht. »Und seine Frau, Vera, was sagt die?«

»Dass sie nicht weiß, wo er ist.«

»Ach nein? Und den Telefonkontakt zwischen den beiden? Hat man den schon überprüft?«

»Noch nicht.«

Das wäre auch verfrüht gewesen. Sie hat Antink angerufen und eine Nachricht auf seiner Mailbox hinterlassen. Eine Antwort hat sie nicht bekommen. Sie hat jemanden geschickt, um ihn abholen zu lassen, aber er war nicht zu Hause. Das alles ist völlig normal. Der Mann hockt irgendwo und hat sein Handy ausgestellt, während er sich mit anderen Dingen befasst, er schaut sich seine Nachrichten erst am Abend an. Drei hat sie geschickt.

J, ich brauch dich hier mal, ruf an, C

J, ein Wagen ist zu dir unterwegs, bis gleich, C

J, melde dich!

Antink hat nicht zurückgerufen und ist immer noch nicht erreichbar. Das ist nicht normal. Calder überlegt fieberhaft. Es gibt zu viele Fragen, Fragen, die sie im Moment nicht brauchen kann. Antinks Anwesenheit ist von entscheidender Bedeutung, sie muss einen klaren Kopf behalten. Eine Entscheidung treffen und weitermachen.

»Er ignoriert mich! Und das darf er nicht. Niemand darf mich einfach ignorieren, auch er nicht. Er mag im Ruhestand sein, aber das bedeutet nicht, dass er weg ist. Wer hier arbeitet, ist nie weg. Er muss herkommen. Notfalls unter Zwang.«

13

VERA ANRUFEN

»Steht dieser Mann immer noch da?«

»Ich glaube schon.«

»Hat er außer Syrien noch etwas anderes erwähnt?«

»Du kennst diese Leute doch, sogar besser als ich. Mir sagen sie nie was.«

»Stimmt.« So sind sie wirklich; möglichst wenig preisgeben, dann kann man nie zu viel sagen. Ein Wort war schon zu viel. Eine Frage ist ein Befehl, das ist am einfachsten.

»Er war freundlich, das schon, auch höflich, aber dennoch. Warum fragst du nicht einfach selbst nach?«

»Mache ich, klar, gleich, später. Ich muss erst noch ein paar Dinge erledigen. Ich rufe dich an, okay?«

»Wann?«

»In zwölf Stunden. Stell dein Handy ruhig aus.«

Er unterbricht die Verbindung abrupt, ohne ein weiteres Wort, genauso, wie er das immer getan hat. Sachlich und kurz bleiben, nicht interpretieren oder träumen, kein Abschied, kein »Ich liebe dich« oder »Ich vermisse dich« oder

»Ich denke an dich« oder »Ich mache mir Sorgen«. Vor allem Letzteres nicht. Keine Gefühle. Das Zeigen von Gefühlen ist eine Form des Egoismus, findet er, und damit muss man vorsichtig sein. In einem geheimen Leben ist ein zu großes Ego lebensgefährlich. Man selbst sein, das würde er niemandem raten.

Es gibt so viele Menschen, die er hat zurücklassen müssen, häufig ohne Nachricht, ohne Abschied, ohne eine letzte Berührung oder einen letzten Blick. Sein Rückzug vom Einsatz war fast immer schnell und geräuschlos, er verschwand einfach aus dem Leben der Menschen, deren Nähe er vorher ganz gezielt gesucht hatte. Menschen, die er treffen wollte. Nicht weil sie waren, wer sie waren, sondern wegen dem, was sie wussten. Und oft wussten sie das nicht einmal.

Er ist nicht einsam, er ist viel allein und hat gelernt, es zu genießen. Oder vielleicht war das schon so, bevor er das überhaupt wusste. Seine engsten und tiefsten Kontakte hatte er früher zu den Agenten und Informanten, die für ihn arbeiteten; mit ihnen war er manchmal fast intim, so weit ging das Vertrauen. Sie vertrauten ihm blind, dass er ihre Sicherheit garantieren und sie in die richtige Richtung schicken würde, und er sorgte dafür, dass sie nie an ihm zweifelten. Manche riskierten ihr Leben für ihn, setzten alles aufs Spiel, um das zu finden, wonach er suchte. Es war ein liebevolles Spiel, manchmal gab es sogar körperliche Berührungen, er hat Männer und Frauen in den Armen gehalten, die vor Unsicherheit und Anspannung weinten, die ihn immer wieder um Versprechen von Freiheit und Sicherheit baten, um die Möglichkeit einer Flucht in den Westen, in die Niederlande und von dort aus nach England oder in die Vereinigten Staaten. Er hatte diese

Versprechen immer gegeben, bis es nicht mehr ging. Bis es Zeit war, sich zurückzuziehen und er sie zurückließ.

Er ist hart zu anderen, bei sich selbst fühlt sich das nicht so an. Was er tut, ist logisch, es geht nicht anders. Er sieht es nicht als Verrat, sondern als Abwicklung, als Notwendigkeit. Er hat Menschen in Unwissenheit zurückgelassen, in Tränen aufgelöst, in einem Krankenhaus oder irgendwo in einem Graben, in dem sie erst Tage später gefunden werden würden. Abschied kennt viele Formen. Enttäuschung, Groll und Rachegelüste gehören häufig dazu.

In Gedanken geht er weiter. Nach beinahe fünfzig Jahren Ehe weiß Vera genau, was sie zu tun hat, sie braucht wahrscheinlich nicht einmal mehr darüber nachzudenken. Ein Anruf bei ihr ist für ihn zu einem Automatismus geworden. In all den gemeinsamen Jahren haben sie gewusst, was sie aneinander haben.

Kühl und sachlich, genau passend, und trotzdem ist da ein stechendes Gefühl, das ihn überfällt und aus dem Gleichgewicht bringt. Sechs Jahre nach seinem Eintritt in den Ruhestand hat er plötzlich das Bedürfnis nach einem Arm um seine Schulter.

Ich werde alt, denkt er. Er hat häufig unter Einsatz seines Lebens den Interessen seines Landes gedient, das stand immer an erster Stelle. Mitleid mit dem Gegner hatte er nie, dadurch hat er anderen Schaden zugefügt. Vielleicht auch sich selbst. Mit diesem Gedanken hält er sich lieber nicht auf, kein Selbstmitleid, das kann er nicht ausstehen. Wenn er anderen Unrecht getan, sie verletzt hat, geschah das nicht, weil er das wollte. Oft hatte er ganz einfach keine Wahl. Manchmal kann er einen Schaden wiedergutmachen, manchmal erreicht ihn eine direkte Bitte um Hilfe von einem ehemaligen Kollegen, manchmal ist es ein Auftrag. Dann tritt der Repair Club in Aktion. Sie bilden ein unabhängiges Team, außerhalb des Dienstes, außerhalb von allem. Sie stützen sich auf seine Erfahrung und Kenntnis und auf sein Geld. Manche Fragen sind einfach, andere führen zu einer richtigen Mission. Und manchmal taucht jemand aus der Vergangenheit auf, um einen Fehler zu korrigieren. So wie jetzt.

Was bringt der Russe ihm da? Eine Pistole auf der Brust und eine Aktennummer. Zürich, Dresden und Moskau. Er weiß, wohin das führt, und er ist bereit. Schon vor mehr als dreißig Jahren hat er gewusst, dass die Vergangenheit nie vorbei ist.

14

WAHRHEIT UND UNWAHRHEIT

»Wer ist für uns in Syrien?«, fragt Calder. Niemand weiß alles, auch sie nicht. Die Kunst besteht darin zu wissen, was man wissen muss. Wenn der Dienst in Syrien aktiv ist, haben sie jemanden vor Ort, und genau da wird es kompliziert. Beziehungen im Feindgebiet beruhen immer auf einem besonders persönlichen Vertrauen. Wenn sie einen Agenten in Syrien haben, bleibt die Frage, ob es sich um einen Niederländer handelt. Sehr wahrscheinlich ist es jemand aus dem Land oder aus der Region, aus dem Libanon, aus Syrien, aus dem Irak, vielleicht sogar mehr als nur eine Person. Der nächste offizielle niederländische Kontakt sitzt dann in Istanbul oder Beirut. Leute, die ganz offen auf der Gehaltsliste eines Ministeriums in den Niederlanden stehen, halten immer angemessenen Abstand zum eigentlichen Kriegsschauplatz, sie sind so positioniert, dass sich kein einziger Politiker wundern oder aufregen kann. Das sind nicht die Leute, die Calder sucht. Sie will wissen, wer in diesen Gruppen oder in ihrer Nähe ist. Solche Leute gehören nie dem Geheimdienst an, sie stehen nicht sichtbar einfach auf der Gehaltsliste, ihren Namen findet man nicht in der Personalabteilung. Aber genau das sind die Leute, die einem erzählen können, woher das Geld kommt und wo es hinfließt.

Wie konnte diese Information also nach draußen gelangen? Wer hat davon einen Vorteil? Waren die Fördergelder wirklich als Unterstützung für eine Terrorgruppe gedacht? Das hängt davon ab, wie man die Sache betrachtet. Es kann sich auch um eine Infiltrierung handeln, um die Infiltrierung einer von den Russen unterstützten Gruppe. Dann kann das geschickte Geld wertvolle Informationen über Moskaus Absichten liefern und darüber, in welche Schichten man schon vorgedrungen ist. Vielleicht handelt es sich auch um eine Gruppe, die mit der türkischen Regierung zusammenarbeitet, und sie können über sie bessere Einsicht in die türkische Seite der Auseinandersetzung erhalten. Oder vielleicht gehört die Gruppe tatsächlich zum Islamischen Staat, und die Informationen, die durch den Kontakt gewonnen werden können, sind von lebenswichtiger Bedeutung für die Aktivitäten der Bundesgenossen vor Ort. Auch für Niederländer. Warum also ein derart plumpes Leck?

»Leute, hier geht es nicht um Desinformation!« Harold Varman, Direktor des Geheimdienstes, versucht seine Kollegen davon zu überzeugen, dass sie es hier mit echter »Intel« zu tun haben, nicht mit Fake News. Desinformation ist eines der größten Probleme ihrer Zeit. Verwirrung stiften durch falsche Nachrichten gehört zu den Methoden, die die innere Sicherheit eines Landes bedrohen. Alle beteiligen sich daran, sogar Politiker, in Washington und Moskau ist das inzwischen ein richtiger Kult. Es wird immer schwieriger, die Wahrheit herauszufinden. Varman hat den Namen einer Kontaktperson vor Ort, doch auch die weiß nicht genug. Es ist nicht leicht, die richtige Spur zu finden.

»Natürlich haben wir da Leute und unterstützen Gruppierungen, auch Terroristen, das geht fast gar nicht anders, die sind ja überall. Aber wir unterstützen sie nicht, weil sie Terroristen sind, wir unterstützen ihre Ziele nicht. Wir wollen wissen, was sie vorhaben, wer von ihnen in den Führungspositionen sitzt und wo sie sich befinden. Informationen, darum geht es. Informationen, die von den Personen im Einsatz gewonnen wurden, haben immer ihren Preis. Solche Informationen sind von entscheidender Bedeutung. Man kann nicht alles aus den Riesenmengen digitaler Daten ziehen und muss die Informationen aus unter hohem Risiko aufgebauten Kontakten und Netzwerken gewinnen. Derjenige, der die Informationen nach draußen getragen hat, versucht dieses System zu zerstören.«

»Wenn es keine Desinformation ist«, sagt Calder, »ist es also wahr.«

»Ja und nein.« Die Sache ist immer komplexer, als es auf den ersten Blick aussieht. »Es stimmt, aber es ist nicht wahr. Da gibt es einen Unterschied.«

»Wenn du nichts Besseres zu bieten hast, schicke ich wohl dich zu den Damen und Herren der Zweiten Kammer, um ihnen das zu erklären.«

Andere in die Irre führen, falsche Informationen verbreiten, das tun alle. Besonders Moskau versucht die öffentliche Meinung so zu beeinflussen, dass im Westen das Vertrauen in die eigene Regierung langsam, aber sicher wegbröckelt. In diesem Fall will jemand die Niederlande gezielt in ein schlechtes Licht rücken. Selbst wenn der Dienst die Nachrichten widerlegen kann, wird der Inhalt des Artikels den Leuten ewig lange im Gedächtnis bleiben, und es wird immer Menschen geben, die die Erklärung schlichtweg nicht glauben. Das Internet vergisst nichts, und es verzeiht nichts. Schlimmer ist, dass die jahrelangen Anstrengungen, entscheidende Informationsquellen aufzubauen, auf diese Weise mit einem Schlag zunichtegemacht werden können. Wenn im Einsatz das Vertrauen weg ist, ist alles weg. Der Informationskrieg tobt jeden Tag. Früher lief das alles hinter geschlossenen Türen ab, jetzt findet es öffentlich im Internet und in den sozialen Medien statt.

»Sind da Trolle aktiv?«, fragt Calder. Zu jedem Bericht im Internet gibt es einen Aktivitätenbericht: Es geht darum, wie oft und wie schnell er geteilt wird und in welchem Maße er in den sozialen Medien sichtbar bleibt. Erkennt man einen auffälligen Anstieg, ist die Wahrscheinlichkeit groß, dass irgendwo Personen gezielt damit beschäftigt sind, die Nachricht möglichst großflächig zu verbreiten, mit Likes zu versehen und zu teilen, sei es mit provokativen Kommentaren oder ohne. Und das ist wiederum ein Hinweis darauf, dass dahinter eine andere Absicht steckt.

»Wahrscheinlich. In den ersten sechs Stunden nach der Veröffentlichung hagelte es geradezu Berichte, Tweets und Retweets. Das scheint inzwischen ein bisschen abgenommen zu haben.«

Auch das ist normal. Es gibt immer eine erste Salve, die dafür sorgen soll, dass die Nachricht stark in allen sozialen Medien präsent ist. Danach muss die Trollarmee einen Schritt zurück machen, sonst wird es zu auffällig. Nach dem ersten Push muss die Information aus eigener Kraft weiterrollen und Verbreitung finden, dann können die Trolle später wieder einsteigen, um sie noch einmal anzustoßen oder einen neuen Aspekt der Nachricht hervorzuheben.

»Jetzt geht es um die Amerikaner. Darum, dass eine wachsende Anzahl Niederländer die Einmischung der Vereinigten Staaten in Syrien für falsch hält.«

»Eine wachsende Anzahl Niederländer« – ganz typisch für solche nichtssagenden Kommentare. Wenn zuerst hundert gegen die US-Interventionen waren und dann zweihundert, dann ist das eine wachsende Anzahl, eine stark wachsende Anzahl sogar, denn in diesem Fall hätte sich die Anzahl der Gegner verdoppelt. Aber es ist noch immer eine zu vernachlässigende Anzahl. Viele falsche Nachrichten werden auf Äußerungen aufgebaut, die zwar stimmen, aber nichts bedeuten, und die den Versuch erschweren, den wertvollen Informationsgehalt herauszufiltern. Wahrheit und Unwahrheit sind nicht mehr festgelegt, sie können Bäumchen, wechsel dich spielen, ohne dass man es überhaupt bemerkt.

»Es ist also etwas im Gange, und das bringt uns zur nächsten Frage: Wer hat daran Interesse? Wer steckt dahinter? Wer profitiert davon, wenn unsere Informationsposition geschwächt wird? Morgen treffen wir uns wieder hier, und dann will ich Antworten haben.«

Einer nach dem anderen verlassen die Männer den Raum, bis nur noch Calder und Kuipers übrig sind. Sie schaut ihren Assistenten an. Kenzi Kuipers mag jung und unerfahren sein, aber manchmal erfasst er die Vorgänge besser als die in ihrer Arbeitsweise festgefahrenen Kollegen.

»Wo ist Antink?«, fragt sie wieder. Ihr gefällt der Gedanke nicht, ihren alten Vorgänger aus dem Ruhestand zu holen, aber wenn sie ihn darum bittet, muss er schon erscheinen. So liegen die Verhältnisse, ob ihm das nun gefällt oder nicht. John Antink hatte seine eigene Arbeitsweise, sein eigenes Netzwerk, seine eigenen Regeln, und die passen vielleicht nicht mehr in diese Zeit, aber er hat dem Dienst die digitale Welt erschlossen. Dort gibt es jetzt eine Unterteilung in drei Spezialisierungen. Was über Satellit, Radio oder Telefon eingeholt wird, ist »Signals Intelligence«. Was aus dem Internet stammt, ist »Cyber-Intelligence«, und die Informationen, die man sich persönlich über Agenten und Informanten verschafft, werden als »Human Intelligence« bezeichnet.

Calder hat die Organisation weiter modernisiert, und so sind andere Verbindungen entstanden, neue Kooperationen. Sie hat die »Signals Intelligence« und die Cybertechnologie verstärkt und damit diese Bereiche zum Mittelpunkt der Operationen erhoben. Ohne digitale Basis ist die Arbeit heutzutage undenkbar. Antink stammt noch aus der Zeit, als die Organisation zur Gänze auf den persönlichen Kontakten basierte. Handwerk war damals im wahrsten Sinne des Wortes Handwerk. Im aktiven Einsatz beherrschte Antink diese Kunst meisterhaft; niemand konnte so gut Quellen auftun wie er, sie sprudeln lassen und schützen. Seine Informanten und Agenten saßen überall und waren loyal bis zum bitteren Ende. Vor allem Letzteres stellte ein Mysterium dar, über das Calder häufig nachdachte. Natürlich verhielten sich auch ihre Leute loyal; das gehörte zum Fach, ohne Loyalität war ein Arbeiten unmöglich. Doch bei Antink schien das tiefer zu sitzen, als hätte sich die Treue gegenüber dem alten Chef in die Gene seiner Leute eingeprägt. So sprachen sie über ihn, das hatte Calder oft erlebt. Bald nach seiner Pensionierung hatte Antink einmal hinter ihrem Rücken in eine Sache eingegriffen. Als sie bei einer fehlgeschlagenen Aktion sofort den Stecker ziehen wollte, um den Schaden zu begrenzen, hatte er dafür gesorgt, dass die Quelle in Sicherheit war. Er hatte Agenten zurückgeholt, die andere bereits aufgegeben hatten. Er war hart und hasste sentimentales Getue, doch solange Personen nützlich waren, konnten sie auf ihn zählen. Sobald dieser Nutzen nicht mehr bestand, ließ er sie allerdings ohne jegliches Zögern fallen. Auch das hat sie schon miterlebt. Er ist als Mann bekannt, der in jeder Situation so tun kann, als wüsste er von nichts. Lügen ist Teil seiner DNA. Man muss warten können, und man muss den Mund halten können, diese beiden Grundfähigkeiten sind Teil seines Wesens.

In der Gegend, in der es gerade schiefläuft, in dem Gebiet zwischen der Türkei und Jordanien und zwischen dem Irak und Afghanistan, sind Freundschaft, Bruderschaft und Verbundenheit ganz ohne Zweifel tief verwurzelt. Wer einmal eine Quelle erschlossen hat, lässt sie nie wieder los, und so gehen einige Kontakte auf Leute zurück, die nicht mehr beim Dienst arbeiten und bei denen die heutigen Mitarbeitenden nicht mehr wissen, wo ihre Wurzeln liegen. Die Geschichte des Geheimdienstes steckt voller undurchsichtiger Beziehungen.

Nicht einmal Calder weiß, wie weit in die Vergangenheit die Kontakte in Syrien reichen. Die Basis dessen, was der Dienst dort aufgebaut hat, wurde gelegt, bevor sie die Leitung übernommen hat. Sogar bevor der Dienst überhaupt so genannt wurde. Und jetzt sitzt sie in der Klemme, weil ihr Vorgänger nichts von sich hören lässt. Nicht einmal Kenzi Kuipers weiß, wo er ist. Das kann nicht länger so weitergehen.

»Ich will, dass heute Nacht jemand vor Antinks Tür Posten einnimmt. Sobald er nach Hause kommt, gehört er mir.«

15

GEISTER

An der Haustür steht ein Mann und telefoniert. Jeans, T-Shirt, Jacke, Sneakers, ein Mann wie zehntausend andere, außer dass es Viertel vor sechs am Morgen ist und um diese Zeit in dieser Straße nie jemand irgendwo draußen telefoniert. In ihrem Viertel tut das sowieso niemand. John ist nicht heimgekommen, wie angekündigt.

Durch das Wohnzimmerfenster schaut sie sich den Mann an. Es ist ein anderer als gestern. Der hier ist ein bisschen älter, und er ist allein. Diesmal steht kein Wagen mit Chauffeur draußen. Dieser Mann ist blau und grau, sein Anzug und sein Haar. Seine Farben sind kühl. Vera hat schon einiges gesehen; in den Jahren, in denen John für die Regierung die halbe Welt bereiste, sind ihr regelmäßig Personen ohne besondere Eigenschaften und unklaren Funktionen begegnet. Sie sehen sich alle ähnlich, nur ihre Kleidung passt sich den Zeiten an. Und ihre Frisur. Dieser Mann ist sozusagen betont normal, er ist ein Zeichen, dass die Vergangenheit ihres Mannes in ihr Leben zurückgekehrt ist. »Die Geister« nannte sie sie: die

Männer und Frauen mit Gesichtern, die man sich nie merken konnte, mit monotonen, emotionslosen Stimmen, immer freundlich und immer drängend. Nun steht wieder so jemand bei ihr vor der Tür.

Im Esszimmer setzt sie sich an den Tisch, schließt die Augen, faltet die Hände und spricht vor dem Frühstück ein kurzes Gebet. Obst, Joghurt, eine Scheibe Toast und Tee. Jeden Tag das Gleiche. Sie betet.

Vater unser im Himmel
Geheiligt werde dein Name
Dein Reich komme, dein Wille geschehe
Wie im Himmel, so auf Erden

Das Gebet gehört zu ihr, es ist automatisch, sie sucht Zuflucht in dem Glauben, den sie schon ihr ganzes Leben lang in sich trägt. Früher zum großen Ärgernis ihrer Schwiegermutter. Johns Mutter Wilma war Kommunistin der ersten Stunde gewesen, eine energische Frau, die keine Gelegenheit ungenutzt ließ, um ihre Schwiegertochter darauf hinzuweisen, sie ordne sich durch ihren Glauben ihrem Mann und allen anderen unter.

»Alles ist Politik«, verkündete Wilma. »Der Rest ist Nebensache. Wenn du an Gott glaubst, lässt du zu, dass Nebensächlichkeiten dein Leben bestimmen.«

»Amen«, gab Vera dann zurück, um sie zu ärgern. Ihr Glaube schützte sie stärker, als irgendjemand das ahnen konnte.

»Und trotzdem liebe ich dich.« Intolerant war ihre Schwiegermutter nämlich nicht, in keiner Hinsicht. »Im Krieg habe ich zwei Dinge gelernt. Erstens, dass wir alle dieselben Rechte haben und dass die herrschende Klasse ihre Macht in keiner

Weise verdient. Und zweitens, dass man einem Menschen in Not immer helfen muss, egal woran er glaubt.«

»Was das betrifft, ähneln wir uns.«

»Außer der andere ist ein Feind, dann wird die Sache kompliziert.«

»Also, mein Gott geht da einen Schritt weiter.«

»Stimmt. Dein Gott hat einfach keine Prinzipien.«

»Und deiner kein Mitgefühl.«

Sie genossen die Sticheleien und waren niemals verletzt. Vera liebte den Aktivismus ihrer Schwiegermutter, und sie musste zugeben, dass Wilma Antink hin und wieder recht hatte, vor allem im Hinblick auf Frauenrechte. Selbst ihrem eigenen Sohn gegenüber konnte sie zuweilen heftig reagieren, wenn dieser wieder einmal einfach davon ausging, dass Vera alles im Haushalt Anfallende regelte, dass sie kochte, putzte, Einkäufe erledigte und dann auch noch für ihn da war, wenn ihm das gerade passte. Dann war Vera froh über die Unterstützung ihrer Schwiegermutter, auch wenn die zuweilen in etwas grober Form erfolgte. Der Unterschied zwischen Mutter und Sohn hätte nicht größer sein können; der immer diplomatische John war nie grob, nie direkt, ging nie auf Konfrontation. In seinem sorgsam verborgenen Inneren hasste er darüber hinaus den Kommunismus wie die Pest. Das wusste Vera, und tief in ihrem Herzen musste sie darüber lächeln.

Als ihre Schwiegermutter an Demenz erkrankte, verlor sie den Halt all dessen, wovon sie ihr ganzes Leben lang so fest überzeugt gewesen war. Sie war immer noch kämpferisch, das gehörte zu ihrem Charakter, und manchmal vermisst Vera bei sich diese Einstellung, die Bereitschaft, sich energisch für ihre Rechte und für ihre Stimme einzusetzen. Seit Wilmas

Tod scheint dieser Kampf verschwunden, nicht nur aus der Familie, auch aus der Gesellschaft insgesamt. Alle Differenzen werden von Politikern, die sie meist sowieso kaum auseinanderhalten kann, so gut es geht ausgeräumt und einfach in ihrer Existenz bestritten. Die Personen ohne jegliche Eigenschaft, die das Ministerium schickt, sind Klone dieses Phänomens. Mit Wilma war ein eiserner Wille gestorben und ein Glaube, der womöglich noch stärker war als ihr eigener.

Und führe uns nicht in Versuchung
Sondern erlöse uns von dem Bösen

Ja, amen, ja. Sie wird alles selbst in die Hand nehmen müssen. Von John hat sie keine Unterstützung zu erwarten, ihr Mann ist eine Art Chamäleon. Er passt sich jeder Situation und den Menschen in seiner Umgebung an. Immer wieder hat sie sich gefragt, wie er es in seiner Arbeit geschafft hat durchzuhalten, bei diesen ganzen Machos in der Politik. Vielleicht ist seine Flexibilität ja gerade seine Rettung. Jedenfalls für ihn, denn sie selbst macht diese Flexibilität manchmal richtig verrückt.

Sie hat keine Ahnung, wo er in diesem Augenblick steckt oder was er macht, und diesmal gefällt ihr das nicht. Es irritiert sie maßlos, dass er sie im Ungewissen lässt. Sie hat geglaubt, diese Zeiten hätten sie hinter sich. Die Minuten im Gebet sind ihre Meditation, sie geben ihr die Möglichkeit, auf Prozesse zurückzugreifen, die sie früher abgesprochen haben und von denen sie gehofft hatte, sie nie wieder einsetzen zu müssen.

Erlöse uns von dem Bösen

Sie wirft einen letzten kurzen Blick durch die Gardinen nach draußen. Der Mann steht immer noch da. Er hat ein paar Schritte zur Seite gemacht, um nicht mehr so auffällig vor ihrem Fenster zu stehen. Die Straße ist still, das Den Haager Viertel Vogelwijk ein Bild der Anständigkeit und des bürgerlichen Erfolgs. Schöne, großzügige Häuser mit Gärten, die das entscheidende kleine bisschen größer sind als die in durchschnittlichen Wohngegenden. In der Zwanenlaan passiert nicht viel. Zum Einkaufen muss sie in die Thomsonlaan oder die Fahrenheitstraat oder nach Leyenburg. Der Glaube ist näher. Ein paar Straßen weiter gibt es eine Kirche, da will sie hin.

16

ZUSAMMEN

Seit er im Ruhestand ist, läuft alles anders. Bis zu einem gewissen Grad. »Nicht mehr aktiv im Dienst« umschreibt seinen heutigen Status besser, denn er ist noch aktiv, aber nicht mehr im Dienst. Zu Veras großer Freude. Jetzt haben sie mehr Zeit, gemeinsam etwas zu unternehmen. Sobald er die Bürotür hinter sich zugezogen hatte, wollte sie reisen. Nach all den Jahren, in denen sie vor allem zu Hause gesessen hat, während er unterwegs war, will sie mehr von der Welt sehen. Jetzt ist sie an der Reihe. Für ihn ist es genau andersherum: Er ist jahrelang unterwegs gewesen, hat so oft in einem Flugzeug gesessen, dass er die Maschinen am Motorengeräusch erkennen kann. Er braucht das nicht mehr, aber für sie tut er es gern. Er liebt es, zusammen mit ihr aufzubrechen und neue Regionen und Städte zu entdecken. Zusammen. Weg von zu Hause haben sie einander neu kennengelernt, und er war überrascht, wie begierig sie ihr neues Leben umarmte. Sie hatten nie zu den Paaren gehört, die in der Öffentlichkeit ihre gegenseitige Zuneigung zeigten. John ist ein reservierter Mensch, sie berühren und küssen sich selten, schon gar nicht in der Öffentlichkeit. Er liebt die selbstverständliche Art und Weise, mit der sie füreinander sorgen und aufeinander aufpassen. Er hätte nie gedacht, dass sie in ihrem Alter noch mit so viel Energie und Lebenslust mit ihm würde losziehen wollen. Die Reisen haben sie näher zusammengebracht. Oft überrascht sie ihn mit den Zielen, die sie aussucht, und mit der Freude, die sie daran hat. Er lässt ihr freie Hand, sie darf tun, was sie will, und er genießt es. Auch als sie eines Tages zu seiner völligen Verblüffung nach Russland wollte, nach Moskau. Seine erste Reaktion war abwehrend gewesen, ein Reflex, denn Moskau war der Feind. Diese negative Reaktion hatte nicht lange angehalten, und genau genommen hatte er über sich selbst lachen müssen, über seine eigene Vorhersagbarkeit. Es freute ihn, dass sie gerade dieses Land wählte, denn in seinem aktiven Leben war er nie dort gewesen. Jetzt konnte er einfach so hinfahren und hatte das genossen. Der Moskau-Besuch war eine Prüfung geworden, aber auch eine Befreiung. Einfach so über den Roten Platz zu laufen, am Kreml vorbei, außer Sichtweite seiner Vergangenheit, am Arm seiner Vera, die ihren Spaziergang so gekonnt wie eine Fremdenführerin mit Kommentaren versah, er betrachtete das als Ironie des Schicksals – zutreffend und bedeutungsvoll, und von diesem Moment an wollte er überall mit ihr hin. Es war eine Befreiung von seiner Vergangenheit, und die verdankte er ihr. Darum stützt er sich jetzt auch stärker auf sie. Er braucht ihre Bestätigung, und das mehr als erwartet.

17

DIE REGELN

In aller Eile drillt Calder ihre Leute und macht ihren Dienst bereit für eine Totschweigeaktion. Das ist immer schwierig, schafft jedoch auch ein besonderes Zusammengehörigkeitsgefühl. Sie macht alle Luken dicht, die Kommunikation mit der Außenwelt läuft nur noch über Sprecher, die nichts wissen und deshalb nichts preisgeben können. Die ganze Angelegenheit der finanziellen Unterstützung von Terrorgruppen wird fachkundig totgeschwiegen. Journalisten laufen gegen eine Mauer aus Beamtengründlichkeit. Schweigen. Keine Reaktion, auf keine einzige Frage. Ein Staatsgeheimnis liegt offen auf der Straße. Alle Informationen, jegliches Wissen wird gemäß seiner Schutzwürdigkeit und Gefährdung einem Schutzgrad mit verschiedenen Geheimhaltungsgraden zugeordnet. Daran erkennt man, wie vertraulich die Information ist. Nicht Eingestuftes dürfen alle wissen. »Eingeschränkt« bedeutet eine gewisse Begrenzung der Zugänglichkeit. Als Nächstes kommt »Vertraulich«, nur für den Dienstgebrauch. Noch spezifischer ist »GEHEIM«, und dann gibt es noch »STRENG GEHEIM«.

Dieser höchste Einstufungsgrad bekommt den Stempel »STR. GEH. STRENG GEHEIM«, und das bedeutet, dass niemand, oder nur eine sehr begrenzte Anzahl Personen, wissen darf, was in einer solchen Akte steht. Der Zugang wird durch Gesetze und Regeln bestimmt, und er gilt nur für ausgewählte Personen. Nicht einmal der Ministerpräsident kann einfach so Einblick in ein STR. GEH.-Dokument nehmen. Wenn der Dienst entschieden hat, welcher Geheimhaltungsgrad vergeben wird, haben sich alle daran zu halten.

Innerhalb ihres Dienstes sind die Absprachen gemacht, eine Beratung ist nicht mehr notwendig. Je weniger gesprochen, gemailt oder per WhatsApp verhandelt wird, desto weniger kann überhaupt bekannt werden. Richtige Geheimnisse fangen bei Personen an, die schweigen können. Was nicht aufgeschrieben ist, kann auch nicht durch einen dummen Zufall von Dritten gefunden werden. Das weiß jeder Profi. Aber als Beamter hat man auch andere Pflichten, man muss sich für jede kleinste Kleinigkeit verantworten. Calder kennt die Regeln, sie weiß, dass irgendwo in den überwältigenden Datenmassen mit Informationen, die von der Regierung aufbewahrt werden, in den Berichten und Verfahren herauszufinden sein wird, wo sich das Leck befindet. Die Frage ist nur, wo die Information liegt: in welchem Ordner, in welcher Aktenschachtel, in welchem Keller, in welchem Gebäude, unter welchem Namen und mit welchem Aktenzeichen. Oft geht es schneller, wenn man jemanden findet, der mit der Sache zu tun gehabt hat, und diese Person befragt. So jemand ist John Antink, nur ahnt er noch nichts davon.

Sie ruft Kuipers zu sich ins Büro und wartet, bis sich die Tür hinter ihm geschlossen hat. Niemand braucht zu hören, was sie jetzt sagen wird.

»Vera Antink? Wo ist sie gerade?«

»Zu Hause. Posten vorm Haus.«

Kurz zögert Calder noch. Der Auftrag, den sie jetzt erteilen will, geht über das Übliche hinaus; so etwas macht sie normalerweise nicht. Sie würde Vera Antink am liebsten festnehmen lassen, um den alten Antink unter Druck zu setzen, aber das darf sie nicht, mit einer solchen Aktion kann sie sich einen Haufen Ärger einhandeln. Deswegen hält sie sich zurück.

»Behaltet sie im Auge.«

»Natürlich.«

»Sollte sie auch nur eine einzige verdächtige Bewegung machen, holen Sie sie her.«

18

MITKOMMEN

Durch die Hintertür verlässt Vera das Haus, über einen Pfad zwischen zwei Grundstücken gelangt sie ein Stückchen weiter oben an dem telefonierenden Mann vorbei wieder in die Straße. Unbemerkt, denkt sie, doch in dem Moment, als sie gerade weitergehen will, kommt von der Seite plötzlich ein Mann auf den Bürgersteig und blockiert sie. Automatisch will sie ausweichen, macht einen Schritt zur Seite.

»Mevrouw Antink?«

»Entschuldigung? Wer sind Sie?«

Er ist ein wenig älter als der Mann, der bei ihr geklingelt hatte, Mitte dreißig, schätzt sie. Slawisches Äußeres, hell, sehr hell, grell. Er hat einen trainierten Körper, seine starken Muskeln sind unter seiner Kleidung sichtbar. Seine Stimme klingt ruhig. Er ist rasiert, hat kurzes dunkelblondes Haar und gibt sich nicht besonders gesprächig.

»Hier entlang.«

Drohend versperrt er ihr immer noch den Weg. Als sie weitergehen will, streckt er den Arm aus und hält sie zurück. Sie erschrickt. Irritiert versucht sie an seinem ausgestreckten Arm vorbeizukommen; sie ist kleiner, langsamer und viel schwächer als er. Er macht einen Schritt zur Seite, und plötzlich ist sie zwischen seinem Körper und dem Zaun eines Vorgartens eingezwängt.

»Lassen Sie mich durch«, fordert sie. Sie versucht ihn wegzustoßen, doch der Mann ist wie eine Mauer. »Gehen Sie weg da!« Sie windet sich los und versucht unter ihm hindurchzuschlüpfen. Kurz scheint es zu gelingen, dann spürt sie, wie sich eine große Hand um ihr Handgelenk schließt. Die Panik schlägt zu.

»Lassen Sie mich los!« Nie hätte sie gedacht, dass das wirklich passieren könnte, dass sie so auf der Straße festgehalten wird. Sie reagiert instinktiv. Mit den Absätzen tritt sie nach dem Mann und trifft ihn am Schienbein. Er scheint es nicht einmal zu bemerken.

»Hier entlang«, sagt er wieder. Er zieht sie am Arm, fester jetzt, von der anfänglichen Höflichkeit ist nicht mehr viel übrig. Sie wird mit physischer Gewalt gezwungen.

»Lassen Sie mich los! Was wollen Sie denn von mir?« Sie wehrt sich, aber gegen die trainierten Muskeln des Mannes hat sie keine Chance.

Er macht eine Gebärde mit der freien Hand, und ein grauer Mercedes-Bus hält lautlos neben ihr. Die Hintertür wird aufgeschoben, ein zweiter Mann steigt aus. Sie kann nicht entkommen.

»Loslassen!« Sie weigert sich, auch nur einen Schritt zu machen. Auf ihren Absätzen hat sie nur wenig Halt, sobald der Mann auch nur leichten Druck ausübt, gerät sie ins Schwanken. Sie ist keine Gegnerin für diese beiden. Sie schaut sich um, in der stillen Straße sieht man nur den Mann vom Ministerium, der vor ihrem Haus steht, mit dem Rücken zu ihr. Nirgendwo Leute mit Smartphones, die das hier filmen. Es ist ein verschlafenes Viertel, und so fühlt es sich jetzt auch an.

»Wenn Sie kooperieren, passiert Ihnen nichts«, sagt der Mann und schiebt sie einen Schritt näher zum Wagen.

»Kommen Sie?«

Der Mann zieht heftiger. Er versucht sie ins Auto zu bekommen und sagt etwas in einer Sprache zu seinem Kumpanen, die sie erkennt; es klingt wie Russisch. Muss sie sich diesen Männern fügen? Warum sollte sie? Wo ist John? Warum geschieht das? Sie denkt an John, der unter allen Umständen ruhig bleibt und die Kontrolle über sich behält. Dieser Gedanke beruhigt sie, und während sie ruhiger wird, weiß sie, was sie zu tun hat. Sie öffnet den Mund und schreit, so laut sie nur kann. Ihr Schrei durchschneidet die Stille der Straße, so laut und schrill, dass der Mann erschrickt und den Griff um ihren Arm lockert. Im Bruchteil einer Sekunde hat sie sich befreit, und dabei ruft und schreit sie immer noch. Wenn einer der Männer sie zu fassen versucht, duckt sie sich weg. Kurz ist sie zu schnell für die beiden, ganz kurz wirkt es, als würden sich die beiden in Zeitlupe bewegen; sie sieht ihre Bewegungen, bevor sie einsetzen, aber das reicht nicht, um ihnen zu entkommen.

»*Nemedlenno!*«, ruft der erste Mann. »Jetzt!«

Die beiden packen sie von zwei Seiten, schlingen die Arme um sie, heben sie vom Bürgersteig hoch, ihre Beine baumeln ohne Halt in der Luft. Ein Schuh fällt ihr vom Fuß, die Tasche rutscht ihr von der Schulter, sie schreit immer weiter. Schritt für Schritt schleppen die Männer sie zur Schiebetür des Kleinbusses, und je weiter sie in den Wagen gezogen wird, desto heftiger und wilder kämpft sie. Ihr ist bewusst, dass sie unauffindbar sein wird, wenn sich die Autotür erst einmal hinter ihr geschlossen hat. Mit letzter Kraft stößt und tritt sie um sich, und gerade als einer der beiden Männer die Tür zuschieben will, stellt jemand von außen seinen Fuß dazwischen, stößt die Tür wieder auf und steckt den Lauf einer Pistole in den Bus. Hinter der Pistole ertönt eine feste, ruhige und eindringliche Stimme.

»Lasst sie los.«

Der Mann, der vor ihrer Haustür Wache gestanden hat, streckt den Arm aus, greift mit einer Hand nach ihr, während er mit der anderen die Pistole gerade von sich weg hält.

»Mevrouw Antink«, sagt er. »Kommen Sie. Schnell.«

Auf dem glatten Boden des Kleinbusses versucht sie aufzustehen. Die Arme tun ihr weh, der Fuß rutscht ihr weg. Sie kriecht zur Schiebetür und greift nach seiner Hand, unter dem Lauf der Pistole hindurch. Sie ist fast am Ziel, als einer der Männer versucht, die Schiebetür mit einem festen Stoß zuzuschlagen. In dem Chaos fällt die Pistole auf den Boden und schlittert aus dem Bus heraus auf die Straße. Alles passiert gleichzeitig. Der Mann vom Geheimdienst lässt sie nicht los, er bückt sich nach seiner Waffe und zieht Vera mit sich. Sie rutscht aus dem Auto, landet mit dem Hinterteil hart auf dem Bordstein, und bevor sie aufstehen kann, fährt der Kleinbus mit laut aufheulendem Motor davon. Völlig erstarrt und unfähig, sich zu bewegen, hockt sie auf dem Bürgersteig, der Mann vom Geheimdienst neben ihr, die Pistole in der Hand.

»Alles in Ordnung?«, fragt er. Er schiebt sich die Pistole wieder in das Schulterholster und schließt seine Jacke.

»Geht so.« Sie ringt nach Atem, die Panik hat sie noch im Griff.

»Gerade noch rechtzeitig.«

Eine halbe Minute später wäre es zu spät gewesen, dann hätten sie die Schiebetür des Kleinbusses geschlossen und sie mitgenommen. Gott weiß, wohin.

»Es ist wohl besser, wenn Sie mitkommen.«

»Das haben die beiden von eben auch gesagt.«

So bleiben sie sitzen, nebeneinander, in der Straße, die wieder genauso still ist wie zuvor, als wäre nichts passiert, als wären sie zwei Kinder, ein Mädchen und ihr Nachbarsjunge. Aus dem Haus gegenüber kommt eine Frau nach draußen. Sie erkundigt sich, ob alles in Ordnung sei, ob sie helfen könne, sie habe Lärm gehört, deshalb. Der Mann steht auf und versichert ihr, dass nichts passiert sei.

Er wimmelt sie ab, denkt Vera. Sie sagt aber nichts, sondern wartet, bis sie wieder allein sind.

»Wer waren die Männer?«, fragt sie.

»Das weiß ich nicht. Und deswegen ist es besser, wenn Sie mitkommen.«

19

PRÄSENZ

Vera steht auf, findet ihre Tasche und den verlorenen Schuh. Ihre Arme tun von den groben Händen weh, sie hat Schmerzen in der Seite, in der Hüfte und am Hintern; der Sturz aus dem Auto war heftiger als gedacht. Vorsichtig probiert sie aus, ob sich all ihre Gliedmaßen noch problemlos bewegen lassen. Außer dem Schmerz scheint alles in Ordnung zu sein. Sie kämpft vor allem gegen die Angst und die Zweifel, die in ihr wüten. Vor der Tür ihres eigenen Hauses überfallen, fast entführt, mit Gewalt. Schweigend zieht sie sich den Schuh wieder an.

Der Mann vom Geheimdienst steht mit seinem Handy in der Hand da, verschickt eine SMS.

»Das Kennzeichen«, sagt er. »Das habe ich direkt weitergegeben, bevor ich es vergesse.«

Die Arbeit eines Sicherheitsbeamten. Er reduziert den Entführungsversuch und den Kampf auf gewöhnliche Handlungen. Auf das Prozedere, davon sprach John auch immer. Halte dich ans Prozedere. Sie weiß, dass er recht hat.

»Wenn Sie nicht so geschrien hätten, hätte ich das Ganze nicht mal bemerkt«, sagt der Mann.

»Ich darf gar nicht daran denken.«

»Wissen Sie, wer das war, die Männer, die Sie mitnehmen wollten? Oder ist Ihnen irgendetwas aufgefallen?«

»Ich glaube, das waren Russen. Ein paar Wörter habe ich erkannt. Diese Typen haben Russisch miteinander gesprochen. Ansonsten ist mir das aber auch alles schleierhaft. Was wollen Russen von mir? Was ist los? Hat das hier mit John zu tun?«

»Mit wem?«

Er kennt den Vornamen ihres Mannes nicht. Er soll ihr Haus im Auge behalten, aufpassen, ob ihr Mann nach Hause kommt, und weiß nicht einmal, wie er heißt.

»Mein Mann«, erklärt sie. »Hat das hier mit ihm zu tun? Mit dem Grund, warum ihr mit ihm sprechen wollt?«

»Das weiß ich nicht, ich habe nur den Auftrag, auf Sie aufzupassen. Sie zu bewachen.« Er bringt sie zu seinem eigenen Auto, hält sie immer noch am Arm fest.

»Ich kann auch alleine gehen«, sagt sie.

Er hält ihr die Tür auf. Sie steigt vorne ein, die Tür schließt sich. Der Mann läuft um den Wagen herum und setzt sich ans Steuer. Die Schlösser klicken, und sie sitzen schweigend nebeneinander. Der Mann hat wegen irgendetwas Zweifel, das spürt sie. Er legt die Autoschlüssel in ein Fach im Dashboard und beugt sich in seinem Sitz nach vorne.

»Okay«, sagt er. »Sie wissen, dass ich da bin, und Sie wissen auch, aus welchem Grund. Warum haben Sie also außerhalb meiner Sichtweite das Haus verlassen? Das muss ich Sie fragen, das verstehen Sie bestimmt. Warum? Wollten Sie vor mir weglaufen? Ich stehe doch nicht zu meinem Vergnügen da.«

Sie war davon ausgegangen, dass er wegen John da stand. Nicht wegen ihr. Jetzt fühlt sie sich ertappt, in mehr als einer Hinsicht. Wenn sie nicht angegriffen worden wäre, hätte er nicht einmal gemerkt, dass sie das Haus verlassen hatte.

»Ich dachte, dann folgen Sie mir, und darauf hatte ich keine Lust.«

»Weil ich nicht wissen sollte, wo Sie hinwollten?«

Er kennt die Antwort und fragt, um sie unter Druck zu setzen. So läuft das. Es ist eine höfliche Verhörtechnik.

»Wo wollten Sie hin?«

Er hält professionellen Abstand, und auch das hat seinen Grund. Sie muss mit einer akzeptablen Antwort kommen. Dieser Mann ist bereit, hier im Auto sitzen zu bleiben, bis sie etwas sagt.

»Ich wollte kurz in die Kirche«, sagt sie. Die Wahrheit ist immer die beste Lüge.

»Jetzt? Jetzt findet doch gar kein Gottesdienst statt?«

»Nein, kein Gottesdienst, ich hatte das Bedürfnis nach der Präsenz.«

»Wessen Präsenz?«

Seine Fragen sind ruhig und beherrscht, er achtet darauf, sie nicht zu sehr unter Druck zu setzen. Trotzdem ist ganz offensichtlich, was er denkt, nämlich dass sie in der Kirche John treffen wollte. Das stimmt nicht, aber sie wird es ihm wahrscheinlich sowieso nicht ausreden können.

»Die Präsenz ist nicht von etwas oder jemandem«, sagt sie. »Es ist die Präsenz des Größeren. Und nach der habe ich jetzt ehrlich gesagt noch mehr das Bedürfnis als vorher.«

Der Mann schaut sie an. Vera kann seine Gedanken an den Augen ablesen. Das Größere, hat sie gesagt. Damit impliziert sie, dass sie gläubig ist, und das ist sie auch, auf ihre eigene Art. Wieder ein Beispiel dafür, dass die Lüge die beste Wahrheit ist. Sie ist gläubig, und sie wollte zur Kirche, und jetzt ist es an ihm herauszufinden, ob die beiden Informationen etwas miteinander zu tun haben oder nicht. Das bringt ihn in Schwierigkeiten, denn Gott ist immer ein empfindliches Thema. Er startet das Auto, schiebt den Hebel auf *Drive*, und der Wagen setzt sich in Bewegung.

»Das Größere«, sagt er. »Das kann sehr viel sein.«

»Das ist es auch.« Sie schweigt. Eine dürftige Geschichte. Wenn er will, kann er die sofort auseinandernehmen. »Wie heißen Sie eigentlich?«, fragt sie.

»Sanders. Samuel Sanders.«

»Sanders. Okay. Vielen Dank, dass Sie mich gerettet haben, das hatte ich noch nicht gesagt.«

»Nicht nötig, ich tue nur meine Arbeit.« Er nickt kurz. Damit ist das Thema für ihn erledigt.

Das Auto gleitet langsam und fast geräuschlos durch den Verkehr. Sanders macht einen Anruf, mit dem Smartphone in der Freisprechanlage. Sie kann mithören. Er berichtet kurz, was geschehen ist und dass sie unterwegs sind.

»Zehn Minuten.«

»Wohin fahren wir? Ins Büro, nehme ich an?«

Unwillkürlich muss er lachen. »Ich bringe Sie zu Mevrouw Calder. Wir fahren also wirklich ins Büro, so könnte man das nennen.«

Als das Auto im Parkhaus steht, ist alles Adrenalin aus ihrem Körper verbraucht. Sie bleibt kurz sitzen, die Tasche auf dem Schoß. Dann nimmt sie Lippenstift und Handspiegel, trägt ein wenig Rot auf, presst die Lippen aufeinander, schaut noch einmal in den Spiegel, Kopf nach links, Kopf nach rechts. Der Mann hält die Tür schon für sie auf. Neben ihm geht sie zum Aufzug.

»Nicht so schnell«, ruft sie. »Ich trage Absätze!«

Am Empfang wird ihre Tasche kontrolliert, und sie erhält einen Besucherausweis. Dann führt sie der Mann durch die Türen zu den internen Aufzügen, hoch zu der Etage, in der die Chefin ihr Büro hat. Alisha Calder.

Hier ist Vera noch nie gewesen. John hat sie ein paarmal zum Neujahrsempfang mitgenommen, und natürlich war sie bei seinem Abschied dabei, aber diese Veranstaltungen haben nicht hier stattgefunden. Für Feiern wurde ein Saal in irgendeinem Luxushotel gemietet, mit ansprechenderer Atmosphäre als hier. Dieses Gebäude ist auffällig nichtssagend und farblos. Bei diesen Anlässen war sie Kolleginnen und Kollegen ihres Mannes begegnet, darunter Alisha Calder. Dieses Mal wird es anders, diesmal kommt sie nicht zum Feiern.

20

OLDSCHOOL

»Russen?« Vom ersten Augenblick an verläuft das Gespräch unangenehm. Calder schaut sie mit einem Blick an, aus dem deutlich der Unglaube zu erkennen ist. »Sind Sie sich da sicher?«

In der so stark bewachten Umgebung des Dienstes spürt
Vera wieder, wie ihr die Knie weich werden. Die Nachwirkun-
gen des Überfalls dauern noch an. Calder versucht sie zu beruhigen, sie ist voller Verständnis für den Schockzustand, in
dem sich Vera ihrer Meinung nach befindet, doch alles, was
sie sagt oder tut, bewirkt genau das Gegenteil. Calder ist sachlich und energisch, sie ordert Kaffee und lässt Vera dann allein
in einem kahlen Raum zurück, weil sie mit Sanders besprechen will, was genau vorgefallen ist und was er gesehen hat.

»Ein Debriefing«, sagt Vera.

»So nennen wir das, ja.«

»Er hat weniger gesehen als ich.«

»Das wird sich noch herausstellen. Haben Sie das Kennzeichen des Busses erkennen können, in den Sie hineingezerrt
werden sollten?«

Vera hat kein Nummernschild wahrgenommen.

»Können Sie die Männer beschreiben? Groß, klein, breit, dick, schlank, Alter, nur um einige Punkte zu nennen.«

Das kann sie, aber ihr Gedächtnis arbeitet anders als das der meisten Menschen; sie sieht Bilder auf eine ganz eigene Art und Weise, die für andere nur schwer nachvollziehbar ist.

»Er war hell, gleißend hell«, sagt sie. »Und der andere Kerl war grüner, also breiter und schwerer.«

Ihre Worte verwirren Calder. Die Expertin vom Geheimdienst weiß nicht, was sie mit den von Vera genannten Farben anfangen soll.

Farben?

Sie gibt Vera einen Kugelschreiber und einen Block.

»Schreiben Sie alles auf, woran Sie sich erinnern. Wir suchen inzwischen weiter nach Ihrem Mann. Das ist jetzt noch dringender geworden. Können Sie ihn erreichen?«

»Hat das Ganze etwas mit ihm zu tun?«

»Nein, das kann ich mir nicht vorstellen. Ich will Ihren Mann in einer Angelegenheit sprechen, um die es gerade in der Zweiten Kammer geht. Damit hat Russland nichts zu tun. Und selbst wenn das doch der Fall sein sollte, weiß niemand, dass ich Ihren Mann deswegen sprechen will. Er hält sich versteckt, er reagiert weder auf meine Nachrichten noch auf meine Anrufe, er meldet sich nicht, und bei Menschen wie Ihrem Mann passiert so etwas nicht aus Versehen. Deswegen frage ich Sie noch einmal: Können Sie ihn erreichen?«

Vera holt ihr Smartphone aus der Tasche und schaltet es ein. Sie sieht sofort, dass keine Nachrichten von John eingegangen sind; auch auf ihre hat er nicht reagiert. Um ihn zu erreichen, braucht sie ihr anderes Handy, und das liegt in der Küchenschublade, zwischen den Messern. Sie berührt das Display ein paarmal und ruft die Nummer ihres Mannes an, mit Lautsprecher. Sie hören, wie der Anruf auf die Mailbox weitergeleitet wird. Vera hinterlässt eine Nachricht.

John, ich bin's, ruf mich so schnell wie möglich zurück.

Sie beendet das Gespräch, bleibt mit dem Smartphone in den Händen sitzen, während Calder den Raum verlässt. Die Tür fällt hinter ihr ins Schloss, und zum ersten Mal seit der versuchten Entführung ist Vera allein. Sie fühlt sich schmutzig und ist verärgert, ihre Wut kann nirgendwohin, und sie erschöpft Vera. Sie starrt auf das Papier, nimmt den daneben liegenden Kugelschreiber in die Hand und denkt nach. Was ist da passiert? Wie ist es passiert? Wie kann sie den Überfall am besten beschreiben? Alles passierte so schnell, war so chaotisch.

»Betrachte das Ganze einfach als ein Rezept für ein Lieblingsgericht«, hatte John einmal gesagt, als sie sich an etwas tief in ihrem Gedächtnis Vergrabenes erinnern sollte. »Liste die Zutaten auf und beschreibe, wie alles passiert ist.« Das macht sie jetzt: Sie beschreibt das Gericht, die versuchte Entführung der Vera Antink, alle Zutaten in der richtigen Reihenfolge, und es erstaunt sie, wie viel sie auf diese Weise zurückholen kann. Bis Calder zurückkommt, hat sie eine ganze Geschichte niedergeschrieben.

»Es erscheint mir besser, wenn Sie hierbleiben, bis sich Ihr Mann meldet«, sagt Calder ohne jede Einleitung. Keine angenehme Überraschung.

»Wie bitte? Ich …«

»Fühlen Sie sich ganz wie zu Hause, wenn ich das so sagen

darf, machen Sie es sich bequem, aber bis John hier erscheint, bleiben Sie hier. Ich will nicht, dass Sie in Ihr Haus zurückkehren, bis wir das Ganze mit Ihrem Mann haben besprechen können. Und ich bin mir ganz sicher, dass er das so gut findet.«

»Dann hoffe ich nur, dass er schnell hier auftaucht. Ich habe keine Lust, die Nacht hier zu verbringen.«

»Dann würde ich Sie in eine Zelle stecken müssen«, gibt Calder zurück. Die Vorstellung von Vera Antink in einer Zelle, samt ihren hochhackigen Schuhen und ihrer Handtasche, ist an sich amüsant, und sie muss unwillkürlich lachen. »Aber wenn ich das tue, entstehen dadurch vor allem sehr viele Probleme für mich. Hoffen wir also, dass Ihr Mann heute noch auf sein Handy schaut. Was sagten Sie, wo er ist? Beim Repair Club? Was genau ist denn das?«

»Eines seiner Hobbys.«

»Und Sie wissen nicht, wo er ist?«

»Nein, er war nicht zu Hause, jedenfalls habe ich ihn nicht gesehen.« Vera lügt nicht, sie hat ihn nicht gesehen, und mit dem Handy, das sie bei sich hat, kann sie ihn nicht erreichen.

»Kommt das denn häufiger vor?«

»Manchmal ziehen sie hinterher noch zusammen los.« Viel mehr weiß sie auch nicht, sie war nie mit dabei, kennt die anderen auch nicht, nur Lydia, den Vornamen. »Ich weiß nicht einmal, wie die Leute mit Nachnamen heißen.«

»Dann müssen wir es einfach weiter versuchen«, meint Calder. Sie schickt noch eine Nachricht an John.

Vera ist hier. Dringend. Wäre fast entführt worden. Müssen uns unbedingt beraten. Erst hier alles besprechen, bevor sie wieder nach Hause kann.

John Antink ist *oldschool*, sehr *lowtech*, und das nervt Calder. Jetzt hat sie keine andere Wahl, sie muss Geduld haben. Offensichtlich kann sie John nur zu fassen bekommen, wenn er das so will. Und das ist sie nicht gewohnt.

21

DER GRÖSSTE FEHLER SEINES LEBENS

Die Nachricht löst eine unerwartet heftige Reaktion in ihm aus. Während der ganzen Jahre seiner aktiven Tätigkeit hatte er Angst, er könnte Vera in Gefahr bringen, sie könnte auf irgendeine Weise das Opfer seiner Taten und der Risiken werden, denen er sich bewusst aussetzte. Während dieser ganzen Zeit hat er darauf vertraut, dass er das nicht zulassen, dass er sie beschützen können würde, indem er sie außerhalb der Reichweite seiner Gegner hielt. Auf diesem Vertrauen basierte sein ganzes Leben, und jetzt stellt sich alles als purer Übermut heraus. Jetzt, wo er den scheinbar sicheren Teil seines Lebens erreicht hat, ist sein Selbstvertrauen fehl am Platz und die Gefahr viel näher als gedacht. Wenn der Dienst sie nicht überwacht hätte, wäre Vera entführt worden. Aber wer wollte sie kidnappen? Er weiß es nicht, und das macht die Sache noch schlimmer. Früher hätte er sofort gewusst, wo die Gefahr herkam, jetzt nicht. Er fühlt sich blind, behindert.

Vera ist hier. Dringend. Wäre fast entführt worden. Müssen uns unbedingt beraten. Erst hier alles besprechen, bevor sie wieder nach Hause kann.

Er schickt keine Antwort. Gedanken ticken durch seinen Kopf, klinisch neutral; er unterdrückt seine Gefühle, für die ist jetzt kein Platz. Er will wissen, was geschehen ist. Wer hat es auf Vera abgesehen? Ein Entführungsversuch. Wo? Und warum heute? Er hat viele Fragen, und die haben Vorrang. Bei Calder ist Vera gut aufgehoben, besser könnte es gar nicht sein, auch wenn Vera darüber wahrscheinlich ganz anders denkt. Sie wird es schon noch eine Weile aushalten, sie ist es gewohnt, auf ihn zu warten.

Der Russe beim Repair Club und die missglückte Entführung bedeuten zusammen mehr als die beiden Tatsachen für sich genommen, und bevor er zu Vera kann, muss er die Vergangenheit aus seinem Gedächtnis zurück in die Gegenwart holen. Zürich, Dresden, Moskau. Hinter dem Entführungsversuch können nur Russen stecken, auch da ist er sich ganz sicher. Es gibt keine anderen Kandidaten und außerdem kaum andere Länder, die mit einer derartigen Skrupellosigkeit vorgehen. Die Türkei vielleicht, der Iran oder Saudi-Arabien. Die Vereinigten Staaten auch, aber die bevorzugen Drohnenangriffe, eine Methode des Eingreifens, bei der sie selbst auf Distanz bleiben. Echte Aktion mit Geheimagenten auf der Straße in einem westlichen Land, das kommt selten vor. Die Türkei, der Iran und Saudi-Arabien fallen schnell weg; sie haben keinen zwingenden Grund, und es gibt keine Verbindung zwischen einem dieser Länder und dem Zettel in der Robotron-Schreibmaschine. Moskau hingegen hat immer einen Grund,

und John weiß, dass er ab jetzt ganz besonders auf der Hut sein muss. Es gibt vieles, was um jeden Preis verborgen bleiben muss. Er lebt mit seinen Geheimnissen, das macht ihn manchmal etwas unwirklich, als würde er nicht auf diese Welt gehören. Lügen und Betrügen sind Teil seines Lebens, das hat er gelernt. Die sich dadurch ergebenden Risiken hat er immer akzeptieren müssen, aber jetzt ist Vera angegriffen worden, und damit ist die Gefahr zu nahe gekommen. Er wird rasch handeln müssen. Bevor er zu Vera und Calder geht, will er mehr über die Adresse in der Stalpertstraat wissen. Er braucht Antworten. Intel.

Das Team des Repair Club weiß, wie wichtig es ist, das richtige Werkzeug zu haben, wenn es losgeht. Es muss möglichst viel über den Ort bekannt sein, in den man eindringt, wer sich tatsächlich oder eventuell dort aufhält, was diese Leute tun, warum und wann. Es darf keine Überraschungen geben, und wenn es doch eine gibt, müssen sie darauf vorbereitet sein. Sie arbeiten schon so lange zusammen, dass sie damit auch nicht aufhören konnten, als es Zeit für den Ruhestand wurde. Im Repair Club fühlen sie sich zu Hause, gemeinsam an der Arbeit, kaputte Toaster und Fehler aus der Vergangenheit inklusive. Jetzt hat John es vielleicht mit dem größten Fehler seines Lebens zu tun, und er weiß nicht einmal, welcher das ist.

22

TAPETE

Von ihrem Auto aus, nicht weit vom Hauseingang, stellt George eine Verbindung zum WLAN in der Wohnung im zweiten Stock her. Er ist Mechaniker, ein echter Technikfreak. Das Signal ist schwach, aber gut genug, um sich einloggen zu können. Sobald sie die Privatadresse hatten, haben sie so viele Informationen eingeholt wie möglich, was das Haus und den Mieter betrifft. Heute Morgen war Lydia schon in der Straße gewesen, um den Mann auf dem Weg zur Arbeit zu beschatten. Um kurz vor neun hatte er das Haus verlassen, war zum Konsulat der russischen Botschaft im Scheveningseweg gefahren. Dort arbeiten die Leute in den niedrigeren Funktionen, das dritte Echelon im diplomatischen Dienst. In der Konsularabteilung werden Passangelegenheiten und Visa geregelt, einfache Beamtentätigkeiten.

Der Mietvertrag für die Wohnung ist auf einen V. Wolters ausgestellt. Der Mann, der sich im Repair Club zu John an den Tisch gesetzt hat, wohnt dort, und sein Name ist nicht Wolters, sondern Swetlow. Auf der Liste der Mitarbeitenden der Konsularabteilung tauchte der Name Wolters nicht auf. Swetlow ist Attaché für zivile Angelegenheiten und Identitätsfragen; sein Name kommt nur auf der Liste der Mitarbeitenden vor, sonst nirgends. Seine Identität als Beamter im diplomatischen Dienst scheint ganz und gar isoliert zu stehen: In Russland liefern sein Name und sein Geburtsdatum keine Treffer bei der Suche. Swetlow hat keine Vergangenheit und bleibt nur an der Oberfläche, er ist wie eine Tapete an der Wand.

Mit allen ihm zur Verfügung stehenden Informationen gelingt es George, das Passwort zu knacken. Über das WLAN in der Wohnung loggt er sich in die Alarmanlage ein und schaltet sie aus.

»Fertig«, verkündet er.

Neben ihm im Auto wartet Jaap auf Nachrichten. Um 9:16 Uhr klingelt sein Handy. Lydia meldet, dass Swetlow in der russischen Botschaft angekommen ist. Jaap öffnet die Autotür, steigt aus und geht zur Haustür. Er trägt eine blonde Perücke und eine Sonnenbrille, außerdem Schuhe mit dicken, weichen Sohlen, und er hat eine Schultertasche bei sich. Auf dem Kopf hat er eine Cap, deren Schild er so vor dem Gesicht hat, dass es auf Überwachungskameras nicht zu sehen ist. Schlösser sind für ihn kein Hindernis.

Es ist still, die Stalpertstraat liegt im nordwestlichen Teil von Den Haag, zwischen Wassenaar und Scheveningen eingeklemmt, in der Nähe des 2015 dort eröffneten Internationalen Strafgerichtshofs. Ein ruhiger Stadtteil, eingegrenzt von imposanten Seniorenresidenzen, die wie ein Atlantikwall das Ende des Lebens auf Distanz zu halten versuchen. Es ist 9:17 Uhr morgens, auf der Straße sind zwei Leute, eine Frau und ein Mann, die sich unterhalten und zu ihrem Auto gehen;

sie haben nur Augen füreinander. Eine Minute später öffnet Jaap die Haustür.

Während er sie aufschiebt, kommen John und George das kurze Stück Straße entlang; auch sie tragen Perücken, Sonnenbrillen und Caps mit großen Schirmen. Sie folgen Jaap ins Haus und schließen die Tür hinter sich. Sie stehen in einem kleinen Hauseingang vor einer steilen Treppe ins nächste Stockwerk. Daneben hängt ein flaches Kunststoffkästchen mit einem Tastenfeld und einem grün blinkenden Lämpchen.

Alles in Ordnung, Alarm aus.

Aus der Tasche holt George einen kleinen, lang gezogenen Apparat mit einer Schnur daran. Er steckt den Stecker in die erstbeste Steckdose und drückt auf einen Knopf. Ein kleiner Piepton, erst leuchtet ein rotes Lämpchen auf und kurz darauf ein grünes.

»Fertig. Go!«

Das Kästchen ist ein Störsender, es schickt ein Signal durch das elektrische System der Wohnung und stört alle elektrischen Geräte im Haus. Mikrofone und Kameras im Gebäude verschicken jetzt in erster Linie sehr viel Rauschen.

Rasch und fast geräuschlos laufen sie die doppelte Treppe hoch ins zweite Stockwerk. Im ersten gibt es nur einen leeren Flur ohne Türen. Oben finden sie eine unerwartet kleine Wohnung mit einer Küche, einem Bad und einem separaten WC vor, außerdem ein Vorzimmer und ein sich daran anschließendes Schlafzimmer. Jaap geht vorneweg und kontrolliert die Räume. John folgt ihm auf dem Fuß und durchsucht schnell und systematisch alles. Nichts zu sehen. Erstaunt schauen sich die Männer um, alles wirkt normal, aber trotzdem fühlt es sich an, als ob hier etwas nicht stimmt. Es ist eine Wohnung für einen einzelnen Mann, ganz eindeutig, alles zusammen sind es vielleicht neunzig Quadratmeter, also mehr als genug. Und trotzdem. Es ist 9:23 Uhr.

In der Wohnung gibt es keine persönlichen Besitztümer, keine Fotos, keine Bücher, keinen Computer. Im Wohnzimmer steht ein Fernsehgerät mit einem Decoder, an der Wand hängt ein Glasfasermodem, daneben der WLAN-Router. Die drei bleiben stehen, machen kein Geräusch, sprechen nicht miteinander, verständigen sich mit Gebärden. Die dicken, weichen Sohlen ihrer Schuhe sind auf dem Fußbodenbelag unhörbar. Wie Schatten bewegen sich die drei durch die Wohnung. Sie durchsuchen die Küchenschränke und den Schrank im Schlafzimmer und finden Töpfe und Kleidung. Im Kühlschrank liegen ein Stück Käse und ein halbes Brot in einem Plastikbeutel, außerdem gibt es noch ein Glas Gurken und zwei Packungen mit Fertiggerichten für die Mikrowelle, eines mit Haschee, Rotkohl und Kartoffelbrei, das zweite mit Tagliatelle, Brokkoli und Lachs in Rahmsauce. Die Küche ist sauber, kein schmutziges Geschirr zu sehen. Auf einem Abtropfgitter steht eine gespülte Kaffeetasse. Ein Löffel liegt daneben.

Es muss mehr geben. Das hier wirkt wie die Wohnung eines Mönchs, eines Mannes ohne Familie oder Kontakte, und der Swetlow, der John im Repair Club gegenübersaß, ist kein Mönch. Daran gibt es nicht den geringsten Zweifel. Wieder schaut sich John um, nimmt die Räume noch einmal in sich auf und geht zur Treppe. Sie sind in der zweiten Etage, in der ersten gibt es nur den kleinen Flur, der erste Stock gehört eindeutig zum Apartment im Erdgeschoss, als Maisonetteteil mit einer eigenen Treppe innerhalb des Apartments. Er dreht sich um, geht durch die Küche auf den Balkon auf der Rückseite des Gebäudes und schaut nach unten, versucht die Einteilung zu erkennen, und dann sieht er etwas, was keinen Sinn ergibt. Die Wohnung im Erdgeschoss ist doppelt so breit wie die in der zweiten Etage; im Erdgeschoss wird Raum durch Breite gewonnen, nicht durch Höhe. Es ist nicht logisch, dass zu dem Apartment im Erdgeschoss noch ein Stockwerk gehört. Die erste Etage müsste eigentlich zur zweiten Wohnung gehören.

Er winkt George heran und geht die Treppe nach unten, lässt die Hände über die Wände gleiten, klopft vorsichtig, nicht zu fest, bis er einen Teil der Wand findet, der hohler klingt als der Rest. Er klopft noch einmal, jetzt etwas kräftiger, immer noch vorsichtig, um nicht zu viel Lärm zu verursachen. Hier klingt es ganz eindeutig anders.

Mit den Fingern fährt er über die Wand, sucht nach einer Unebenheit, einer Erhebung oder einer anderen Auffälligkeit. Er schaut genau hin, die Augen dicht an der Wand. Da gibt es eine Tapete, mit einem geometrischen Muster aus Linien und Flächen, sodass eine Unregelmäßigkeit sehr schwer zu finden ist. Er kann nichts entdecken, und trotzdem muss es da etwas geben.

Es ist 9:33 Uhr, sie sind seit siebzehn Minuten hier drin. Das Ganze dauert zu lange. Im besten Fall sind sie innerhalb einer Viertelstunde wieder draußen, je länger sie sich in der Wohnung aufhalten, desto größer die Wahrscheinlichkeit, dass man sie bemerkt.

Zurück nach oben, zu George. Zusammen schauen sie auf seinen Tabletcomputer, aber durch den Störsender funktioniert auch seine Ausrüstung nicht.

»Wenn ich den ausschalte, kann ich ins System schauen«, sagt George.

»Und dann sind wir sichtbar.« John zögert, Erinnerungen an seine eigene Vergangenheit strömen ihm wieder in den Kopf. Jahrelang haben ihn immer und überall feindliche Geheimdienste abgehört und ihm hinterherspioniert, und nie hat man ihn bei Dingen ertappt, die andere nicht hätten sehen dürfen. Und dann sollte er sich jetzt, mit fast siebzig Jahren, schnappen lassen?

»Ganz kurz nur«, sagt George.

Manchmal muss man ein Risiko eingehen. John zieht sich den Schild seiner Cap tiefer über die Augen.

»Go.«

Während Jaap den Störsender ausschaltet, loggt sich George wieder im WLAN ein und untersucht die angeschlossenen Apparate. Die Alarmanlage, den Fernseher, das Radio, den Kühlschrank, den Thermostat. In dieser Reihe befindet sich ein Anschluss, der sich nicht zuordnen lässt.

Key.

John deutet darauf und schaut George fragend an. Der starrt noch eine Sekunde länger auf den Link und klickt dann darauf.

Eine Etage tiefer ist ein trockenes Klicken zu hören. Zusammen rennen sie nach unten, in den Flur im ersten Stock, und starren die unsichtbare Tür an, die jetzt einen Spaltbreit offen steht.

23

ZWEITE WARNUNG

Das erste Stockwerk der Wohnung ist wie eine andere Welt. Die Fensterscheiben in Wohn- und Esszimmer sind verdunkelt, in der Wohnung gibt es nur Kunstlicht. Vom Flur aus sieht man rechts zwei Zimmer mit Verbindungstür, geradeaus eine kleine Küche, links eine Toilette, ein kleines Badezimmer und ein Nebenzimmer mit einem Klappbett und ein paar vereinzelten Kleidungsstücken auf dem Boden. Die beiden Zimmer haben nur eine Zugangstür, die andere ist zugenagelt. Vorsichtig betreten die drei die Wohnung, kommen in ein erstes Zimmer, übersät mit Geräten, Computern und Monitoren, Archivschränken und Kartons. Es ist still dort, die Luft abgestanden, hier gibt es keine Luftzufuhr, es riecht muffig. Als George das zweite Zimmer betritt, flucht er und bleibt unbeweglich stehen. Er deutet hin.

»Shit!«

Mitten im Zimmer liegt ein Mann auf dem Bauch, das Gesicht im Hochflorteppich. Es gibt nirgends Spuren eines Kampfes. Um ihn herum liegen einige Papiere auf dem Boden, als wäre er vom Stuhl gerutscht und hätte sie mitgerissen, als er sich festzuhalten versuchte.

Schnell kniet sich John neben den Mann, legt ihm die Finger an den Hals und versucht einen Puls zu ertasten, schließt die Augen. Der Körper ist noch warm, aber es gibt keinen Herzschlag mehr. Der Mann kann erst vor kurzer Zeit gestorben sein.

Langsam steht er wieder auf, und schweigend schauen sich die drei um. Der Mann auf dem Boden hat keine sichtbaren Verletzungen, man hat ihn nicht niedergeschossen oder mit einem Messer verletzt, kein einziger Blutstropfen ist zu sehen.

»Wie ist der Kerl ums Leben gekommen? Was ist da passiert? Hat er einen Herzinfarkt gehabt oder so?« Auch Jaap beugt sich über den leblosen Körper.

Der Mann liegt mit dem Gesicht nach unten, am Mundwinkel sieht John kleine Schaumblasen und ein wenig Erbrochenes.

»Dieser Mann ist keines natürlichen Todes gestorben«, sagt er. »Da hat jemand nachgeholfen.«

Dann dringt es zu ihm durch, was für ein enormes Risiko sie gerade eingehen. Sie sind im Haus eines Russen, und vor ihnen auf dem Boden liegt ein toter Mann. Moskau hat eine Vorliebe für Chemiewaffen und für Nervengifte, die sie in kleinen Mengen zielgerichtet einsetzen, um Feinde auszuschalten. Diese Art Gift beeinflusst die Funktion des Nervensystems und stört den Gehirnstoffwechsel. Das Gehirn gerät in Verwirrung, und es kommt zu Teilausfällen, bis der Körper nicht mehr funktionieren kann. Dadurch verstirbt das Opfer. Dieser Mann liegt hier, als hätte man ihn einfach ausgeschaltet, mit einem extrem wirksamen Mittel, das keine Verletzungen entstehen lässt. Unwillkürlich machen sie ein paar Schritte zurück, um auf Distanz zu dem Körper zu gehen. Für John ist das natürlich zu spät, er hat die Leiche bereits berührt. Er geht zur Küche und wäscht sich ausgiebig die Hände, spült sie lange ab und kehrt erst dann wieder zurück ins Zimmer.

Ihr Instinkt befiehlt ihnen, das Gebäude so schnell wie möglich zu verlassen: Jeder mögliche Kontakt mit einem Nervengift wie Nowitschok kann lebensgefährlich sein. Trotzdem zögert John. Das ist ihre einzige Chance, um das Haus zu durchsuchen. Weggehen bedeutet, sie kommen nie mehr wieder. Bald wird hier ein Team auftauchen, um alles aufzuräumen, und wenn sie mit ihrer Arbeit fertig sind, wird hier nichts mehr zu finden sein. Deswegen haben sie keine Wahl, sondern müssen hier und jetzt an die Arbeit. Mit Lappen vor Nase und Mund legen sie los.

»Wer ist das?«, fragt John.

Aus der Küche holt George einen Besen, und damit bewegen sie den Leichnam, bis er auf dem Rücken liegt und sie völlig verblüfft in das Gesicht des Mannes schauen.

»Swetlow«, sagt Jaap. »Das kann doch gar nicht sein. Der hat doch vor einer halben Stunde das Haus verlassen.«

John starrt den Toten an. Mit diesem Mann hat er in ein paar Tagen eine Verabredung, und jetzt liegt der Mann hier. Er hat das Gefühl, mit der Entwicklung nicht Schritt halten zu können. Ihr hinterherzuhinken.

»Wir sind hier erst aufgetaucht, nachdem wir von Lydia gehört hatten, dass er aufgebrochen war. Was vorher passiert ist, wissen wir nicht.«

Swetlow ist tot, wahrscheinlich ermordet. Swetlow hat Kontakt zu ihm gesucht, also ist er selbst jetzt auch in Gefahr. Sein Profiinstinkt übernimmt das Kommando: Informationen sammeln, Spuren verwischen, so schnell wie möglich weg hier und dafür sorgen, dass das Problem nicht bei ihm landet, sondern bei den Tätern.

»Fotos!«, sagt er.

George nimmt sein Smartphone und fotografiert den Leichnam von allen Seiten. »Fertig!«

Zusammen schauen sie auf Swetlow herunter. »Wenn ich mich nicht täusche, trägt er noch denselben Anzug wie vor ein paar Tagen im Repair Club.«

»Wer hat dann heute Morgen das Haus verlassen? Wem ist Lydia bis zum Konsulat gefolgt? Das war doch Swetlow?«

»Dachten wir«, sagt John. Wenn das hier Swetlow ist, ist Lydia dem Mörder gefolgt, und der hat sich auf direktem Wege aufs sichere Terrain des russischen diplomatischen Dienstes begeben. Dort kann ihm niemand etwas anhaben.

»Wir brauchen hier nicht nach Beweisen zu suchen«, meint George. Wer das getan hat, ist für sie nicht von Bedeutung. Und jetzt, wo Swetlow tot ist, gibt es hier nichts Interessantes mehr für sie. »Also: weg hier.«

»Außer, der Zettel war eine Warnung. Dann ist das hier eine zweite. Eine deutlichere.«

Wenn das hier eine Warnung ist, ist es schon die dritte, denkt John. Die zweite war der Versuch, Vera zu entführen, aber davon wissen George und Jaap noch nichts. Vielleicht sollten sie lieber schauen, ob sie hier irgendetwas finden, was mit dem Zettel in der Schreibmaschine zu tun hat, etwas, was ihnen Aufschluss darüber gibt, was hier vor sich geht.

Dann besorge ich den Rest, hat Swetlow auf das Zuckertütchen geschrieben. Welchen Rest? Ob der hier noch irgendwo ist? Aus einem der Küchenschränke holt George eine Rolle Gefrierbeutel. Er reißt sechs ab, und jeder von ihnen zieht sich welche über die Handschuhe, die sie sowieso tragen. Die Tüten reichen ihnen bis an die Handgelenke. So können sie alles anfassen, und John kann die Tastatur des Computers bedienen, um zu sehen, woran Swetlow gerade gearbeitet hat. Der Bildschirm zeigt einen Mailaccount. Er sucht sich die Daten zum Einloggen und fotografiert sie mit seinem Smartphone. Nun kann er vom Büro aus auf das Konto zugreifen und herausfinden, zu wem Swetlow Kontakt hatte und worin seine Mission bestand.

Schritt für Schritt, mit der größtmöglichen Vorsicht, durchsuchen sie alles, bis nur noch Swetlows Jacken- und Hosentaschen fehlen.

»Ich hebe ihn an, du suchst«, sagt George. Er packt Swetlow an den Schultern und zieht seinen Oberkörper vom Boden hoch, damit Jaap einfacher an die Jackentaschen kommt. Innen links ist die Makarow. Innen rechts der Pass. In der rechten Außentasche findet er Schlüssel, in der linken ein Feuerzeug. Dann lässt George Swetlow zu Boden gleiten und rollt ihn auf die andere Seite, sodass Jaap die Hosentaschen durchsuchen kann. Rechts findet er einen Geldbeutel. Sie legen Swetlow wieder flach auf den Rücken. Jetzt rollt ihn George halb auf die rechte Seite. In der anderen Hosentasche steckt ein Handy. Sie legen alles auf den Tisch. Für jeden Gegenstand nehmen sie eine neue Tüte von der Rolle, und Jaap hält sie auf, damit George den Gegenstand hineinfallen lassen kann, ohne die Außenseite der Tüte zu berühren.

So sammeln sie alles, stecken alle Sachen in einen Müllsack, den sie ebenfalls aus der Küche geholt haben, und verlassen die Wohnung. Im Flur nehmen sie die Lappen ab, die sie sich vor Mund und Nase gehalten haben, stecken auch die in einen Müllsack, und um 10:39 Uhr schaltet George den Störsender aus, steckt ihn sich in die Tasche und zieht die Haustür hinter sich zu. Vom Auto aus aktiviert er über das WLAN den Alarm. Sie waren eine Stunde und einundzwanzig Minuten drin. Viel zu lange. Als George losfahren will, hält ihn John zurück.

»Warte«, sagt er. Gleich erscheint hier das Aufräumteam. Wenn das durch ist, gibt es keinen Beweis mehr für irgendeinen Vorfall hier, und dann können sie ihre Entdeckung auch nicht mehr zu ihrem Vorteil einsetzen. Jetzt bietet sich ihnen noch eine Chance, das Ganze umzudrehen und den Druck auf die Seite der Russen zu verschieben. Falls das Ganze dazu dienen soll, ihn aus der Reserve zu locken, kann er Zeit gewinnen, indem er die Aufmerksamkeit besonders deutlich auf die Russen lenkt.

»Du schickst jetzt einen anonymen Tipp an die Medien, RTV West, RTL und den NOS, dass in einer Wohnung in der Stalpertstraat ein ermordeter russischer Diplomat liegt. Die Medien sind ganz verrückt nach toten Diplomaten.«

Zu dritt rufen sie die verschiedenen Redaktionen an, mit unterdrückten Nummern, sodass man sie nicht zurückrufen kann. Sie täuschen Panik und Empörung vor, beenden dann das Gespräch. Anschließend meldet John dieselbe Information der 112.

Schweigend warten sie in ihrem Wagen darauf, dass etwas passiert. Die Medien sind zuerst an Ort und Stelle. Bis die Polizei erscheint, hat der Trubel schon angefangen. Presse,

Rettungshelfer und Polizei drängen sich vor dem Eingang. Kameras laufen, Fragen werden gestellt.

»Jetzt können wir los«, sagt John.

24

DAS LECK

Alisha Calder kennt die korrekten Abläufe, sie kennt den korrekten Weg, und sie weiß auch, dass es auf diese Weise meist viel zu lange dauert. Sie steht unter Zeitdruck, das Theater mit Vera Antink hat schon zu viel kostbare Zeit in Anspruch genommen. Mevrouw Antink ist in einem der Spezialräume untergebracht und wartet dort auf ihren Mann.

Für Calder geht es auch um andere wichtige Dinge: Erst wenn sie das Leck in der Organisation identifiziert hat, kann sie beurteilen, wie schlimm es ist. Der Generalsekretär hat noch keine Mahnung ausgesprochen, aber viel hat nicht gefehlt. Darum hat sie es eilig. Das Problem bei einem Leck ist, dass es sich überall befinden kann. Wen soll sie beauftragen, es zu identifizieren? Sie will nicht riskieren, genau die falsche Person zu fragen. Die Paranoia lauert, Vertrauen ist leicht zerbrechlich. Sie muss jemanden einsetzen, der intensiv nachforscht, unabhängig von Kommissionen und Verfahrensweise. Varman ist gut, an ihm zweifelt Calder keine Sekunde, er wird alles streng nach Vorschrift untersuchen. Super, aber streng nach Vorschrift dauert einfach zu lange. Calder braucht einen Agenten, der unabhängig arbeiten kann, dem die modernen Methoden und die Technologie zur Verfügung stehen, der problemlos an Daten kommt und der schnell und effektiv arbeitet, jemanden mit einer direkten Verbindung zu ihr. Je länger diese Wunde eitert, desto schädigender wird sie. Darum braucht Calder jemanden, der keine Angst davor hat, gegen den Strom zu schwimmen, der sich nicht abschrecken lässt.

Kuipers steht vor ihrem Schreibtisch und wartet. Calder hat schon ein paar Minuten nichts gesagt. Als er ihr dann gegenübersitzt, wartet sie noch kurz, bevor sie zu reden anfängt. Sie schaut ihren Assistenten an, sehr gründlich, vor allem um ihre eigenen Zweifel zu zerstreuen. Kuipers wirkt gelassen, das ungewöhnliche Verhalten seiner Chefin macht ihn nicht nervös, er blinzelt nicht, schaut nicht weg, bewegt nicht den Kopf, rutscht nicht auf seinem Stuhl herum, er ist die personifizierte Selbstbeherrschung und innere Balance.

»Das Leck«, sagt Calder. Eines weiß sie genau: Es ist egal, wo das Leck sich befindet, wer es ist oder wie weit oben sich jemand in der Hierarchie befindet, Kuipers hat kein Empfinden für Ränge und Status. »Varman nimmt das Ganze in die Hand, der geht alles sorgfältig durch, aber ich will zusätzlich einen anderen Weg nutzen.«

»Etwas mehr unter dem Radar?«

»Genau. Und ich will, dass Sie das übernehmen.«

Kuipers und sie kennen einander schon einige Jahre. Calder hat ihn selbst ausgewählt, weil ihr seine Schnelligkeit und seine unerschrockene Art, in jeder Situation er selbst zu bleiben, imponiert haben. Sie kommen gut miteinander aus, jedenfalls innerhalb gewisser Grenzen, denn Kuipers reagiert durchaus empfindlich auf ihre Direktheit, und er hat manchmal Mühe mit ihrer Herkunft, auch wenn er das nie zugeben würde. Das spürt Calder, sie täuscht sich in dieser Hinsicht nie. Hautfarbe, aus Suriname, Frau – was genau sein Problem ist, weiß sie nicht, aber sie merkt es jedes Mal, wenn sie miteinander sprechen. Erfolgreiche Frauen haben immer Feinde, vor allem in unsicheren Zeiten. So wie diesen.

Überall scheint sich das Chaos immer weiter zu verbreiten. Der Wahnsinn der zu regelnden Angelegenheiten und das zerstörerische Misstrauen machen mürbe. Vor allem das frisst an ihr, jeden Tag scheint es schlimmer zu werden, die Sicherheiten von gestern werden manchmal als die Bedrohungen von heute dargestellt. Alte Verbindungen in der Zusammenarbeit stehen plötzlich zur Diskussion, innere Zusammenhänge und Solidarität geraten unter Druck. An allen Institutionen, die der Zeit länger als ein halbes Jahrhundert standgehalten haben, wird gerüttelt und gezerrt. Rings um die Politik dreht sich ein einziges Karussell nicht vertrauenswürdiger Nachrichten und Meinungen. Es ist nicht gut, es taugt nichts, heißt es da; auch in den Niederlanden gibt es Menschen, Politiker, die der Ansicht sind, dass die NATO ihre besten Zeiten hinter sich hat, dass die EU zu viel kostet, dass der Euro unser Land aussaugt. Jede neue Frage oder Beschuldigung bedeutet wieder Arbeit. Unsinn widerlegen, Fakten auf den Tisch bringen, herausfinden, wer welche Informationen verbreitet, wo Fehlinformationen herkommen und welches Ausmaß sie haben. Das Innenministerium und der Nachrichtendienst haben es mit der ganzen Welt zu tun, das wird öfter mal vergessen. Die Welt hat auch eine Meinung über die Niederlande, und zwar nicht immer eine positive. Wenn hier jemand etwas von sich gibt, müssen die Diplomaten wieder erklären, wer das gesagt hat, was es bedeutet, wie es aufzufassen ist und wie nicht. In diesem Chaos braucht sie jemanden, der sich nicht verrückt machen lässt.

Auf dem Tisch stehen zwei Becher Tee. Calder würde jetzt für ein Bier einen Mord begehen. In ihrem unpersönlichen Büro ist es still, durch das Fenster neben der Tür sieht sie Mitarbeitende vorbeigehen, von einem Büro ins andere, sie sieht sie miteinander reden, sich besprechen, doch der Klang ihrer Stimmen dringt nicht in ihr schalldichtes Büro durch.

»Der Shitstorm um die syrischen Widerstandsgruppen stammt von hier, und ich will wissen, wer dahintersteckt. Wir haben diese Gruppe unterstützt, das ist eindeutig. Sie haben die Akten ja selbst gesehen. Wir haben uns bei dieser Entscheidung unter anderem auf die Informationen von anderen gestützt, als es darum ging, welche Gruppen vertrauenswürdig waren und welche nicht. Aber …« Sie schweigt kurz, zweifelt für den Bruchteil einer Sekunde. Wenn sie jetzt weiterspricht und sagt, was sie sagen will, geht sie ein Risiko ein. Kuipers kann so tun, als wüsste er nichts, kann sie auf alle möglichen Arten sabotieren. Jeder Agent hat seine eigenen Interessen und Loyalitäten, sogar noch mehr, als sie weiß. »… bevor wir Dinge sagen, die vielleicht zum Problem werden, mit denen wir möglicherweise Leute vom Geheimdienst in Gefahr bringen, will ich wissen, wer bei uns auf die Idee gekommen ist, ein Staatsgeheimnis preiszugeben. Dieser Journalist hat seine Information von hier, fangen Sie also bei ihm an. Und dabei bleiben Sie unterm Radar. Verstanden?«

»Selbstverständlich.«

Wenn es darauf ankommt, wird Calder ohne Zögern jemanden auslöschen, so hart ist sie. Sie weiß, wann man erbarmungslos handeln muss, Calder traut sich einiges mehr als die meisten Männer in ihrem Umfeld. Härte ist in Ordnung, wenn das Ganze geräuschlos vor sich geht. Und das kann Kuipers sehr gut.

Das Schweigen zwischen ihnen dauert länger, als sie erwartet hat. Der Tee steht unangerührt auf dem Tisch. Calder sagt nichts, wartet geduldig ab, bis Kuipers so weit ist. Auch er muss jetzt eine Entscheidung treffen. Wenn er den Auftrag annimmt, bewegt er sich in der eigenen Opposition undercover, und das ist wohl die beste Art und Weise, sich Leute zum Feind zu machen. Geheimhaltung ist eine empfindliche Angelegenheit, und Kuipers weiß viel, er ist schließlich der Assistent der Chefin. Mit allem, was er gegen jemand anderen sagt, so geringfügig es auch ist, kann er gegen dieses Prinzip der Geheimhaltung verstoßen. Ob offiziell oder nicht, ist egal. Geheimhaltung ist eine interne Pflicht, ein Versprechen, gehört zur Basis des Dienstes. Calder schaut ihn weiter erwartungsvoll an. Bis er zustimmt.

»Dann will ich alles an Intel, was Sie haben«, verlangt er.

»Bevor Sie anfangen, gibt es noch etwas, was Sie wissen müssen. Diese syrische Gruppe war als Terrorgruppe eingestuft«, sagt sie. »Das stimmt. Das haben Sie nicht von mir, und das will ich auch niemals wieder irgendwo sehen oder hören oder was auch immer. Sollte es doch dazu kommen, weiß ich, dass die Information von Ihnen stammt.«

Kuipers schaut seiner Chefin gerade in die Augen, weicht ihrem Blick nicht aus. Er ist zu hundert Prozent konzentriert. »Als Terrorgruppe eingestuft? Und trotzdem hat man Geld hingeschickt? Bewusst? Ich nehme an, dafür haben wir einen Grund.«

Wieder entsteht ein tiefes Schweigen. Calder zögert immer noch. »Das stimmt«, sagt sie. »Sie können davon ausgehen, dass wir für alles einen Grund haben, aber in diesem Augenblick ist dieser Grund nicht zugänglich. Jedenfalls nicht für Sie.«

Mit offenem Mund hört Kuipers seiner Chefin zu. Calder hat gerade zugegeben, dass innerhalb des Dienstes Dinge vor sich gehen, auf die ihre Zustimmung keinen Einfluss hat. Sie hat zugegeben, dass sie ein Problem hat und noch nicht einmal weiß, wie groß dieses Problem ist. Außer sie lügt.

Er presst die Handteller flach auf den Tisch, holt ruhig Atem und sagt dann, was er eine halbe Stunde zuvor nicht zu sagen gewagt hat. »Jetzt mal ganz ohne Bullshit, nur zwischen uns beiden: Was, glauben Sie, ist hier los? Bauchgefühl. Intuition.«

»Los ist, dass wir da in Syrien jemanden vor Ort haben, von dem ich nichts weiß, und dass die Unterstützung nötig war, um seine Position zu schützen. Davon gehe ich aus. Aber ich weiß es nicht, es ist Teil einer Vergangenheit, die ich nicht kenne.«

»Wer sollte denn da vor Ort sein?«

Calder spreizt die Finger und schaut ihn mit leichter Verzweiflung im Blick an. »Wenn ich das wüsste, würde ich es Ihnen nicht sagen.«

25

LAUFEN

Er ist viel gelaufen in seinem Leben, durch Straßen und Gassen, über Fabrikgelände und durch Parks, Flughäfen und Bahnhöfe, an Häusern und Bürogebäuden entlang. Er hat ganze Tage in Autos, Zügen und Flugzeugen verbracht, vor allem aber ist er viel gelaufen. Schritte, einen nach dem anderen, in Städten und Dörfern, an die er sich in manchen Fällen nicht einmal mehr erinnern kann. Er vertraut auf seine Beine und Füße, um andere zu beschatten, ihnen zu folgen, sie zu umkreisen, stehen zu bleiben und abzuwarten. Dieses Leben kennt er. Alles, was er weiß, stützt sich zu einem beträchtlichen Teil auf seine Fähigkeit, sich überall zu verhalten, als würde er dort hingehören, und so im wahrsten Sinne des Wortes zwischen den anderen Menschen zu verschwinden. Observieren, zuhören, seinem Gefühl vertrauen und Vertrauen gewinnen, schon fast ein halbes Jahrhundert lang. Er war Anfang zwanzig, frisch aus dem Militärdienst entlassen, als er zum Geheimdienst kam, eigentlich noch ein Junge. Er hatte von nichts eine Ahnung. Das auf der Sekundarschule

Gelernte war durch die Zeit in der Armee schon wieder in den Hintergrund gedrängt worden, das körperliche Training und die langen Tage voller Anspannung und Verpflichtungen, Stubendienst, Aufgaben und Kommandos waren das Gegenteil der unbesorgten Zeit, die dieser unmittelbar vorausgegangen war. In Kasernen und Baracken, umringt von jungen Männern in seinem Alter, voller Hormone und mitten in einer Welt, die jeden Tag einiges an Aggressionen in sich barg, hatte er gelernt, sich nicht anmerken zu lassen, was wirklich in ihm vorging. Er mochte Männer, das wusste er schon lange, aber Homosexualität im Militärdienst war unmöglich, das Risiko zu groß. Ein Schwuler hatte kein Leben als Soldat. Er lernte, sein wahres Wesen tief in sich zu verbergen, so tief, dass auch der Schmerz versteckt wurde.

Trotzdem hat ihm der Militärdienst viel gebracht; fast alle Eigenschaften, die ihm später genutzt haben, konnte er dort perfektionieren. Stark und still sein, alles und jeden beobachten, Stimmungen lesen können, wissen, ob jemand wirklich aggressiv ist oder nur seine eigenen Dämonen bekämpft, zuhören und schauen, nie als Erster eine Meinung äußern, sich raushalten, im Hintergrund bleiben, sich an niemanden binden. Letzteres funktionierte schließlich fast wie von selbst. Durch sein bescheidenes Auftreten und seine Aufmerksamkeit für andere glauben die Menschen, dass sie ihm etwas bedeuten, und das ist prima so. Er ist charmant und unnahbar, andere berühren ihn nicht wirklich, seine Emotionen hat er sicher in seinem Inneren verschlossen, und dort haben sie sich im Laufe der Jahre immer tiefer eingenistet. Sobald Emotionen ins Spiel kommen, ist John Antink ein geübter Zuschauer. Das hat er beim Militär gelernt, genauso wie

Kämpfen und Schießen. Das war am schwierigsten. Bei jedem Kampf merkte er, dass er keine natürliche Hemmschwelle hat. Er konnte anderen über die Grenzen seines Trainings hinaus Schmerzen zufügen, mehr, als von ihm verlangt wurde, und er empfand nie Reue oder Gewissensbisse. Er tat, was er tat. Einer der jungen Männer, in die er heimlich verliebt gewesen war, hatte zwei Tage auf der Krankenstation gelegen, nachdem er ihn brutal umgehauen hatte. Er hatte ihn nicht einmal besucht. Diese Grausamkeit benötigt er, um sich selbst in Schach zu halten.

Nach dem Militärdienst war ihm klar gewesen, dass er sich so schnell wie möglich eine Frau suchen musste. Mit einer Frau an seiner Seite würde er sich besser verstecken können. Das war das Zweite, was er gelernt hatte: Er liebt seine Unsichtbarkeit, seine Fähigkeit, jemand anderes zu sein, als er ist. Er ist ein Agent, ein Mann, der jemand anderen repräsentiert oder etwas anderes: etwas, das größer ist als er selbst. Ein Mann, der als Verlängerung der Macht in Aktion treten kann, immer als Teil eines größeren Ganzen und dabei immer allein. Mit der vollen Verantwortung für seine Taten und gleichzeitig ohne jede Verantwortung. Schon seit fünfzig Jahren, und fast genauso lange ist er mit Vera zusammen. Er läuft durch die Stadt, Den Haag, seine Stadt. Zu seinem eigenen Erstaunen fühlt sich das so an. Seine Verbundenheit ist stark, auch die mit Vera. Die Jahre haben ein Band geschmiedet, das nicht mehr zerstört werden kann. Er läuft und vertraut seinen Füßen.

26

DRESDEN
– 1986 –

Nahtlos gelingt ihm der Übergang in eine andere Welt. Er könnte nicht einmal genau sagen, wie das passiert, vielleicht liegt es an der Kombination seiner Bewegungen und seiner Gedanken. Im einen Augenblick ist er in Den Haag und im nächsten zurück in Dresden. Da liefen alle zu Fuß durch die Gegend, nur Parteibonzen ließen sich herumkutschieren. Ostdeutsche und zumeist russische Autos waren es, ratternde, stinkende Dinger. Viele Rangniedere hatten einen eigenen Trabant oder einen Saporoschez, die russische Kopie eines NSU Prinz. Alle anderen waren auf die öffentlichen Verkehrsmittel und die eigenen Beine angewiesen.

Sein Auftrag war einfach gewesen: Mache eine Kontaktperson aus. Finde jemanden, gewinne sein Vertrauen und versuche ihn für den Westen anzuwerben. Seine Mission bestand darin, einen Informanten zu finden, einen Agenten. Dafür bot die Firma Econocom Tech einen idealen Ausgangspunkt, weil sie sich auf finanzielle und steuerliche Dienstleistungen spezialisierte, wodurch er Menschen im Ostblock attraktive

Bedingungen bieten konnte. Ein Bankkonto in der Schweiz mit einem ordentlichen Betrag darauf, eine Kreditkarte, Einladungen zu Treffen in Zürich, Empfänge in Hotels, Hilfe beim Erstellen einer sauberen, undurchsichtigen Konstruktion, über die man sich die finanzielle Zukunft sichern konnte. Für viele Menschen im Ostblock war ein solches Szenario ein Traum, der sich nie erfüllen würde. Max Danzler konnte seine Dienste genauso problemlos der Partei wie auch Individuen anbieten. Das war für diejenigen in der Parteispitze, in hohen Positionen bei der Stasi oder beim KGB weniger attraktiv, denn dort sorgte man schon gut für sich selbst. Jedes Mal, wenn er für den ostdeutschen Geheimdienst oder für den der Sowjets einen Deal abschloss, jedes Mal, wenn er eine Firma für sie gründete, mit der sie ungehindert Geschäfte machen konnten, ergaben sich daraus Gewinne für die Leute selbst. Aber unter dem Kader an der Spitze befand sich eine breite Schicht hart arbeitender Männer und Frauen ohne jede Zukunftsaussicht. Um sich herum spürten sie, wie die kommunistische Utopie in ihren Grundfesten erzitterte, gerade die Mitarbeitenden des Geheimdienstes wussten seit Beginn der Achtzigerjahre, dass das Ende der Reise näher rückte. Sie verfügten über die Informationen, sie wussten, dass der Rückstand gegenüber dem Westen zu groß geworden war und dass der Würgegriff, den sie auf die Gesellschaft ausübten, allmählich unhaltbar wurde. Sie wollten mehr, und das konnte ihnen Max Danzler bieten.

Man hatte ihn gebrieft und vorbereitet, er wusste, wie sehr die Ostdeutschen darauf ausgerichtet waren, ihre internationalen Gäste würdig zu empfangen. Er hatte Fotos und Filmaufnahmen der Stadt gesehen, von den wichtigsten Gebäuden, Porträts der Menschen, denen er dort wahrscheinlich begegnen würde, und von denen, auf die er achten sollte. Er hatte Beschreibungen ihrer Position und ihrer Arbeit gelesen. Mit dem Kopf voller Informationen, Details, Charakterskizzen, Bildern und Warnungen machte er sich auf den Weg. Er hatte in Vught Deutsch und sogar ein wenig Russisch gelernt, doch trotzdem war er völlig unvorbereitet. Von dem Augenblick an, als er am Bahnhof eintraf, wurde er von der Atmosphäre und den Dimensionen der kommunistischen Stadt überwältigt. Dresden, früher einmal stolzer Königssitz und Zentrum der Künste und Wissenschaften, war im Zweiten Weltkrieg verwüstet und danach wieder aufgebaut worden, wobei man auf der einen Seite ein Auge für die Vergangenheit und auf der anderen ein Gefühl für kommunistische Grandezza bewies. Eine Grandezza, die es früher nicht gegeben hatte.

Am 13. Februar 1945 erklang abends um Viertel vor zehn der Alarm, der die Bevölkerung vor dem bevorstehenden Luftangriff warnen sollte. Eilig suchten die Menschen die Luftschutzkeller auf. Dresden hatte bereits häufiger Bomber über der Stadt erlebt: Die Engländer und die Amerikaner versuchten die Industrie der Stadt zu vernichten, und das gelang immer nur teilweise. Dieses Mal hatte man beschlossen, die Sache anders anzugehen. Während der Operation Thunderclap unter der Führung von Arthur Harris, dem Marschall der Royal Air Force, erschienen insgesamt fast fünfhundert Flugzeuge über der Stadt und starteten einen alles vernichtenden Angriff in drei Wellen. Zwischen zehn Uhr abends und halb eins am nächsten Tag, in vierzehneinhalb Stunden, fielen mehr als hundertdreißigtausend Bomben, und Dresden wurde dem Erdboden gleichgemacht. Mehr als fünfundzwanzigtausend Menschen kamen ums Leben. Der Angriff war ein

Versuch, Hitler deutlich zu machen, dass die letzte Phase des Krieges begonnen hatte, und um den Russen zu zeigen, dass man ihren Aufmarsch aufhalten würde. Der durch die Brandbomben in der Stadt entfesselte Feuersturm repräsentierte das Ziehen einer Grenze, ohne Ansehen der Person.

Nach dem Krieg fiel die Stadt dem Ostblock zu, und das Abtragen der riesigen Schutthaufen begann. Unter dem Regime des utopischen Staates DDR und mithilfe von Moskau wurde Dresden zu einer kommunistischen Industriestadt wiederaufgebaut, schmerzhaft gerade und fantasielos. »Bomber-Harris« hatte sich den Hass der Bevölkerung zugezogen. Die Ostdeutschen sahen ihn nicht als Helden, sondern als Kriegsverbrecher. In vierzehneinhalb Stunden hatte er die Vergangenheit ausgelöscht und die Zukunft unzugänglich gemacht. Der Wiederaufbau geschah mit unbekannten Träumen und ausländischen Idealen. In der Stadt wurden große Plätze angelegt und breite Straßen an geraden Betonneubauten gezogen. Wo das möglich war, restaurierte man die alten Denkmäler, sodass historische Kirchen aus dem 17. Jahrhundert in unmittelbarere Nähe zu fantasielosen Wohnblöcken aufragten.

Die Sowjetunion und Ostdeutschland stöhnten unter den vom Westen verhängten strikten Embargos. In Dresden drehte sich alles um das VEB-Kombinat Robotron; die Firma war vielleicht die ultimative Verkörperung dieser neuen Zeit. Die in den späten Sechzigerjahren gegründete Schreibmaschinenfabrik avancierte zum größten ostdeutschen Elektronikproduzenten. Robotron stellte alles her, von PCs bis zu Großrechnern, von Radiogeräten bis zu Fernsehern. Alle Technologie, über die der Ostblock nicht verfügte, wurde hier produziert oder hereingebracht. Dresden wurde dadurch auch zu einem

Zentrum des illegalen Handels, von Zigaretten und Alkohol bis hin zu Diamanten, Edelmetallen und Technologie. Die kommerzielle Koordinierung, die KoKo, eine Abteilung des ostdeutschen Ministeriums für Außen- und Innerdeutschen Handel, spezialisiert auf den Schmuggel von Hightechprodukten und -kenntnissen, war dort übermächtig. Neben der Stasi natürlich, die in der Stadt eine Bezirksverwaltung unterhielt, um die Vielfalt an Aktivitäten rund um die Firma in die richtigen Bahnen zu lenken. Der Sowjet-KGB hatte einen permanenten Posten, um die Ostdeutschen zu überwachen und um sicher sein zu können, dass ohne sowjetische Zustimmung nichts geschah. Robotron war ein Magnet, und seine Anziehungskraft wurde auch zur Gänze genutzt. Als John im Jahr 1986 zum ersten Mal in der Stadt ankam, als Max Danzler, gehörte er zu den vielen westlichen Geschäftsleuten, die in Dresden auf Einladung der Ostdeutschen erschienen. Dort hat er Handel getrieben und Deals abgeschlossen, und einer dieser Deals ist ihm jetzt auf den Fersen. Ihm und Vera.

Als er jetzt, gut dreißig Jahre später, durch Den Haag läuft, schaltet er zwischen den beiden Lebensphasen hin und her. In einem Laden kauft er ein billiges Kissen, das er sich zwischen Hemd und Jacke steckt, um ein bisschen dicker zu wirken, als würde er den Ruhestand genießen. Seine Jacke sitzt jetzt ein klein wenig stramm, mehr braucht er nicht. Er betrachtet sich selbst im Spiegel, dreht sich nach links und nach rechts und ist zufrieden mit dem, was er da sieht. Dann verlässt er das Geschäft, um zu Vera zu gehen.

Es ist nicht weit.

21

EINMAL FEIND, IMMER FEIND

Auf dem Fernsehgerät an der Wand ihres Zimmers laufen rund um die Uhr die Nachrichten. Der Tod eines russischen Diplomaten ist die wichtigste Meldung.

In einer Wohnung im Den Haager Viertel Duinzigt ist ein Mitarbeiter der russischen Botschaft tot aufgefunden worden. Über Umstände erteilt die Polizei keine Auskunft. Spuren von Gewaltanwendung wurden nicht gefunden, keine Zerstörungen. Ob Besitztümer verschwunden sind, ist noch unklar. Der Mann lag auf dem Boden in seinem Apartment. Alles scheint darauf hinzuweisen, dass in dieser Wohnung jemand anwesend war, der nach dem Tod des Mannes das Gebäude verlassen hat. Die russische Botschaft bestreitet jede Beteiligung und fordert von der niederländischen Regierung die Aufklärung des Falls. Die Polizei nimmt Hinweise entgegen, sucht nach Zeugen, die im Viertel etwas gesehen haben, vor allem eine Person, die am Mittwoch zwischen sieben Uhr morgens und ein Uhr mittags das Gebäude verlassen hat.

Unbeeindruckt liest die Nachrichtensprecherin die Meldung vor, während auf dem Bildschirm Aufnahmen der engen Stalpertstraat erscheinen. Der Eingang des Hauses ist mit rot-weißem Absperrband blockiert, davor hat sich eine Menschentraube gebildet. Wie die Aufnahmen belegen, ist die Presse vor der Polizei an Ort und Stelle: Es gibt Bilder des Streifenwagens, der vor der Tür hält. Wenig später erscheint ein Krankenwagen. Man kann verfolgen, wie Polizei und Rettungsdienst das Haus betreten und wie einige Zeit später eine Trage mit einem abgedeckten Körper darauf hinausgebracht wird. Die Trage wird in den Krankenwagen geschoben, und eine Polizeisprecherin tut ihr Bestes, um auf Fragen zu reagieren, die sie unmöglich beantworten kann.

»Wie kann so etwas passieren?«, will Calder von Varman wissen. »Die Polizei hat da drinnen einen kompletten Abhörposten vorgefunden. In *dieser* Straße! Wie kann da einfach irgendeine Dependance sitzen, die Gott weiß was treibt?« In dieser Straße gilt nonstop eine hohe Sicherheitsstufe, weil der Ministerpräsident in der Nähe wohnt. »Und dann befinden sich ausgerechnet da Leute, von denen wir nichts wissen und die sich auch noch gegenseitig ausschalten?« Sie kann es nicht fassen. »Und noch was: Wie ist es möglich, dass die Presse früher davon erfahren hat als wir? Was läuft hier falsch?« Verärgert schaltet Calder den Fernseher ab. Die Nachricht wird in jeder Sendung wiederholt, das Zuschauerinteresse ist riesig, und alle stürzen sich auf die Meldung. »Wer hat die Polizei und die Presse informiert? Wir jedenfalls nicht.«

»Vielleicht die Russen selbst.«

»Die Russen selbst?« Calder denkt nach. Das ist gut möglich, das Verbreiten verwirrender Informationen beherrscht

Moskau ganz ausgezeichnet. Als Antwort auf konkrete Anschuldigungen kommt immer irgendwelcher Unsinn. Aber in diesem Fall ist Calder nicht überzeugt, denn das Bekanntwerden des Todes eines russischen Botschaftsangehörigen hat sofort Fragen ausgelöst. Der Außenminister will wissen, was vorgefallen ist. Die Medien spekulieren über eine Abrechnung durch die russische Regierung – es wäre ja nicht das erste Mal, dass jemand den langen Arm Moskaus in einem westlichen Land zu spüren bekommt. Der russische Staat sieht in solchen Aktionen außerhalb des eigenen Landes überhaupt kein Problem. Staatsfeinde werden ausgeschaltet, egal wo. Putin hat ein Elefantengedächtnis, er vergisst nichts. Einmal Feind, immer Feind. Verrat bedeutet Lebensgefahr.

Im Fernsehen überschlagen sich die wildesten Spekulationen. Niemand weiß, was vorgefallen ist und warum, trotzdem haben alle eine Meinung. Von allen Seiten kommen lautstarke Proteste, dass solche Aktionen auf niederländischem Staatsgebiet nicht zu tolerieren sind. »Es darf nicht sein, dass …«, so die häufig gehörte Klage der Politik, wenn man etwas herausfindet, nachdem es geschehen ist. »Es darf nicht sein, dass ein ausländischer Geheimdienst hier, in unserem Land, eine brutale Liquidierung vornehmen lässt!« Calder kann die gespielte Verblüffung schon hören. Billige Effekthascherei, die sie irritiert. Besser, man würde gar nichts darüber sagen, hätte den Tod dieses Mannes geheim gehalten. Krankenwagen vor der Tür, Leiche abholen, ins Leichenhaus damit und dann hinter geschlossenen Türen klären, was damit passieren muss. Dann könnten die Experten ungestört ihre Arbeit erledigen. Die Identität des Mannes herausfinden, außerhalb der Öffentlichkeit, und den Druck auf den russischen Botschafter erhöhen.

So muss man diese Dinge anpacken. Jetzt streitet die Botschaft bereits ab, dass der Mann dort angestellt war. Intel dieser Sorte ist alles andere als glaubhaft. Der Botschafter lässt anklingen, der Mann könnte doch ein Einbrecher gewesen sein, der während des Einbruchs einen Herzstillstand erlitten hat.

»Die denken sich einfach irgendwas aus«, kommentiert Harold Varman. »Und wenn das unhaltbar wird, kommt einfach irgendwas anderes, und dann noch was anderes, bis man irgendwann überhaupt nicht mehr weiß, wie die ursprüngliche Frage gelautet hat. Währenddessen verheimlichen sie, was wirklich läuft, und wir fragen uns, ob wir das überhaupt noch wissen wollen.«

»*Ich* will es ganz bestimmt wissen«, reagiert Calder. »Und du deswegen auch.« Sie begreift seine Ungeduld über das ständige endlose Herumgeeiere der Russen, aber das darf nie der Grund dafür sein, die Aufmerksamkeit abzuwenden. Niemals. Sicher nicht, wo es gerade um die Frage der syrischen Freiheitskämpfer geht, die sich als Terroristen in einem mehr oder weniger von den Russen kontrollierten Gebiet entpuppt haben.

28

SÜCHTIG NACH GEHEIMNISSEN

»Ich möchte zu Mevrouw Calder.«

»Haben Sie einen Termin?«

John trägt einen Anzug, mausgrau wie gewöhnlich, ein weißes Hemd und eine Krawatte in gedeckten Farben. Nicht zu auffällig, kein Rot oder Gelb, am liebsten in Dunkelblau. Schwarze Schuhe.

Der Sicherheitsbeamte schaut auf den Bildschirm seines Computers, scrollt ein Stück herunter und klickt etwas an. »Antink, sagen Sie? Ich sehe hier nichts, das tut mir leid. Sind Sie sicher?«

»Ganz sicher, sie hat mich selbst angerufen.« Calder will, dass er kommt, und sie hat vergessen, das Sicherheitspersonal darüber zu informieren. Details, Details – da wurde geschlampt.

»Ohne Termin kann ich Sie leider nicht hereinlassen.«

»Fragen Sie doch nach.«

»Es tut mir leid, Sie brauchen eine Voranmeldung, sonst ...«

»Dann mache ich das eben selbst.« Er zieht sein Smartphone heraus und ruft Calder an. Sie nimmt das Gespräch sofort entgegen.

»John, wo bist du?«

»Beim Portier. Der will mich nicht reinlassen, weil er der Ansicht ist, du willst mich nicht sehen. Soll ich wieder gehen?«

Sie flucht. »John, bleib, wo du bist. Ich komme.«

Über so ein amateurhaftes Verhalten könnte er sich aufregen; das hier war früher einmal sein Laden, und auch wenn er hier nicht mehr arbeitet, hat sein Interesse an den Leuten und ihrer Arbeit hier nie nachgelassen. Trotzdem bleibt er ruhig. Alles ist ein Kampf. Das ist keine persönliche Meinung, sondern ein Prinzip, eine Überzeugung, es ist das, was er tut, was er immer getan hat. Diese Art der Schlampigkeit irritiert ihn. Calder hat natürlich alle möglichen anderen Dinge im Kopf, aber das sollte nicht so sein, wenn es um ihn geht, John Antink. Da dürfte sie nur eins im Kopf haben: Sobald er auch nur einen Fuß ins Gebäude setzt, geht er nicht mehr weg. Hierbehalten. Eine einzige umfassende Anweisung hätte gereicht, und die hat sie nicht erteilt. Eine Schlamperei. Einer Chefin darf so etwas nicht passieren. Das ist *tradecraft*, Teil spezifischer Fähigkeiten, die zur Geheimdienstarbeit gehören. Zu wichtig, um sie schleifen zu lassen.

»Sie kommt gleich«, sagt er spöttisch zu dem Mann, der auch lacht, weil er nicht weiß, was er sonst tun soll.

»Natürlich, und Willem-Alexander kommt sicher auch?«

»Wenn er die Zeit erübrigen kann.«

Jetzt lachen sie beide, der Witz funktioniert, fast. Erst als Alisha Calder mit all ihrer wutbrausenden Autorität aus dem Aufzug kommt, zwei Assistenten im Kielwasser, ist es vorbei mit der Heiterkeit. Innerhalb von Sekunden hält John einen

Besucherausweis in den Händen, und sie gehen zurück zu den Aufzügen, die beiden Assistenten jetzt schräg hinter John statt hinter ihrer Chefin. Calder sagt nichts, führt die kleine Gruppe mit einem Handzeichen zu einem Besprechungsraum, dessen Tür hinter John und ihr ins Schloss fällt. Die beiden Männer bleiben draußen. Drinnen baut sich Calder Respekt gebietend vor John auf, schaut auf seinen Bauch.

»Da genießt jemand seinen Ruhestand, was?« Lachend versucht sie, dem Ganzen eine gewisse Leichtigkeit zu verleihen.

John klopft sich zustimmend auf den Bauchansatz und lächelt peinlich berührt. »Ach ja, ich darf mich nicht so gehen lassen.« Er zögert kurz. »Wo ist Vera?«

»Ich zuerst.«

»Natürlich. Nach Vera.«

Calder protestiert, will ihre Autorität demonstrieren, deutlich machen, welche Verhältnisse hier herrschen, aber John gibt keinen Zentimeter nach.

»Keine Albernheiten jetzt, Alisha. Ich bin hier, ich gehe nicht weg, ich arbeite mit, was auch immer du von mir willst, aber zuerst kommt Vera. Keine Spielchen, nicht wenn es sie betrifft. Das weißt du, und das weiß ich. Du hast sie hergeholt und in Sicherheit gebracht, und dafür bin ich dir dankbar. Aber was auch geschieht, was auch immer wir weiter zu besprechen haben, zuerst will ich sie sehen.« Er setzt Calder unter Druck, bis er seinen Willen bekommt. Solange Vera nicht nach Hause darf, kann auch nichts besprochen werden.

»Ich bin gleich wieder da«, gibt Calder zurück und lässt ihn in dem Raum allein.

Räume wie diesen hier kennt John gut: ohne besondere Kennzeichen, steril und leblos; es gibt nichts, worauf man seine Aufmerksamkeit konzentrieren könnte. Mit Absicht so eingerichtet, um dem Besuchenden das Gefühl zu vermitteln, dass man sich im Nirgendwo befindet, in einer leeren Welt. Hinter dieser Leere steht die Absicht, Regeln wegfallen zu lassen. Auf ihn selbst hat das keine Wirkung, er könnte hier einen ganzen Tag lang sitzen, ohne sich unbehaglich zu fühlen. Er kann seinen Kopf noch leerer werden lassen als diesen Raum. Er setzt sich nicht hin, sondern geht zum Fenster und bleibt dort stehen, ganz ruhig. Was Calder von ihm will, weiß er noch nicht. Was da nun so dringend ist, eine so unglaubliche Dringlichkeit besitzt, hängt noch in der Luft. In seinem stillen Kopf schiebt er vier Gedanken hin und her: Veras Entführung, der Zettel in der Robotron, die Aktennummer und Calders Frage. Die vier gehören irgendwie zusammen. Wie, das weiß er noch nicht. Aber dass die vier Fragen etwas miteinander zu tun haben, davon ist er überzeugt. Es ist ein alter Instinkt, der wiederauflebt, und auf diesen Instinkt vertraut er. Um zu erfassen, was dieser Instinkt ihm sagt, muss erst Vera weg, ihre Anwesenheit stört das Gleichgewicht, das er anstrebt.

»John, wo warst du?« Zuerst hört er die Frage, dann folgt auch Vera gleich in den Raum. »Sie konnten dich nicht finden, und ich wusste auch nicht, wo du steckst. Na ja, auch egal, du bist ja wieder da.« Sie schlingt den Arm um ihn, mit der anderen Hand nimmt sie seine.

Unwillkürlich muss er lachen. Hier im Hauptquartier des Geheimdienstes fallen sie einander in die Arme wie ein verliebtes Teenagerpaar auf dem Schulhof. Vera wird an das Kissen unter seiner Jacke gedrückt. Kurz stemmt sie den Bauch dagegen, um ihn merken zu lassen, dass es ihr aufgefallen ist.

Sie schmiegt sich noch etwas mehr an ihn, das Kissen immer spürbarer zwischen ihnen.

»Was machst du da, John?«, flüstert sie ihm ins Ohr.

»Tut mir leid, dass du so lange auf mich warten musstest.«

Calder gibt ihm Veras schriftliche Darstellung des Entführungsversuchs, und Vera erzählt ihm zögernd und stotternd, was geschehen ist. Der Kontrast zwischen den präzisen Wörtern und Sätzen auf dem Papier und ihrer aufgewühlt klingenden Stimme ist groß. John hört zu, hält dabei ihre Hände fest. Zwischen zwei Sätzen greift sie nach dem Glas Wasser, das vor ihr auf dem Tisch steht. Ihr zittert die Hand, schnell holt sie die andere zu Hilfe, und trotzdem misslingt das Ganze. Als sie einen Schluck trinken will, rutscht ihr das Glas aus den bebenden Händen, stößt an den Tischrand und landet klirrend auf dem Boden. Mit einem Blick abgrundtiefer Niedergeschlagenheit schaut sie zuerst auf das Glas und das Wasser auf dem Boden und dann zu ihm hin.

»Ich bin nichts mehr wert«, sagt sie. »So sieht meine Zukunft aus.«

John erschrickt über die Angst in ihrer Stimme. Vor dem Kontrollverlust über ihre Bewegungen, dem Verfall, den sie in ihrem Körper wahrnehmen muss und nicht aufhalten kann. Er sieht es, und er sieht auch, dass ihr die Krankheit noch ärger zusetzt als die missglückte Entführung. Vor dem körperlichen Verfall kann er sie nicht beschützen. Er kann nur so tun, als wäre es weniger schlimm, als sie denkt.

»Unsinn«, sagt er. »Das liegt einfach am Stress, das geht von selbst wieder weg.« Er versucht sie zu beruhigen.

»Ich weiß nicht, ob ich das noch aushalte«, sagt sie. »Du kannst nicht immer auf mich zählen.«

»Das hätte nie passieren dürfen.« Die Gefahr, ihr könnte etwas geschehen, hat immer bestanden, aber warum sie jetzt bedroht wird, Jahre nach seiner Pensionierung, ist auch ihm ein Rätsel.

»Was geht hier vor sich?«, wendet er sich an Calder.

»Ich hatte gehofft, du könntest mir etwas darüber sagen.«

Ihr Gespräch gerät ins Stocken, bevor es überhaupt angefangen hat. Sie umkreisen einander, der alte Chef und die neue Chefin, die Vergangenheit und die moderne Zeit. Sie fordern einander heraus und halten einander zurück.

»Ich will nach Hause«, sagt Vera und unterbricht damit das Machtspiel zwischen den beiden. »Ich sollte hier nicht sein. Später, wenn du alles weißt, erfahre ich dann schon, was das alles zu bedeuten hat. Jetzt will ich weg, ich habe hier nichts beizutragen.«

Calder ruft Sanders und trägt ihm auf, Vera nach Hause zu bringen und sie rund um die Uhr bewachen zu lassen. Immer schön höflich, für jeden Schritt nimmt man sich Zeit.

John begleitet Vera zur Tür. »Mach dir keine Sorgen«, sagt er. »Ich weiß, was ich tue.«

»Aber ich weiß es nicht, und wenn ich ganz ehrlich bin, John, gefallen mir die Farben nicht. Du weißt, was das bedeutet.«

Vera verlässt den Raum, und die Tür schließt sich hinter ihr. Calder und er stehen einander schweigend gegenüber.

»Also?«, fragt Calder. »Bist du gerade an irgendwas dran? Warum wird deine Frau am helllichten Tag auf der Straße entführt? Ihr Glück, dass Sanders zur Stelle war, sonst hättest du jetzt keine Ahnung, wo sie ist. Also erzähl, was weißt du?«

»Nichts.« Das ist die Wahrheit, er weiß es wirklich nicht. Er hat nur Annahmen, vage Vermutungen, die er nicht mit

Calder teilen will. »Das gehört zu den Dingen, die ich herausfinden muss«, sagt er. Er weiß, dass Calder ihm nur halb glaubt; sie geht davon aus, dass er ihr nicht alles sagt und dass sie ihn nicht zwingen kann. Was das betrifft, sind sie einander gleichgestellt. Diesmal weiß er es wirklich nicht, also liegt die Sache anders.

»Warum wolltest du mich sprechen?«, fragt er.

»Darf es die Kurzversion sein? Du musst mir aus der Scheiße helfen.« Sie legt die Syrien-Akte auf den Tisch, die Nachrichten über die finanzielle Unterstützung von Terrorgruppen, das Misslingen, die Blamage, die Fragen aus der Zweiten Kammer und vom Ministerpräsidenten. »Alle schauen aufs Außenministerium, aber wir wissen beide, dass das Unsinn ist. Wenn wir Leute unterstützen, bedeutet das, wir haben dort jemanden. Nicht das Außenministerium. Die Fragen, die die bekommen, können sie überhaupt nicht beantworten, und ich will Antworten, bevor andere noch schlimmere Dinge von sich geben.«

»Für so was hast du doch einen ganzen Dienst mit Analytikern und Forschenden. Also noch mal, warum bin *ich* hier?«

Calder schweigt, er sieht das Chaos in ihrem Kopf und wie sie versucht war, Ordnung in dem zu schaffen, was da über sie hereingebrochen war. »Wer ist das da in Syrien?«, fragt sie. »Welche Kontakte haben wir dort? Wie weit reichen sie zurück? Ich vermute, dass wir es hier mit Scheiße aus der Vergangenheit zu tun haben, und die Vergangenheit, das bist du.«

»Vielen Dank.«

»Gern geschehen.«

»Und was für eine Scheiße ist das?« John bleibt vage; je mehr Calder jetzt sagt, desto besser kann er sie festnageln. Sie will Antworten, das ist offensichtlich, aber das ist keine Scheiße, sondern Arbeit. Es muss einen anderen Grund für ihre Vermutung geben, dass hier irgendetwas vor sich geht. »Die Sache war geheim, deswegen ist es unangenehm, dass sie jetzt öffentlich geworden ist. Aber das passiert, das gehört dazu, das habe ich schon oft erlebt. Du auch. Also, was ist die Scheiße?«

»Die ist so geheim, dass ich nichts davon weiß.«

»Du kannst doch nicht alles wissen.«

»Lass das, John. Ich bin nicht in der Stimmung für Witze. Ich denke Folgendes: Hier geht es um Syrien, und Syrien ist Russland. Aber Syrien ist auch der Libanon. Und da kennst du dich besser aus als alle anderen. Du weißt, welche Akten du brauchst, du weißt, wo du suchen musst. Andere benötigen Monate, um die Information zu finden, die werden sich komplizierte Suchalgorithmen ausdenken müssen. Du hingegen gehst ins Archiv und hast mit einem Griff die Akten, die ich brauche.«

John schließt die Augen und lässt Calders Worte auf sich wirken. Die Vorstellung, er könnte so fix die richtigen Akten aus dem Schrank ziehen, ist sehr schmeichelhaft. Außerdem ein Kompliment. Und eine Warnung, denn die Antworten auf ihre Fragen liegen wahrscheinlich noch viel tiefer verborgen, als sie denkt, tiefer, als sie weiß: Die Antworten liegen im Zerfall der Sowjetunion, sogar in den Jahren davor. John zögert, Calder ins Chaos der Vergangenheit hineinzuzerren. Er zweifelt, denn vielleicht kann sie ihm helfen, vielleicht wird sie ihm aber auch im Weg stehen. Und er zweifelt an sich selbst, denn warum hat man es auf Vera abgesehen? Warum kommt er der Sache einfach nicht auf den Grund? Neben dieser Frage verblasst Calders Problem. Er beschließt, sie noch ein wenig im Ungewissen zu lassen, als hätte er keine Lust auf eine Antwort.

Calder muss das Gefühl bekommen, bei ihm wäre Überzeugungsarbeit notwendig.

»Worüber machst du dir denn solche Sorgen?«, fragt er. »Es handelt sich um ein Staatsgeheimnis, du brauchst also überhaupt nichts zu sagen. Deckel drauf und fertig.«

»Zu sagen brauche ich nichts, das stimmt, außer gegenüber dem Minister. Aber ich will es wissen, ich muss es wissen. Und von dir will ich die richtigen Suchbegriffe.«

»Bitte?«

»Informationen sind Daten.« Calder steht auf und bedeutet John, ihr zu folgen. Sie nimmt ihn mit in ein anderes Stockwerk, eines voller junger Männer und Frauen und voller Monitore, Tastaturen, Touchscreens und Headsets. »Was ich wissen will, befindet sich irgendwo hier in den Daten, die wir auswerten. Alles besteht aus Daten. Die ganze Welt kommt hier durchs Gebäude. Wir brauchen nicht mehr in Cafés und dubiosen Vierteln oder Luxushotels zu suchen. Es passiert hier.«

»Ich laufe gerne draußen herum«, sagt John.

»Du bist ja auch im Ruhestand.«

»Touché.« Seine lakonische Bemerkung war nur teilweise geistreich gemeint gewesen. Mit angemessenem Respekt schaut er auf den enormen technologischen Fortschritt, den der Dienst vorweisen kann. Er hat den Grundstein gelegt, und heute ist daraus eine beeindruckende Abteilung gewachsen. Und es gibt jetzt eine quasi unbegrenzte Möglichkeit, in Informationsströmen nach Wertvollem zu suchen. Fantastisch und gleichzeitig deprimierend, weil die Daten nirgends mehr verankert sind.

»Wo ist denn die Humint?«, will er wissen. Die Human Intelligence. Seiner Erfahrung nach sind Informationen immer an einen Menschen gekoppelt; man sucht nach dem Menschen, nicht nach den Daten. Und Menschen laufen, sitzen, unterhalten sich, trinken Kaffee und Wein, Bier, Limonade, Tee, essen, lesen, haben Sex, kämpfen, haben Sehnsucht.

»Es geht um Definitionen«, gibt Calder zurück. »Wenn die Definitionen präzise sind, kommen die richtigen Daten ganz von allein zum Vorschein. Vorausgesetzt, man hat auch die richtigen Werte. Sonst sieht alles gleich aus.«

»Du meinst, man muss wissen, wonach man sucht?«

»Ist das nicht immer so? Je genauer man das umschreiben kann, desto brauchbarer sind die Daten, die man findet.«

»Und wie findet man dann die Informationen, die man erst umschreiben kann, wenn man sie gefunden hat?«

Calder lacht, leise, verstecktes Mitleid klingt durch, als könnte sie sich nicht vorstellen, dass jemand so sehr in der Zeit hinterherhinkt. »Das erledigt der Computer. Wenn du erst einmal die richtige Datenader anzapfst, haben wir Algorithmen zur Verfeinerung und Ausweitung der Suche. Das Ganze ist ein bisschen technisch, aber lass es mich so formulieren: Ich brauche nicht mehr nach Damaskus, um zu wissen, was in Syrien vor sich geht.«

»Das habe ich schon befürchtet.« Sie will Suchbegriffe, Definitionen, Werte. Komplizierte Termini für alte Begriffe. Was sie sucht, sind Namen, Adressen und Kontakte. Die kann er im Archiv finden, dort liegen die wichtigsten Informationen. Und was dort nicht liegt, hat John im Kopf. Er ist anders als Calder, ein altmodischer Intel-Makler, jemand, der links etwas gibt und rechts etwas nimmt. Was Calder als Datenströme bezeichnet, ist für ihn Handel. Immer gewesen, Handel zwischen Menschen. Er ist süchtig nach Geheimnissen und Informationen. Wer einmal in Geheimnissen lebt, kommt nicht mehr heraus, jedes neue Geheimnis macht ihn stärker. So fühlt sich das an. Für Calder nicht; sie ist nicht süchtig nach dem verborgenen Leben, sie besitzt den nötigen Blick nicht, die fragenden Augen, die nie genug gesehen haben. Sie ist eine Topmanagerin im Geheimdienstsektor, also etwas ganz anderes, aber in diesem Fall hat sie durchaus recht. Der Ursprung der Probleme liegt in der Vergangenheit, wie so häufig. Die Frage lautet nur, wo man schauen muss, denn die Vergangenheit ist so groß. Syrien ist Russland, und Syrien ist der Libanon; innerhalb dieser Gegensätze haben niederländische Agenten Kooperationen aufgebaut, immer darauf ausgerichtet, die richtigen Informationen zu bekommen und unerwünschte Aktionen rechtzeitig zu erkennen und zu unterbinden.

Syrien ist Russland, und das bedeutet noch etwas anderes, denn Russland ist Dresden. Diese ostdeutsche Stadt war auch der erste Auslandseinsatz des jungen Putin als Spion, John war selbst dabei. Sie hatten einander noch auf die Schulter geklopft, damals in einer anderen Zeit. Jetzt lässt der Name Putin sämtliche Alarmglocken schrillen. Bei ihm, nicht bei Calder. Sie kann diese Verbindung nicht herstellen, weil sie keinen Grund dazu hat. Und weil ihr die verfügbaren Kenntnisse nicht vorliegen. *Tradecraft*, da sieht man's wieder.

Durch Calders Druck kommt er allmählich in Bewegung, nur langsam, denn er will sie nicht misstrauisch machen. Er ist alt, sie hält ihn für träge, und er spielt mit. Er verlangsamt alles.

»John, ich habe hierfür keine Zeit. Mir sitzt der GS im Nacken, und ich brauche dir wohl nicht zu erklären, wie sich das anfühlt. Ich brauche die Information, und du wirst sie mir beschaffen. Betrachte das als Befehl.«

»Geht das denn?«

»Solange du dich hier drinnen aufhältst, geht das. Und glaube bloß nicht, dass ich auch nur eine Sekunde zögern werde, dich zu zwingen.«

»Bis wann brauchst du etwas?«

»Bis Ende nächster Woche.«

»Also in vierzehn Tagen.«

»Wenn du die Wochenenden mitzählst.«

Er weiß, wonach Calder sucht. Die Frage ist, welche Antwort er zu geben bereit ist.

»Und Vera?«

»Wird rund um die Uhr bewacht. Wir sind schon dran. Sie ist in Sicherheit.«

»Ihr geht der Sache mit diesem Wagen nach, wer da drin saß und wer hinter dem Ganzen steckt. Ich will alles wissen. Genau wie du.«

»Check.«

»Okay. Eine Sache noch.«

»Was?«

»Bei dir gibt es ein Leck.«

Mit sechs Worten verweist er sie auf ihren Platz. Calder weiß, dass sie ihm gegenüber nichts abstreiten kann, er weiß, was ein Leck ist, und er weiß, wie sehr ein Leck das gegenseitige Vertrauen lähmt, unterminiert. Er hat das Misstrauen und die Verdächtigungen selbst miterlebt, er weiß, wie schwer es ist, ein Leck zu finden und auszuschalten. Seinerzeit hat er das auch tun müssen.

»Ja«, sagt sie.

»Wen hast du darauf angesetzt?«

»Varman.«

»Oh.« Er schweigt, und der Laut hat alle Zeit, seinen runden Klang zu entfalten. Alles liegt in diesem einen Oh, ein wenig Erstaunen, keine Ablehnung, auch kein Urteil, aber durchaus die Frage, ob es keine Alternativen gibt. So etwas. Er kann es nicht lassen, ein wenig zu sticheln. »Brauchst du Hilfe?«, erkundigt er sich.

29

ALLES IST EIN PROBLEM

Es gibt Tausende von Akten, Zehntausende. Es ist zwar noch nicht so wie bei der ostdeutschen Stasi, die über so gut wie alle in der DDR Informationen besaß, aber mit den digitalen Möglichkeiten wächst die Anzahl stetig. An all diesen Millionen, Milliarden von Bits ist er nicht interessiert: zu frisch, zu jung. Informationen sind häufig wie Wein, sie müssen ruhen und reifen, um einen Gehalt zu bekommen. Natürlich eignen sich einige auch für den sofortigen Konsum, doch die alten Kontakte, die manchmal bis tief in andere Gesellschaften hineinreichen, werden mit den Jahren besser. Das Holz der Gegenwart ist trocken und klingt ohne den Klangkörper der Vergangenheit flach. Das versucht er Calder zu erklären, während sie ungeduldig am Monitor ihres Computers sitzt.

»Hier kann ich alles aufrufen«, sagt sie. Als Leiterin des Dienstes hat sie die höchste Sicherheitsermächtigung. Die hatte John Antink früher selbst auch. »Sag mir einfach, wo ich suchen muss.«

John starrt auf den Bildschirm, erkennt das System, die Listen und Codes, er hat jahrelang damit gearbeitet. Jetzt kann er damit nichts anfangen; er will zwischen den Akten und den Archivkartons suchen, wo er die Jahre in übersichtlichen Rubriken vor den Augen hat. Wenn er mit der Hand darüberfahren kann, von links nach rechts, entfaltet sich vor ihm die Vergangenheit wie ein Puzzle, in dem jedes Ereignis seinen eigenen Platz hat.

»So arbeite ich nicht«, sagt er. »Es tut mir leid. Ich muss diese Dinge in den Händen halten, dann kommen die Menschen von selbst dazu.«

Was er sagt, stimmt zu einem großen Teil: Er sucht mit allen Sinnen, und nur die Originaldokumente können diesen Prozess in Gang bringen, denn die kann er sehen, fühlen und riechen. Der Geruch des alten Papiers kann in seinem Gedächtnis Erinnerungen wachrufen, die vor langer Zeit eingeschlummert sind, sein Gedächtnis fühlt sich manchmal an wie eine Verschwörung von Verbindungen, die irgendwo jenseits seines Bewusstseins arbeiten. Zum Teil sagt er es aber auch aus Berechnung: Er will selbst, auf eigene Faust, in die Archive eintauchen können, ohne dass ihm dabei jemand über die Schulter schaut.

»Gib mir die Ermächtigung, die ich dazu brauche, die auf deinem Level, damit ich selbst loslegen kann, im Archiv. Ich will die Dokumente anfassen.«

»Das kann ich nicht so ohne Weiteres regeln.«

»Du denkst, du kannst mich zwingen, aber eine Zugriffserlaubnis kannst du nicht regeln? Hör doch auf. Dann benutze ich eben deine. Ich tue das hier für dich, also kann das ja wohl kein Problem sein.«

»Alles ist ein Problem.« Sie flucht, und er weiß auch, warum. Calder kann ihm ihre Ermächtigung nicht übertragen, damit würde sie sie ungültig machen. Dahinter steht ein ganzes Sicherheitsprotokoll, über das sie sich nicht einfach hinwegsetzen kann. Sie muss ihm eine zeitlich begrenzte Ermächtigung erteilen, auf dem höchsten Level, aber auch das ist gegen die Regeln. Nicht einmal ein pensionierter Chef des Dienstes kann diese Zustimmung einfach so bekommen.

Alles ist ein Problem, das stimmt. Einige Namen kann er ihr sofort nennen, Männer und Frauen im Libanon und in der Region. Alt, aber vertrauenswürdig. Verschwiegen, genau wie er. Calder werden sie nichts sagen, ihm gegenüber vielleicht schon. Er könnte ihr diese Namen jetzt geben, sofort. Das tut er nicht. Erst will er im Archiv Antworten auf seine eigenen Fragen finden.

»Wir gehen jetzt nach unten ins Archiv, und dann sorge ich dafür, dass du reinkommst. Morgen früh liegt ein neuer Ausweis für dich beim Portier.«

Jeder Schritt ist ein kleiner Sieg. Unten geht die Aktion noch mal fast schief; der Mann, der sich um das Archiv kümmert, setzt ihn an einen Tisch mit einem Computer. Darin kann er nachschauen, welche Akten er einsehen will, die Aktennummern kann er durchgeben, und dann holt sie jemand für ihn. Immer zwei Nummern auf einmal, nicht mehr. Wenn er fertig ist, stellt jemand die Akten für ihn zurück, und dann kann er neue Nummern anfragen.

»Unpraktisch«, kommentiert John.

»So läuft das aber hier.«

»Ich muss vorwärts und rückwärts blättern können und zwischen den Akten hin und her. Wenn ich jedes Mal eine zurückgeben muss, bevor ich in die nächste schauen kann, komme ich nicht weiter.« Er schaut Alisha Calder an. »Ich muss wirklich selbst da ran, wirklich.«

Calder gibt ihren Widerstand auf. Antinks Bitte ist nach-vollziehbar, und sie hat es eilig. Damit ist alles geregelt; er kann anfangen. Zürich, Dresden, Russland und jetzt Syrien. Calder hat ihre Frage dem richtigen Mann gestellt. John steht auf und folgt ihr, die Arme über dem Bauch, damit das Kissen nicht so weit nach unten sackt.

30

IN SEINER SEELE

Zehn Tage hat er. In seinem Kopf setzt ein Countdown ein, er spürt das Ticken einer Uhr im ganzen Körper, einen langsamen, stetigen Aufbau von Stress, der immer ein wenig mehr Hormone freisetzt, als er braucht. Er ist noch genauso zäh und so überzeugt von seiner Arbeit wie früher.

Calder bringt ihn nach drinnen, stellt ihn vor, sorgt dafür, dass er die verlangte Zugriffserlaubnis erhält, und geht. An der Sicherheitsanlage lässt er seinen Irisscan registrieren. So ein Scan hat etwas Ungeniertes, etwas Intimes, als würde in seine Seele hineingeschaut und als wäre nichts mehr verborgen. Er muss seine Tasche und sein Handy zurücklassen. Auch sein geheimes Handy, über das er mit Vera in Kontakt bleibt. Innerlich flucht er – damit hätte er rechnen müssen. Das Abgeben des geheimen Handys stellt ein großes Risiko dar, aber er hat keine andere Wahl. Im Archiv darf nicht fotografiert werden, weder Telefonate noch WhatsApp-Nachrichten sind erlaubt. Nur Papier und Stift. Er fährt sich mit der Hand durch das dünne Haar und hinterlässt ein paar fettige Fingerabdrücke auf dem Gerät, während er es weiterreicht. Seine Sachen werden verwahrt, und er erhält Zugang zu dieser sonst so isolierten Abteilung des Dienstes. Zum Allerheiligsten des Geheimdienstes. Hier steht alles, sorgfältig kategorisiert und in Rubriken eingeordnet. Die Tadellosigkeit der Beamtenordnung kennt keine Grenzen. Dass er so schnell Zugang erhalten hat, versteht er als Anzeichen: Die Syrien-Angelegenheit ist noch dringender, als Calder gesagt hat. Unwillkürlich genießt er den ihm früher so vertrauten Status.

Hier herrschen Stille und eine fast feierliche Atmosphäre, ein wenig wie in einer Kirche, in die keine Gläubigen mehr kommen, die aber trotzdem perfekt unterhalten wird. Die Gemeindemitglieder loggen sich online ein und beten digital, nur die wahren Gläubigen gehen noch in die Kirche und erleben dort die feierliche Präsenz aus den Schriften. So fühlt sich das an. John atmet tief durch, bleibt kurz stehen, es sind Jahre vergangen, seit er zuletzt hier war. Alle Geheimnisse bleiben bewahrt, hier steht er zwischen den Säulen seines Lebens.

Sogar im Archiv gilt das; Calder weiß nicht, dass er noch etwas anderes sucht als sie. Den Zettel mit der Aktennummer hatte er in der Hand, er sucht nach einem Ordner, einer Mappe. Er schaut in Schränken auf Schienen nach, die wie Güterwagen voller Informationen aussehen. Es geht nun um Details, um Namen, um einen ganz bestimmten Namen. Swetlow hat ihn losgeschickt, um jemanden zu finden, davon ist er überzeugt. Aber wen? Fragen kann er ihn nicht mehr, doch die Absprache gilt immer noch. Auch was ihm Swetlow mitbringen wollte, weiß er nicht. In allen Akten geht es um drei Dinge: das Rausschleusen von Geld, Berichterstattung über Kontakte und Informanten und schließlich um die

Weitergabe von Informationen über den Stand der Entwicklung in Ostdeutschland und der Sowjetunion, über Bedrohungen und Chancen. Diese Akte stellt nur die Hälfte dar. Es dauert ein wenig, bis er gefunden hat, was er sucht, Akte 2.349.7/ zu1744353. Vorsichtig zieht er die Akte heraus und legt sie auf einen der Lesetische, schlägt sie auf, schaut und liest die Überbleibsel seiner Vergangenheit.

31

ZÜRICH
- 1986 -

Die meisten Tage und Nächte in Zürich waren lang und ereignislos. Das Aufbauen eines Netzwerks kostet Zeit, das Schaffen profitabler Kontakte kostet noch mehr. Er pendelte zwischen den Niederlanden und der Schweiz und zwischen John Antink und Max Danzler hin und her. Für jede Reise nach Den Haag brauchte Danzler ein Alibi, und das erforderte ausführliche Vorbereitungen. Während er sich als Antink bei Vera aufhielt, reiste Danzler durch den Mittleren Osten oder die Vereinigten Staaten, und danach konnte er auch die Tickets und Hotelrechnungen vorweisen, die das belegten. Diese Irreführung war wichtig, Kunden und potenzielle Kunden mussten den Eindruck bekommen, dass er ständig unterwegs war, um bestmögliche Bedingungen für sie zu schaffen.

Zu seinen Kontakten gehörte Olivier von Wünschen, ein Mann aus einer angesehenen deutschen Familie, die nach dem Zweiten Weltkrieg viel von ihrem Status eingebüßt hatte. Von Wünschen lebte in der Schweiz und verkehrte in Kreisen anderer Geflüchteter und aus Russland wegsanierter Adeliger. In der Spätphase des Sowjetregimes unterhielt der alte russische Adel enge Beziehungen zur Parteispitze und der untersten Schicht des Geheimdienstes. Nachdem sie von den Bolschewiken aus dem Land gejagt worden waren und sich vor allem in Frankreich niedergelassen hatten, suchten die Grafen und Barone einander wieder auf, weil sie hofften, das alte Russland und die verlorene Grandezza würden einmal wiederkehren. Einige dieser Familien hatten Positionen im Bankwesen und in der Vermögensverwaltung erworben: eine Welt, in der ein vornehmer Name noch immer Anziehungskraft auf Menschen mit viel Geld besaß. Schwarz oder weiß, das war egal.

»Kennen Sie Dimitri Lwow?«

Danzler nickte höflich. Von Wünschen war begeistert, es hatte ihn große Mühe gekostet, diesen Lunchtermin zu regeln. Lwow war immer vom einen Meeting zur nächsten Besprechung unterwegs. Von Wünschen stellte die beiden einander vor.

»Max Danzler. Herrn Lwow braucht man eigentlich nicht vorzustellen, seine Familie gehört zur ältesten russischen Elite.«

Der Mann produzierte ein automatisches Lächeln, und es war offensichtlich, dass ihn dieses Ritual längst langweilte. Seine Familiengeschichte hatte zwei Seiten: Sein Name öffnete Türen und war gleichzeitig sinnloser Ballast, den er mit sich herumschleppte. Er stammte aus einem einflussreichen Adelsgeschlecht, sein Großvater war Fürst Georgi Lwow, Ministerpräsident in der Übergangsregierung zu Beginn der Revolution und emigriert, als der Wandel härtere Formen annahm. Schon der Titel »Fürst« brachte einen ins Gefängnis. Was sie einmal waren, hatten sie dort zurückgelassen.

»Angenehm«, sagte Lwow. Ein hochgewachsener, schlanker Mann, ungefähr so alt wie Danzler, an den Schläfen schon ein wenig grau, tief liegende Augen. Er streckte die Hand aus. »Und Sie sind?«

»Danzler.« Mehr sagte er nicht. Er hatte eine ganze Familiengeschichte in petto, inklusive Eltern, Großeltern, den ersten Schuljahren, weiterführender Schule und Universität, Militärdienst und Karriere. Wenn Lwow mehr wissen wollte, brauchte er nur weiter zu fragen.

»Nie gehört. Sind Sie schon lange in diesem Sektor aktiv?«

»Noch nicht sehr lange.« Jetzt befand er sich auf gefährlichem Terrain. Lwow, schon seit Jahren prominent in der Vermögensverwaltung anwesend und aktiv, kannte die meisten Leute, die hier wichtig waren, also musste sich Danzler vorsichtig verhalten. »Ich habe zunächst bei einer Bank in Hamburg gearbeitet und mich erst vor einigen Jahren als unabhängiger Berater selbstständig gemacht.«

»Hier in Zürich?«

Hinter den einfachen, grundlegenden Fragen verbarg sich ein angeborenes Misstrauen. Danzler spürte den Argwohn, der wie eine Dunstwolke um den Russen hing. Lwow verbarg sich hinter einer Mauer herablassender Höflichkeit, ein Charakterzug adeliger Familien. So hatte man sie erzogen: Mit dem Volk musste man Geduld haben. Lwow tat sein Bestes, um seine Geringschätzung zu verbergen, doch es gelang ihm nur bedingt.

Arroganter Pinsel, hätte seine Mutter gesagt. Wilma Antink hegte einen abgrundtiefen Abscheu gegenüber Menschen, die sich über andere erhaben fühlten. »Adel ist Einbildung, und Privilegien sind Unrecht. Merk dir das.« Ihre Worte hallten laut und deutlich in seinem Kopf wider, und in der Tiefe seines Herzens stimmte er ihr zu. Danzler kannte diese Sorte Mensch und ihr Handwerk. Für den Termin hatte er alle möglichen Informationen über diesen Spross eines russischen Prinzen zusammengetragen. Danzler wusste, dass sich der elitäre Hintergrund untrennbar mit allen Gedanken im Kopf dieses Mannes vermischte. Es war, als fügte ein Koch jedem Gericht, das er zubereitete, automatisch Knoblauch hinzu.

»Natürlich in Zürich, wo sonst?«, gab Danzler zurück. Mitbewegen war die Standardtaktik, Lwow die eigenen Meinungen rückfüttern, sodass der glaubte, Danzler stimme ihm zu. Das sollte ihn beruhigen. »Wien hat die nötige Dimension und liegt geografisch vielleicht günstiger, aber Zürich ist die logische Wahl. Sicher und mit allem ausgestattet, was man benötigt.«

Sie umkreisten einander, das Abtasten hatte begonnen. Lwow kannte die hohen Parteigenossen in Moskau, er war persönlich mit Männern aus der KGB-Leitung befreundet, die sein Netzwerk nutzen wollten, um ihre eigenen Finanzen zu sichern. Lwow suchte fortwährend nach Möglichkeiten, der kommunistischen Elite dienen zu können und Lösungen für deren unstillbaren Hunger nach Geld anzubieten. So half er dabei, den alten Feind mit den Sitten des Kapitalismus vertraut zu machen.

»Wie ich höre, können Sie Möglichkeiten anbieten, die außerhalb der offensichtlichen Konstruktion liegen? Unser Freund Olivier ist jedenfalls außerordentlich angetan.«

»Sicher. Zürich ist natürlich großartig, aber es wird in mancher Hinsicht ein wenig voll.«

»Sehr voll.« Bei Lwow als echtem Aristokraten löste das Wort »voll« einen angeborenen Ekel aus. Ein Übermaß an Menschen setzte seinem Nervenkostüm zu.

»Darum erschließe ich meinen Kunden Routen in die Karibik, über Treuhandbüros in Amsterdam, die niemandem gegenüber zu einer Erklärung verpflichtet sind.«

»Wo in der Karibik?«

»In der niederländischen. Und von Curaçao aus braucht man mit dem Flugzeug nicht mehr als eine halbe Stunde bis nach Panama oder in eines der anderen günstigen Länder dort. Alle bereit für den Einsatz.«

Der Russe beugte sich vor, in der Pose eines Menschen, der nachdenkt, die Vor- und Nachteile abwägt. Er stellte Fragen zur finanziellen Sicherheit, und er wusste, wovon er sprach. Danzler auch, und dass er den Prinzen bereits überzeugt hatte, bevor der die erste Frage stellte. Nach anderthalb Stunden erhob sich Lwow und streckte die Hand aus.

»Olivier, machen Sie einen neuen Termin und kümmern Sie sich gleich darum, dass Oleg dabei ist?« Er wandte sich an Danzler. »Wir sehen uns bald wieder.«

»Oleg« war Oleg Poniatowski, der erste KGB-Kunde, den Danzler an Land zog. So funktionierte das, über Olivier zu Dimitri hin zu Oleg. Poniatowski war kein großer Fisch, aber ein treuer und der Erste eines ganzen Schwarms aus Freunden und Genossen. Viele hohe Parteifunktionäre und Mitglieder der KGB-Spitze gingen nach Wien, wo die Sowjetunion seit dem Ende des Zweiten Weltkrieges ständige Niederlassungen besaß, genau wie in Berlin. Aber was die Provinzstadt Dresden im Verhältnis zu Berlin war, das war Zürich im Verhältnis zu Wien, zu der Stadt, in der außerhalb des Scheinwerferlichts ein Großteil der Arbeit ablief. Handel und Geld, Vermögen und Geheimnisse – Zürich schien für Untergrundarbeit, für unsichtbare Kontakte wie geschaffen. Verhandlungen wurden als Meetings zwischen Anteilseignern über eine Fusion zwischen zwei Betrieben deklariert. Jede Aktivität war in etwas anderes verpackt. Geld war der einzige Beweis, der wirklich zählte. Danzler schrieb alles auf, zog seinen grauen Anzug an und brachte seine Akten nach Den Haag. Dort wurden seine Informationen zu einer Geschichte verarbeitet, und damit geriet bald etwas in Schieflage, denn sobald aus der historischen Geschichte eine neue Geschichte erzählt wird, enthält sie eine Lüge.

2.349.7/zu1744353

Als Erstes findet er im Archiv einen Bericht, den er selbst getippt hat, mit handschriftlichen Ergänzungen. Alle Termine und Kontakte sorgfältig aufgeschrieben, mit dem jeweiligen Datum und den Adressen der Personen, die er getroffen hatte. Von jedem Gespräch hatte er kurz die wichtigsten Punkte notiert, seine Einschätzung und sein Fazit. Handelte es sich um einen Kontakt mit Potenzial oder um eine Sackgasse? Diese Frage beantwortete er immer, und er versuchte seine Arbeit so objektiv wie möglich zu betrachten.

Sobald er in dem Bericht blättert, kommen die Erinnerungen zurück. Er kann sich noch an alles erinnern, sieht alles vor sich, sogar die Schreibmaschine, auf der er seine Berichte verfasst hat, eine Olivetti Lettera 32, eine tragbare Maschine, die er in einem geheimen Schrank aufbewahrte und nur für seine Berichte verwendete, sodass man nie eine Übereinstimmung zwischen seinen Briefen an Kunden und den Berichten für den Dienst würde feststellen können. Wenn er die Schreibmaschine im Büro benutzte, war er Max Danzler, auf der Olivetti war er John Antink, der Mann im Schrank, von dem niemand etwas wusste. Auch diesen Schrank sieht er noch vor sich; er hat oft genug darin gesessen. Als Olivier von Wünschen einmal unangekündigt im Zimmer erschien und es zu viele verräterische Hinweise gegeben hatte, hatte er alles zusammengefegt und sich im Schrank eingeschlossen, während Sabine Muller eifrig beteuerte, ihr Finanzexperte sei nicht anwesend. Vergeblich, denn aus seinem Versteck hinter der Wand hörte er, wie von Wünschen in seinem Zimmer herumtigerte, der festen Überzeugung, er werde dort Max Danzler antreffen.

Der geheime Raum lag hinter einem hohen Stahlschrank verborgen, der als Tür fungierte, komplett mit einem unsichtbaren Scharnier in der Wand und einem Schloss, das sich sowohl von innen als auch von außen bedienen ließ, wenn man wusste, wo es sich befand. Durch die Tür gelangte man in einen kahlen, dunklen Raum von einem mal zwei Metern, mit den Maßen einer Gästetoilette. Auf der einen Seite gab es eine Regalwand, wo er seine Aufzeichnungen, Fotos und das Equipment aufbewahrte. Dort stand er, im Dunkeln, umringt von seinen Geheimnissen. Die Stille in seinem Kopf hatte ihn erstaunt, denn er dachte an nichts. Er wartete und fand es nicht schlimm, er hatte keine Angst, kein Adrenalin scheuchte ihn auf, keine Anspannung. In dem dunklen Raum fühlte er sich wunderbar geborgen. Er erinnerte sich an diesen Zustand des untiefen und unantastbaren Bewusstseins, als triebe er auf einem unbekannten Ozean. In solchen Momenten ist er am nächsten bei sich selbst. Das ist noch immer so. Losgelöst von allem und jedem, von Pflichten und Interessen, ohne Identität, ohne irgendwelche Etiketten, auf denen steht, was andere von ihm halten. Allein mit sich selbst.

In der tiefen Stille des Geheimdienstarchivs starrt er auf die Akte, seine Augen suchen die Seiten ab. Namen, Daten, Zeitpunkte und Orte. Sie alle bedeuten etwas. Diese Akte stammt aus einer späteren Phase, ungefähr ein Jahr nachdem er über Dimitri Lwow einen Zugang in die isolierte Welt der Sowjetelite erhalten hatte. Schon nach der ersten Begegnung hatte er eine Meldung zu den Möglichkeiten gemacht. Er übermittelte nicht nur sämtliche Informationen über den Mann wie Geburtsdatum, Ausbildung, Funktion, die Namen seiner Frau und Kinder, seiner Kollegen, seine Privat- und Arbeitsanschrift, sondern ergänzte auch seine eigene Meinung. Potenzial: hoch. Einschätzung: sozial ausgesprochen fähig, persönlich jedoch sehr zurückhaltend, empfänglich für Macht und Status. Fazit: weiterer Kontakt wichtig. Lwow hatte ihn nicht enttäuscht, er hatte sich als ergiebige Quelle erwiesen, der Mann verfügte über ein enormes Netzwerk in der alten russischen Autokratie und der neuen kommunistischen Hierarchie.

Er sieht die Namen. Russen und Ostdeutsche. Nirgendwo erscheint der Name Swetlow. Das wäre auch zu einfach. Swetlow hat ihn hierhergeschickt, zu seinen eigenen Aufzeichnungen und Berichten über seine Reisen nach Dresden und über die Personen, denen er dort begegnet ist. Zu Berichten im Telegrammstil über die Dienstleistungen, die er anbietet. Zum Beispiel eine Finanzierungsstruktur für Export und Handel in Getreide für Oleg Poniatowski und seine Partner, Georgi Moldow und Michail Kozlew. Eine ziemlich simple Konstruktion mit einer GmbH in der Schweiz, einer Aktiengesellschaft in den Niederlanden und einer Holding auf Curaçao. Diese Namen würde er in anderen Akten nachschlagen können. Über alle Personen, für die er solche finanziellen Arrangements getroffen hatte, hatte er Informationen eingeholt und festgehalten. Jede hatte ihre eigene Akte. Aber um diese beiden hier geht es nicht, Moldow und Kozlew waren bei einem simplen Getreidedeal dabei, eine ordentliche Summe Geld wurde dabei bewegt, aber das war immer so. Die Sowjets machten nur Geschäfte, wenn es um Millionen ging, am liebsten um noch mehr. Für jeden Deal konnte Econocom Tech einen ordentlichen Betrag in Rechnung stellen, und nach anderthalb Jahren konnte Danzler den Großteil seiner Aktivitäten aus dem Umsatz der Firma bestreiten. Für die Kasse des niederländischen Geheimdienstes ergab sich sogar ein Gewinn, der ins Land floss, und zwar über nicht rekonstruierbare Umwege, die er persönlich eingerichtet hatte.

Das ist es, wonach er suchen muss, nach einem Handel, bei dem große Umsicht erforderlich war und, noch wichtiger die besondere Bedeutung der Route, die er dafür gewählt hat. Nicht zu finden. Er hat so viele solcher Routen entworfen, Hunderte, kleine und große. In diesen vier Jahren hatte er sich einen Namen als Vertrauter von Parteimitgliedern aufgebaut, von Männern aus dem Sowjetgeheimdienst, die ihre finanziellen Anker in Richtung Westen auswerfen wollten. Sie alle hatten ihre eigenen Gründe, sie alle sprachen viel über die Zukunft der Sowjetunion, den Erhalt ihrer Arbeit. Sie hatten Angst, nach dem Zusammenbruch der Sowjetunion wäre möglicherweise kein Geld mehr da, um den Geheimdienst zu finanzieren oder die revolutionären Bewegungen in anderen Ländern unterstützen zu können. Das hörte sich gut an, doch die Namen in den Akten waren von Personen, von Individuen, die ganz allein entscheiden konnten, was mit dem Geld geschah. Eine Partei hatte damit nichts mehr zu tun.

Ein Handel mit besonderer Umsicht bedeutete meist, dass über Technologie, Öl oder Waffen verhandelt wurde. Sein Blick wandert blitzschnell über die lange Liste, die in die Akte aufgenommen wurde, aber ein Wiedererkennen stellt sich nicht ein. Es sind zu viele; bei einigen Namen kann er sich nicht mehr an die Gesichter erinnern, es ist zu weit weg, zu weit in der Vergangenheit. Sein Gedächtnis, auf das er einmal blindlings vertrauen konnte, hat nachgelassen. Er wird die dazugehörenden Akten holen müssen, um die Details wieder an die Oberfläche zu bringen. Er nimmt sich Papier und Stift und notiert Aktennummern, damit er mit einem Zettel in der Hand die entsprechenden Akten heraussuchen kann.

Stundenlang forscht er zwischen den Papieren, jede Akte öffnet einen neuen Teil der Vergangenheit und bringt ihn zu jemandem, den er schon seit Jahren nicht mehr gesehen hat. Einige dieser Erinnerungen sind schmerzhaft, Namen bedeuten mehr, als er erwartet hatte. Claus Werdermann zum Beispiel, der erste Informant, den er in Dresden hatte anwerben können. Der schöne Claus, Chef der Personalabteilung bei Robotron, hatte ihn mit vielen weiteren Personen in Kontakt gebracht. Je mehr er wollte, desto mehr tat Claus. Durch ihre Zusammenarbeit hatte Claus ein ganz anderes Leben entdeckt, ein Leben mit geheimen Treffen und kurzen Reisen ins Ausland, in den Westen, der für ihn bis dahin immer hermetisch geschlossen gewesen war. Über ihn war John mit Hermann Finke in Kontakt gekommen, einem der vielen Technikexperten, die in Dresden herumliefen, vertrauenswürdig und anständig. Finke wollte sehr gern mitarbeiten, doch er wusste zu wenig. Sein Vorteil bestand in seiner Freundschaft mit Friedrich Hallense, der schon seit dreißig Jahren in der Buchhaltung von Robotron arbeitete. Hallense war unglaublich langweilig und träge, die Treffen mit ihm dauerten immer zu lang. Danzler versuchte die Kommunikation mit ihm jedes Mal über einen toten Briefkasten zu regeln, einen Ort, an dem er eine Nachricht für den anderen hinterlassen konnte, ohne dass man sich jemals traf. Je seltener er ihn sah, desto lieber war es ihm. Aber der gute alte Friedrich war sehr wertvoll, unter seinem grauen Haar verbarg sich ein Schatz an Informationen; er wusste, wo das Geld war und wo es hinging, er kannte die Personen, die Danzlers Dienste benötigten. Zum Beispiel Wilhelm Fredekker, den Chef der Finanzabteilung. Natürlich war jemand in dieser Position in einem ostdeutschen Betrieb nicht mit jemandem im selben Betrieb im Westen zu vergleichen. Fredekker stand ein streng begrenztes Budget zur Verfügung, mit dem er arbeiten musste. Darum war er immer auf der Suche nach Möglichkeiten, um mit seinem Budget einen möglichst hohen Wertbeitrag zu generieren, und das machte ihn verwundbar. Und da war Georgi Wlaskow, der russische Parteigenosse, der beim Finanziellen helfen musste. Mit ihm war es damals fast schiefgelaufen; Wlaskow wollte sehr gern gefeiert werden, war jedoch nicht zu verführen. Er hatte nicht das geringste Interesse an der anderen Seite, der Westen war der Feind. Annäherungen blockte er ab.

All diese Namen stehen in den Akten, einige mit Fotos, andere ohne, und einen Moment scheint es, als würde John den Faden verlieren. Er spürt, wie die Informationen aus der Akte in ihn hineinströmen und seine Vergangenheit wieder aufstocken mit seinen eigenen Worten, mehr als dreißig Jahre zuvor niedergeschrieben. Fotos von Personen, Bilder, die Raum in seinem Innern einnehmen und das Heute daraus verdrängen. Sein Gedächtnis füllt sich mit Erinnerungen, die er jetzt nicht brauchen kann, die seinen Blick auf die Sache trüben. Verärgert schließt er die Akte und dann die Augen. Was wollte ihm Swetlow sagen? Was soll er in dieser Akte finden? Wenn Swetlow ein Problem hat, konnte es nur um Geld gehen und um jemanden, der dafür verantwortlich war. Offensichtlich war diese Verantwortlichkeit auf Swetlows Schultern gelandet, und jetzt wird er darauf angesprochen. Vielleicht ist Geld weg, und er soll es zurückholen? Aber wer hat ihm die Verantwortung übertragen? Sein Vater? In diesen Akten taucht kein Swetlow auf. Seine Mutter? Ein Onkel? Ein Freund? Es gibt zu viele Möglichkeiten. Und wie ist Swetlow an diese Aktennummer gekommen? Die Antwort darauf wird erst kommen, wenn er weiß, wonach Swetlow genau suchte.

Woher kommt das Geld, und wo geht es hin? Wenn man dem Geld folgt, gelangt man zu den Personen, die dahinterstecken. Wieder öffnet er die Akte und betrachtet die Transaktionen, die darin aufgelistet sind. In dieser Akte stehen drei. Die erste war ziemlich simpel, ein internationaler Deal, für den er eine GmbH für zwei Sowjets eingerichtet hatte, die über diese Firma einen Getreidevorrat aus der Sowjetunion auf dem Weltmarkt zum Verkauf angeboten hatten. Der Ertrag war sorgfältig zwischen dem Lieferanten und einer Holding auf Curaçao verteilt worden, die den Betrag wiederum auf ein Geheimkonto in Zürich geschleust hatte. Alles in Ordnung, jeder Dollar transparent erfasst, Econocom Tech hatte eine stattliche Gebühr erhalten.

Die zweite Transaktion war komplizierter, vom Aufbau her

gleich, nur ging es diesmal um eine Waffenlieferung, um automatische Schusswaffen, Kalaschnikows und Raketenwerfer. Ein äußerst sensibler Deal, bei dem die Transaktion besser und tiefer verborgen werden musste. Danzler hatte mithilfe des Dienstes in den Niederlanden eine Route entwickelt, auf der die Gewinne in einem Netzwerk aus Firmen und Bankkonten zu verschwinden schienen. Auch an diesem Auftrag hatte Econocom Tech gut verdient; nach der Abwicklung des Deals befanden sich fast zweihunderttausend US-Dollar auf dem Firmenkonto. Und der Dienst verfügte über einen Schatz an Informationen. Wenn irgendwo etwas schiefgegangen sein konnte, dann bei diesem Deal, denn er war bei Weitem der problemanfälligste der drei.

Beim dritten ging es um eine große Ladung Nickel aus Norilsk in Sibirien. Finanziell betrachtet der größte der drei, aber eigentlich genauso simpel wie der erste mit dem Getreide. An diesem Deal gab es nichts Auffälliges.

Bei keinem der drei Aufträge ist irgendjemandem ein Fehler unterlaufen, alle wurden vorbildlich abgewickelt.

Zwei der drei Auftraggeber hatten sich dadurch veranlasst gefühlt zurückzukommen, mit neuen Aufträgen, neuen Deals. Plötzlich hält John in Gedanken inne – darum könnte es gehen. Swetlow hat ihn an den Anfang geschickt, zu den Wurzeln. Jetzt muss er den Linien folgen, aus Zürich nach Dresden, zu den großen Aufträgen, als die Kapitalflucht aus der Sowjetunion richtig in Gang kam.

Gehetzt forscht er in anderen Akten zu seiner gesamten Zeit dort nach, von 1986 bis 1989, und bevor er sichs versieht, liegt ein ganzer Stapel Akten auf dem Tisch. Es sind zu viele, es ist unmöglich, so schnell die Übersicht zu bekommen. Am liebsten würde er alles mit nach Hause nehmen und es sich dort in Ruhe anschauen. Auch das geht nicht, es ist verboten, Akten aus dem Raum zu entfernen, und solche mit Staatsgeheimnissen erst recht. Er hat kein Handy bei sich, mit dem er die Dokumente fotografieren könnte. Mutlos starrt er auf den Stapel. Was er sucht, muss trotzdem in dieser ersten Akte stehen, 2.349.7/zu1744353. Dann geht er in einen anderen Teil des Archivs. Er sucht einen ganz bestimmten Karton, die Nummer kennt er auswendig. Was in dem Karton ist, sieht er bereits vor sich. Er holt einen konkreten dünnen Ordner hervor und stellt die Schachtel zurück an ihren Platz, sodass die Nummer auf dem Etikett deutlich sichtbar ist: 0.1740.0/ja0003517. »ja« steht für John Antink.

Diesen einen Ordner behält er.

Er holt das Kissen unter seiner Kleidung hervor, entfernt den Bezug und versteckt es irgendwo zwischen den Schachteln in einem der Regale. Dann stopft er alle Papiere in den leeren Kissenbezug, steckt ihn sich zwischen Oberhemd und Gürtel, knöpft sich die Jacke wieder zu und stellt die leere Schachtel zurück ins Regal. Er tastet und ruckelt, bis die Dokumente gut verborgen sind und er ungefähr wieder so aussieht wie mit dem Kissen vor dem Bauch.

Noch ist er nicht fertig, er kann hier nicht weg, bevor er nicht wenigstens eine von Calders Fragen beantwortet hat. Sie will wissen, wer die alten Kontakte im Libanon und in Syrien sind und was diese möglicherweise mit den Vorfällen von heute zu tun haben. Wenn sie nur wüsste. Alles aus der Vergangenheit hat Einfluss auf die Gegenwart. Die Vergangenheit hört nie auf, sie wird nur immer größer. Alle laufen mit den Scheuklappen der Gegenwart herum und versuchen atemlos, jede Entwicklung in ein größeres Ganzes einzuordnen. Das größere Ganze liegt hier, sicher versteckt, unauffindbar für die Leute, die nicht wissen, wonach sie suchen müssen. Gleich wird er fertig sein, er weiß, welche Namen und welche Akten er ihr geben will, das hätte er schon oben in ihrem Büro tun können, aus dem Gedächtnis heraus. Der Libanon ist in sein Gedächtnis eingebrannt, genau wie Dresden. An beiden Orten hat er dem Tod in die Augen gesehen und kurz gedacht, es sei vorbei mit ihm.

Mit den Dokumenten im Hosenbund läuft er vorsichtig in einen anderen Teil des Archivs, zieht eine Akte aus dem Regal und legt sie auf den Lesetisch. Libanon 1984, zwei Jahre vor seinem Umzug nach Zürich. Er nimmt die Akte mit an den Tresen, wo der Archivar sein Herrschaftsgebiet bewacht. Dort bittet er um ein Post-it und einen Bleistift. Er schreibt die Aktennummer und ein paar Namen auf. Assouad, Ezzeddin, Moussaoui. Agenten; Männer, die glaubten, die gute Sache zu unterstützen, worin auch immer diese Sache bestand. Der beste Agent ist ein Agent, der nicht weiß, dass er ein Agent ist. Vorerst sind diese Namen für Calder ausreichend, um sie gut auszustatten.

Er steckt den Zettel in einen Umschlag und schreibt Calders Namen darauf.

»Können Sie dafür sorgen, dass die Chefin den bekommt?«

»Kein Problem.«

»Und darf ich Ihnen diese Akte hier geben? Können Sie sie für mich zurückstellen?«

»Natürlich.«

»Dann weiß man auch sicher, dass sie wieder an der richtigen Stelle steht.«

Mit steinernem Gesichtsausdruck geht er zum Ausgang, durch die Schleuse, zur Zentrale, wo er seine Tasche und sein Handy abholt und unwillkürlich den Bauch einzieht, um den Papierstapel unter seinem Hemd zu verbergen. Die Frau vom Wachdienst legt seine Tasche und die beiden Mobiltelefone vor ihn auf den Tresen.

»Bitte«, sagt sie.

»Ich danke Ihnen.« John nimmt zuerst sein normales Handy und steckt es sich in die Tasche. Dann hebt er das zweite mit Daumen und Zeigefinger auf und sieht sofort, dass sich jemand daran zu schaffen gemacht hat, denn das Gerät ist sauber, kein einziger Fingerabdruck oder Fettfleck ist darauf zu sehen. Jemand hat dieses Handy in den Händen gehabt und es danach sauber gemacht. Sogar der kleine Fleck, den er absichtlich darauf angebracht hat, neben dem SIM-Karten-Halter, ist verschwunden. Dieses Risiko war Teil des Ganzen, man hat ihn im Auge und überprüft ihn. Prima. Das hat er nicht anders erwartet. Aber damit ist sein Mobiltelefon, seine einzige Verbindung zu Vera, ab jetzt unbrauchbar.

32

THAI-MASSAGE

Er verlässt das Gebäude, niemand hält ihn zurück. Das ist der Vorteil der höchsten Zugangsberechtigung, niemand stellt mehr Fragen, alle anderen befinden sich weiter unten in der Hierarchie. Trotzdem ist Vorsicht geboten, er will seine Telefonnummer austauschen und die von Vera auch. Im Bus zum Bahnhof holt er die SIM-Karte aus dem Handy und bricht sie in der Mitte durch. Vor dem Aussteigen wirft er die Stücke in den Mülleimer an der Tür. Erst mit einer neuen SIM-Karte kann er wieder Kontakt mit dem Repair Club aufnehmen. Nicht mit Vera, denn ihre eigene Nummer kann er nicht anrufen, die wird abgehört. Er kann sie nur über eine unbekannte Zwischenperson erreichen, und das geht nur ein einziges Mal. Danach müssen sie über ihren Notkontakt kommunizieren. Über den Pfarrer.

Er geht zum Grote Markt und sucht, bis er einen Jungen gefunden hat, etwa achtzehn Jahre alt, ein Smartphone in der Hand.

»Hallo«, sagt er. »Fünfzig Euro, wenn du für mich eine Nummer anrufst.«

»Einfach so? Fünfzig?«

John holt seinen Geldbeutel aus der Innentasche und nimmt einen Fünfziger in die Hand.

»Mach dich locker.«

Er gibt dem Jungen Veras Nummer und erklärt ihm, was er tun muss.

»Wenn jemand rangeht, sagst du, du willst einen Termin für eine Thai-Massage machen.«

»Ey, echt jetzt?«

»Mach einfach. Und sobald du eine Antwort bekommst, sagst du, du hast dich verwählt, und legst auf.«

»Sonst nichts?«

Der Junge wählt die Nummer und tut genau das, was John ihm aufgetragen hat. Veras Stimme erklingt aus dem Telefon.

»Ich brauche einen Termin für eine Thai-Massage«, sagt der Junge.

Kurz ist es still. »Was soll denn der Unsinn?«, fragt Vera.

Sofort unterbricht der Junge die Verbindung.

»Gut so?«

»Prima. Jetzt noch ein einziges Gespräch.« John gibt ihm eine weitere Nummer, die sich nur um eine einzige Ziffer von Veras unterscheidet. Genau nach diesem Gesichtspunkt haben sie die Nummer ausgewählt.

»Und was ist das jetzt?«

»Die Thai-Massage. Das ist die richtige Nummer.«

»Und was soll ich damit?«

»Anrufen, einen Termin machen. Schon mal so eine Thai-Massage gehabt?«

»Nein.«

»Schenke ich dir.« Er gibt ihm noch zwei Fünfziger. »Probier das mal. Ist echt super.«

Er wartet, bis der Junge den Massagesalon angerufen hat, hält den Daumen nach oben und geht weiter. Vera weiß, was sie zu tun hat. Die Frage nach einer Thai-Massage bedeutet, dass sie über den Pfarrer zueinander Kontakt aufnehmen müssen. Und die Tatsache, dass der Junge nach dem Telefonat mit Vera tatsächlich den Massagesalon angerufen hat, beweist, dass er auch wirklich falsch verbunden gewesen war.

In einem Telecom-Laden kauft John eine Prepaidkarte und schickt dem Pfarrer eine Nachricht:

Morgen unterm Vordach. Rufc

Anschließend holt er auch diese SIM-Karte wieder aus dem Gerät, bricht sie durch und wirft die Stücke weg. Er geht noch nicht nach Hause, erst muss er ins Büro, dort warten Lydia, George und Jaap auf ihn. Bevor er irgendwo anders hingeht, muss er wissen, was sie herausgefunden haben. Sicherheit geht über alles. Niemand folgt ihm, sein Handy kennt niemand, und er trägt einen entscheidenden Teil seiner Vergangenheit unter dem Hemd, ganz nah am Körper.

33

DIE NAMEN

»Wer sind diese Leute, und was treiben sie im Moment?«, fragt Calder. Sie legt die Akte, die ihr Antink aus dem Archiv geschickt hat, auf den Tisch. Die Entscheidung, Antink dazuzuholen, war richtig. Er hat ihr schneller Anhaltspunkte geliefert, als sie zu hoffen gewagt hatte. »Ich brauche so schnell wie möglich Kontakt zu einem oder mehreren dieser Männer. Es handelt sich um Kontaktpersonen der ersten Stunde, sofern sie noch am Leben sind.«

Sie schiebt den von Antink erhaltenen Zettel dem Direktor für Informationen hin. Drei Namen und die Aktennummer. Assouad, Ezzeddin, Moussaoui. Agenten, Informanten, mitten im Gebiet, in dem der ganze Mist gerade abläuft.

Varman schaut sich die Namen an. Er kennt sie nicht. »Bekomme ich eine integrierte Anweisung?«, erkundigt er sich. Er will ihre Zustimmung für die Befugnis, von allen zur Verfügung stehenden Mitteln Gebrauch zu machen, das Schleppnetz inklusive. »Dann ziehe ich sie nämlich durchs System, und wir wissen ganz schnell, ob sie noch da sind und wenn ja, wo.«

»Ja, Anweisung erteilt.«

»Schön. Wo kommen diese Namen her?«

»Das ist jetzt nicht wichtig.« Es erscheint ihr nicht notwendig, in dieser Phase zu erwähnen, dass sie mit Antink arbeitet. Varman findet es lästig, wenn ihm der alte Chef in die Quere kommt. Außerdem hat Calder die unbestimmte Vermutung, dass Antink Informationen zurückhält. Das ist das Problem bei dem Mann, er ist durch und durch zuverlässig, aber vertrauen kann man ihm nicht. Sie weiß nie, was er da treibt. Nicht wirklich. Er kann sie mit seinen blauen Augen anschauen, als würde er nie und nimmer etwas vor ihr verbergen. Und währenddessen …

»Erst mal schauen, was das System ausspuckt.«

Das System ist das umfangreiche Datenschleppnetz, das man in den vergangenen Jahren aufgebaut hat. Im Jahr 2017 wurde die Zustimmung dazu erteilt, und jetzt, ein Jahr später, arbeitet es ununterbrochen. Wenn Varman dort die Namen und alle weiteren Informationen über diese drei Männer eingibt, filtert das System automatisch jeden Bericht heraus, der diese Daten enthält. Rasend schnell und fast auf der ganzen Welt. Da ein Großteil der Informationen aus der ganzen Welt über das Datenkarussell in den Niederlanden läuft, befindet sich der Dienst in der idealen Position, Informationen aus diesen Datenströmen für sich herauszufischen.

Varman schiebt die Papiere zusammen und verlässt den Raum. Calder bleibt mit Groeneveld zurück, ihrem Direktor für Operationen. Sie will wissen, was man da in der Stalpertstraat, im Haus des toten Russen, genau vorgefunden hat.

»Alles Mögliche, viel Equipment, aber irgendwer hat alles von den Computern gelöscht. Wir versuchen noch was wiederzukriegen, aber viel wird das auf keinen Fall sein. Wenn es überhaupt funktioniert. Aber wir haben eine Tüte mit einem Tracker dran gefunden.«

»Von uns?«

»Nein.«

»Einen russischen?«

»Nein. Einen kommerziellen. Aus China.«

Schweigend schauen die beiden einander an, während die Bedeutung dieser drei Worte zu ihnen durchdringt. Kommerziell und aus China, das ist eigentlich noch besorgniserregender als Russisch. Es bedeutet, dass eine unabhängige Partei oder Gruppierung den Mann im Auge hatte und ihn vielleicht sogar getötet hat. Das macht das Ganze viel komplizierter.

»Wer steckt dahinter?«, fragt sie und weiß, dass Groeneveld darauf keine Antwort haben kann. Jedenfalls noch nicht. »Können wir diesen Tracker rückverfolgen, zurück zum Empfänger?«

»Wir sind dran.«

Wenn sie dahinterkommen, wer das Trackersignal empfängt, wissen sie, wer im Haus gewesen ist. Calder hat ein unbehagliches Gefühl bei dem Ganzen. Russen oder nicht, alles geht durcheinander. Es ist eher unwahrscheinlich, dass andere in der Wohnung gewesen sind, auch wenn Moskau genau das jetzt behauptet. Das Problem ist, dass jedes Abstreiten aus Moskau automatisch als Bestätigung gesehen wird. Was ist in dieser Wohnung vorgefallen?

»Wo ist Antink?«, will sie wissen.

»Wir haben ihn verloren.«

Calder flucht. Nichts läuft, wie es sollte. »Wie schwer kann es sein, einen alten Mann zu beschatten? Können wir denn gar nichts mehr?«

»Und er ist nicht erreichbar.«

»Er nimmt nicht ab, meinst du?«

»Nein, ich meine, seine Nummer scheint es nicht mehr zu geben, als hätte man die SIM-Karte vernichtet. Sein Handy ist tot.«

»Wo ist seine Frau?«

»Zu Hause. Ab und zu geht sie raus, nichts Besonderes.«

Antink hat die Spuren verwischt, und jetzt ist er weg. Er hat ihr innerhalb eines Tages einige Namen geliefert, mit denen sie weitermachen kann, und über das Schleppnetz wird sie bald erfahren, ob die Namen in irgendeiner Form nützlich für sie sind oder nicht. Vielleicht will Antink sie damit einfach beschäftigen, während er sich um andere Dinge kümmert. Dass er sofort wieder verschwunden ist, beruhigt sie nicht gerade.

»Finde ihn«, sagt sie. »Und versuch's noch mal bei seiner Frau. Die tut, als wüsste sie von nichts, aber sie weiß mehr, als sie zugibt.«

34

RUFC

Ein unbekannter Mann, der anruft und einen Termin für eine Thai-Massage vereinbaren will. Es bedeutet, dass sie von jetzt an nur über den Pfarrer mit John in Kontakt kommen kann. Ihr geheimes Handy kann sie offensichtlich nicht mehr benutzen. Warum das so ist, weiß sie nicht, und sie braucht es auch nicht zu wissen. Sie kennt ihren Mann lange genug, um zu begreifen, dass er eine solche Entscheidung nicht ohne Weiteres trifft. John und sie sind kein Ehepaar, das zusammen zu Hause sitzt und Fernsehserien schaut. Das Leben dreht sich um Kontakte zu anderen, darin finden sie einander. Sie genießt es jedes Mal, wenn sie zusammen losziehen und Leute treffen, und der Gedanke, er könnte ihr entgleiten, jagt ihr Angst ein.

Am liebsten würde sie sofort zu dem Pfarrer gehen. Sie will wissen, wo John ist und was er tut. Trotzdem muss sie warten, sie muss ihm Zeit geben, etwas zu regeln und ihr eine Nachricht zu schicken. Eine Nachricht, mit der sie etwas anfangen kann.

Sie ruft in der Physiotherapiepraxis ein paar Straßen weiter an und sagt, die Gelenke täten ihr weh, sie brauche einen Termin. Sie zieht die Haustür hinter sich zu und geht zu dem Mann vom Geheimdienst, der auf der anderen Straßenseite in seinem Auto Wache hält. Sie macht nicht denselben Fehler wie beim letzten Mal, als sie heimlich verschwinden wollte. Sie meldet, wo sie hingeht, und erklärt, sie hätte gern einen Bewacher dabei.

»Zur Physiotherapie«, sagt sie. »Ich bin doch neulich hier auf den Bürgersteig gestürzt, und jetzt habe ich ziemlich starke Schmerzen.«

»Ich bringe Sie hin.«

Sie steigt in den Wagen, und der Mann fährt sie zu der Adresse. Dort steigt sie aus, klingelt und geht hinein. Ihr Physiotherapeut bringt sie in die Küche, und von dort geht sie über eine Hintertür wieder nach draußen.

»Vielen Dank, ich bin gleich zurück«, sagt sie.

Schnell geht sie durch eine Seitengasse und biegt nach rechts ab, um die erstbeste Ecke, und dann geht sie die siebenhundert Meter zur St. Albaanskerk in der Rietzangerlaan zurück. Ein kleines Gebetshaus, etwas zurückgesetzt von der Straße, an einer Stelle, an der die meisten Leute einfach vorbeilaufen. Fast niemand mehr kommt dorthin, Gottesdienste werden nur noch sporadisch abgehalten. Vera weiß: Wenn eine Nachricht von John eingeht oder sie ihn erreichen will, dann geht das hier, über den Pfarrer, der die aussterbende Gemeinde leitet.

Sie klingelt im Pfarrhaus hinter der Kirche. Es ist nicht mehr als eine kleine Wohnung, gerade groß genug für einen Mann allein. Der Pfarrer ist dort völlig zufrieden. Vera kennt ihn schon seit Jahren. Bastiaan Werkendael, aus Limburg in die

Randstad gekommen, hat hier direkt hinter dem Westduinpark seinen Platz gefunden, und sie hat ihn entdeckt, so nennt sie das. Das ist ein Scherz, aber es zeigt, wie wichtig er für sie ist. Er ist ein wenig jünger als sie und müsste eigentlich schon im Ruhestand sein, aber es lässt sich kein Nachfolger finden, und so lange er hier wohnt und gesund ist, nimmt er gerne die Verpflichtungen wahr, die er nicht einmal als Pflicht erlebt.

John und Bastiaan haben sich sofort gut verstanden, das Burgundische des Limburgers spricht ihren Mann an. Mehr als einmal hat John spontan finanzielle Hilfe geleistet, um Reparaturen in der Kirche oder in Bastiaans Wohnung durchführen zu lassen, und im Laufe der Jahre ist zwischen den beiden eine Abhängigkeit entstanden. Bastiaan weiß, dass er sich bei Bedarf an John wenden kann, und John hat den Pfarrer gebeten, als sichere Zwischenperson zwischen ihm und Vera zu fungieren, sodass es im Viertel jemanden gibt, dem sie ganz und gar vertrauen können, jemanden, der nie etwas preisgeben wird. Es war eine Beruhigung, die John überall auf der ganzen Welt bei sich trug.

»Ich betrachte den Kontakt, den ich zwischen euch beiden betreuen darf, als Beichtgeheimnis«, hatte Bastiaan erklärt, und besser hätte es nicht sein können.

Die Türklingel klingt einsam. Sie kennt die Wohnung gut und weiß, dass man aus jeder Ecke innerhalb von nicht mehr als zehn Schritten an der Haustür ist. Niemand kommt. Sie klingelt noch einmal und wartet. Nach ein paar Minuten geht sie ums Haus in den hinteren Garten. Die Küchentür zum Garten steht offen. Aus einiger Entfernung sieht sie Bastiaan an dem kleinen Küchentisch sitzen, vorgebeugt, eine Tasse Tee vor sich. Er trinkt immer Tee. Sie ruft seinen Namen.

Er reagiert nicht. Der Pfarrer sitzt eingezwängt in seinem altmodischen Sessel, zwischen den Lehnen und der Tischplatte. Sein dicker Bauch stützt ihn, sonst wäre er noch weiter vornübergesackt, deswegen merkt sie nicht sofort, dass er nicht schläft. Vorsichtig macht sie ein paar Schritte durch die Hintertür in die Küche. Es sieht aus, als wäre er ganz friedlich in höhere Sphären übergegangen, zum Herrn. Vera empfindet das genauso. Der Schöpfer hat ihn zu sich gerufen. Sie ist weder Ärztin noch Spezialistin, die mit Sicherheit sagen könnte, was hier passiert ist, aber sie kann nirgendwo Anzeichen von Gewalt oder einem Kampf erkennen. Sie berührt seine Stirn, er atmet noch. Auf den ersten Blick deutet nichts auf ein Verbrechen hin, es wirkt, als wäre er beim Teetrinken in sich zusammengesunken. Sie fühlt ihm den Puls und berührt wieder seine Stirn, er hat wahrscheinlich einen kleinen Schlaganfall erlitten, und das bedeutet, er muss so schnell wie möglich ins Krankenhaus.

Ganz automatisch greift sie zum Telefon, um die 112 zu wählen, und erst beim Eingeben der Nummer überlegt sie es sich anders. Wenn sie jetzt anruft, wissen alle, dass sie hier ist, und das will sie nicht. Sie ist der Überwachung des Ministeriums entkommen, und das soll noch ein wenig so bleiben. Schnell sucht sie nach Bastiaans Handy und erledigt den Anruf damit.

»Notfall. Krankenwagen, Mann Ende sechzig, Herzinfarkt.« Sie nennt die Adresse, legt das Handy neben den Teebecher auf den Tisch und sieht erst dann den Zettel unter der Tasse. Vorsichtig zieht sie ihn hervor und liest.

Morgen unterm Vordach. Rufc

Mehr steht da nicht. Vera begreift die Bedeutung der Worte sofort. John wird heute Nacht an einer ganz bestimmten Stelle etwas für sie hinterlegen, wahrscheinlich ein neues Handy, mit dem sie einander direkt erreichen können. Er kommt also nicht nach Hause, er bleibt weg, auf jeden Fall heute Nacht, wahrscheinlich aber länger. Er will nicht gefunden werden. Es ist besser, Werkendaels Handy hier nicht liegen zu lassen, Johns Nummer ist dort gespeichert. Sie steckt sich das Gerät in die Tasche. Dann rennt sie weg, geht die wenigen Straßen zurück zum Physiotherapeuten, wo ihr Bewacher noch ordentlich vor der Tür steht.

Das letzte Wort von Johns Nachricht wirkt kompliziert, aber das ist es nicht. »Ruf« bedeutet einfach »Anrufen«, und »c« steht für »Calder«. John will, dass sie die Initiative ergreift. Calder ist Vera noch nicht los.

35

WIR BEHEBEN FEHLER

Er studiert das Foto von Swetlows leblosem Körper, schaut sich alle Details rund um den Leichnam an. Verlegter Teppich, Hochflor, helle Farbe, kleiner Papierkorb, Stuhlbeine, Kabel an den Fußleisten entlang. Das sieht er. Er sieht keine Blutflecke auf dem Teppich. Mit einem Finger wischt er weiter, George hat den Mann von allen Seiten fotografiert und ein paar Aufnahmen des Zimmers gemacht, in dem Swetlow lag.

Jaap führt das Wort, George zeigt die Fotos auf dem großen Bildschirm an der Wand. Sie schauen den Toten an, den sie nicht gekannt haben und über den sie gern mehr wüssten. Es ist eine paradoxe Situation, sie sprechen über ihn wie über eine komplizierte Anlage, deren Garantie verfallen ist. Swetlow ist zu einem Puzzleteil reduziert, und sie wissen nicht einmal, in welches Puzzle er passt.

John hält Swetlows Geldbeutel in der Hand. Ein paar Münzen sind darin, Euro, Dollar und Schweizer Franken. Alles zusammen kommt er auf zweihundertneunzig Euro, hundertzehn Dollar und hundertfünfzig Franken. Keine Geldkarte, keine Kreditkarte. Er schaut ins hinterste Fach, in das Swetlow den Zettel mit der Verabredung und Johns Handynummer gesteckt hat. Der Zettel ist immer noch da, erleichtert holt er ihn heraus und faltet ihn auf. Es ist tatsächlich derselbe Zettel, seine Telefonnummer steht darauf. Aber jetzt steht da noch etwas anderes, jemand hat etwas hinzugefügt, in schwer leserlicher Handschrift, ganz offensichtlich in Eile.

Finde die Akte! Du bist der Nächste!

Er legt den Geldbeutel wieder auf den Schreibtisch, atmet tief ein, um die aufwallende Angst im Zaum zu halten. Er ist der Nächste, er ist selbst eine Zielscheibe. Er hält sein eigenes Todesurteil in Händen und fühlt sich, als bliebe sein Herz schon jetzt stehen.

»Hörst du zu?«, fragt Jaap.

Was dieser Zettel bedeutet, ist nicht zu überblicken. Swetlows Mörder wusste, dass er kommen würde. Er ist davon ausgegangen, John würde in der Wohnung erscheinen, die Leiche finden und den Geldbeutel mitnehmen. Der Mörder hat seine komplette Reaktion im Voraus eingeschätzt. John spürt Irritation und Angst. Innerhalb eines Tages ist alles völlig außer Kontrolle geraten. Man hat Swetlow ermordet, seinen Leichnam in der Wohnung zurückgelassen. Verändert hat sich nur dieser Zettel mit Johns Telefonnummer. Das sind schlechte Nachrichten. Er wusste, er hätte Swetlow den Zettel nicht geben dürfen. Als er ihm den Zettel hinhielt, wusste er eigentlich schon, dass er damit einen Fehler machte, und er hat recht behalten. Wer auch immer die neue Nachricht auf den Zettel geschrieben hat, hat jetzt seine Telefonnummer, und die lässt sich zu seinem Namen und zu anderen zurückverfolgen.

So sind sie natürlich bei Vera gelandet. Wenn jemand seinen Account hackt, sind seine sämtlichen Kontakte zugänglich. Er kann nur Schlimmeres verhindern, indem er sein Handy nicht mehr benutzt.

»Das hier ist jetzt wertlos«, sagt er. Er hat nur noch das neue Prepaidhandy, das er gerade gekauft hat. Es ist für den Kontakt mit Vera gedacht, diese Nummer bekommt nur sie. Von jetzt an ist er für niemanden mehr erreichbar, auch nicht für Calder, sie wird ihn nie wieder über seine alte Nummer anrufen können. Auch dafür wird er eine Lösung finden müssen.

»Die Person, die Swetlow ermordet hat, hat eine Spur, die zu mir führt«, sagt er. »Diese Spur muss so schnell wie möglich im Sande verlaufen. Diese Nummer darf nicht mehr auffindbar sein.« Er verlangt das Unmögliche, eine öffentliche Telefonnummer lässt sich fast nicht mehr unsichtbar machen.

George loggt sich in die private Website des Providers ein, stellt die Nummer auf »Geheim« um und kündigt sofort das Abonnement. Ohne Verzögerung. Er wartet auf die E-Mail-Bestätigung und lässt als Nächstes Johns Daten löschen. Alles geht, wenn man nur weiß, wie.

George nimmt ein Kartenset aus einem Behälter und holt die SIM-Karte heraus. »Dieser Swetlow hat Kontakt zu dir gesucht, und jetzt ist er tot«, sagt er. »Was bedeutet das?«

Warum ist diese Aktennummer so wichtig? Die Originalakte liegt hier im Schrank. John hat sie sich stundenlang angeschaut und noch keinen Anhaltspunkt entdecken können. Trotzdem ist die Akte wichtig genug, um jemanden dafür zu ermorden. Die Fragen häufen sich. Woher wussten sie, dass Swetlow Kontakt aufgenommen hatte? Im Repair Club war es niemand anderem aufgefallen. Lydia war Swetlow zu seinem

Wagen gefolgt und hat niemand anderen bemerkt. John vertraut noch immer seinem Gespür, er kann die Anwesenheit des Feindes spüren, ohne ihn zu sehen, und er hat nichts gespürt.

»Okay, wir fangen ganz von vorne an. Der Mann, dem du zur russischen Botschaft gefolgt bist, um wie viel Uhr kam der aus der Wohnung?«

»Um Viertel vor neun.« Lydia nimmt ihr Smartphone und zeigt allen die Fotos, die sie gemacht hat, als der Mann nach draußen kam. Der Mann, den sie für Swetlow selbst gehalten haben.

John schaut sich die Fotoinformationen an. Um 8:47 Uhr wurde die Aufnahme gemacht, um dreizehn vor neun. Neunundzwanzig Minuten später hat der Mann die Botschaft betreten.

»Wer ist das?« Mit den Fingern vergrößert John das Bild, aber das Gesicht des Mannes bleibt verborgen. »Hast du noch mehr Fotos gemacht?« Er wischt nach links und nach rechts, reicht George das Smartphone, der das Foto auf dem großen Bildschirm erscheinen lässt. »Geh noch mal zurück zu diesem Foto von Swetlow.«

George schaltet zu den Aufnahmen auf seinem eigenen Mobiltelefon um, und auf dem Monitor erscheint der Körper des Russen, auf dem Boden liegend.

»Und wieder zurück?«

Das Foto des Mannes, der aus der Tür tritt.

»Er trägt den gleichen Anzug«, sagt John. »Die gleiche Farbe, das gleiche Modell.« Er deutet auf das Revers der Anzugjacke. »Noch mal zurück, bitte.« Er schaut konzentriert hin. »Und noch mal.« Das Bild springt hin und her. »Die gleiche Haarfarbe auch, die gleiche Größe, die gleiche Frisur. Die gleichen Schuhe.« Schweigend starrt er auf den Monitor. »Das bedeutet, sie wussten, dass wir jemanden auf Posten hatten. Sie wussten, dass wir Swetlow beschatten. Warum sollten sie sonst so eine Scharade organisieren? Wenn nicht für uns, für wen dann?«

Es handelt sich um organisierte Irreführung, das ist die Basis jedes Krieges. Den Gegner austricksen. Wie es aussieht, hat man ihn bewusst in die Wohnung in die Stalpertstraat gelockt, damit er dort Swetlows Leiche findet. Alles war so eingerichtet, dass er glauben sollte, es selbst zu entdecken, als wäre er als Spezialist an der Arbeit. Er leidet unter Selbstüberschätzung und ist mit offenen Augen in die Falle gelaufen. Vielleicht ist er inzwischen doch zu alt? Hätte er vor fünfundzwanzig Jahren genauso gehandelt? Wäre er damals auch in die Wohnung gegangen? Hätte er sich so lange dort aufgehalten? Sie waren viel zu lange drinnen. Eine Stunde und neunundzwanzig Minuten.

Er hatte keine Wahl. Als sie das verborgene Stockwerk entdeckt hatten, mussten sie rein, und dort lag Swetlow. Danach konnten sie nicht einfach so weg. Wenn man einmal angefangen hat, muss man weitermachen.

Eine Stille voller schwerer Gedanken tritt ein, ihnen allen ist bewusst, was das bedeutet. Fast anderthalb Stunden lang wurden sie wahrscheinlich von allen Seiten von Kameras aufgezeichnet. Der Effekt des digitalen Störsenders kann mit ein wenig Geduld und der richtigen Technologie herausgefiltert werden, es sind nicht mehr als einige Extraschichten, die über die Aufnahmen gelegt werden. Das Blockieren der Signale mit Rauschen ist eine Verzögerungstaktik. Innerhalb einiger Tage können Aufnahmen ihrer Gesichter in digitale Gesichtserkennungssysteme eingegeben werden.

»Hat uns jemand gesehen?«, fragt John.

»Das kann immer sein, aber erkannt hat uns niemand, das glaube ich nicht.« Jaap scheint sich seiner Sache sicher; sie alle haben Perücken, Sonnenbrillen und Caps getragen, sie saßen in einem Auto mit falschen Nummernschildern, und das Auto liegt jetzt ohne Kennzeichen auf dem Grund eines Kanals in Deutschland. »Das kommt mir sehr unwahrscheinlich vor.«

»Es war ein Hinterhalt, und wir sind einfach reinmarschiert.«

»Ein Hinterhalt für wen? Für dich?« Lydia stellt die Frage ganz präzise. »Was wollen sie denn von dir? Wenn sie dich hätten ausschalten wollen, wie sie das mit Swetlow gemacht haben, hätten sie das längst tun können.«

»Jemand will mich nach draußen locken. Mit dieser Akte. Das hat auf jeden Fall geklappt, ich habe sie rausgeholt, sie liegt hier. Ich habe sie schon zweimal durchgeschaut, und ich kann nichts finden. Aber irgendwo in dieser Akte muss etwas stehen, ein Hinweis oder etwas anderes, irgendetwas, was sie wissen oder haben wollen.« Davon ist John überzeugt. Jemand will ihn aufscheuchen und in die Vergangenheit schicken, damit er dort etwas findet, was nur er finden kann. Etwas, was jemand verloren hat.

»Okay«, sagt Jaap – er bringt Ruhe in die Sache. »Wir sind zu eifrig rangegangen. Das war dumm. Aber wir sind der Repair Club, wir kümmern uns um Fehler, wir bringen in Ordnung, was falschgelaufen ist. Das ist unsere Mission, unser Ziel.«

Die ganzen Kaffeemaschinen und Videorekorder sind nichts als eine Fassade. Dahinter führen sie schon seit Jahren zusammen Aufträge aus, um Fehler aus der Vergangenheit zu beheben. Jetzt stehen sie vielleicht vor ihrem größten Auftrag, denn in Johns Vergangenheit gibt es ein paar ordentliche Fehltritte, über die er noch immer nicht sprechen kann. Nicht einmal mit seinen Freunden.

»Wie auch immer, die Schlussfolgerung bleibt gleich«, sagt John. »In dieses Büro können wir nicht mehr, die Adresse ist nicht mehr sicher.«

»Morgen früh ist hier alles leer«, gibt Lydia zurück. »Wir suchen uns eine neue Adresse zum Arbeiten. George, du kümmerst dich um neue Kommunikation.«

Jaap, George und Lydia haben schon früher sichere Häuser und geheime Wohnungen für Freunde und andere organisiert, die untertauchen mussten. Sie kennen jede Ecke der Stadt und noch jede Menge andere Ecken in jeder Menge anderer Städte im Land. In Schulen, Gemeindehäusern, Garagen und Versorgungszentren findet man immer irgendwo ein Zimmer mit einer Toilette, einem Waschbecken und einer Kochplatte. Niemandem sonst vertraut John so bedingungslos wie seinen Freunden, sie kennen einander durch und durch. Schnell suchen sie alles zusammen, was jeder von ihnen mitnehmen will. Den Rest lässt Lydia von einem Umzugsunternehmen noch heute Nacht in einen Aufbewahrungscontainer bringen.

»Diese Verabredung, die du mit Swetlow in der Zoutmanstraat hast, was machen wir damit?« Jaap steht mit einem Zettel in der Hand da, es ist die Notiz, die John gemacht hat.

»Vorläufig gehen wir davon aus, dass jemand dorthin kommen wird, und wir sorgen dafür, dass wir den Ort von oben bis unten gecovert haben.«

»Check«, gibt Jaap zurück. Er weiß, was er zu tun hat.

Einen Moment lang stehen sie schweigend beieinander. Alle Absprachen sind gemacht, sie wissen, wo und wann sie neue Handys bekommen können. Sie wissen, was sie zu tun haben.

»Jetzt müssen wir dringend vom Radar verschwinden«, sagt John.

36

VICTOR DE JOLAIS

Er läuft von der Neuhuyskade Richtung Hauptbahnhof. Ein Krankenwagen jagt mit heulender Sirene durch die Straße und stoppt an der Kreuzung zum Benoordenhoutseweg, ein Stück weiter oben ist ein Unfall geschehen. John will den Unfall nicht sehen, und er will auch nicht gesehen oder angehalten werden. Er entscheidet sich für eine andere Route, weg von den Leuten, und geht zurück in die Weissenbruchstraat. Von dort aus geht er durch die Boslaan am Stadtwald entlang und weiter zum Bahnhof. Er betritt ein unauffälliges Bürogebäude ganz in der Nähe der Rijnstraat. Dort befindet sich eine Schließfachvermietung. Mit seinem Ausweis und Schlüssel erhält er Zugang.

Hier hat er drei Schließfächer. Aus dem ersten holt er einen Kasten mit einer dünnen Bleiverkleidung. Drei Pässe liegen darin, vier Geldkarten, vier Kreditkarten, ein paar Brillen und zehn SIM-Karten, alle einzeln in Plastiktütchen mit der Nummer auf dem Etikett aufbewahrt. Ein Tütchen ist leer. Er nimmt sich eine der SIM-Karten und steckt sie in sein Handy.

Zwei weitere SIM-Karten steckt er sich in die Tasche. Er wählt einen der Pässe aus, dann eine der Bankkarten und eine der Kreditkarten, außerdem eine der Brillen, verschließt den Kasten wieder und schließt ihn weg. Aus dem zweiten Fach holt er seine Pistole und aus dem dritten die Munition. Er steckt sich alles in die Tasche, schließt die Fächer wieder, kontrolliert, ob er nicht aus Versehen irgendetwas hat liegen lassen, setzt sich die Brille auf und zieht los. So verschwindet er, das Ganze hat ihn nicht mehr als eine halbe Stunde gekostet. Seine Kleidungsstücke und Schuhe sind noch dieselben, sein Haar hat sich nicht verändert, Größe und Gewicht auch nicht, alles ist noch wie zuvor. Er trägt nur eine andere Brille. Die mit dem beinahe unsichtbaren Gestell hat er durch eine mit einem auffällig modischen, schweren rotbraunen Rahmen ersetzt, der seinem Gesicht eine strengere und modernere Ausstrahlung verleiht. Mit einem anderen Namen, einer anderen Telefonnummer, einem anderen Bankkonto und einer anderen Adresse. Er ist Victor de Jolais, ein Mann aus Nijmegen mit einem französisch-algerischen Hintergrund.

Auf der anderen Seite des Platzes geht er zum Eingang des Hotels Babylon. Dort bleibt er stehen. Gleich wird er in eine andere Welt verschwinden, wie er das in seinem Leben schon so oft getan hat. Er hätte nicht geglaubt, dass das noch einmal nötig werden würde, dass er noch einmal in sein Leben als aktiver Agent würde zurückkehren müssen.

Für wen tue ich das hier eigentlich? Das fragt er sich. Von den Leuten aus seiner Vergangenheit ist fast niemand mehr übrig. Tut er es für sie? Er tut es auf jeden Fall nicht für Volk und Vaterland und auch nicht für den König – diese Zeit hat er hinter sich gelassen, im Herzen ist er Republikaner. Wenn das

Königshaus morgen abgeschafft wird, wird er es nicht vermissen. Die Monarchie steht nur für Sentimentalitäten. Für wen oder was spürt er aber dann diese Verpflichtung? Die Verpflichtung, die ihn weitermachen lässt? Vielleicht tut er es vor allem für sich selbst, um seine Vergangenheit zu bewachen. Bei seinen Geheimnissen fühlt er sich zu Hause.

Jetzt, wo es so weit ist, hat er keine Zweifel. Manchmal stößt man mit dem Schicksal zusammen und kann ihm nicht mehr ausweichen. Er betritt das Hotel und nimmt sich ein Zimmer. Er bezahlt mit seiner Kreditkarte, die auf den Namen Victor de Jolais ausgestellt ist. Auf Bitten der Rezeptionistin zeigt er seinen Ausweis. Das Foto ist vielleicht ein bisschen alt, aber er ist es, ganz eindeutig.

»Willkommen, Meneer de Jolais. Wie viele Nächte möchten Sie bleiben?«

»Eine Woche, denke ich. Vielleicht ein wenig länger, aber das sage ich Ihnen dann rechtzeitig.«

Er bringt seine Tasche hoch ins Zimmer und legt die Pistole auf den kleinen Schreibtisch. Nachdem er seine Kleidung in den Schrank geräumt hat, setzt er sich und nimmt die Waffe vorsichtig auseinander, bis sie in Einzelteilen vor ihm liegt. Sehr sorgfältig reinigt er jedes einzelne Teil, kontrolliert es und setzt die Glock dann wieder zusammen. So kann er sicher sein, dass die Pistole funktioniert, wenn er sie braucht. Zusammen mit der Munition legt er sie in den Tresor des Hotelzimmers, für alles ist gerade genug Platz. Er will nicht mit der Waffe in der Tasche durch die Gegend laufen. Dann geht er wieder nach unten, in einen Supermarkt im Einkaufszentrum neben dem Hotel. Dort besorgt er sich eine Zahnbürste, Zahnpasta, einen Rasierer, Rasierschaum und einen Kamm.

In einem Kleidergeschäft kauft er Unterhosen, Socken, ein paar Poloshirts, lange Hosen und eine Jacke. Zum Schluss kauft er in einem Telecom-Laden zwei neue Prepaidhandys auf den Namen de Jolais. Sein Name aus der Vergangenheit ist jetzt ganz und gar unauffindbar. Es geht los.

37

ES KLAPPT NICHT

In dem Raum, in dem die Operator-Leute und die Analytiker das Schleppnetz bedienen, hört sie den Spezialisten mit IQs zu, die mindestens fünfzig Punkte über dem Durchschnitt liegen. Männern und Frauen, die nicht in Schwarz-Weiß denken, sondern in einer endlosen Auswahl von Details und Schattierungen. Die Joint Sigint Cyber Unit des niederländischen Geheimdienstes genießt einen besonders guten Ruf, und der wird hier geschaffen und bewacht. Hier können Namen und allerlei Informationen aus der Masse der Daten gezogen werden, und sobald man etwas gefunden hat, stellt man die Auftragsparameter schärfer ein. Künstliche Intelligenz verarbeitet jeden erfolgreichen Treffer im eigenen Auftrag, lernt aus jedem Fehler und arbeitet immer schneller und zielgerichteter an der Erfüllung der gestellten Aufgabe.

Früher an diesem Tag sind die Namen zum Vorschein gekommen. Assouad, Ezzeddin, Moussaoui. Es gibt mehrere Personen mit diesen Nachnamen, und mit der ersten Meldung kann das Filtern beginnen. Geburtsdaten, ehemalige

Adressen, äußere Kennzeichen, Vater, Mutter, Geschwister, Berufe – Dutzende von Querverbindungen werden überprüft, und Antinks alte Informanten tauchen einer nach dem anderen aus dem Datenstrom auf. Die moderne Technologie kann einen Mann im Libanon finden und lokalisieren, mit Furcht einflößender Präzision kann man diesem Mann folgen und ihn ins Visier nehmen. Es ist, als ginge Calder neben ihm her, ohne ihren sicheren Bunker in Zoetermeer jemals verlassen zu müssen.

»Wer ist das?« Sie deutet auf einen Mann, der auf einem der Bildschirme ein Haus verlässt und die Straße entlanggeht.

»Hamid Ezzeddin.«

Der Mann ist ungefähr in Antinks Alter, vielleicht ein wenig jünger. Mit einigen Klicks zaubert ihr Operator Daten auf den Bildschirm, und Calder sieht sein Alter, 66, seine aktuelle Adresse, seinen Arbeitsplatz und seine Handynummer.

»Und die anderen?«

»Moussaoui ist tot, vor drei Jahren gestorben, einfach so, keine ungewöhnlichen Umstände. Und Assouad haben wir noch nicht lokalisiert. Er ist irgendwo, und er ist auch eindeutig noch aktiv, das wird also nicht mehr lange dauern.«

Nach den ersten Informationen kommen die nächsten immer schneller; der Algorithmus, der die Datenströme durchsucht, lernt mit jedem neuen Treffer, wie er die eigene Suchfunktion verbessern kann. Der Computer lernt schneller als ein Mensch. Unwillkürlich denkt Alisha Calder an John, der lieber per Hand in Papieren sucht, der sich lieber persönlich auf die Suche nach den Menschen begibt, die er braucht. Dieser Mann weiß alles über moderne Technologie, er hat sie hier selbst aufgebaut. Edward Snowden hat gezeigt, wie allmächtig das Beherrschen der Datenströme ist. Niemand kann dem mehr entkommen. Drei unbekannte Araber, zwei aus dem Libanon und einer aus Syrien, werden problemlos gefunden. Schon jetzt kann sie eine Strategie entwickeln, um sich wenigstens den beiden noch lebenden Männer zu nähern und sie zu befragen.

»Wen haben wir da in der Nähe?«

Mühelos klicken sich die Computer durch die unermesslichen Mengen an Informationen, und weniger als eine Minute später hat Calder die Namen von zwei Agenten in der Region. Der Schwung der hereinströmenden Informationen ist beeindruckend, er vermittelt ein Gefühl der Zuverlässigkeit und Macht, als wäre alles auf Abruf verfügbar, als ließe sich alles aus ihrem eigenen sicheren Hauptquartier regeln. Alles ist bereits bekannt, sie braucht es nur noch hereinzuholen.

»Am liebsten will ich mit diesem Ezzeddin sprechen.« Ein ungewöhnlicher Wunsch. Calder weiß, dass sich die Chefin des Geheimdienstes nicht selbst mit dem Befragen und Verhören von Agenten im Einsatz befasst. Hier handelt es sich um Kontakte ihres Vorgängers, und sie weiß wahrscheinlich als Einzige, was sie fragen will und wonach sie sucht. Es gibt Dinge, die kann man nicht delegieren.

»Das wird schwierig, dafür ist noch zu viel unbekannt«, sagt einer der Operatoren.

Eine ehrliche Antwort, eine korrekte Antwort, und trotzdem ist Calder nicht zufrieden. »Davon habe ich aber nichts. Das Wort ›schwierig‹ will ich nicht hören. Schwierig ist es vielleicht für die Leutchen vom Finanzamt. Vielleicht willst du ja lieber dort arbeiten? Das lässt sich machen. Also sorge dafür, dass ich weiß, wo er ist und wie wir an ihn herankommen. Heute noch.«

Mit einer Mischung aus Zufriedenheit und Frustration verlässt sie ihre Mitarbeiter. Sie ist zufrieden, weil die Sache vorangeht, und frustriert, weil sie noch nichts Konkretes in den Händen hat. Vor allem Letzteres braucht sie für das Gespräch, das mit dem Generalsekretär ansteht.

Im Raum herrscht eisige Stille, die der Generalsekretär absichtlich so lange wie möglich andauern lässt. Sobald die Tür hinter ihr ins Schloss gefallen ist, steht sie allein da. Dieses Mal ist der Minister anwesend, und Calder weiß, dass sie den Mund halten muss, warten muss, bis der Minister etwas sagt. Nicht aus Ehrerbietung oder Scheu, sondern weil sie weiß, wie ein Politiker tickt. Politiker sind immer schneller und schärfer, was ihre Worte betrifft. Politiker sind Debattierer, sie sprechen dieselbe Sprache wie sie, führen aber immer ein anderes Gespräch. Wenn Calder sagt, dass sie weiß, worum es hier geht, und von selbst damit anfängt, wird der Minister sie gnadenlos unterbrechen und ihr deutlich machen, dass sie überhaupt keine Ahnung hat, worum es hier geht. Er kann jede Äußerung umdrehen und gegen sie verwenden. Auch jetzt. Also muss sie abwarten, bis der Minister das Thema anspricht. Dann erst kann sie reagieren.

Sie weiß es. Es klappt nicht. Sie ist zu angespannt.

»Es wird alles getan, um herauszufinden, woher das hier kommt und was es bedeutet«, sagt sie, noch bevor sie sich gesetzt hat.

»Ach, wird alles getan? Brauche ich diese Information? Dann möchte ich gern mehr wissen. Erzählen Sie.« Der Minister tut genau das, wovor sie sich gefürchtet hat, er agiert das Ganze aus. Sein sorgfältiger Haarschnitt, sein Maßanzug und seine glänzenden Schuhe verhüllen seinen boshaften Geist. Sein allererstes Ziel ist es, sie in die Irre zu führen. Sein zweites, ihr deutlich zu machen, dass sie überhaupt keine Ahnung von gar nichts hat. Das dritte, sie spüren zu lassen, dass sie auf dem politischen Spielfeld keinen Ball kriegen wird. Ein Minister, der Probleme bekommt, will auf keinen Fall vor der eigenen Haustür kehren müssen. Der will sich selbst schützen und die Schuld anderen zuschieben. Der Mann ist ein Widerling, spezialisiert darauf, die Fehler anderer Leute aufzudecken. Auch diese Meinung behält sie für sich.

»Wir untersuchen das«, sagt sie. Sie kann sich nicht mehr zurückhalten, die Art, wie Männer denken, die in der Hierarchie über ihr stehen, ist zu beschränkt. »Die Unterstützung für diese Gruppierung in Syrien wird untersucht, es ist noch nicht klar, um welche Belange es konkret geht, aber es gibt noch etwas anderes. Etwas, was mir große Sorgen bereitet. Diese Informationen sind durch ein Leck nach draußen gelangt, aber ich weiß nicht einmal, ob sie der Wahrheit entsprechen. Das mit dem Geld stimmt, ja, das können wir sehen, es ist Geld von uns zu diesen Gruppierungen geflossen, über bestimmte Umwege, die Details tun nichts zur Sache. Aber wo kam es her? Irgendwo aus unserem Budget, aber woher genau, das ist noch nicht klar, und …«

Weiter kommt sie nicht, der Minister lässt sie nicht ausreden, er nagelt sie mit ihren eigenen Worten fest.

»Noch nicht klar, das stimmt. Und deswegen versuchen Sie schon einmal, die Schuld irgendjemand anderem zuzuschieben. Woran liegt das wohl, was meinen Sie?«

»Die Situation in Syrien ist sehr kompliziert, die Informationslage, die sich uns dort bietet …«

»Aber Ihre eigene Situation ist nicht dort, sondern hier, und Ihre Situation ist nicht komplex, sondern schlecht.« Er setzt sie ungeniert unter Druck, links und rechts muss ganz eindeutig gezeigt werden, dass es nicht seine Schuld ist. Dass das Geld, das sie einfach so einer Gruppe Terroristen geschickt haben, nicht aus seinem Budget stammt, sondern irgendwo anders herkommt. »Ich brauche überhaupt nicht zu wissen, was genau wohin geflossen ist. Was macht es schon, ob es sich um Autos oder um Benzinkanister handelt?«

»Bei allem Respekt, wir sind schon ein Stück weiter. Wir haben Kontakte vor Ort, und bevor wir Entscheidungen treffen können, müssen wir wissen, ob es ein Risiko gibt, dass wir dort Menschen, unsere Leute, in Gefahr bringen.« Sie nennt die Namen von Ezzeddin und Assouad, und der Minister steckt sich mit einer theatralischen Geste die Finger in die Ohren.

»Davon will ich nichts hören. Das sind Dinge, die Sie selbst wissen müssen. Ich nicht. Sie sorgen dafür, dass diese Geschichte vom Tisch kommt, sonst wird Ihre Position hier unhaltbar. Ich glaube, Steven hat Ihnen schon beim letzten Mal deutlich gemacht, wie die Konsequenzen für Sie aussehen können. Im Außenministerium weiß man von nichts, der Ministerpräsident hat sich selbst mit dem Hintern auf den Deckel dieser Jauchegrube gesetzt, um das Geschrei in Schach zu halten, und wenn das bedeutet, dass wir uns von Ihnen verabschieden müssen, werde ich darüber keine Träne vergießen.«

Der Generalsekretär sagt nichts. Steven Oudenburg schaut weiterhin untertänig seinen Minister an und schickt sie dann weg. Innerhalb kürzester Zeit steht sie wieder draußen und kann in ihr Büro zurückkehren. Gekränkt, bis in die Seele getroffen von einem Mann, der es nicht einmal für nötig befunden hat, ihr zuzuhören.

Auf dem Rücksitz des Autos geht sie ihre Nachrichten durch. Unter den siebenundzwanzig, die eingegangen sind, seit sie das Büro des Generalsekretärs betreten hat, gibt es im Grunde genommen nur eine, die sie interessiert. Von Hank, ihrem Ex, eigentlich ist er nicht so ganz ihr Ex, denn er gibt nicht auf, und heute findet sie das ausnahmsweise einmal nicht schlimm.

Morgen, halb sieben, im Schlemmer, Drinks on me.

Drinks mit Hank im angesagten Schlemmer in der Lange Houtstraat erscheinen ihr jetzt sehr verlockend. Am liebsten würde sie sofort hin.

CU there.

38

KENZI KUIPERS

Er hat den ganzen Tag am Computer gesessen, mit drei Bildschirmen vor der Nase, um alle Informationen über den Journalisten zu finden, der den Artikel über die finanzielle Unterstützung an die syrischen Gruppen geschrieben hat. Sollte er irgendwann einmal neben dem Kerl sitzen, wird er mehr über ihn wissen als dessen eigene Mutter. Mehr als der Kerl selbst wahrscheinlich.

Sie sitzen an einem langen Tisch im Café des Volkshotels in Amsterdam, der Journalist hat seinen Laptop aufgeklappt, einen Cappuccino neben sich und einen einzelnen Kopfhörer im Ohr. Es ist schon eine ganze Weile her, dass Kenzi Kuipers solche Jobs übernommen hat. Seit er Assistent der Chefin geworden ist, ist er kaum noch draußen unterwegs. Aber diesmal hat die Chefin darauf bestanden, dass kein Dritter involviert wird, und für Calder tut er alles. Manchmal findet er sie schwierig, was meist daran liegt, dass sie häufig glaubt, die anderen hätten wegen ihrer Hautfarbe Probleme mit ihr, und manchmal auch, weil sie recht hat. Auch er hat Vorurteile, derer er sich kaum bewusst ist, und was das betrifft, hält ihm Calder streng immer wieder den Spiegel vor. Calder ist cool, vor allem weil sie das selbst nicht weiß.

Der Mann neben ihm sieht leicht asiatisch aus, wie ein Indochinese. Kenzi Kuipers weiß alles über ihn, was es zu wissen gibt. Eltern geschieden, Vater in der Politik, Mitglied bei der rechtspopulistischen PVV, Mutter bei einer Bank, Accountmanagerin. Älterer Bruder mit eigenem Betrieb, importiert Möbel aus Indonesien. Jüngere Schwester in der Planung beim öffentlich-rechtlichen Fernsehsender NPO. Die Fakten tickern ihm automatisch in den Kopf, er braucht nicht nachzudenken, das Wissen hat er sofort parat. Der Name des anderen ist Glen Sanutara, Journalist. Er ist kahl geschoren, seine dunklen Augen blicken gefesselt auf den Bildschirm. Er trägt ein T-Shirt, Jeans und Turnschuhe. Hin und wieder schließt er die Augen und scheint konzentriert auf das zu lauschen, was er durch den Kopfhörer wahrnimmt, bis er weitertippt. Dass sich Kenzi Kuipers neben ihn gesetzt hat, bekommt er kaum mit, es bietet sich geradezu an, ihn zu observieren. Sanutara ist jemand, der sehr gut seine Kontakte im Auge behält, der seine Quellen schützt und der darüber wachen wird, dass nicht herauskommt, mit wem er spricht und woher seine Information stammt.

Über die Abteilung, mithilfe der digitalen Möglichkeiten des Geheimdienstes, hat Kenzi Kuipers das Mobiltelefon des Journalisten bereits angezapft und leer gesaugt. Brauchbare Informationen hat das nicht geliefert, aber das hatte er nicht anders erwartet. Dieser Mann hat wahrscheinlich für jedes Projekt ein eigenes Handy, also muss er ihn dazu bringen, das richtige zur Hand zu nehmen und selbst anzurufen.

Kenzi Kuipers nimmt sein Smartphone und scrollt ohne hinzuschauen zu einer Nachrichtenseite. Als Glen Sanutara durch eine Kellnerin abgelenkt wird, die ihm einen neuen Cappuccino bringt, legt er einen Zettel neben Sanutaras Laptop und schaut sofort wieder konzentriert auf das Display seines Smartphones, schließt die Seite, steht auf und geht weg. Der Zettel wird seine Wirkung entfalten müssen.

Jabhat al-Shamija hat viel mehr bekommen.

Dahinter eine Telefonnummer, ein Datum und eine Uhrzeit, zu der er anrufen kann. Er versucht den anderen mit einem Brocken Aas zu locken, denn sobald der Journalist anruft, ist alles bereit, um auch dieses Mobiltelefon zu hacken und sämtliche darin gespeicherten Informationen einzuholen. Irgendwo unter diesen Informationen muss sich die Nummer des Lecks beim Geheimdienst finden lassen.

39

ALLE ZEIT DER WELT

Mitten in der Nacht geht John über den Weg zwischen den Häusern zur Rückseite des Gartens. Dort bleibt er stehen, halb verborgen schaut er um die Ecke des Schuppens zu seinem Haus. Dort ist das Wohnzimmer mit den Türen zum Garten, daneben die Küche. Im ersten Stock das kleine Badezimmerfenster, daneben der Balkon zum großen Schlafzimmer, wo Vera schläft. Die Vorhänge sind zugezogen. Im Wohnzimmer hat sie eine der Lampen zur Straßenseite hin brennen lassen. Der Lichtschein ist sichtbar, aber zu schwach, um auf der Rückseite des Hauses etwas zu erleuchten. Zwei Tage ist er jetzt weg, und es fühlt sich so an, als würde er nicht mehr dort wohnen.

Es ist dunkel, Viertel nach drei, noch anderthalb Stunden, dann wird das erste Licht am Horizont erscheinen. Jetzt noch nicht. Unbeweglich steht er da und lauscht den Geräuschen der Nacht. Sogar mitten in der Randstad kann es unglaublich still sein. Kein Verkehr mehr, keine Flugzeuge am Himmel. Das Viertel schläft. Mit langsamen Atemzügen bringt er sich selbst zur Ruhe und wird eins mit seiner Umgebung.

Vor dem Haus steht immer noch ein Auto vom Geheimdienst, er erkennt es sofort, es ist immer ein Opel oder ein Toyota, immer ein kleines Modell, unauffällig, am liebsten nicht ganz so neu. Im Auto sitzt ein Mann, allein, auf Posten. Man braucht kein Genie zu sein, um zu wissen, warum der Wagen dort steht.

Wahrscheinlich geht Calder davon aus, ihn über die Analyse seiner Datenströme immer finden zu können; schließlich hat sie alle Suchbegriffe, wie sie das gern nennt. Diesen Mitarbeiter da in seinem Auto hat sie nur vor die Tür gestellt, damit Vera nicht vergisst, dass man sie im Auge behält.

Er läuft gerne draußen herum, hatte er zu Calder gesagt, und sie hat ihm eindeutig nicht zugehört. Wer läuft, über den gibt es kaum Datenströme, da kann sie Schleppnetze auswerfen, soviel sie will, ihn findet sie nicht.

Ihr gegenüber tut er meist so, als würde er die ganze moderne Technologie nicht begreifen, aber er begreift allzu gut, was für Möglichkeiten sie damit hat. Sie irrt sich, inzwischen ist die Technologie dabei, die Technologie im Auge zu behalten, und die Menschen wissen nicht einmal mehr, wie sie sich selbst aus dem Bild halten können.

Aus der Tasche holt er ein Prepaidhandy in einer Plastiktüte. Da ist auch ein Zettel mit der PIN-Nummer: 9531. Mehr braucht Vera nicht. Er hebt die Hand bis zum Dachrand des Schuppens. Dort, direkt unter dem Dachvorsprung, gibt es einen Rand, auf den er das Handy legt. Dort wird Vera es morgen früh finden.

Er bleibt noch kurz stehen. So nah dran und doch schon wieder so weit weg. Er steht da, als hätte er alle Zeit der Welt, zu viel, um zu wissen, was er damit anfangen soll. Das ist die

Kunst, das Ausschalten der Zeit. Als er gerade erst beim Dienst angefangen hatte, lebte er für die Zukunft, er hatte das Gefühl, die könnte jeden Moment anbrechen, er konnte das, was da bald kommen sollte, kaum abwarten, er sehnte sich danach. Ständig war er vom einen schon auf dem Weg zum nächsten. Er hat eine alte Schusswunde im Bauch, Vera kennt die Narbe. Calder nicht. Er ist der Einzige, der weiß, wo er niedergeschossen wurde und warum. Im Libanon, an der Grenze zu Syrien, als die Feindseligkeiten aufloderten, stellte sich heraus, dass sein Informant als Doppelagent arbeitete, und statt eines nächtlichen Treffens mit einer Widerstands- gruppe auf der syrischen Seite kam ihm eine schwer bewaff- nete Patrouille entgegen, die sich für seinen UNO-Ausweis und sein geliehenes blaues Käppi kein bisschen interessierte. Die Verkleidung schadete ihm sogar nur, weil sie darüber Be- scheid wussten.

Dadurch konnten sie ihn gut erkennen und besser auf ihn zielen. Die Kugel war ein Durchschuss, sie ging seitlich durch seinen Bauch, als wäre ihr nicht der geringste Widerstand be- gegnet. Er blutete stark. Es gelang ihm, mit Gürtel und Hemd die Wunde geschlossen zu halten. Mitten in der Nacht, nur im Licht seiner Taschenlampe, die er zwischen den Zähnen festgeklemmt hatte, um sich selbst zu leuchten, hatte er Nadel und Faden aus seinem Notfallset geholt und sich selbst ge- näht. Keine lebenswichtigen Organe getroffen. Unglaubliche Schmerzen. Dort, in diesem Moment im Libanon, war die Zu- kunft noch intakt, da glaubte er noch voller Überzeugung an alles, was da kommen sollte, und durch diesen Glauben hatte er sich selbst gerettet. An seiner Taschenlampe konnte man später die Zahnabdrücke erkennen.

Diese getriebene Sehnsucht nach der Zukunft hat er inzwischen verloren. Nach einem der vielen Deals in Zürich hat er sie hinter sich gelassen, und die Vergangenheit ist wichtiger geworden. Jetzt, am Haus, spürt er die Spannung in der Haut. Die Narbe zieht.

40

NICHT WÜTEND WERDEN

Ganz früh am Morgen, um Viertel vor fünf, geht sie durch die Hintertür nach draußen, öffnet das Tor und fährt mit der Hand in die Öffnung unter dem Dachvorsprung, tastet mit zitternden Fingern herum, bis sie das Päckchen gefunden hat. Ohne hinzuschauen, lässt sie sich das Handy in die Jackentasche gleiten, sie dreht sich um und schaut direkt ins Gesicht des Mannes, den sie gerade noch an der Vorderseite des Hauses im Auto hat sitzen sehen. Vor Schreck schreit sie auf, ganz kurz, es ist passiert, bevor sie sich im Griff hat.

»Alles in Ordnung?«, fragt er.

»Was machen Sie hier? Sie haben mir einen Riesenschrecken eingejagt.«

»Ich komme nur kurz nachschauen, ob alles in Ordnung ist. Das ist in Ordnung, oder?« Er schaut sie mit einem fast aggressiven Lächeln an, das ihr deutlich machen soll, dass sie keinen Einfluss darauf hat, was er tut oder nicht.

Fragen schießen ihr durch den Kopf. Wie lange steht er schon da? Hat er mitbekommen, dass sie etwas aus dem Dachvorsprung geholt hat? Dass es ein Handy ist? Sie hat ihn nicht kommen hören, er hat sich absichtlich von hinten an sie herangeschlichen.

»Dann haben Sie eine merkwürdige Art, Ihre Arbeit zu tun, indem Sie mich erschrecken, statt mich zu beruhigen.«

Er geht nicht auf ihre Beschuldigung ein, schaut sie nur starr an, wartet auf jede Emotion, die sie zeigt. »Warten Sie auf jemanden?«

»Nein. Und außerdem geht Sie das nichts an.« Und wenn er besser aufgepasst hätte, wäre ihm John aufgefallen, der vor ein paar Stunden hier gewesen ist.

»Was tun Sie denn dann hier?«

»Das ist mein Garten. Wenn ich hier stehen will, stehe ich hier, damit haben Sie nichts zu tun.«

»Natürlich.« Er rührt sich nicht, scheint völlig entspannt gegenüber der Tatsache, dass er sie so unter Spannung setzt. Es ist, als würde er es genießen. Pure Einschüchterung, das weiß sie, und trotzdem funktioniert es. Sie kann sich nicht dagegen wehren. Am liebsten würde sie sich umdrehen, ihm den Rücken zuwenden und nach drinnen gehen, aber das wäre schwach. Sie muss mehr tun, sie muss ihn wegschicken. Sie muss stehen bleiben, und er muss hier weg, zurück in sein Auto, das ist nicht weit entfernt.

»Gehen Sie«, sagt sie.

Das tut er nicht. In der Jackentasche hält sie das Handy in der Hand.

»Ist etwas?«, fragt er. »Sie wirken nervös. Warum sind Sie hier im Garten, so früh am Morgen? War Ihr Mann hier? Geht es darum? Ist er immer noch da?« Er schaut ihr über die Schulter. »Oder gibt es da etwas anderes? Haben Sie ein verdächtiges Geräusch gehört?«

»So was in der Art«, gibt sie zurück.

»Dann ist es nur gut, dass ich hier bin. Soll ich Sie zurückbringen?«

Wie ein kleines Kind wird sie zu ihrer eigenen Hintertür zurückgeführt. Eigentlich müsste er nur noch mit ihr ins Haus gehen, um auch dort alles zu kontrollieren. Sie schließt die Küchentür, und erst nachdem sie abgeschlossen hat, kann sie wieder nachdenken. Die Einschüchterung von eben verursacht wieder die tiefe Wut in ihr, die sie nach dem Verlassen des Geheimdienstgebäudes empfunden hat. Calder und ihre Männer haben ihren wunden Punkt entdeckt und werden darauf herumdrücken, bis sie mitarbeitet.

»War Ihr Mann hier?« Das hat er wissen wollen. Ganz offensichtlich sind sie schon wieder auf der Suche und denken, sie wüsste, wo John ist. Aber wenn sie es nicht weiß, weiß es niemand.

In der Küche holt sie das Mobiltelefon aus der Plastiktüte. Ein Zettel mit dem PIN-Code ist dabei. Sie gibt ihn ein und findet Johns Nachricht vor.

Meine Nummer. Dass hier wird dauern. Nicht wütend werden. Es geht nicht anders.

Nicht wütend werden, hat John geschrieben. »Niemals wütend werden, sonst wendet sich alles, und plötzlich steht man auf der falschen Seite.« Das war immer ein guter Ratschlag gewesen. Halte dich an die Abläufe und an die Absprachen, und die Absprache lautet, dass sie Calder anrufen muss. Sie beantwortet die Nachricht.

Kurz zögert sie, fragt sich, ob sie noch etwas hinzufügen soll. John hat immer gesagt, sie muss die Nachrichten minimal kurz halten. Je mehr man sagt, desto größer das Risiko. Das war auch eine seiner Regeln. John hat für alles Regeln. In einer solchen Situation war es gut, darauf zurückgreifen zu können. Dass sie beinahe entführt worden wäre und dass der Dienst sie einfach mitgenommen hat, hatte ihr stärker zugesetzt, als sie erwartet hatte. Die Anspannung spürt sie noch immer im Körper. Wenn die Wut erst im Nachhinein kommt, weiß man, wie ernst es war. Das war auch so ein Spruch ihres Mannes. Jetzt erlebt sie es selbst. Spontane Wut verschwindet nach dem Ausbruch sofort wieder. Verzögerte Wut bedeutet, etwas tief drinnen ist getroffen worden, etwas von zentralem Wert, von dem sie in erster Linie gar nicht glaubt, dass der bedroht werden kann. Ihre Freiheit, ihre Selbstständigkeit.

»Manchmal ist es einfacher, wenn sie auf einen schießen«, hatte John einmal gesagt. »Dann weiß man, woran man ist.« Darüber hatte sie damals lachen müssen, hatte es für einen komplett überzogenen Gedanken gehalten.

»Wer sollte denn auf mich schießen?«

»Es gibt immer jemanden mit einer Waffe und einer Meinung. Und das ist eine tödliche Kombination. Täusch dich da nicht.«

Sie begriff nur zu gut, was er meinte. Eine unbestimmte Bedrohung bleibt lange in der Schwebe. Natürlich weiß sie, dass die Aktion der Russen John unter Druck setzen soll. Das ist leicht. Die Frage ist, ob sie das noch einmal tun werden, ob sie den Druck erhöhen, wenn sie es für nötig halten. Durch diese einfache Aktion hat sich ihr Sicherheitsgefühl verändert, sie muss selbst entscheiden, wo sie hingeht und was sie tut. Von nun an ist immer ein Mann vom Geheimdienst bei ihr, im Hintergrund, in einem Auto, irgendwo, um sie zu beobachten. Zu ihrer Sicherheit. Angeblich. Seit man sie mitgenommen hat, weiß sie, dass auch etwas anderes dahinterstecken kann. All diese Gedanken schießen ihr durch den Kopf, während sie zu überlegen versucht, was sie in der Nachricht an John noch sagen kann. Das Problem ist auch, dass sie gar nicht so viel mehr weiß. Sie weiß nicht, ob Bastiaan einen Herzanfall gehabt hat, einen Schlaganfall oder sonst etwas. Sie weiß nicht, ob er noch lebt und in welches Krankenhaus er gebracht worden ist. Vielleicht kann John das herausfinden? Sie fügt noch zwei Worte hinzu.

Im Krankenhaus?

Dann drückt sie auf Senden, und die Nachricht ist weg. Sie ist erleichtert und nervös zugleich, froh, dass sie wieder eine Möglichkeit für direkten Kontakt mit John hat, nervös, weil alte Zeiten neu beginnen und sie nicht weiß, ob sie dazu wirklich bereit ist.

41

EIN SCHLAGANFALL

Im Krankenhaus in der Sportlaan liegt Bastiaan Werkendael an einer Infusion. Er hat die Augen geschlossen und atmet langsam. Auf einem Monitor ist ein ruhiger und konstanter Herzschlag zu sehen. Über ihre Kontakte in der Pflege hatte Lydia ihn schnell gefunden, der Pfarrer war ins nächste Krankenhaus gebracht worden, und dort befindet er sich noch immer.

Reglos steht John am Bett. Er trägt eine Sommerjacke und hat eine Baseballcap auf. Die sieht komisch aus, er wirkt wie ein älterer Mann, der unbewusst jung aussehen will. Ein bisschen Verkleidung für mehr Bewegungsfreiheit. Unter dem Schirm seiner Cap hervor schaut er auf seinen Freund, den Gottesmann und den vorbildlich Loyalen, der ihn bereits mehrfach gerettet hat. Wenn man einmal in Bastiaans Gunst steht, ändert sich das nie wieder, was auch immer geschieht. Jetzt hat es ihn selbst erwischt, und John weiß nicht, warum oder wodurch. Es kann ein kleiner Herzanfall oder ein Hirninfarkt gewesen sein, sie beide sind jetzt in einem Alter, in dem eine Krankheit plötzlich zuschlagen kann. Es kann aber genauso etwas anderes sein. Nach Swetlows Tod muss er vorsichtig sein und alle Möglichkeiten in Erwägung ziehen. Wenn Bastiaan aus einem anderen Grund als Körperversagen hier liegt, dann will John das wissen. Dann muss er das wissen. Niemand weiß von seinem Kontakt mit dem Geistlichen, der Geheimdienst nicht und Calder auch nicht. Niemand kann es wissen, Bastiaan ist ein Freund von Vera und ihm, ein Freund, den sie in der Kirche sehen oder in seinem kleinen Pfarrhaus. Wenn man ihn überfallen hat, dann ist seine eigene Sicherheit und die von Vera noch viel ernsthafter in Gefahr, als er sowieso schon dachte. Wie ist das möglich? Calder hat da ein Leck, und es ist ganz eindeutig schlimmer, als er angenommen hatte. Jemand informiert die Russen über jeden Schritt, den er macht. Wer? Hat irgendein Mitglied des Repair Club etwas damit zu tun? Lydia, George, Jaap? Einer seiner Freunde? Das erscheint ihm unmöglich. Vera und er werden noch tiefer untertauchen müssen.

Der Pfarrer atmet ein und aus. Vorsichtig kommt John etwas näher. Leise sagt er seinen Namen, Werkendael reagiert nicht. Dann geht John zum Schrank in der Zimmerecke, zu den Kleidungsstücken des Priesters. Rasch durchsucht er die Jacken- und Hosentaschen, alle leer. Im Nachttisch neben dem Bett findet er Bastiaans Portemonnaie. Er lässt es liegen, schiebt den Nachttisch wieder zu, macht noch einen Schritt nach vorne und berührt seine Hand.

»Bastiaan?« Er beugt sich vor, hält den Mund ganz nah ans Ohr des Mannes, der scheinbar bewusstlos im Bett liegt.

»Bastiaan, hörst du mich? Was ist denn passiert?«

Still wie eine Statue wartet er, ob er nicht eine Reaktion hört, sieht oder spürt. Es kommt nichts. Der Priester liegt im Koma. Er nimmt ihn bei der Hand und zieht sanft daran.

»Bastiaan, ich bin es.«

»Und *wer* sind Sie?«

Die Stimme der Oberschwester klingt streng und argwöhnisch hinter seinem Rücken. Mit ein paar raschen Schritten steht sie zwischen ihm und Bastiaan. Sie schiebt ihn weg, weg vom Bett. »Jetzt ist keine Besuchszeit, und der Patient braucht viel Ruhe. Wie sind Sie hier reingekommen?«

»Einfach so, da war niemand, den ich hätte fragen können, deswegen bin ich reingegangen.«

»Immer dasselbe. Zu wenig Personal, zu viel zu tun. Entschuldigung, dass ich so barsch klinge, aber nochmals – wer sind Sie? Sind Sie ein Angehöriger?«

»Nein, nein.« John entschuldigt sich vielmals und stellt sich als eines der Gemeindemitglieder von Werkendael vor. »Wir sind eine kleine Gemeinde, aber der Pfarrer ist sehr wichtig für uns. Wir sind nicht verwandt, aber für uns fühlt sich das so an.«

»Pfarrer?« Die Schwester schaut plötzlich mit anderen Augen auf den Mann, der da an dem Apparat hängt. »Ist er ein Geistlicher?«

»Ja, und ein guter. Wussten Sie das nicht?«

»Nein.« Sie hatte erst vor ein paar Stunden ihre Schicht begonnen und war nicht dabei gewesen, als man Bastiaan einlieferte.

»In der Gemeinde haben wir gehört, dass unser Pfarrer mit dem Krankenwagen ins Krankenhaus gekommen ist und niemand weiß, was passiert ist. Darum haben sie mich geschickt, ich soll fragen, wie es dazu kam. Das ist uns wirklich sehr wichtig, verstehen Sie?«

Der Glaube öffnet Türen, wider besseren Wissens. Auch hier, denn all ihre Strenge scheint zu verfliegen.

»Soweit ich weiß, hat er einen CVA gehabt. Keinen großen, aber doch groß genug, um ihn umzuhauen.« Sie berührt seine Stirn mit den Fingern.

CVA, Cerebrovascular accident, medizinische Terminologie, die wie ein Schutzwall um den Patienten herum hochgezogen wird. Ein Unglück, durch das alles in seinem Kopf durcheinandergerät.

»Ach je«, sagt er. »Darf ich Sie etwas fragen? Kann er sprechen?«

»Vielleicht ja, vielleicht nein. Häufig verlieren Patienten nach einer Hirnblutung einen Teil ihres Sprachvermögens. Am Anfang dürfen wir nicht mehr erwarten als Gebrabbel, doch der Anfang ist hier noch nicht in Sicht.«

Zusammen schauen sie auf Bastiaan Werkendael, der ihre Anwesenheit noch nicht einmal zu bemerken scheint. Seine Augen bleiben weiterhin geschlossen.

»Ob er uns hört?«

»Wahrscheinlich nicht. Er ist in einem tiefen Schlaf, nicht im Koma. Je tiefer die Ruhe, desto größer die Chance auf eine Genesung. Aber das kann noch eine Weile dauern.«

»Und war da nichts anderes?«

»Was denn?«

»Keine Verletzungen oder so was? Er ist nicht irgendwo gegengestoßen?«

Wieder überprüft sie das Schild, das am Fußende des Bettes hängt. »Hier steht nicht viel«, sagt sie. »Kommen Sie mal mit.«

Sie geht zu einem der Computer an der zentralen Schwesternkanzel und gibt den Namen des Pfarrers ein, sodass sie die ganze Geschichte seiner Aufnahme lesen kann. Das tut sie schweigend, und dann sagt sie, dass es keine Verletzungen gibt, der Patient hat kein Blut verloren, er wurde auf einem Stuhl am Küchentisch gefunden, leicht vornübergebeugt.

John sieht die kleine Küche vor sich, er ist oft dort gewesen, hat mit Bastiaan an diesem Tisch gesessen, bei einem Glas Rotwein oder einem Schnaps. Bastiaan trank sehr gern Korn. John hatte einmal eine Flasche Roggengenever für ihn mitgebracht, und als er an jenem Abend nach Hause ging, war die Flasche halb leer gewesen. Er hatte am Küchentisch gesessen. Dann versucht er seinen eigenen Gedanken zu folgen, aber die verlaufen chaotisch. Er muss versuchen, die zwei Extreme, die in ihm leben, miteinander in Einklang zu bringen. Eigentlich würde er gern fragen, ob man Spuren von Gift gefunden, ob der Pfarrer Symptome hat, die auf eine Vergiftung hindeuten können, aber diese Fragen kann er nicht stellen, denn warum sollte ein besorgter gläubiger Mensch überhaupt an so etwas denken, wenn man den Pfarrer wegen einer kleinen Hirnblutung eingeliefert hat? Das ist nicht logisch, das weckt Misstrauen, und das will er nicht.

Plötzlich hört man ein durchdringendes Geräusch aus einem der Zimmer, einen Alarm. Die Frau steht auf und entschuldigt sich, eilt zum Zimmer, aus dem das Geräusch kommt, und schaltet es aus. Er hört, wie sie telefoniert. Mit einem der Patienten ist etwas nicht in Ordnung, und sofort ist der Mann aus der Gemeinde vergessen.

John schleicht sich hinter den Computer und schaut auf den Bildschirm, scrollt herunter und scannt die Patientendaten. Er ist es gewohnt, schnell zu lesen und zu begreifen. Dutzende von Akten hat er so durchgesehen. Dann fällt sein Blick auf eine kurze Anmerkung.

Patient hat sich übergeben.

Mehr steht nicht dabei. *Patient hat sich übergeben.*

In diesem Zusammenhang wird keine Schlussfolgerung oder Diagnose genannt, es ist eine für sich stehende Feststellung. Der Patient hatte eine CVA, eine weitere Erklärung wird nicht gebraucht. Ob der Patient sich übergeben hat, tut nichts zur Sache. Es sei denn, es ist doch Gift im Spiel, und die CVA ist spontan nach der ersten Attacke des Giftes passiert.

Übergeben. Er starrt auf das Wort, als er mit unerwarteter Kraft hinter dem Computer hervorgezerrt wird. Eine Aufsicht zerrt ihn weg. Dieser Mann stellt keine Fragen. John ist erwischt worden und wird in einem eisernen Griff gegen die Wand gedrückt. Er versucht sich mit derselben Geschichte herauszureden, die er auch der Oberschwester erzählt hat.

»Wenn ich dann in die Gemeinde zurückgehe, werden mich die Leute alles Mögliche fragen. Wie es ihm geht, und dann will ich Antwort geben können. Also versuche ich einfach, möglichst viele Informationen zu finden.« Er lügt eine ganze Gemeinde zusammen und schämt sich nicht dafür. Bastiaan ist wie Familie für ihn, das ist keine Lüge. Seine Familie ist sowieso schon so klein.

»Hier entlang.«

Zum Lift. Als John nicht schnell genug reagiert, packt der Sicherheitsbeamte fester zu. Ein Schmerz zieht durch seinen Arm hoch bis in seine Schulter. Nachgeben, das ist die beste Taktik, um den Schmerz zu neutralisieren. John lässt sich zwingen. Wenn er wollte, könnte er den anderen innerhalb einer Sekunde abschütteln. Er kennt die Bewegungen noch, die er machen müsste, kann sie noch in seinen Muskeln spüren, er hat die Kraft noch dafür, das Überraschungsmoment würde den Rest regeln. Aber nicht jetzt, nicht hier. Er lässt sich geduldig zum Ausgang bringen. Bevor er aus dem Gebäude geworfen wird, stellt der Sicherheitsbeamte ihm noch ein paar letzte Fragen.

»Wer sind Sie? Können Sie sich ausweisen?«

Natürlich kann er das, er ist Victor de Jolais. Gemeindemitglied.

42

BETEN

Das Telefon klingelt ein einziges Mal, bevor jemand abnimmt.

»Calder.«

»Vera Antink.«

Sofort verändert sich der Ton von Calders Stimme. Sie wird freundlich und zuvorkommend, sie fragt, wie es Vera gehe, ob die Bewachung in Ordnung sei, ob sie keinen Ärger mit den Russen mehr gehabt habe. Vera antwortet kurz und sachlich. Es ist Small Talk aus Pflichtgefühl, aber bevor Calder zur Sache kommen kann, stellt Vera ihre Frage.

»Alisha, wissen Sie, wo John ist?« Das ist die Frage, die sie stellen muss. Das bedeutet Johns Brief: Ruf Calder an. Sie musste dafür sorgen, dass der Dienst übernahm. »Er ist gestern nicht nach Hause gekommen, und das letzte Mal, dass ich ihn gesehen habe, war bei Ihnen, nachdem Sie mich in Ihr Büro hatten bringen lassen. John hat es nie so gemacht, aber gut, ich nehme an, dass er dort nicht die ganze Nacht zugebracht hat und dass er irgendwann wieder gegangen ist. Wohin auch immer. Und jetzt möchte ich gerne von Ihnen wissen, wo er ist. Und was los ist. Wenn das nicht zu viel verlangt ist.«

Calder sagt nichts. Sie ist es nicht gewohnt, so direkt befragt zu werden. Sicher nicht von jemandem, der nicht vom Fach ist. Ganz eindeutig hat sie Frau Antink unterschätzt, die höfliche und zuvorkommende Frau ihres Vorgängers gibt ihr hier eine Unterrichtsstunde im Observieren, die sie nicht gut verträgt. Sie spürt eine unerwünschte Wut in sich aufsteigen; das hier ist nicht der Augenblick, um wütend zu werden. »John hat es nie so gemacht.«

Die sechs Wörter treffen sie ins Mark, und sie ist davon überzeugt, dass Frau Antink das weiß, dass sie es absichtlich so gesagt hat, um sie in die Schranken zu weisen, mit hochmütiger Leichtigkeit. In ihren Augen ist sie eine Aufsteigerin, eine Frau, die die Karriereleiter hochgefallen ist und keine ordentlichen Manieren beigebracht bekommen hat. Das verträgt sie nicht gut, Vera konfrontiert sie mit ihrer eigenen Empfindlichkeit, ihren eigenen Vorurteilen, die sich jetzt rühren und ihr im Weg sind. Ihr wird bewusst, dass sie eifersüchtig ist. Ihre Wut ist Neid auf den Status und das Klassenbewusstsein des Ehepaars Antink. Gnadenlos hat Vera sie an ihrer empfindlichsten Stelle getroffen, und erst jetzt wird ihr klar, dass Mevrouw Antink immer gewusst hat, womit sie sie treffen konnte. Sie und ihr Mann. Was Calder immer als ihre eigenen Stärken gesehen hatte, ihre Kraft, ihre Fähigkeit, nicht um die Sachen herumzuschleichen, sondern immer geradeheraus zu sein, ihre Art, immer ein bisschen mehr zu tun als notwendig, um direkt auf alles zuzugehen, zu zeigen, was sie wert ist. Calder und ihre Männer. Sie brennt vor gekränktem Stolz, und gleichzeitig verflucht sie sich selbst. Warum lässt sie sich von dieser Frau so in die Enge treiben? Ihr eigener Mangel an Professionalität tut ihr weh.

In der Stille hört Vera, wie John ihr zustimmt. Er will den Dienst fürs Erste auf Abstand halten, und das ist die beste Art und Weise. Noch immer ist es still am Telefon. Sie beschließt, noch einen draufzugeben.

»Ich merke es schon, Sie werden mir jetzt erzählen, dass Sie nicht wissen, wo er ist. Die Standardantwort des Ministeriums. Prima, das müssen Sie wissen, ich gehe davon aus, dass Sie es wissen, mir aber nicht sagen wollen. Das ist ja möglich. Sie haben Ihre eigenen Verantwortungsbereiche, und da gehöre ich ganz offensichtlich nicht dazu. Ich hoffe, Ihnen ist klar, was Sie tun?« Während sie spricht, wundert sie sich über die Leichtigkeit, mit der sie Calder zum Schweigen bringt. »Wenn Sie mich anlügen, dann …«

»Was dann?« Calder hat genug. Wenn diese Frau denkt, dass sie hier etwas zu sagen hat, dann hat sie sich getäuscht. Vera ist die Frau eines Ex-Kollegen, mehr nicht. »Das klingt wie eine Drohung, und mit Drohungen sollte man vorsichtig sein. Also frage ich einfach. Nehmen wir an, ich lüge Sie an, was dann?«

Vera zögert keine Sekunde. »Dann werde ich für Sie beten. Ich weiß, dass Sie das nicht mögen.«

»Vielleicht sollten wir uns darüber noch einmal unterhalten«, sagt Calder. »Soll ich Sie abholen lassen?« Eine Drohung unter einer hauchdünnen Schicht Höflichkeit. Ein kalter Schauer gleitet Vera über den Rücken. Wenn Calder sie ein weiteres Mal einbestellt, dann ist es nicht zum Schutz. Sie beendet das Gespräch. Dann nimmt sie ihr geheimes Handy und verschickt eine Nachricht.

C will mich abholen lassen.

Fast sofort bekommt sie eine Antwort.

Zum Priester.

Was soll sie da? Will er sie sehen, bevor etwas passiert? Bevor Calder ihre Drohung wahr macht? Will er sie aus dem Weg haben? Sie denkt nach. Vielleicht ist jetzt der Moment, um aus Den Haag wegzugehen und irgendwo unterzutauchen. Die Verabredung, die John will, ist übrigens Unsinn, Bastiaan liegt noch im Krankenhaus.

Der ist nicht da.

Genau darum. Leeres Haus ist sicher. Ich treffe dich dort, um 17:00 Uhr. Geh rein und warte auf mich.

Sie schickt keine Antwort mehr. Sie hat eine Ahnung, was John vorhat. Bastiaan hat einen Bruder, Marcel Werkendael, Ziegelhändler in Venlo. Da kann sie hin. John ist auch schon dort gewesen, wenn er aus dem Ausland zurückkam und nicht direkt nach Hause konnte. Marcels Betrieb liegt an der deutschen Grenze, dort gibt es Lagerräume, Schuppen und Lastwagen. Bei ihm kann jemand ohne Weiteres eine Woche oder länger untertauchen. Sicher. Mit bebenden Händen bricht sie das Gespräch ab und stellt ihr Mobiltelefon aus. Die Idee erfüllt sie mit Ruhe, Verschwinden ist genau das, was sie jetzt will. Unauffindbar sein, auch für John. Eigentlich braucht sie ihn dafür gar nicht.

43

SPIEL DAS SPIEL

In dem traditionellen Café-Restaurant herrscht reger Betrieb. Beamte, Politiker und Journalisten drängen sich rund um die Bar und an den Tischen, es gibt eine Warteschlange.

Hank hat schon einen Platz gefunden, rechtzeitig reserviert, hinten links. Sie bahnt sich einen Weg durch die Menschen, erleichtert, kurz weg von der Arbeit zu sein. Ihr Ex ist groß und breit; als er sich auf die Ellbogen stützt, scheint der Tisch unter ihm zu verschwinden. Er winkt. Ihr Handy klingelt.

Irritiert schaut sie auf den Anruf, sie hat jetzt keine Lust darauf. Der Druck bei der Arbeit und von der Politik, die ständige Anspannung durch die Entwicklungen und die ewigen Vorurteile, denen sie begegnet, der Stress wegen der Verantwortung für das Leben der Agenten und die Staatsgeheimnisse, alles kommt zusammen, und jetzt will sie nur noch mit ihrem Ex ein Bier trinken. Sie winkt zurück, Handy in der Hand, und geht zwischen den Tischen hindurch zu ihm. Küsst ihn dreimal zur Begrüßung.

»Schön, dich zu sehen«, sagt sie, und ihr Handy klingelt wieder.

»Die kommen da nicht ohne dich klar.«

»Wenn das mal so wäre.« Ihr Handy klingelt immer noch.

»Musst du da nicht rangehen?«

»Schon, aber ich habe keine Lust.«

Ein breites Grinsen erscheint auf seinem Gesicht. »Das gefällt mir«, sagt er. Er bestellt Bier und Knabberzeug, und sie schaut auf ihr Handy, wo jetzt ein Bericht von Kenzi eingeht.

Zustimmung für Telefonhacking?

Sie tippt ihre Antwort. Go.

Kenzi regelt das schon, sie will nichts davon wissen. Heute Abend will sie sich gehen lassen, Und dafür gibt's keinen besseren als ihren Ex. Er weiß genau, was er tun muss, damit sie entspannen kann, mehr als das, daran hat es nie gelegen. Zufrieden setzt sie sich hin, scannt mit dem Blick das Restaurant, Berufsdeformation. Immer muss sie checken, wer da ist, und sofort wünscht sie sich, sie hätte es nicht getan.

An einem Tisch weiter hinten entdeckt sie Oudenburg, ihren Generalsekretär, mit einem Mann, der ihr bekannt vorkommt, den sie aber nur von hinten sehen kann. Die Anwesenheit des GS irritiert sie, sie fühlt sich weniger frei, weil er da ist. Sie hatte gehofft, kurz ohne Leute von der Arbeit entspannen zu können, einfach hier im Viertel. Ohne jemanden von der Arbeit ganz in ihrer Nähe. Oudenburg hat sie noch nicht gesehen, schnell dreht sie ihm den Rücken zu, und eigentlich will sie sofort weg, in ein anderes Restaurant. Davon gibt's hier genug, der Platz ist das Ausgehviertel der Stadt. Gleichzeitig findet sie, sie sollte sich nicht so anstellen, das hier ist Den Haag, hier tummeln sich alle, das ist die Blase, in der sie leben. Wenn sie damit nicht umgehen kann, sieht es schlecht für sie aus. Sie darf also nicht einfach abtauchen, sichtbar sein, das ist ein viel besserer Ausgangspunkt.

Der Mann, der mit Oudenburg am Tisch sitzt, schaut nach draußen, und dann sieht sie, wer es ist: Varman, ihr Direktor für Informationen. Ihr bleibt das Herz stehen. Die zwei sitzen ganz nah zusammen und tauschen sich ganz offensichtlich hinter ihrem Rücken aus, und das ist nicht richtig. Der Generalsekretär hat so was nicht zu tun, und Varman schon gar nicht. Es kann nur einen Grund geben, und der ist, dass ihre Anwesenheit nicht erwünscht ist, weil sie ihr nicht vertrauen. Es ist, als würde sie in aller Öffentlichkeit entlassen, so fühlt es sich an. Wenn sie jetzt falsch reagiert, kann das das Ende ihrer Karriere bedeuten. Eine Konfrontation in einem Restaurant suchen ist das Dümmste, was sie machen könnte. Sie nimmt ihr Handy, macht ein Foto von den beiden, dreht ihnen wieder den Rücken zu. Jetzt geht es nicht mehr um Anstellerei oder Sichtbarsein, es geht um eine Position und Macht, und Calder hat nicht vor, sich zur Seite schieben zu lassen. Sie muss schnell handeln.

»Was essen wir?«, fragt Hank.

»Am liebsten will ich dich gleich so mitnehmen.«

»Pass auf, was du sagst, ich bin ein hungriger Mann.«

Sie spielt das Spiel, vielleicht gnadenlos, weil Hank nicht weiß, was sie gerade macht. Das braucht er auch gar nicht zu wissen, überlegt sie, denn sie hat nicht gelogen. Sobald sie bei ihm im Auto sitzt, schickt sie das Foto an Varman, mit einem kurzen Text dazu.

Ich erfahre dann morgen, worüber ihr gesprochen habt.

Sie versendet die Nachricht und würde allzu gern das Gesicht des Mannes sehen, wenn er die Nachricht öffnet.

44

BITTE NICHT STÖREN

Er braucht zusätzlichen Platz, um alle Akten auszubreiten und auch liegen lassen zu können. Wenn er immer erst alles wieder wegräumen und in Ordner stecken muss, lässt seine Konzentration nach. Insgesamt ist es nicht viel, etwas mehr als fünfzig Seiten, und er kann am besten arbeiten, wenn alles offen vor ihm ausgebreitet liegt und er Papiere herumschieben kann, im wahrsten Sinne des Wortes, die eine Seite hierhin, die andere dorthin, wodurch immer wieder neue Verbindungen entstehen. Es ist eine physische Form des Suchens, er will das Papier in Händen haben, in den Fingern. Informationen muss man fühlen und riechen können. Schmecken, würde seine Mutter sagen, im Mund, auf der Zunge. Das Papier spricht zu ihm. Digitale Informationen leben nicht. Algorithmen, die unermessliche Datenströme auf Schlüsselbegriffe durchkämmen, Begriffe und Ideen, und sie zu Rubriken, Kombinationen und Analysen machen, es ist alles unglaublich intelligent, und er weiß auch, dass es funktioniert. Aber er arbeitet so nicht. Er macht es lieber selbst. »Ich laufe lieber.« Das ist im wörtlichen Sinne gemeint, er läuft zwischen den Akten herum, er will die Analyse selbst erstellen, auf der Basis dessen, was er sieht. Informationen herausbekommen und verstehen ist etwas sehr Persönliches. Seine Art, die Akten auszubreiten, funktioniert nicht, wenn jeden Tag der Zimmerservice kommt. Also nimmt er sich ein zweites Zimmer auf denselben Namen und hängt sofort das Schild außen an die Türklinke.

»Bitte nicht stören.« Dann breitet er die Papiere und die Fotos auf dem Bett aus, auf dem kleinen Tisch an der Wand und auf dem Boden. In diesem Zimmer ist er drei Personen zugleich, John Antink, der Ex-Chef des niederländischen Geheimdienstes, Victor de Jolais, der nie beim Geheimdienst gearbeitet hat, und Max Danzler, der finanzielle Regler in Zürich und Dresden. Nicht alle Teile seiner Vergangenheit passen gleich gut zusammen.

Sehr sorgfältig ordnet er die Papiere und die alten Informationen, die er vor so vielen Jahren notiert hat. Immer wieder sucht er nach der richtigen Position, die die Aktionen, Kontakte und die Namen in Beziehung zueinander hatten. Von Wünschen, Lwow, Moldow und Kozlew, Werdermann, Finke, Hallense, Fredekker und Wlaskow, das sind die wichtigsten aus der genannten Akte. Swetlow kommt darin nicht vor, und darum hat er auch die darunterliegenden Akten mit all seinen persönlichen Aufzeichnungen mitgenommen. Irgendwo muss er eine Verbindung zu diesem Mann finden, dessen Leben sein Ende in einer Wohnung in Den Haag gefunden hat, einem Mann, der dreiundzwanzig Jahre jünger war als er.

Die persönlichen Akten sind dünn, oft nicht mehr als zwei Blätter, die erste, die er in der Hand hat, ist von Claus Werdermann, dem Personalchef von Robotron, dem Mann, der ihn immer weiter ins ostdeutsche Labyrinth aus Interessen und Machenschaften hineinzog, der Mann, der jahrelang das Objekt seiner sehnsüchtigen Begierde gewesen war.

45

DRESDEN
– 1987 –

Als geschätzten Gast und wichtigen Kontakt hofierte man ihn seit seinem vorigen Besuch in Dresden. Ein Auto mit Chauffeur stand bereit, um ihn abzuholen und in sein Hotel zu bringen, das Bellevue am Elbufer, und dort wurde er von Claus Werdermann willkommen geheißen. Dem schönen Claus. Es kostete ihn Mühe, den Mann nicht zu lange anzuschauen, nicht zu starren. Werdermann schien nichts davon zu bemerken und legte einen Arm um die Schulter seines Freundes Max Danzler. Freund. Werdermann sprach das Wort aus, als hätten sie schon seit Jahren eine enge Verbindung. Danzler spürte, wie ihm die Knie weich wurden.

Bei einem früheren Besuch war er schon einmal in diesem Hotel gewesen. Gäste, von denen sich die DDR etwas erhoffte, wurden dort einquartiert. Das Bellevue hatte einen großen modernen Teil, geräumig, aber schlicht, einfach eingerichtet mit Mobiliar aus der Zeit Ende der Achtzigerjahre, wie so viele Hotels auf der ganzen Welt. Aber das Bellevue Hotel war berühmt wegen seines imposanten historischen Teils, erbaut im barocken Stil des späten 18. Jahrhunderts. Dort befanden sich die großen Säle, und dort befand sich auch das imposante Restaurant mit den hohen und reich verzierten Decken, in dem die Gäste sich wie die Könige fühlten. Dort saßen die Auserwählten, mit Aussicht auf die Elbe und einer Bedienung, die nirgendwo sonst in der Stadt so perfekt war wie hier. In diesem Trakt befanden sich auch die palastartigen Zimmer und Suiten, wo die besonders wichtigen Gäste auf jede erdenkliche Art und Weise umsorgt und verwöhnt wurden. Und dorthin führte ihn Werdermann.

»Du hast Glück, Max, diesmal haben wir endlich ein schönes Zimmer für dich reservieren können.«

Das Bellevue gehörte der Tourismusabteilung der Stasi. Schon an sich ein erstaunlicher Gedanke, dass der Geheimdienst eine Tourismusabteilung hatte, speziell darauf ausgerichtet, ausländische Gäste zu empfangen und zu bespitzeln. Die meisten Besucher wussten das nicht, sie sahen nur den Luxus und den Prunk und fühlten sich so wichtig, dass sie ihre Vorbehalte und ihre Vorsicht aus dem Auge verloren. John wusste Bescheid, trotzdem wurde auch er davon in den Bann gezogen. Wenn die Ostdeutschen, und mit ihnen zusammen die Russen, ordentlich auspackten, dann machten sie es richtig.

Eine Woche vor seinem vierzigsten Geburtstag besuchte er die Stadt für eine kleine Konferenz über die Möglichkeiten der Offshore-Finanzierung von Entwicklungsprojekten auf dem Gebiet der Technologie. Jede Konferenz war ein Deckmantel, um Deals zu organisieren, mit denen Ostdeutschland und die Sowjetunion so viel Technologie ins Land schmuggeln konnten wie Kapital aus dem Land. Auch diesmal war die

Konferenz nichts anderes. Es war sein dritter Besuch, und es war ihm bislang noch nicht gelungen, einen echten Informanten oder Agenten zu rekrutieren. Die Frustration wuchs, er wusste, er musste geduldig sein, und gute Kontakte brauchten Zeit, aber immer wieder stieß er gegen eine Mauer der Vorsicht. Verabredungen wurden abgesagt, oder die Leute tauchten einfach nicht auf. In Übereinstimmung mit Den Haag hatte er die Strategie angepasst, erst hatte man ihm ein neues Budget bewilligt, um jemanden zu locken und anzuziehen. Auch das hatte nicht funktioniert, es schien, als würde aller Kontakt mit ihm reguliert, gesteuert von Personen im Hintergrund. Sobald jemand zu dicht in seine Nähe kam, wurde der zurückgepfiffen. So schien es zumindest. Beweisen konnte er es nicht. Diesmal musste es gelingen. Den Haag drängte auf Ergebnisse. Zum ersten Mal kam er in den Genuss der kompletten Vorzugsbehandlung, und in den palastartigen Gängen des Hotels wurde ihm bewusst, dass die finanziellen Dienste, die er anbot, vielleicht den höchsten Regierungsrängen vorbehalten waren und er deswegen nicht weiterkam. Vielleicht musste er sein Konzept noch ein wenig anpassen und höher ansetzen? Intuitiv dachte er einen Schritt weiter, einen entscheidenden Schritt, zwar mit viel höheren Risiken, aber dafür auch mit einer viel höheren Rentabilität. Vielleicht musste er die Sache umdrehen?

Claus Werdermann öffnete für ihn die Hotelzimmertür und ließ ihn eintreten. Überwältigt betrachtete er den überbordenden Luxus. Eine Suite, so groß wie das ganze Erdgeschoss in seinem Haus in Den Haag, ein Badezimmer mit Marmorböden und vergoldeten Wasserhähnen, große Fenster mit Aussicht auf die Elbe und hinter den Spiegeln und Gemälden, die

die Wände schmückten, überall Mikrofone und Kameras. Alles, was er hier tat oder sagte, wurde aufgenommen, er war bis ins Herz des deutschen Spionagedienstes vorgedrungen. Hier arbeiteten Ostdeutschland und die Sowjetunion zusammen, um vertrauenswürdige Partner im Westen auszuwählen und sie zur Mitarbeit zu zwingen.

»Es ist prächtig«, sagte er zu Werdermann. »Wie komme ich zu dieser Ehre?«

Sie lachten.

»Um sechs Uhr in der Bar«, sagte Werdermann. »Auf einen Drink mit besonderen Gästen. Das sind Leute, die du interessant finden wirst, denke ich.«

Kurz darauf war er allein im Zimmer. Er hatte seinen Koffer ausgepackt, seine Kleidungsstücke in den Schrank gelegt und seine Papiere auf den Tisch, der vor einem der Fenster stand. In diesem Zimmer wurde er von allen Seiten bespitzelt, und an jenem Nachmittag beschloss er, alles auf eine Karte zu setzen. Die Zeit war reif, um sich selbst als Handelsware anzubieten. Indem er eine Show aufführte, wollte er diejenigen, die ihn bespitzelten, davon überzeugen, dass er bereit war, angesprochen zu werden. Empfänglich für Verführung. Krieg ist die Kunst der Täuschung. Darum hatte er sich ausgezogen, sich nackt aufs Bett gelegt und dort vor den Augen der unsichtbaren Kameras masturbiert. Jede Bewegung und jedes Aufstöhnen wurden festgehalten.

46

IRGENDWAS KANN JEDER GUT

Sein Handy klingelt, eine unbekannte Nummer. Bevor er das Gespräch annimmt, schaltet er sein ganzes Equipment ein. Sein Mobiltelefon ist mit einem Kabel mit dem Laptop verbunden und der wiederum mit den mächtigen Computern des Dienstes. Kenzi hat nur wenig Zeit, um den Kontakt zwischen der Apparatur und dem Handy des Anrufers zustande zu bringen und den Inhalt dieses Handys zu kopieren. Alles steht bereit, auf dem Bildschirm links befinden sich die Programme, die er benutzt, auf dem Bildschirm in der Mitte soll der Inhalt des Handys erscheinen, und auf dem Monitor rechts läuft die Software, mit der er den Standort des Anrufers herausfinden kann. Der Hack kann beginnen. Er nimmt den Anruf an.

»Hallo?«

Kurz bleibt es still, er kann die Zweifel des Anrufenden beinahe hören. »Ich habe hier einen Brief, in dem steht, dass ich heute um Viertel nach zwei diese Nummer anrufen soll. Jetzt ist es Viertel nach zwei.« Es ist der Journalist, Glen Sanutara.

Der Mann führt brav nach Befehl seinen Auftrag aus. Auf dem Schirm links sieht er, wie der Laptop Verbindung zu dem Gerät von Sanutara aufnimmt. Auf dem Schirm in der Mitte erscheint der Inhalt des Handys. Erst die Kontaktliste, die leer ist. Dann der Kalender, darin stehen Termine bis von vor einem Jahr. Der Hack arbeitet rasend schnell. Auf dem Schirm rechts werden die Daten des Handys sichtbar, die Nummer, der Code der SIM-Karte. Es ist tatsächlich ein anderes Handy als die Nummer, unter der der Mann normalerweise erreichbar ist.

»Und steht da noch etwas anderes auf dem Zettel?«, fragt er.

»*Jabhat al-Shamija hat viel mehr bekommen.*«

»Genau.« Kenzi schweigt.

»Mit wem spreche ich?«, fragt der Journalist.

»Das kann ich nicht sagen.«

»Okay, ich verstehe.«

»Nennen Sie mich einfach Onkel Frans.«

Sanutara lacht. »Okay. Onkel Frans.« Er hält sich nicht in Amsterdam auf, sein Standort wird mit den 4G-Masten überall im Land gepeilt. Er scheint hier zu sein, in Den Haag. Wahrscheinlich für den Fall, dass direkt ein Treffen geplant wird. Dem ist aber nicht so. Kenzi hat nicht vor, sich mit ihm zu treffen.

»Ich muss vorsichtig sein«, sagt Kenzi.

Auf dem Schirm links sieht er, dass ein kleines unsichtbares Programm installiert wird, das automatisch alle Aktivitäten auf dem Handy an seinen Computer weitergibt. »Das begreife ich«, sagt Sanutara. »Ich auch. Keine Namen.«

»Sie sind der Journalist.«

»Das stimmt.«

»Sie haben über die finanzielle Unterstützung für die syrischen Gruppierungen geschrieben.«

»Richtig. Und Sie möchten natürlich wissen, von wem ich diese Informationen bekommen habe?«

Er ist gut, er legt die Grenzen des Gesprächs fest. Auf dem Schirm in der Mitte erscheint eine Liste mit allen Anrufen. Immer nur die Nummer, keine Namen, alles in diesem Handy ist anonym.

»Ich hätte auch nicht den Kontakt zu Ihnen gesucht, wenn ich geglaubt hätte, dass Sie mir den Namen von dieser Person einfach so mitteilen. Ich verlasse mich darauf, dass Sie nichts sagen.«

»Dann sind wir uns ja einig.«

Während sie sich unterhalten, tippt er Kommandos, er schickt das Kopierprogramm weiter durch Sanutaras Handy und kopiert alles auf den Laptop.

»Aber Sie haben Informationen für mich, steht hier auf dem Zettel. Ich habe nicht einmal mitbekommen, dass Sie den Zettel neben mich gelegt haben.«

»Irgendwas kann jeder gut.« Die Anrufliste ist kopiert. Kenzi speichert sie, öffnet sie und kontrolliert, ob alle Nummern gut übertragen wurden, komplett mit allen Daten der Anrufe und der Dauer. Zur Sicherheit macht er sofort eine zusätzliche Kopie.

»*Jabhat al-Shamija hat viel mehr bekommen*, das stand auf dem Zettel. Was hat diese Gruppierung bekommen? Mehr Geld, mehr Mittel?«

»Intel.«

Ein Wort reicht, um Sanutara eine hörbare Reaktion zu entlocken, er unterdrückt einen Schrei des Erstaunens. Er ist der professionelle Journalist, dem klar ist, dass er dabei ist, ein riskantes Spiel zu spielen. Was er jetzt zu hören bekommt, ist exklusiv. Niederländer, die geheime Informationen an den Feind weitergeben, an eine Terrorgruppe in Syrien. Mit solchen Informationen kann man eine Regierung zu Fall bringen. Geld schicken ist dumm, Intel schicken ist Verrat.

»Was? Wann?« Er ist kurz still. »Wie oft?«

Kenzi reagiert nicht, starrt auf den Bildschirm in der Mitte, alle Daten von Sanutaras Handy sind kopiert.

Er lässt das Programm noch einen Scan machen, um sicher zu sein, dass er nichts übersieht.

»Nächstes Mal«, sagt er und will die Verbindung schon abbrechen, als auf dem Bildschirm eine Meldung erscheint.

Möglicherweise schädliche Software.

»Wann? Wo?«, fragt Sanutara. »Diese Informationen nützen mir nichts, wenn ich nicht weiß, worum es geht.«

Schädliche Software. Das bedeutet, auf Sanutaras Handy ist schon ein Bug, und den hat Kenzi jetzt in sein eigenes System kopiert. Schnell schließt er alles.

»Sie hören von mir«, sagt er. »Ich weiß, wie ich Sie erreichen kann.« Er unterbricht die Verbindung und starrt auf die drei Bildschirme. Ein Bug? Wo? Und von wem? Hat Sanutaras ursprüngliche Quelle schon ein Spionageprogramm aufgespielt? Dann muss er das finden können.

Er speichert alle kopierten Informationen in einem separaten Bereich seiner Festplatte mit vielen Firewalls drum herum. Dort ist die Information sicher, keiner außer ihm kommt da ran. Er holt die SIM-Karte aus seinem Handy und bricht sie durch. Diese Nummer ist nie wieder erreichbar. Vor allem

nicht für Glen Sanutara. Soll er doch bei seiner ursprünglichen Quelle checken, ob jemand Intel an Jabhat al-Shamija
oder eine andere Gruppierung dort durchgespielt hat. Diese
Frage wird er nicht beantworten, weil das Ganze nie passiert
ist. Es sind Fake News. Genügend Stoff, um den Mann eine
Weile zu beschäftigen.

47

HIER GIBT ES NUR EINE CHEFIN

Fünf Minuten, mehr braucht sie nicht. Sie gibt ihm die Gelegenheit zu erklären, was er mit dem Generalsekretär im Restaurant besprochen hat, als sie ihn gesehen hat und sogar fotografieren konnte. Leugnen ist unmöglich. Seine Geschichte dauert zwei Minuten. Jedes Wort ist gelogen, das hört sie. Sie schließt die Augen, diesen Trick hat sie von Antink gelernt. Den anderen nicht anschauen, bestimmt nicht in die Augen, denn dann täuscht man sich. Einfach nur gut hinhören, wie Varman redet, und sie hört Selbsteingenommenheit, sie hört, dass er sich sicher fühlt, sich von jemandem gedeckt weiß, der höher in der Hierarchie steht. Arroganz, die hört sie. Dann erst schaut sie wieder hin, und sofort ist sie von dem Blick aus seinen Augen beeindruckt. Ein Fenster in die Seele, sagt man. Aber das stimmt nicht, Augen führen in die Irre.

In den übrigen drei Minuten widerlegt sie, was er gesagt hat, und gibt ihm noch einmal die Chance, ihr zu erzählen, worum es wirklich ging. Als er darauf nicht reagiert, setzt sie seinen Status auf inaktiv.

»Mit sofortiger Wirkung.«

Während er ungläubig und wütend reagiert, geht Calder zur Tür, ruft den Wachdienst, der schon vor dem Raum bereitgestanden hat, und weist den Mann an, Herrn Varman nach draußen zu bringen. Sie ist unnachgiebig, Varmans Proteste bestärken sie nur in ihrer Überzeugung. Der Mann ist so durchschaubar wie ein kleines Kind. Sie geht auf ihn zu, die beiden Wachleute halten ihn an den Armen fest, bis sie genau vor ihm steht. Jetzt schaut sie ihm wirklich direkt in die Augen, er soll das heilige Feuer in ihr sehen.

»Stellen Sie sich nicht an«, sagt sie. »Sie wussten, was Sie tun. Hinter meinem Rücken eine interne Untersuchung besprechen ist ein No-Go. Dass der GS das versucht, ist falsch, von Ihnen ist es inakzeptabel. Und jetzt geben Sie Ihre Karte und Ihr Diensthandy ab.«

Als die Tür geschlossen ist, kehrt die Stille zurück, und sie ist allein in ihrem Büro mit ihrer angesammelten Empörung. Sie verteidigt ihre Position, das ist richtig so, das muss sie tun, sie hat keine andere Wahl, Hierarchie ist wichtig in ihrem Dienst, und die muss sie bewachen. Aber um erfolgreich alles im Griff zu haben, muss man oft auf dem Vulkan tanzen.

Varman ist raus, seine Untersuchung stockt, und sie hat nur noch Kuipers. Das ist nicht viel, außer ihr weiß niemand, dass er auch hinter den Kulissen agiert. Noch nicht einmal der Generalsekretär, auch nicht der Minister. Damit riskiert sie noch mehr Kritik, der Minister wird eine Erklärung fordern. Soll er. Hier gibt es nur eine Chefin, und zwar sie.

48

VERSTECKT UNTER DEMENTEN ALTEN

Die Nachricht empfängt er auf seinem neuen Handy.

Repair Club, 15:30 Uhr

Unter der Zeit steht die Adresse eines Pflegeheims in der Theo Mann-Bouwmeesterlaan, neben der amerikanischen Kirche an der Ecke zur Stalpertstraat, wo man Swetlow gefunden hat. Lydia hat alte und gute Kontakte in der Pflege und kann immer einen Raum finden, wo ihn niemand suchen wird.

Um 15:00 Uhr verlässt John das Hotel und mietet sich ein Fahrrad. In das Viertel mit der Einrichtung braucht er etwas mehr als zehn Minuten. Jetzt sieht er seine Freunde erstmals seit Bastiaan Werkendael ins Krankenhaus gekommen ist. Misstrauen und Unsicherheit haben ihn im Griff. Zum ersten Mal weiß er nicht mehr, wem er vertrauen kann und wem nicht. Das macht die Sache besonders schwierig. Wenn es einen Verräter im Team gibt, dann bleiben immer noch zwei, die genauso vertrauenswürdig sind wie immer. Wenn er mit seiner Verdächtigung falschliegt, richtet er noch mehr Schaden an. Trotzdem muss er auf der Hut sein. Jemand hat Informationen an die Russen durchgegeben, wodurch sie immer wissen, was er macht. Das ist lebensbedrohlich.

Allein kommt er nicht weiter, er braucht die Unterstützung des Repair Club, zusammen sind sie stärker und haben die Mittel, die er nicht hat. Sie sind immer noch das Team. Während er durch die Stadt radelt, versucht er sie der Reihe nach objektiv zu betrachten. Bei wem ist der Fehler? Bei Lydia? George? Jaap? Es erscheint ihm unmöglich, dass einer von ihnen hinter seinem Rücken mit dem Gegner gemeinsame Sache macht, dafür kennen sie einander zu gut. Das ist eine automatische Reaktion, und gerade von dieser automatischen Einschätzung muss er weg.

Lydia ist nüchtern und pragmatisch, das Schicksal anderer Menschen liegt ihr am Herzen. Sie arbeitet seit Ewigkeiten in der Pflege, sie kennt Menschen, die in Pflegeheimen und Krankenhäusern arbeiten, Ärzte und Pflegepersonal, Krankenwagenfahrer und Leute in der ambulanten Pflege. Hat sie sich in der Vergangenheit irgendwann einmal um einen ausländischen Diplomaten oder jemanden gekümmert, der für den KGB tätig war? Möglich, aber eher unwahrscheinlich. In diesen Kreisen sucht man sich die benötigte Pflege im eigenen Land, und ein kranker Diplomat oder Geheimagent geht zurück in sein Vaterland. Nur in sehr akuten Fällen kommt so jemand in Kontakt mit dem niederländischen Gesundheitswesen. Und selbst wenn, welche Rolle könnte Lydia da spielen? Das erscheint einfach nicht logisch. Andererseits ist niemand so gut darin, sich unsichtbar zu machen, wie sie.

Sie kann verschwinden, ohne wegzugehen. Mitten in einer

Gruppe kann sie so tun, als wäre sie nicht da. Sie hat keine besonderen Merkmale, ist mittelgroß und mittelschwer, hat normales Kraushaar, kleidet sich so, wie eine Frau in ihrem Alter das tut, ordentlich und praktisch, hat blaue Augen, ist freundlich, aber nicht übertrieben, kann sich überall sehen lassen, ohne aufzufallen. Alles ideale Eigenschaften für Informanten, eine wahre Quelle. Und falls Lydia tatsächlich Kontakte zur Gegenpartei haben sollte, wird es sehr schwer werden, das zu beweisen.

George, der Automechaniker, das Technikwunder, kommt vielleicht eher infrage. George ist ein harter Kerl, der besser mit Maschinen umgehen kann als mit Menschen. Den Haager mit Leib und Seele, Gequatsche hasst er. Er hat schon alle in seiner Werkstatt gehabt, Nachbarsjungen und Leute mit Geld, denn George kann jedes Auto in Gang halten und reparieren. Jeder Kunde ist König, und Autos werden von vielen Menschen aus Mittel- und Osteuropa geliebt. Autos sind eine Art Bindemittel zwischen Menschen aus verschiedenen Kulturen. Aber trotzdem. George ist viel zu sehr Den Haager, für den sind schon Leute aus einer anderen Stadt Ausländer.

Und Jaap, der gute alte Jaap, der Hausmeister. John kennt niemanden, der so perfekt zu seinem Beruf passt wie Jaap. Er ist ein Mann, dem man jeden Schlüssel geben kann und der für die meisten Schlösser überhaupt keinen Schlüssel braucht. Er ist still und ruhig, nie lebhaft, bewegt sich unbemerkt zwischen den Menschen, kurvt auf seinem Scooter durch die Stadt, fällt niemandem zur Last und ist tatsächlich die einzige Hilfe, die man jemals braucht.

Unter anderen Umständen würde er sie testen, jeden von ihnen getrennt mit einer Fehlinformation losschicken, drei verschiedenen Informationen, und dann schauen, auf welche

Information die Russen reagieren. So könnte er die Verbindung enttarnen und den Verräter entlarven. Aber dafür ist keine Zeit mehr. Eine solche Aktion dauert mindestens eine Woche, und übermorgen ist das Treffen in der Zoutmanstraat. Darum sind sie hier, um das vorzubereiten. Die Planungen und die Aufgabenverteilung sind entscheidend.

Er meldet sich beim Portier.

»Ich möchte zu Mevrouw Wilmen.«

»Nummer 3C, dritte Etage. Kennen Sie den Weg?« Der Portier zeigt ihm, wo die Aufzüge sind. »Aus dem Aufzug raus und dann links. Ganz leicht zu finden.«

John geht durch das Foyer, das im Stil eines Grandcafés eingerichtet ist, mit kleinen Tischen und tief von einer hohen Decke hängenden Lampen. Überall sitzen alte Menschen mit Besuch beim Tee. Schälchen mit Keksen und Kuchen, ab und zu eine Torte. Einige bei einem Glas Wein oder einem frühen Schnaps. Es herrscht eine ruhige, träge Atmosphäre, als wäre es hier ständig Sonntagmorgen. Niemand hat es eilig, niemand interessiert sich noch für die Nachrichten, wahrscheinlich weiß hier niemand von dem toten Russen, den man in der Nachbarschaft gefunden hat. Die alten Menschen, oft nicht mehr als zehn oder zwanzig Jahre älter als Antink selbst, bilden eine Art Schutzschild gegen die hektische Außenwelt.

In diesem Pflegeheim hat Lydia ein Zimmer gemietet. »Mit allem ausgestattet«, sagt sie. Es gibt ein Bett und einen Tisch mit vier Stühlen. Auf einem niedrigen Regal steht ein Fernsehapparat. Einen Sessel gibt es. Das Zimmer hat ein eigenes Badezimmer mit WC und eine kleine Küchenecke mit einer Mikrowelle und einem Wasserkocher, Kochplatte oder Ofen gibt es nicht.

Hier sind sie unauffindbar, versteckt hinter dem Internetzugang einer Einrichtung für demente Alte. Auf dem Tisch stehen zwei Laptops, einer von George und einer von Lydia. Jaap hat die Akte vor sich und blättert darin. Zu dritt entwirren sie die Identität von Wladimir Swetlow.

»Ungefähr vor vier Jahren taucht er zum ersten Mal auf«, sagt Jaap. Sie haben die Spur seines Lebens zurückverfolgt, von dem Moment an, als er die Niederlande betreten hat. Swetlow war plötzlich da. Es ist, als wäre er ein paar Wochen vor dem Flug nach Berlin aus dem Nichts entstanden. In Berlin hatte Swetlow zehn Tage in der russischen Botschaft zugebracht und war dann in die Niederlande weitergeflogen, Rotterdam Airport, und vor vier Jahren, am 17. Mai, hatte man ihn als Mitarbeiter in der Abteilung für Visa und Reiseunterlagen in der Botschaft hier angemeldet. Swetlow hatte eine Aufenthaltserlaubnis bekommen, das war Standard für Botschaftspersonal. Es gab keine Fragen oder Probleme.

»Aber in Moskau gibt es ihn nicht, zumindest nicht offiziell.«

Das ist ein untrügliches Zeichen. Swetlow ist vom FSB-Geheimdienst. Federalnaja sluschba besopasnosti Rossijskoi Federazii. Der Bundesnachrichtendienst der Russischen Föderation war 1995 von Boris Jelzin als KGB-Nachfolger gegründet worden. Und Swetlow ist ein falscher Name, das ist Standardvorgehen.

George hat sich im Internet in Swetlows Umgebung umgeschaut und besitzt eine Liste mit Namen von Leuten, die in der Zeit verschwunden sind, als Swetlow plötzlich in den Niederlanden auftauchte. Er zeigt die Liste John.

»Ein paar davon sind einfach gestorben«, sagt er. »Die

können wir sofort streichen.« Mit einem Stift streicht er die drei Namen durch. »Jetzt sind noch mehr als zwanzig übrig.«

John liest die Namen, lässt sie so gut wie möglich zu sich durchdringen und hört irgendwo in seinem Kopf ein Glöckchen klingeln. Da ist etwas, was ihm bekannt vorkommt, aber was?

»Die nehme ich mit«, sagt er, faltet die Liste zusammen und stopft sie sich in die Tasche. »Wie lange können wir dieses Zimmer benutzen?«

»So lange wir wollen.«

Hier kann Lydia die Einrichtung ihren Bedürfnissen anpassen. Dass hier ein Bett steht, ist praktisch, falls nötig, ist hier Platz zum Untertauchen. Das Pflegeheim ist das perfekte Versteck, jeden Tag gehen Menschen hier ein und aus. Lydia besorgt für alle eine Tasche mit zusätzlicher Kleidung, sodass sie sich hier in Pflegemontur bewegen können. Die Direktion weiß Bescheid. Der Direktor ist ein ehemaliger Kollege von ihr.

»Sorgt dafür, dass euch niemand folgt«, sagt John. Nach dem Missgeschick in der Stalpertstraat können sie sich keine Fehler mehr erlauben. George wohnt eine Zeit lang in einem Ferienhäuschen in der Nähe von Kijkduin, Jaap in einem Wohnwagen bei einem Bauern in Zoeterwoude, und Lydia hat ein Zimmer als Wache in einem leer stehenden Bürogebäude in Zoetermeer. Alle haben sie neue Wegwerfhandys, die nicht auf ihren Namen ausgestellt sind, sie kommunizieren nur noch über VPN und sind mit öffentlichen Verkehrsmitteln, dem Fahrrad oder dem Scooter unterwegs.

»Geld?«, fragt Jaap.

»Ich kümmere mich drum.« John ist derjenige, der fürs

Geld zuständig ist. Normalerweise ist das kein Problem, aber jetzt, wo sie untergetaucht sind, können sie ihre normalen Geld- und Kreditkarten nicht mehr benutzen. Jede Transaktion lässt sich nachverfolgen, eine unschuldige Bezahlung mit der Geldkarte in einem Supermarkt hinterlässt eine digitale Spur. John hat neue Geldkarten im Namen der Stiftung RC für sie beantragt. Die können sie dann benutzen.

»Für die nächsten paar Wochen ist genug auf dem Konto, wir können also erst mal weitermachen.« Danach wird es schwieriger, die finanziellen Bedürfnisse des Repair Club sind nie sehr hoch, sie arbeiten still und halten das Ganze klein, sie brauchen weder Helikopter noch fortschrittliche Waffen. Um unbemerkt zu bleiben, braucht er sich nicht kleiner zu machen, als er ist, aber auch nicht größer. Der Repair Club existiert durch Kapital, das John nach einem der großen Deals in Dresden beiseitegeschafft hat. Der größte Teil ist in GmbHs untergebracht, die außerhalb der Reichweite des Dienstes bestehen und um die sich ein professionelles Verwaltungsbüro kümmert. Es sind geheime Fonds, zu denen nur sehr wenige Personen Zugang haben. Die meisten Fonds hat er seiner Nachfolgerin übertragen, nicht alle. Ein paar hat er selbst behalten, unter seiner eigenen Kontrolle, sodass nur er weiß, wer dazugehört hat. Einer von ihnen ist allein übrig geblieben, ohne Begünstigte, es ist ein verwaister Fonds, und den benutzt er.

Sobald sie alles besprochen haben, will er weg, erst zum Haus des Pfarrers, um Vera zu helfen, und dann zurück in sein Hotelzimmer, zu den Akten, die dort ausgebreitet liegen, damit er mit der Namensliste in der Hand weiter nach dem Glöckchen in seinem Kopf suchen kann.

»Noch etwas: übermorgen Zoutmanstraat.« Seit Swetlow tot ist, weiß man nie genau, was kommen wird. Aber man rechnet dort trotzdem mit ihm. Wenn er nicht mit der Akte erscheint, wird er aus dem Weg geräumt. Genauso mühelos wie Swetlow, also muss er hin.

»Alles vorbereitet«, sagt George. Er hat einen Posten im Tattoo-Shop gegenüber geregelt, Jaap kommt mit dem Scooter und Lydia in einem alten Renault Clio. Fluchtweg über das ehemalige Bankbüro.

»Die Frage ist: Was machst du?«, sagt Lydia. »Gehst du hin? Wirst du dort auf jemanden warten, von dem du weißt, er kann nicht kommen? Willst du dort wie eine Zielscheibe stehen? Was hast du vor?«

»Da muss jemand stehen. Mit der Akte. So sind die Forderungen. Jemand will diese Akte, und wir müssen das Spiel mitspielen. Nur so finden wir heraus, wer dahintersteckt. Also ja, ich gehe hin.«

»Du bist ja nicht ganz bei Trost.« Lydia tippt sich mit dem Zeigefinger an die Stirn.

»Das auch.«

»Am besten hängst du dir ein Schild um den Hals: Akte hier«, sagt George. »Wie stellst du dir das vor, Mann?«

»Ich muss einfach vorher herausfinden, was in der Akte steht und was da so wichtig ist.«

»Und dann?«

»Dann? Das weiß ich erst, wenn ich Bescheid weiß.«

Das Gespräch stockt. Nicht hingehen ist dumm, hingehen ist gefährlich. Beide Möglichkeiten liegen wie eine Straßenabsperrung vor der Zukunft, sie kommen nicht daran vorbei, können nicht sehen, was dahinter liegt.

»Der nächste Repair Club findet in zwei Wochen statt«, sagt Lydia. »In Leidschendam.« Dieser Termin liegt hinter der Straßenabsperrung, ein Punkt am Horizont, an dem sie sich orientieren können.

»Der findet einfach statt«, sagt John. »Er muss stattfinden, denn wir machen weiter.« Er kann noch immer nicht glauben, dass einer von ihnen gegen ihn arbeitet. Vielleicht ist das seine Schwäche? Vielleicht wird er zu alt?

49

NIRGENDS EIN ZEICHEN

Waalsdorperweg, Plesmanweg, Madurodam, Professor B. M.
Teldersweg, Johan de Wittlaan, Segbroeklaan. Es ist eine lange,
in Kurven verlaufende Route durch das internationale Herz
von Den Haag. Er radelt am Internationalen Strafgerichtshof
vorbei, am Kongresszentrum, ein paar großen Hotels, das
Omniversum, dem Museon und dem Kunstmuseum über den
Vervesingskanaal in die westlichen Viertel. Die Route ist nach
den Zerstörungen des Zweiten Weltkriegs entstanden, als die
Deutschen zum Anlegen ihres Atlantikwalls ganze Straßen
abgerissen hatten und hundertfünfunddreißigtausend Menschen ihre Häuser verlassen mussten. Diese Vergangenheit
liegt jetzt unter der Erde, seine Jahre beim Geheimdienst sind
darauf aufgebaut. Das Misstrauen war nach dem Krieg größer
als je zuvor, und besonders hier in Den Haag, wo der Besatzer
sein Hauptquartier hatte, lebte der Wille, nie wieder so unvorbereitet zu sein wie damals, als Hitler das Land überfiel. Er
radelt über eine Narbe in der Stadt, zugeschüttet und wieder
aufgebaut, aber immer sichtbar.

Als er als junger Mann zum Dienst kam, war diese Vergangenheit noch viel näher. Er kam mit seiner Mutter her, wenn sie nach Scheveningen fuhren, sein Vater war bereits tot. Er war kurz nach der Befreiung vom Dach gefallen, als er ein paar zerbrochene Ziegel ersetzen wollte. Er hatte sich den Hals gebrochen und war sofort tot. John erinnert sich eigentlich kaum an ihn, sein Vater lebt vor allem in einigen Fotos und den Erzählungen seiner Mutter weiter.

Seine ersten Lebensjahre waren schwer, und alles in dieser Stadt trägt diesen Kampf in sich. Die modernen Gebäude, an denen er vorbeiradelt, sind eine ständige Erinnerung an das, was nicht mehr ist. Er ist zu jung, er erinnert sich nicht an das frühere Straßenbild und die Viertel, er hat sie nie kennengelernt, nicht wirklich. Seine Erinnerung fängt mit den Kratern und den Panzerabwehrgräben an, die er als Kind spannend fand und später als Verletzung empfand, die er nur schwer verarbeiten konnte. Seine Mutter, die leidenschaftliche Kommunistin, sorgte dafür, dass diese Empörung nicht nachließ. Sie verkündete den Glauben ohne Gott, das unbedingte Recht des Menschen auf Gleichheit, und ohne es zu wissen, weckte sie bei ihrem Sohn eine Aversion gegen ihre Wahrheit. Schon in jungen Jahren suchte John den Schutz des Geheimen. Seine Mutter suchte die Konfrontation, die Diskussion, wie sie das nannte. Für ihn waren es Predigten, die er sich wohlwollend anhörte, denn sie war seine Mutter, sie war die Einzige, die er hatte. Eine Freundin, die er liebte. Sie hat nie gewusst, dass das Bekämpfen der Kommunisten die wichtigste Aufgabe der Organisation war, für die er arbeitete, sie wusste nicht, dass sie selbst von dieser Organisation beobachtet wurde, dass John sie bespitzelte, Namen und Aktivitäten weitergab, wenn er das für nötig hielt, sie wusste nicht, dass ihre Geheimnisse lange nicht so geheim waren wie die ihres Sohnes. Vielfalt musste es geben.

Es war kein Verrat, damals nicht und heute nicht. Auch wenn seine Mutter das vielleicht anders gesehen hätte, das versteht er schon. Das Leben hat keinen Norden, Osten, Süden oder Westen, es gibt keinen moralischen Kompass. Das ist Bildsprache, die Deutlichkeit suggeriert und Verwirrung stiftet. Wie jede Bildsprache. Es ist eine Idee, flüchtig, ohne harten Kern. Straßen kann man damit nicht bauen.

Ein Agent handelt im Auftrag, von wem oder für was, ist dabei egal. Formal natürlich nicht, formal ist es wichtig, ob er etwas für den niederländischen Staat tut oder für eine andere Instanz. Für ihn persönlich ist es unwesentlich. Er war nie verantwortlich, für nichts, selbst dann nicht, als das doch der Fall war. Sein größter Traum. Er tat, was er tun musste, das war vielleicht die einzige Verantwortung, die er trug, nach einem halben Jahrhundert ist diese harte Arbeit so tief in ihm verankert, dass er nicht mehr anders kann. In ihrem Herzen dachte seine Mutter genauso, von ihrer moralischen Überlegenheit aus war sie genauso unempfindlich für die Gefühle anderer, mit denen konnte sie nicht so viel anfangen. Emotionen waren ein Luxus, den man sich nicht zu oft gönnen durfte, fand sie, dann ließ man in Bezug auf die Parteidisziplin nach. Lieber streng als mitfühlend, so war seine Mutter.

Er hat sie bespitzelt, als die Kommunistische Partei der Niederlande sich 1990 auflöste und sich zusammen mit der Politieke Partij Radikalen, der Pacifistisch Socialistische Partij und der Evangelische Volkspartij zum Bündnis GroenLinks zusammenschloss. Die Berliner Mauer war gefallen. Als er aus Zürich zurückkam, war vom kommunistischen Bollwerk in den Niederlanden nur noch wenig übrig, und seine Mutter wurde langsam dement. Ein natürlicher Moment, um sie von der Liste zu nehmen. Sie wurde in ein Pflegeheim aufgenommen, und als John ihr Haus in der 2e Van Blankenburgstraat leer zum Verkauf übergeben musste, haben Männer vom Dienst, als Mitarbeiter eines Sozialkaufhauses verkleidet, jedes Zimmer auf der Suche nach möglicherweise versteckten Dokumenten von oben bis unten durchsucht. Sie fanden Aufzeichnungen von Treffen von vor vielen Jahren, eine Adressliste aus der Zeit, als sie selbst noch aktiv war, ein paar offiziell aussehende Briefe von der Kommunistischen Partei Frankreichs und sogar einen aus Moskau. Wilma Antink war kein dicker Fisch, sie war eine gewöhnliche Frau, die ihrer Überzeugung folgte und dafür auf eine bescheidene Weise geschätzt wurde. All die Papiere hatte man zum Dienst mitgenommen und in ihrer Akte weggeschlossen, in der sich Hinweise auf seine eigene Akte fanden. John hatte darüber lachen müssen, über die Namen und die Stempel und den Größenwahn der Sowjetunion, die in schrillem Kontrast zu der unverfälschten Geldgier standen, die er bei den Parteibonzen kennengelernt hatte. Es ist noch alles in ihm, in seinem Kopf, und manchmal ist es, als wäre es auch noch in seinen Armen und Beinen, in seinem ganzen Körper.

Bedauern oder Reue darüber, was er getan hat, kennt er nicht. Seine Mutter hat ihn nicht weniger geliebt und er sie auch nicht. Er hat auch nie etwas wirklich Belastendes gefunden, wodurch sie Probleme hätte bekommen können. Hin und wieder hat er sich gefragt, was er getan hätte, wenn das doch passiert wäre. Hätte er dann trotzdem unerschütterlich die Seite seiner Mutter gewählt und Informationen zurückgehalten? Hätte er sie gewarnt, ihr mitgeteilt, dass sie ein Risiko einging? Oder hätte er sie verhaften lassen, weil sie das verdiente? Ging es um ihn oder um sie oder um das Band zwischen ihnen? Aber was bedeutete dieses Band noch, wenn sie auf der falschen Seite stand? Was er empfindet, wenn Vera in Gefahr ist: So ein Gefühl hat er bei seiner Mutter nie gehabt. Das muss er ehrlich zugeben.

Das sind Gedanken ins Ungewisse, in Spekulationen können Gedanken sich am besten ausleben. Es war nie zur Konfrontation gekommen, die Frage wurde nie so laut gestellt. Das war sein Glück. Darum kann er seine Erinnerungen noch immer liebevoll bewahren.

»In mir pocht die Vergangenheit gleich einem zweiten Herzen.« Diesen Satz hatte er einmal in einem Buch gelesen, und dabei hatte er das Gefühl gehabt, der Autor wende sich direkt an ihn. Es war eines der wenigen Male, als ein Buch ihn näher zu sich selbst brachte, als die Formulierung einer Idee, die gewählten Worte etwas in ihm benannten, was er vorher nicht so gesehen hatte und danach nie wieder anders sehen konnte. Dieser Satz ist zum Leitfaden seines Gedächtnisses geworden, er erinnert sich nicht mehr einfach an ein Bild oder eine Geschichte, es ist sein Leben, das in ihm lebt.

Wenn man schon glauben muss, glaubt man wohl lieber an einen Gott als an eine Partei. Der Unterschied ist nicht groß, aber Vera und er sind sich einig, dass man in einer Kirche Stille findet, die das Ewige möglich macht. Vor allem in einer leeren Kirche.

An seinem eigenen Wohnviertel vorbei radelt er zum Haus des Pfarrers, durch das Tor zum Garten. Es ist 17:05 Uhr am späten Nachmittag. Er stellt sein Fahrrad an der Hausseite ab und geht zur Hintertür, will hineingehen. Noch abgeschlossen. Das bedeutet, Vera ist noch nicht da. Nicht im Garten und nicht im Haus. Der Schlüssel für die Hintertür liegt noch genau dort, wo Bastiaan ihn immer aufbewahrt hat, unter dem dritten Blumentopf von rechts. Er geht zurück zur Straße und schaut sich um, geht noch ein kleines Stück weiter und sieht sich in der Nachbarschaft um, keine Spur von ihr. Auch nirgends ein Zeichen, dass sie da gewesen ist. Er spürt ein kurzes Nervenzucken in der Narbe auf seinem Bauch, hier stimmt etwas nicht, Vera verspätet sich nie. Er geht wieder in den Garten, schließt die Tür auf und geht hinein. In der kleinen Küche bleibt er stehen und lauscht. Ein Motorrad fährt durch die Straße, danach ist es wieder still.

Warum ist sie nicht hier? Was ist passiert? Er holt sein Handy zum Vorschein und schaut, ob sie eine Nachricht geschickt hat.

Der ist nicht da.

Das war ihre letzte Nachricht. Schnell tippt er:

Wo bist du

Er schickt die Nachricht ab und starrt einfach nur auf das Display, aber da erscheint keine Reaktion. 17:12 Uhr, langsam macht er sich Sorgen.

Waren sie zu spät dran gewesen? Hat Calder sie doch abholen lassen? Oder hat sie nicht ungesehen herkommen können? All die Fragen blockieren sein Denken, denn er hat keine Antwort. In diesem Augenblick sind Fragen kontraproduktiv. Es muss in seinem Kopf ruhig werden, damit er nachdenken kann.

Er geht durch das Häuschen zu der Verbindungstür mit der Kirche, die dahinter liegt, und gelangt über eine der Seitentüren beim Altar ins Kirchenschiff. Es ist eine kleine Kirche mit massiven Holzbänken und einem einfachen Altar. Freundlich und leer. Auch hier ist Vera nicht. John geht langsam durch den Raum, macht so wenig Lärm wie möglich, die Stille der Kirche weckt auch in ihm Stille. Es ist keine Aufforderung, es passiert ganz von allein. Hier hat er oft mit Bastiaan gesessen. Als er einmal ein paar Tage lang unauffindbar bleiben musste, hatte er in dieser Kirche gewohnt. Bastiaan hatte eine Matratze auf den Boden gelegt, und über die Verbindungstür konnte er WC und Badezimmer im Pfarrhaus benutzen, das direkt an die Kirche angebaut war. An einem dieser Abende hatten sie hier am Altar gesessen, mit einer Flasche Rotwein und ein paar Mahlzeiten vom Chinesen in der Fahrenheitstraat. Bastiaan hatte die katholischen Kircheneinrichtungsstücke zur Seite geschoben und die Kerzen angezündet. »Das Heilige liegt nicht in Gegenständen«, sagte er.

»Amen.«

»Wenn etwas heilig ist, muss man sowieso aufpassen – ehe man sichs versieht, legt es einen rein.«

Darum verstanden sie einander, Bastiaan hatte nur zu gut begriffen, dass John und er einander in der Gesellschaft diametral gegenüberstanden. So weit auseinander, dass sie sich schon fast wieder auf derselben Seite wiederfanden.

Er setzt sich in eine der harten Bänke. Vera hätte längst hier sein müssen. Er lässt den Kopf in den Händen ruhen. Langsam dringt die Stille der Kirche immer tiefer zu ihm durch, bis seine Gedanken verschwinden, einer nach dem anderen. Das ist die Kunst der Konzentration, das Ausschließen von Ablenkung. In der Stille verschwindet die Zeit.

Er spürt, wie sein Handy in der Hosentasche vibriert, holt es heraus und schaut. Eine Nachricht. Von Vera. Er öffnet sie und liest.

> So war es nicht abgesprochen. Wenn du dich nicht daran hältst, tue ich das auch nicht mehr. So kann ich es nicht.

Sein zweites Herz hat einen Infarkt. Die Vergangenheit, die in ihm lebt und auf die er vertraute, scheint sich unter seinen Füßen wegzubewegen.

50

SIE IST WEG

Den ganzen Weg zurück zum Hotel am Hauptbahnhof hallt dieser kurze Satz durch seinen Kopf: *So kann ich es nicht.* Fünf Worte, die er nicht begreift. Was meint Vera damit? Was bedeutet *so*? Was ist *so*? Was hat er getan? Was ist passiert? Er hat sofort eine Nachricht zurückgeschickt und wissen wollen, was los ist, wo sie ist, aber er hat keine Antwort bekommen. Er hat angerufen, sie geht nicht ran. Offensichtlich ist sie so verärgert, dass sie nicht einmal mehr mit ihm sprechen will. Und er weiß nicht, warum. Das ist noch nie passiert, ihr ganzes Leben lang haben sie miteinander reden können, unter allen Umständen einander zugehört. Er wollte wissen, was sie von einer Sache hielt, und umgekehrt. Sie sind sich immer einig, Vera ist nicht perfekt, er selbst auch nicht, das wissen sie beide voneinander, und vielleicht passen sie darum so gut zusammen.

In seinem Leben ist er oft weg gewesen, unterwegs, in anderen Ländern, immer ohne sie. Manchmal für ein paar Tage, manchmal längere Zeit, aber es war immer er gewesen, der wegging. Vera blieb zu Hause, sie ging nie weg. John hatte keine Ahnung, was das für sie bedeutete, für ihn war das die gewöhnlichste Sache der Welt. Er ging, weil er gehen musste. Sie blieb, weil sie immer blieb.

Dieses Verhältnis hat sich nun umgedreht, und er spürt ihre Abwesenheit hart und einschneidend. Sie ist nicht gekommen, lässt ihn zurück, und er weiß nicht mehr, was er tun soll. Ihr Verschwinden hebt sein Leben aus den Angeln. Er wurde noch nie zurückgelassen, für ihn ist das eine komplett neue Erfahrung.

Er stellt sein Fahrrad in den Ständer und nimmt den Lift nach oben, in sein Zimmer. Dort steht er ganz verloren am Fenster im fünften Stock, schaut über den Koekamp und das dahinter liegende Malieveld und versucht zu verstehen, was los ist.

»Sie hat mich sitzen lassen«, sagt er laut. Die Worte klingen ihm seltsam in den Ohren. Fast einundsiebzig Jahre alt ist er, Vera ist achtundsechzig, in ihrem Alter dürfen solche Dinge nicht mehr passieren. Und warum jetzt? Ist es der Parkinson, der sich hier meldet, der sie zwingt, sich zurückzuziehen? Oder sind es seine Geheimnisse, die sie jetzt plötzlich nicht mehr erträgt? Er will es nicht, er will nicht, dass sie ihn zurücklässt, er will nicht ohne sie sein, das ist er nie gewesen, und durch die Veränderung gerät er in Panik. Unbemerkt ist die Anspannung in seinem Körper gestiegen, bis sie in Aggression umschlägt und er nichts lieber tun würde, als einen Stuhl durch das große Fenster zu werfen. Einfach so, weil das nichts bringt. Weil sie ihn auf eine Art und Weise getroffen hat, die dieses Gefühl auslöst. Das ist er nicht gewohnt, und seine instinktive Reaktion besteht darin, sich dagegen aufzulehnen.

So lange sie seine Nachricht nicht beantwortet und seine Anrufe nicht annimmt, kann er nur probieren, wieder an die Arbeit zu gehen, sich auf die Aktionen zu konzentrieren, die noch vor ihm liegen, Halt zu finden in einer Welt, die in ihm und um ihn herum wegzugleiten scheint, und zu checken, was er checken kann.

Er nimmt eines seiner Burnerhandys und wählt eine Nummer.

»Calder.«

Keine Begrüßung, kein Small Talk, er hat eine einzige simple Frage.

»Ist Vera bei dir?«

»Bist du das, Antink?«

»Ja, ist Vera bei dir?« Die Dringlichkeit in seiner Stimme kann einem nicht entgehen, sie grenzt an Panik.

»Nein.«

Stille.

»Ist was?«, fragt Calder. »Ist sie nicht da? Haben diese Kerle sie doch entführt? Sag was, John.«

Stille.

»Bleib dran. Ich rufe den Personenschutz an.«

Die Stille wird immer länger. Er hört Calders Stimme, die auf einer anderen Leitung sofortige Informationen über Mevrouw Antink, Vera, einfordert. Seine Vera. Dann ist Calder plötzlich wieder am Apparat.

»Wo bist du?«

»Nicht fragen, Alisha. Ich rufe später wieder an.« Er bricht das Gespräch abrupt ab. Er will nicht, dass Calder weiß, wo er ist, die Frage an sich ist schon keine gute Neuigkeit. Sie bedeutet, dass der Personenschutz auch nicht weiß, wo Vera ist, sonst hätte sie ihm das gesagt. Und das bedeutet, dass er Veras Nachricht wahrscheinlich falsch verstanden hat.

> So war es nicht abgesprochen. Wenn du dich nicht daran hältst, tue ich das auch nicht mehr. So kann ich es nicht.

Was genau steht da eigentlich? *So war es nicht abgesprochen.* Er dachte, sie hätte das ganz allgemein gemeint, sich nicht auf eine bestimmte Verabredung bezogen, denn diese Art Vereinbarungen haben sie nie getroffen. Aber was, wenn Vera diese Nachricht gar nicht geschrieben hat? Was, wenn man sie doch entführt hat und die Entführer ihr Handy haben? Dann geht es um eine Vereinbarung, die die Entführer mit ihm zu haben glauben, um das Treffen in der Zoutmanstraat. Das hat noch nicht stattgefunden, es ist morgen. Sie haben Vera mitgenommen, um sicher sein zu können, dass er kommt. Ist es das?

Calder und ihren Dienst kann er dabei gar nicht gebrauchen. Sie würde mit einer ganzen Truppe erscheinen, und dadurch würde das Risiko für Vera nur noch größer. Auf solche Dinge ist der Repair Club spezialisiert, die schrauben alles geduldig auseinander, holen das kaputte Einzelteil heraus und ersetzen es. Geduldig und klein, Millimeterarbeit, wenn es sein muss, und wenn Moskau hinter dieser Sache steckt, muss er jeden Millimeter bewachen, jedes Wort und jede Bewegung muss er unter Kontrolle haben. Für sie. Er schickt noch eine Nachricht an ihre Nummer.

> Verstanden, ich werde da sein. Ist V. okay?

Ein paar Minuten später kommt ein Foto, Vera sitzt gefesselt auf einem Stuhl, einen Knebel im Mund. Unter dem Foto eine kurze Bemerkung.

Sie zittert.

51

GANZ VON VORNE

Vor ein paar Tagen hatte er noch die Wahl, das Treffen in der Zoutmanstraat einfach verfallen zu lassen, wenn er rechtzeitig die entscheidenden Informationen aus der Zürich-Akte hätte holen können. Jetzt nicht mehr. Er muss hin, und er muss herausfinden, worum es hier eigentlich geht. Je besser vorbereitet er dort erscheint, umso größer die Chance, dass Vera heil aus der Sache herauskommt.

Der Repair Club geht noch einmal die Planung für die Zoutmanstraat durch, zu viert müssten sie es hinbekommen. Beim ursprünglichen Plan stand der Fluchtweg im Mittelpunkt, durch das alte Bankgebäude in die dahinter liegende Straße. Der ist immer noch verfügbar, aber es sind ein paar Dinge hinzugekommen. Zum einen die Beschattung der Person, die ihn dort treffen wird. Er will die genaue Identität der Person herausfinden. Woher kommt sie? Für wen arbeitet sie? Dann stellt sich auch die Frage, was diese Person ihm überreichen wird. So lange er nicht weiß, was da in der Akte zu finden ist, wird er sie nicht hergeben. Er will sowieso keinem

Unbekannten eine Geheimakte übergeben. Er hat bereits gegen die Regeln verstoßen, indem er die Akte mitgenommen hat. Das reicht, mehr wird er sich nicht erlauben, Veras Schicksal hängt davon ab.

Das ist wichtig. Nichts anderes.

In seinem zweiten Hotelzimmer stellt er sich zwischen die Schriftstücke aus den Akten, die auf dem Bett und auf dem Boden ausgebreitet sind. In der Hand hat er eine Liste von etwas mehr als zwanzig Namen, die er von Jaap bekommen hat. Routiniert arbeitet er alle Seiten durch, immer mit einem Auge auf der Liste und dem anderen in der Akte. Das scheint so einfach, Namen überprüfen, aber jedes Mal, so stellt sich heraus, können seine Gedanken seinen Augen nicht folgen. Mit Veras Verschwinden scheint sich sein Gehirn aufzulösen. Was er noch weiß, hängt wie lose Fetzen in seinem Kopf, er kann sich nicht mehr erinnern, was das eine mit dem anderen zu tun hat. Namen sind nicht mehr als Klänge ohne Gesichter. Seine Frustration wächst, er wirkt machtlos angesichts der Tatsache, dass seine Vera nicht mehr da ist.

Wieder und wieder fängt er von vorne an, beim ersten Blatt aus der ersten Akte, Nummer 2.349.7/zu1744353. Zurück in Zürich, 1986. Er ist Max Danzler. Er wohnt ohne Frau in Zürich, ohne Vera. In dieser Stadt existierte sie gar nicht. Er versucht sich selbst in Gedanken in die Vergangenheit zurückzuversetzen, als alles noch so war, wie es war. Alles an seinem Platz.

Swetlow hat ihn nicht nach Dresden zurückgeschickt, sondern nach Zürich. Warum? Die großen Kontakte hat er in Ostdeutschland aufgebaut, dort ist es passiert. Zürich diente hauptsächlich für den geschäftlichen Teil, für die GmbHs und die Verträge und die Akten, die in anonymen Büros unterzeichnet wurden. Swetlow zufolge muss er genau dort suchen, aber nach wem? Nach einem von Danzlers Kunden? Oder nach jemand anderem? Wieder schaut er sich die Namensliste an, die er von Jaap bekommen hat. Einer der Namen auf der Liste ist möglicherweise der echte von Wladimir Swetlow.

Bereschew, Slaski, Zaragin, Welzin, Androporow, Gezinski, Kristenko, Stasski, Stephasin, Fradkow, Gaidar, Fjernomyrdin, Kirijenko, Zabkow, Kozlew.

Das hier sind die Personen, die in derselben Phase verschwunden sind, in der Swetlow auftauchte. Namen, die ihm nichts sagen, die er nicht kennt und die auch nicht in der Akte erscheinen. Wer ist also Swetlow? Gibt es einen Zusammenhang zwischen einem dieser Namen und seinen Kunden aus dieser Zeit? Den Namen einer Mutter oder einer Ehefrau, eines Onkels, eines Großvaters zum Beispiel. Ist da ein Mann, der den Namen eines anderen angenommen hat, den eines Familienmitglieds von einem seiner Kontakte von damals? Diese Namen stehen nicht in der allgemeinen Akte, sondern in den Beilagen, in den persönlichen Akten. Eine nach der anderen durchsucht er, doch die ergänzende Information ist spärlich, so weit liefen die Ermittlungen nicht. Bei den meisten Männern stand der Name der Ehefrau dabei, zusammen mit dem Mädchennamen. Auch dort findet er keinen Anknüpfungspunkt.

Über zwei russische Suchmaschinen, Yandex und Mail.ru, findet er weitere Namen und Familienmitglieder, auch in Russland hat man viele Familiengeschichten digitalisiert. Er gibt die Namen ein und sucht bis zu zwei Generationen zurück nach einer Verbindung. Von jeder Möglichkeit, auch wenn sie noch so klein ist, macht er eine Notiz auf einem Blatt Papier, das er zu dem betreffenden Schriftstück auf den Boden legt.

Im Laufe des Abends lässt er sich vom Room Service einen Burger mit Salat und eine Flasche Rotwein aufs Zimmer bringen. Das Bild von Vera brennt ihm im Kopf. Gefesselt auf einem Stuhl. Es tut weh, wenn er an sie denkt, und der Schmerz scheucht ihn weiter. Bezwungener Schmerz ist Treibstoff für neue Energie. Er muss herausfinden, was Swetlow gemeint hat. Nur so kann er Vera helfen.

Zu Fuß durch das Chaos, langsam, alle Sinne auf Empfang gestellt. Nicht zu schnell schauen und nicht zu schnell entscheiden. Was er sucht, ist ein Detail, und Details sieht man nur, wenn man sich die Zeit dafür nimmt. Zeit, die er nicht mehr hat. Die Flasche Rotwein steht fast unangerührt auf dem Tisch, er hat sich ein Glas eingeschenkt und davon weniger als die Hälfte getrunken. Sein Hals ist trocken, sein Körper müde, seine Augenlider sind schwer.

Tief in der Nacht steht er mit bloßen Füßen zwischen seiner Vergangenheit und hat endlich eine Verbindung gefunden, der er vertraut, eine Verbindung, der er folgen kann. Vorsichtig geht er zwischen den Papieren hindurch ins Bad. Dort beugt er sich über das Waschbecken, spritzt sich kaltes Wasser ins Gesicht und schaut sich im Spiegel an. Mitten in der Nacht. Er sieht älter aus, als er sich fühlt, denn jetzt, wo er etwas gefunden hat, kann er wieder weiter. Er trocknet sich Gesicht und Hände ab und geht zurück. Was er gefunden hat, muss er noch drei Mal kontrollieren, überprüfen und noch mal überprüfen. Und dann zur Sicherheit noch einmal. Die Verbindung läuft über die zweite Frau von Wlaskow, des russischen Parteimenschen, dem er bei Robotron mit den Finanzen helfen musste, des Mannes, bei dem die Annäherung fast schiefgegangen war. Wlaskow wollte umworben werden, lehnte jedoch jeden Annäherungsversuch ab. So schien es zumindest, denn seine zweite Frau war Olga Tikhonowa, die jüngere Schwester von Artur Tikhonow, einem der Männer, die die Ladung Nickel aus Norilsk in Sibirien verhandelten. In finanzieller Hinsicht einer seiner größten Deals überhaupt. Tikhonow gehörte zu einer Dreiergruppe. Und Tikhonows Bruder war mit einer völlig unbekannten Frau verheiratet, einer gewissen Swetlowa.

Der Kreis schließt sich noch nicht ganz, aber jetzt hat er mehr als vorher. Wenn Wlaskow dahintersteckt, geht es wahrscheinlich um den Nickeldeal. Um sehr viel Geld. Eine Konstruktion, die John vor Jahren nahtlos abgewickelt hatte. Alle hatten bekommen, was sie wollten; sosehr er auch nachdenkt, er kann sich nicht daran erinnern, dass da etwas schiefgegangen wäre. Und trotzdem sucht er gerade an der richtigen Stelle, es ist die einzige Spur, die er finden kann. Er nimmt die Akte zur Hand und fängt wieder von vorn an.

52

DRESDEN
– 1988 –

Die Einladung zu einem Kongress über die internationale Zusammenarbeit auf dem Gebiet der Unterstützung für ausgewählte Länder in der Dritten Welt hatte er begeistert angenommen. Dieser Kongress war größer und breiter besetzt als die vorangegangenen Zusammenkünfte. Ein ideales Setting für den Ausbau einiger der Kontakte. Besser vorbereitet als je zuvor kam er in Dresden an, vor seinem Aufbruch hatte er bereits Kontakt zu Claus Werdermann und anderen gehabt, um Termine zu vereinbaren. Wieder wurde er mit allen Ehren empfangen und in das Hotel an der Elbe gefahren. Er bekam ein prächtiges Zimmer, wo schon mehrere Einladungen für ihn bereitlagen. Ein Empfang, ein Diner, eine Zusammenkunft in einem kleinen Komitee, um spezielle finanzielle Aspekte der internationalen Zusammenarbeit zu besprechen. Da lag eine Liste mit Fragen zu diesem Thema mit der Bitte, sie vorab auszufüllen, sodass die anderen Teilnehmenden wussten, wo seine Expertise lag, eine Flasche Champagner mit ein paar Gläsern stand bereit, und noch bevor er seinen Koffer ausgepackt hatte, klopfte es an seiner Tür, und eine außergewöhnlich hübsche junge Frau bot ihm ihre Hilfe beim Ausfüllen des Fragebogens an.

Das Spiel hatte begonnen, darauf hatte er es beim letzten Besuch angelegt. Er wollte sich selbst in eine kompromittierende Situation manövrieren, um erpressbar zu werden. Dann würden die höhergestellten Parteimitglieder, die Stasi und der KGB ihn aufsuchen statt andersherum, sie würden auf ihn zukommen. Er hatte erwartet, das Sexangebot würde früher erfolgen, aber offensichtlich hatten sie lange gebraucht, um zu entscheiden, ob sie ihn an Bord holen wollten.

»Ich bin Sabina«, hatte sie gesagt, und ihr Name war nicht wichtig. Sie arbeitete ganz bestimmt für die Tourismusabteilung der Stasi und war geschickt worden, um ihm zu helfen, ihn zu verführen und ins Bett zu kriegen, sodass die Kameras alles gut filmen konnten. John dachte an Claus und an andere Männer, in die er verliebt gewesen war, und ganz ab und zu auch an Vera. Sabina oder wie auch immer sie hieß merkte nichts davon. Sie hatten wilden Sex, und auf eine ganz bestimmte Art und Weise genoss er den sogar. Sabina übernahm die Regie, und er machte bei allem mit, bis sie nach etwa einer Dreiviertelstunde vom Bett sprang, ihre Kleidungsstücke wieder anzog und ihm versicherte, sie werde ihm gerne helfen, wenn er noch mehr Unterstützung brauchte, sei es mit der Frageliste oder womit auch immer. Sie lachte und winkte, bevor sie die Tür hinter sich zuzog. Zufrieden ließ er sich in die großen Kissen des Bettes zurückfallen. Nun brauchte er nur noch auf den nächsten Schritt zu warten.

Im Kopf war er diese nächsten Schritte schon sehr oft durchgegangen. Die Annäherung mit der Frage, ob er mitarbeiten wollte beim Austausch wichtiger Informationen. Den Umschlag mit den Fotos von Sabina und ihm, wenn er nicht auf die Aufforderung einging. Das Zeigen von Filmaufnahmen mit Ton, als letztes Druckmittel, um ihn zur Zusammenarbeit zu bewegen. Das würde in den kommenden Tagen geschehen, und er war bereit dafür, denn sobald er auf die Erpressung einging, würde er die betroffenen Russen und Ostdeutschen mit den Möglichkeiten einfangen können, die er zu bieten hatte, um ihr Geld in den Westen zu bringen. Wenn sie darauf eingingen, würde er sie an der Leine haben statt andersherum. Er war selbst der Köder für den Fisch, wenn der Fisch einmal zuschnappte, würden seine finanziellen Leckereien besser und stärker funktionieren als die Fotos und das Video, das sie von ihm gemacht hatten. Geld und Sex.

High von sich selbst, ging er am nächsten Abend zum großen Abschlussdiner, die Gespräche mit Parteibeamten und Chefs und Abteilungsleitern von Robotron waren dynamisch und interessiert. Seit dem Nachmittag mit Sabina wirkte jeder neue Kontakt wie eine Annäherung. Filmaufnahme und Fotos von seiner Ausschweifung mit Sabina waren inzwischen längst entwickelt, man hatte die Fotos ausgedruckt und seiner Akte hinzugefügt. Max Danzler war nun offiziell eine Zielscheibe. All seine Sinne waren geschärft, er begrüßte jede Bekanntschaft und war sich des Augenzwinkerns bewusst, das ihm immer wieder begegnete. Nach dem Dessert mit einem spektakulären Omelette surprise, süßem Dessertwein und danach Kaffee und Cognac, gefolgt von Wodka und Bier, kamen drei Männer auf ihn zu. Es herrschte eine ausgelassene Stimmung, sie luden ihn ein, mit zu einer privaten Bar im Hotel zu gehen, wo es besseren Wein und besseren Wodka gab, und natürlich ging er mit.

Alle Zeichen standen günstig, es bestand Interesse an ihm, von Leuten, denen er noch nie begegnet war. Sie nahmen ihn mit in einen Teil des Hotels, den er noch nicht kannte. Durch Türen, Treppen runter und wieder hoch, bis sie in ein ganz anderes, moderneres Zimmer kamen. Hier waren sie unter sich, John wurde einigen streng dreinblickenden Männern vorgestellt, die etwas älter waren als er.

»Kennst du unseren Freund Max schon, Wolodja?«, fragte einer der älteren Männer einen etwas jüngeren, etwa in Johns Alter. Blond, Stachelhaar, breiter, gerader Mund, hohe Stirn. Wolodja, kleiner Wladimir. Der Russe, ganz eindeutig vom KGB, trat einen Schritt nach vorn, zu Max, und hielt ihm zur Begrüßung die Hand hin.

»Platow, Verbindungsoffizier. Angenehm«, sagte er.

Kein Vorname, nur ein Nachname und eine Funktion. Für John bedeutete das, dass der Mann einen falschen Namen benutzte, dass er nicht preisgeben wollte, wer er wirklich war. Verbindungsoffizier zwischen der Stasi und dem KGB, das war eine Funktion, die einem alle Möglichkeiten eröffnete. Platow hatte ein unergründliches Pokerface.

Alle drei interessierten sich für die finanziellen Dienste, die John zu bieten hatte. Geld war immer ein gutes Thema, auch bei den Kommunisten. Je mehr Geld es gab, desto enthusiastischer wurden sie. Er bekam einen Platz bei den Männern am Tisch, er bekam ein Glas und eine eigene Flasche, genauso wie die anderen. Lachen und Schulterklopfen allenthalben.

»Vertrauen«, sagte Platow. »Vertrauen ist am wichtigsten. Ohne Vertrauen gibt es nichts. Vertrauen und Loyalität. Du sagst, du kannst unser Kapital an einem sicheren Ort aufbewahren. Schön. Wunderbar. Aber woher wissen wir, ob wir dir vertrauen können? Nun? Welche Garantien hast du für uns?«

John begann mit seinem eingeübten Verkaufsmonolog. Die Sicherheit der Schweiz, die Unauffindbarkeit der Off-shore-GmbHs, der Schutz internationaler Konstruktionen, das Ganze hätte er im Traum aufsagen können, und alles klang professionell. Aber Professionalität war diesen Männern egal.

»Wie können wir *dir* vertrauen, persönlich, von Mann zu Mann? Das ist hier die Frage.«

John warf die Arme in die Luft, um zu zeigen, dass er aufgab. »Sagt ihr es mir. Wie?«

Platow winkte einen der anderen Männer heran, und der legte einen Briefumschlag auf den Tisch.

»Wenn du etwas von uns hast, haben wir etwas von dir.«

Als hätte er keine Ahnung, was sich in diesem Umschlag befinden könnte, holte John die Fotos heraus und reagierte schockiert. Er sah sich selbst mit Sabina in allen Stellungen, die sie ausprobiert hatten. Der reinste Porno. Die Herren hatten die Fotos ganz bestimmt mit Interesse betrachtet. Empört legte er die Fotos mit dem Gesicht nach unten auf den Tisch.

»Wo habt ihr das her? Das ist nicht in Ordnung«, sagte er. »Das ist eine Privatangelegenheit.«

»Eine Privatangelegenheit, ja«, sagte Platow. Der blonde KGB-Offizier sprach ausgezeichnet Deutsch. »Aber das sind auch unsere Angelegenheiten, mehr oder weniger, und wir wollen gern, dass all diese Dinge privat bleiben, auch deine.« Sein Lächeln zog sich wie eine Messerklinge über sein Gesicht. »Und das ist auch möglich, solange du dich an ein paar einfache Regeln hältst.«

Er schlug John freundschaftlich auf die Schultern. »Kein Problem, oder?« Sie glaubten, dass sie ihn erpressen und so zwingen konnten, finanzielle Konstruktionen für sie herzustellen. Durch die Erpressung fühlten sie sich sicher, und sie wussten, er würde ihre Geheimnisse nie verraten, es war die einfachste Form des Illusionismus, er ließ sie glauben, sie hätten ihn in ihrer Macht. Die Erpressung ermöglichte es ihnen, noch weiterzugehen. Damit fing es an. Nichts ist so, wie es scheint. Illusion. Das Spiel hatte begonnen, mit Platow. Wenig später kamen die großen Transaktionen in Gang.

53

EIN KOMISCHER BUG

Er hat ihn fast. Durch Sanutaras Handyhack hat Kenzi eine Liste mit Telefonnummern, die er durchgehen muss. Alle Nummern sind anonym, die Kontaktliste des Handys war leer.

»Das ist logisch«, sagt er zu Calder. »Es war ein Telefon für geheime Kontakte, darin speichert man keine Namen ab.«

Das Zuordnen der Namen, die zu den Nummern gehören, kostet Zeit. Es geht langsam voran. Man kann nicht einfach so eine Liste mit Zahlen eingeben und mit einem Knopfdruck alle dazugehörigen Namen bekommen. Er muss jeden einzeln recherchieren.

»Die meisten Nummern haben wir bereits zuordnen können, aber es gibt nichts, was uns irgendetwas nützt. So ein Journalist hat natürlich zahlreiche Quellen, die er beschützen will. Das sind vor allem Politiker und Beamte. Immer nützlich.« Er gibt Calder eine kurze Namensliste. »Die checken wir mit dem Datum ab, das dabeisteht, dann können wir sehen, ob es da ein Muster in den Kontakten gibt und ob die Daten mit bestimmten Ereignissen zusammenfallen. Es ist nur eine Frage der Zeit, bis wir das alles ausgewertet haben.«

Als zusätzlichen Check hat er die Nummern der Mitarbeiter vom Geheimdienst. Es ist unwahrscheinlich, dass das zu einem Ergebnis führt. Wenn man der Presse etwas durchsticht, benutzt man dafür ein anderes Handy, eine andere Nummer, am liebsten ein Wegwerfhandy.

»Und es ist eine Frage des Geldes, denn es kann noch ein wenig dauern«, sagt er. »Auch ein Wegwerfhandy können wir noch nachverfolgen, wenn ich die Arbeitsstunden irgendwo mal abrechnen kann.«

Alles kostet Geld, Geld, das irgendwo in ein Budget passen muss, und jedes Budget braucht eine Budgeterhöhung als Mutter und eine Unterschrift als Vater.

»Verbuchen Sie es unter interner Security, ich unterschreibe das dann. Wie viele Nummern sind noch unbekannt?« Wieder legt Kuipers eine Liste auf den Tisch. »Diese sechs.« Er schiebt den Zettel Calder hin. »Die Frage ist, ob zufällig jemand dabei ist, den Sie erkennen.«

Calder schaut sich die Nummern an, sie erkennt keine einzige.

»Das sind Nummern, zu denen es nur eine SIM-Karte gibt, keinen Vertrag, aber die hier fällt irgendwie raus.« Er zeigt auf eine Nummer. »Der Vertrag zu dieser Nummer wurde vor ein paar Tagen gekündigt, und die Nummer ist nicht mehr in Gebrauch. Also hängt kein Name dran.« Um diesen Namen zu finden, wird er weitersuchen müssen.

»Geht das?«

»Wenn man weiß, wie man's anstellen muss. Aber das macht die Sache schwieriger. Ich muss in das System der Telefongesellschaft und mir da die alten Kopien besorgen. Das dauert ein wenig.«

»Ich verstehe. Brauchen Sie Hilfe?«

Kuipers will niemanden dabeihaben. Wenn er allein arbeitet, kann er allen Spuren folgen, die er sieht, in seinem eigenen Tempo, ohne Ablenkung durch andere. Wenn die Gedanken erst einmal in Gang kommen, will er sie ganz frei laufen lassen. Es ist Analysieren und Assoziieren gleichzeitig, es ist genau die Abwechslung zwischen Verstehen und Inspiration, die ihn weiterbringt.

»Da ist noch etwas«, sagt er. »Als ich den Inhalt von Sanutaras Handy kopiert habe, ist ein Bug mitgekommen. So ein Programm, das Informationen über die Aktivitäten des Handys zurückschickt. Genau so ein Bug, wie ich ihn selbst dort installiert hatte.«

»War es denn nicht Ihr eigener?«

»Nein, ich erkenne sie an dem Datum, und der hatte ein anderes Datum. Viel früher.«

»Auch von uns?«

»Wahrscheinlich.« Jemand aus dem Geheimdienst hat das Leck verursacht, darin sind sie sich einig, und es ist nicht ungewöhnlich, dass er dabei einen Bug verwendet. Es ist eine Variante der Pegasus-Software, über die ein Agent Kontrolle über einen Kontakt behalten kann. Wer etwas durchsticht, will wissen, was der andere damit macht. Das ist logisch. »Sobald man ein Leck auslöst, muss man sich den anderen unterordnen, und das bedeutet, dass man den Datenverkehr kontrollieren muss.«

Kuipers ist entschieden, er hat den zweiten Bug isoliert und hat versucht nachzuvollziehen, wer ihn installiert hat, dafür gibt es Systeme, und auch bei dieser Analyse ist er wieder auf eine ganz spezielle Art des Problems gestoßen. Der Bug wirkt zwar wie einer vom Geheimdienst, aber da kommt er nicht her.

»Es ist, als hätte uns jemand den Bug gestohlen und ihn von einem anderen Ort und einem anderen Computer aus über eine ganz andere IP-Adresse verwendet.«

»Das klingt sehr altmodisch. Wie kann man denn einen Bug stehlen?«

»Ohne Zustimmung kopieren oder stehlen, kaum ein Unterschied.«

Kuipers sammelt seine ganzen Papiere zusammen, die Listen mit den Nummern und den Namen, und steckt sie in eine Mappe.

»Wie lange brauchen Sie noch?«, fragt Calder.

»Ein paar Tage.«

Calder reagiert nicht.

»Keine Sorge, Chefin. Sobald ich seine Archivdateien habe, kann er mir nicht mehr entkommen.«

54

WO ER NICHTS BEDEUTET

Zahlen, Zahlen, Zahlen. Das ganze Leben lässt sich in Zahlen, Buchstaben und Codes beschreiben und speichern, und er sitzt hier mit einer einzigen Telefonnummer, die ihre dahinter liegende Information einfach nicht preisgeben will. Es hat ihn noch nie so viel Zeit und Mühe gekostet, den Besitzer einer Nummer herauszufinden. Was er auch probiert, er stößt ständig gegen eine Schutzmauer, die er nicht durchbrechen kann. Eine Nummer, die letzte; von allen anderen hat er die Besitzer ermittelt und sie mit der Liste der Namen aller Mitarbeitenden beim Dienst verglichen, auch von denjenigen, die in den letzten beiden Jahren entlassen worden oder aus einem anderen Grund weitergezogen sind. Nicht ein einziges Match. Soweit er das sieht, hat Sanutara keinen Kontakt zu irgendjemandem beim Dienst gehabt. Die letzte Nummer muss alles erklären, und darum frustriert es ihn, dass er einfach nicht dahinterkommt, von wem sie ist. Oder war. Es scheint, als würde jedes Mal, wenn er der Lösung näher kommt, ein neues Hindernis aufgebaut, als läge eine Firewall mit künstlicher Intelligenz davor, die beobachtet, was er tut, daraus lernt und auf dieser Basis eine Verteidigung einrichtet, die wieder besser ist als die vorherige. Derjenige, der das entwickelt hat, ist sehr gut. Die Daten dieser Nummer liegen beim Provider, dort sind sie gelöscht, was an sich schon außergewöhnlich ist, denn ein Provider hat solche Informationen eine Zeit lang aufzubewahren. Es ist keine Katastrophe; auch wenn die Daten gelöscht sind, kann er noch rankommen, normalerweise zumindest. Und hier fangen die Schwierigkeiten an. Außer dem Schutz des Providers selbst, der schon ziemlich stark ist, liegt eine zweite Schutzschicht darauf, und durch die kommt er nicht hindurch.

Er soll sich selbst darum kümmern, so will es Calder, keine weiteren Leute hinzuholen. Nur auf diese Art kann sie sicher sein, dass die Ermittlung sauber bleibt, nicht durch denjenigen korrumpiert wird, der das Leck verursacht hat. Und Kenzi will es auch alleine erledigen, sein Ehrgeiz ist viel größer, als er jemals zugeben würde. Er hat sich von der Kultur seiner Eltern freigekämpft, die für ihn nur im Kleidergeschäft seines Vaters eine Zukunft sahen. Nur indem er eigensinnig und eigenwillig immer weiter quengelte und drängte, hatte er seine Eltern dazu gebracht, ihm das Mathematikstudium zu erlauben, unter der Bedingung, dass er zu Hause wohnen blieb und so viel wie möglich im Geschäft half. Seine Eltern wollten nicht, dass er sich irgendwo ein Zimmer nahm, dann hätten sie keine Kontrolle mehr über ihn, und dann würde er im wilden Leben der Stadt möglicherweise entgleisen. Seine Mutter ist eine einfache Frau aus Algerien, die Hans Kuipers während eines Urlaubs kennengelernt hatte, einen anständigen Mann mit einem Herrenmodegeschäft in Woerden. Ihre Hochzeit hatte in zwei Ländern zu erstaunten Blicken geführt, die Niederlande und Algerien lagen noch weiter auseinander, als alle ohnehin dachten. Seine algerischen Großeltern waren enttäuscht und verärgert gewesen, als ihre Tochter die Koffer packte und Hans hinterherreiste, in eine Stadt und ein Land, von dem sie nichts wussten und wo sie niemanden kannten. Hans' Eltern hatten lange gebraucht, um sich an die Frau mit dem Kopftuch zu gewöhnen, die bei ihnen einzog, bis Hans und Feriel eine eigene Wohnung gefunden hatten.

Erst durch seine Geburt verschmolzen die wichtigsten Unterschiede. Kenzi Kuipers, halb algerische Gebirgsfläche und halb aus Hollands grünem Herzen. Er hatte zwei Familien verbunden, auch auf eine unerwartete Art und Weise, denn für alle Familienmitglieder, woher sie auch kamen, war es eine unbegreifliche Entscheidung, nicht im Geschäft der eigenen Eltern arbeiten zu wollen.

Die Mathematik war seine Rettung; in der abstrakten Welt der Zahlen und Werte, der Vergleiche und Formeln zeigte sich sein Talent. Mit einer überrumpelnden Begierde sog er alle Kenntnisse in sich auf, Computer und Programmiersprache verdrängten alle kulturellen Gebräuche und Gewohnheiten, die er von zu Hause mitbekommen hatte. Mathematik wurde seine Kultur, die Formeln wurden seine neue Sprache. Er lernte in einer Welt zu denken und zu sprechen, die seine Eltern nicht kannten. Hier ist er frei, hier ist er der Boss, und darum nervt es ihn gewaltig, dass er bei seiner Suche von einer dummen Firewall zurückgehalten wird. Bis tief in die Nacht sitzt er an den Bildschirmen, um das System zu hacken. Seine Augen brennen, er spürt einen stechenden Schmerz in den Handgelenken, weil er sie immer gleich bewegt, mit Touchpad und Maus, der Hintern tut ihm weh, als säße er nicht auf einem teuren Bürostuhl, sondern auf einem Brett. Kenzi ist einigermaßen sportlich, er läuft, er macht Übungen und geht ins Fitnessstudio. Er hat die starke Kondition, die für einen Mann im aktiven Dienst fast eine Verpflichtung ist. Er verfügt über die fanatische Überzeugung, dass er das hier kann. Er ist ein muskulöser Nerd, der sich immer beweisen will.

Als die Nacht endet, ohne dass er etwas davon gemerkt hat, die Sonne aufgeht und das erste Tageslicht durch die Fenster scheint, knackt er das System und gelangt endlich in die verborgenen Archivdateien des Providers. Dort findet er den Namen, den er sucht, auch wenn er nie gedacht hätte, dass es dieser Name sein würde. Mit völliger Verblüffung und einer Angst, die er noch nie im Leben gespürt hat, schaut er auf den Namen auf dem Bildschirm. Diese Telefonnummer führt ihn in ein Niveau der Geheimwelt, in dem er nichts bedeutet, er bekommt es mit Mächten zu tun, die ihn ohne Mitleid ausschalten können. Auslöschen. Bevor er damit zur Chefin kann, muss er ganz sicher sein.

55

EHRE IST NICHT VERHANDELBAR

Es ist eine betriebsame Straße in einem begehrten Viertel, dem Zeeheldenkwartier von Den Haag. Viele Stadthäuser aus dem Ende des 19. Jahrhunderts, imposant und trotzdem verspielt, prägen das Bild. Es gibt wenig Grün und viele Menschen, die Anwesenheit der ganzen Welt ist hier zu spüren, es gibt Niederländer, Türken, Marokkaner, Russen, Indonesier, Männer und Frauen aus Den Haag. Das Stadtzentrum ist ganz in der Nähe. Von der Zoutmanstraat aus kann man zum Prinsessewal laufen, vom Paleis Noordeinde bis zum alten Rathaus. In der Zoutmanstraat gibt es eine Pizzeria, einen Piercingshop, ein Gitarrenfachgeschäft, einen Laden für Büromöbel, einen Friseur, einen Makler, einen Massagesalon, eine Kinderkrippe, einen Secondhandladen, einen Spielzeugladen, ein Sanitätsgeschäft, eine Apotheke, einen Waxing-Salon, eine Boutique und noch viel mehr. John steht in der Tür des Halal-Supermarktes an der Straßenecke. Von hier aus hat er uneingeschränkte Sicht auf den Eingang des ehemaligen Bankgebäudes etwas weiter oben. Lydia ist in der Apotheke gegenüber, ihr Auto steht vor der Tür. Jaap steht mit seinem Scooter zwei Türen weiter vor einem Coffeeshop, und George sitzt in einem Kleinbus, den er vor einem Esoterikladen mit Artikeln wie Weihrauch, Traumfängern und spirituell reinigenden Produkten abgestellt hat. Sehr passend. Der Kleinbus steht mit der Schiebetür zur Straßenseite, sodass John im Notfall nur über die Straße zu rennen braucht und reinspringen kann. Wenn die Route blockiert ist, kommt Jaap mit dem Scooter. Es scheint, als hätten sie an alles gedacht, aber John weiß aus eigener Erfahrung, dass da immer mehr ist. Es gibt immer unvorhergesehene Entwicklungen.

Sie sind früh, sie haben genug Zeit, um ihre Position einzunehmen und die Umgebung zu observieren. Bis jetzt haben sie unterschätzt, wie sehr sie selbst beobachtet werden. Das darf ihnen nicht noch einmal passieren. In seinem Bus hat George ein Scangerät, um ungewöhnliche Kommunikationssysteme erfassen zu können. Lydia hat ihr scharfes Pflegerinnenauge, mit dem sie sofort erkennt, ob jemand einfach nur durch die Straßen läuft, um einzukaufen, oder etwas anderes vorhat. Sie stehen über ein neues Set Wegwerfhandys in Kontakt, mit Nummern, die niemand sonst kennt. Wegen des schönen Wetters sind viele Menschen auf der Straße, Autos und Radfahrer, die Straßenbahn rattert vorbei. Die Atmosphäre ist gemütlich und entspannt, nur die vier Mitglieder des Repair Club spüren die Hochspannung. Sie wissen, was auf dem Spiel steht. In der linken Hand hat John eine Plastiktüte vom Jumbo-Supermarkt, weiß, gelb und schwarz. In der Tüte ist ein Papierstapel, er hat die ganze Akte kopiert und die entscheidenden Seiten weggelassen. Er weiß, wonach sie suchen und warum sie so hart und mitleidlos auftreten, auch wenn er nicht einmal weiß, wer sie überhaupt sind. Er weiß genau, auf welcher Seite steht, was sie wissen wollen. Er weiß, dass Swetlow versucht hat, ihn zu warnen und das mit dem Tod bezahlen musste. Und er weiß, dass Vera nun in derselben Gefahr schwebt. Daran denkt er, während er vor dem Halal-Laden auf die Männer wartet, die genau diesen verborgenen Teil seiner Vergangenheit gefunden haben und ganz offensichtlich Genugtuung fordern. Was er nicht weiß, ist, ob sie vom Kreml geschickt werden und ob sie deswegen indirekt die Macht verkörpern. Oder sind es Männer, die in ihrer Familie entdeckt haben, was geschehen ist, und die jetzt behaupten, dass sie gar nichts damit zu tun hatten? Oder die Leute, die für Waffen bezahlt und sie nie bekommen haben? Letzteres ist eher unwahrscheinlich. Aus seinen eigenen Kontakten in jener Zeit weiß er, dass andere Lieferungen durchaus stattgefunden haben, und das Gedächtnis auf diesem Gebiet geht weit zurück, aber die Machtwechsel sind häufig – und oft tödlich. Deshalb werden Erinnerungen an einen fehlgeschlagenen Deal meistens in einem Sarg und mit dem angemessenen Zeremoniell der Betroffenheit unter die Erde gebracht.

Nein, dann Moskau. Das Land wird von einem Mann geführt, der nie etwas vergisst, der nie jemandem vergibt und der nie etwas zugibt. Für Vera macht es kaum einen Unterschied, ob diese Menschen vom Kreml oder von verletzten Familien geschickt worden sind, für John umso mehr, denn der Kreml will alles Mögliche, aber eine Familie will ihre Ehre wiederherstellen. Und das ist hoffnungslos, Ehre ist nicht verhandelbar.

Von der Ecke Elandstraat kommt ein BMW X5 die Straße entlang und hält vor dem Gebäude, vor dem sie verabredet sind. Dort wartet er, bis ein anderes Auto wegfährt, das direkt vor dem Gebäude geparkt war, und er selbst auf den Platz kann. Ein unauffälliger kleiner Opel Agila. John war daran vorbeigelaufen, hatte reingeschaut, das Auto schien leer zu sein. Niederländisches Nummernschild. Unauffällig. Offensichtlich hatte sich der Fahrer versteckt, oder aber er war erst nach der Ankunft des BMW erschienen. Der ist mir entgangen, denkt John. Zwei Autos also und keine Vera. In seinem Kopf sieht er wieder ihr Foto mit dem Knebel im Mund und der Kurznachricht dabei: *Sie zittert.*

Noch fünf Minuten bis zur vereinbarten Zeit.

Lydia, George, Jaap, alle an Ort und Stelle. Wo ist die Lücke?

56

UNVORHERGESEHENE ENTWICKLUNGEN

Unmerklich spricht er in ein Mikrofon direkt unter seinem Kinn, mit dem er Kontakt zur Gruppe hält: zwei Autos, fünf Männer, drei auf der Straße, zwei in den Autos, einer vor dem Treffpunkt, einer ein bisschen weiter oben, ein hellblauer Agil. Aber keine Vera.

Noch vier Minuten.

Er bleibt ruhig stehen und schaut sich um. Er trägt einen schwarzen Trainingsanzug mit blauer Borte, schwarze Sneakers mit weißen Streifen und eine schwarze Stetson-Army Cap. Unter seiner Kleidung eine zweite Lage, eine helle Hose und ein weißes Oberhemd. Wenn es darauf ankommt, sieht er innerhalb einer Minute völlig anders aus und kann zwischen den Leuten auf der Straße verschwinden. Was das betrifft, ist seine Vorbereitung gut. Trotzdem ist er unruhig.

Er hat Angst, dass ihm etwas entgeht. Bis zu diesem Moment war ihm der andere immer einen Schritt voraus. Mit dieser Begegnung muss er das Ganze umdrehen und sich einen Vorsprung verschaffen.

Noch zwei Minuten.

Drei Männer steigen aus dem BMW und laufen vom Auto in verschiedene Richtungen in die Zoutmanstraat. Zu dritt behalten sie die gesamte Straße im Auge. Einer der drei muss derjenige sein, mit dem John verabredet ist. Aus dem Kleinbus macht George Fotos, die er direkt digital in ein Erkennungssystem eingibt. In der Apotheke überprüft Lydia über ihren Laptop die Kennzeichen des BMW und des Opel und sucht die Besitzer. Es sind Dinge, die sie tun muss, zur Sicherheit, um der Information willen, die man so erhalten kann und die bald, Auge in Auge mit dem Entführer von Vera, genau den Vorteil liefern könnte, der den Unterschied macht.

Noch eine Minute.

Zwei der drei Männer haben Position bezogen. Einer steht im Torbogen des Gebäudes, keine drei Meter vom abgesprochenen Treffpunkt entfernt. Der andere vor dem Schaufenster des Ladens fünf Meter neben demselben Punkt.

»Haben wir schon eine ID?«, will er wissen.

Im Ohr hört er Georges trockene Stimme.

»Keine ID.«

»Kennzeichen?«

»Mietwagen. Ich checke das.«

»Jaap, Mann auf drei Uhr.«

»Check.«

Der dritte Mann steht immer noch nicht am vereinbarten Treffpunkt, er ist beim Einrichtungsladen an der Ecke hängen geblieben. Noch einmal scannt John mit den Augen alle wichtigen Positionen. Die beiden Männer vor und hinter dem Treffpunkt, den Mann an der Ecke, den BMW vor der Tür, den Opel ein Stück von Jaap entfernt. Langsam lässt er den Blick schweifen. Gibt es ein drittes Auto? Ein Motorrad? Ein zweites Team, das sich irgendwo versteckt positioniert hat? Es muss mehr geben, er glaubt nicht, dass sich diese Leute auf ein einziges Team verlassen würden, dafür sind sie zu gut.

»Mercedes auf zwölf Uhr«, klingt Georges Stimme in seinem Ohr. John schaut hin, ein dunkler Mercedes schleicht durch die Zoutmanstraat über die Prins Hendrikplein, hält an, wartet, bis der BMW vom Parkplatz fährt, und schiebt sich dann träge in die frei gewordene Lücke.

Jetzt.

Da stehen drei Autos. Im Mercedes wartet jemand, bis er sich zeigt. Vorher kommt er nicht nach draußen. Wenn John da hingeht, zum Treffpunkt, ist er völlig umzingelt. Die Fluchtroute durch das alte Bürogebäude wird von dem Mann im Torbogen abgeschnitten. Der BMW und der Opel können die Straße von zwei Seiten blockieren, sodass kein Auto mehr hindurch kann. Er weiß nicht, wie viele Leute in dem Mercedes sitzen, aber es sind mindestens zwei, vielleicht mehr. Er wartet.

Eine Minute nach der vereinbarten Zeit.

Die Männer auf der Straße schauen sich um, auf der Suche nach John. Sie sehen ihn nicht.

»Jaap, vor die Tür.«

Jaap startet seinen Scooter und fährt langsam in Richtung des Eingangs zum Gebäude. Er trägt eine Uniform von post.nl und hat hinter sich auf dem Scooter zwei Taschen voll mit Post.

Zwei Minuten nach der vereinbarten Zeit.

John macht einen Schritt zur Seite, um eine Frau vorbeizulassen, die aus dem Laden kommt. Hinter ihrem Rücken geht er über die Witte de Withstraat und auf der gegenüberliegenden Seite der Zoutmanstraat entlang, bis er direkt gegenüber dem ehemaligen Bankgebäude steht. In diesem Moment schiebt Jaap seinen Scooter auf den Bürgersteig und fährt bis zum Eingang, wo die Briefkästen sind.

»Pardon!«, sagt er und drängt sich an dem Mann vorbei, der da steht. »Ich muss da kurz hin.« Er zwingt den Mann, zur Seite zu gehen und den Torbogen zu verlassen, greift hinter sich in eine der Taschen und holt einen Stapel Umschläge heraus. Während die Männer durch die Aktion mit dem Scooter abgelenkt sind, geht John über die Straße und fängt Streit mit Jaap an. In seinem schwarzen Trainingsanzug und mit der billigen Cap auf dem Kopf sieht er aus wie ein Mann, wie es in Den Haag so viele gibt. Die Umstehenden sind konsterniert. Jaap ruft, dass er doch auch nur seine Arbeit macht, und sofort mischen sich ein paar Leute ein. Die Männer haben keine Sicht mehr auf die Situation.

Vier Minuten nach der vereinbarten Zeit.

John verschwindet unauffällig aus der Gruppe, die sich gebildet hat.

»Lydia?«

»Die Wagen wurden von zwei russischen Männern gemietet, kein Botschaftspersonal, Arschawin und Semak.«

»George? Wer sitzt da in dem Merry?«

»Keine Sicht.«

Während er redet, nähert er sich dem Mercedes von hinten. Vorne drin zwei Männer, hinten drin einer. Er bleibt hinter dem Auto stehen.

»Jaap, weg da!«

Jaap gibt Gas, will den Scooter umdrehen und sich einen Weg durch die Menschengruppe bahnen, die sich um ihn versammelt hat, aber da ist zu viel los, er kann sich kaum irgendwohin manövrieren. Der Mann hinten im Mercedes öffnet das Fenster und winkt dem Mann im Torbogen zu. Fragt, was los ist, ob sie schon jemanden sehen, wo seine Freunde sind.

»George, jetzt.« Im Kleinbus drückt George auf einen Knopf, womit er eine Selbstentzündung in dreien von den Umschlägen auslöst, die Jaap in die Briefkästen gesteckt hat. Dumpfe Explosionen sind zu hören, direkt danach steigen dicke Rauchwolken aus dem Briefkasten. Die Menschen rennen schreiend auseinander. Panik greift um sich. Durch die Rauchentwicklung ist nicht mehr zu erkennen, wer wo ist, die Koordination des Ganzen bricht in sich zusammen. Wieder versucht Jaap wegzukommen, der Mann im Mercedes schreit und deutet auf ihn. Die Männer im Torbogen zerren Jaap vom Scooter.

»Lydia, Opel.«

Lydia geht zu dem Opel, der weiter oben geparkt steht, schlägt mit einem Hammer eine Rückscheibe ein und wirft einen Umschlag nach drinnen. Während sie weiterläuft, entzündet sich der Umschlag, und das Auto füllt sich mit dickem Rauch. Der Fahrer reißt die Tür auf und springt hustend und prustend nach draußen.

Sieben Minuten nach der vereinbarten Zeit.

Der Fahrer des BMW stößt die Autotür auf, um besser sehen zu können, was da los ist.

»Jetzt den BMW.«

Lydia rennt zum Wagen, wirft einen Böller hinein, der laut explodiert. Während sie zum Kleinbus zurückgeht, rennen die drei ausgestiegenen Männer zum BMW. Der Repair Club funktioniert wie die Hände und Füße eines einzigen Körpers. John denkt nicht mehr an Vera, verbannt sie aus seinem Kopf. Eine Aktion funktioniert am besten, wenn der leer ist. Nur die

Details der Aktion zählen. Jeder Schritt ist ein Schritt für sich, der folgende genauso. Kein Rausch, kein Verlangen. Es gibt keine Zukunft. Er ist der alte Mann, der Mann von früher, der zurückgekommen ist, um wiedergutzumachen, was falsch ist.

»George, Jaap, jetzt.«

Der Kleinbus fährt heran und hält genau neben dem Mercedes. Die beiden Türen zur Straßenseite sind blockiert, und das Auto kann nicht mehr weg.

John schaut und wartet auf Jaap, sieht ihn aber nicht mehr. Die Sekunden ticken weg, es gibt keine Zeit zum Warten. Wenn das Ganze noch länger dauert, verpassen sie den richtigen Augenblick, sie haben durch Rauch und Explosionen eine Illusion geschaffen. Sobald die Verwirrung verebbt, wird ihr Alter gegen sie arbeiten. John zieht die Hintertür des Mercedes auf, zusammen mit Lydia zerrt er den Mann heraus, zum Bus, zur Schiebetür an der Seite. John rein, Lydia rein. Der Mann auch, ein Seil um den Hals. Knebel in den Mund, ein Tuch darüber, die Beine zusammenbinden.

»Go!«

»Wo ist Jaap? Wo ist Jaap?!«, ruft George. Jaap ist nicht da. Ein einziger Fehler. Jaap muss sich um sich selbst kümmern.

»Go! Go! Go!« John schreit das Kommando, so laut er kann. George schaltet, gibt Gas, und sie sind weg, weg aus dem Chaos der Zoutmanstraat.

Neben ihm protestiert der entführte Mann, Wut und Aggression sprühen aus seinem Blick. Er sitzt hinten im Wagen, die Hände auf dem Rücken zusammengebunden. Der Kleinbus fährt über eine Straßenschwelle, wird langsamer und fährt eine scharfe Kurve. Hinten drin fliegen sie im Auto herum.

»Wo ist Jaap?«, fragt George wieder.

»Solange wir den Mann da haben, werden sie nichts unternehmen.« John kennt die Gefahren und die Drohungen, er hat in diesem Leben schon einiges mitgemacht, und meistens sind es vor allem große Worte. Diese Männer sind hart, das weiß er, Swetlow war machtlos. Sie haben Vera, er hat diesen Mann. Wenn es nicht gut gelaufen ist, haben sie auch Jaap. Ein Austausch ist möglich, wahrscheinlich ist das dann sogar besser als mit der Akte. Neben ihm wälzt sich der gefesselte Mann und tritt gegen das Auto.

»Sorg dafür, dass er Ruhe gibt.«

Lydia holt eine Flasche und einen Wattebausch aus der Tasche, gießt etwas von der Flüssigkeit auf die Watte und hält sie dem Mann unter die Nase, bis er still wird.

57

DAS LECK

Kenzi legt einen zusammengefalteten Zettel auf ihren Tisch und lässt die Hand darauf liegen.

»Was ist das?«, fragt Calder.

»Ein Name. Auf Papier. Nichts Digitales, ganz ohne Spur.« Er wartet, er ist sich immer noch nicht sicher, ob er der Chefin den Namen geben soll. Die Konsequenzen sind nicht zu überblicken. Er schaut sie an, Alisha Calder, sie hat ihn gebeten, das Ganze aufzuklären, und jetzt hat er genau diese Information gefunden. Eine Information, die sie wahrscheinlich lieber nicht hätte.

»Welcher Name?«

Er zieht die Hand weg, und ganz kurz schauen sie beide auf den zusammengefalteten Zettel. Dann nimmt Calder ihn in die Hand und faltet ihn auf. Eine Telefonnummer und ein Name stehen darauf, mehr nicht. Sekundenlang starrt sie den Namen an. Dann nimmt sie den Zettel, dreht ihn um, betrachtet die Rückseite, auf der nichts steht, und legt ihn zurück.

»Wer weiß noch davon?«, fragt sie. Ihre Stimme ertrinkt beinah in ihrem eigenen Unglauben.

»Niemand. Nur Sie und ich.«

Calder und Kenzi schauen einander schweigend an, wahrscheinlich haben sie beide genau dieselben Gedanken, genau dieselben Zweifel.

»Wie ist das möglich?«, fragt Calder. Beherrscht noch. Es ist eine Frage, die Kenzi nicht beantworten kann. Dann explodiert Calder doch. »Das ist doch unglaublich!«, schreit sie. »Es wird immer schlimmer. Sind Sie sich ganz sicher? Völlig sicher? Hundertprozentig sicher? Können Sie garantieren, dass das stimmt?«

»Sonst würde ich nicht hier sitzen.«

»Das habe ich schon befürchtet.« Calder faltet den Zettel wieder zusammen und legt beide Hände darauf. »Warum?«, fragt sie.

»Ich dachte, darauf hätten Sie eine Antwort. Meneer Antink ist Ihr Vorgänger, Sie kennen ihn besser als alle anderen. Ich bin ihm vielleicht drei Mal begegnet. Ehrlich gesagt weiß ich kaum, wer das ist.«

»Offensichtlich weiß ich das auch nicht.«

Die Nummer, die Kenzi in Sanutaras Handy gefunden hat, ist die von John Antink, dem pensionierten Geheimdienstchef. Er ist derjenige, der die Informationen über die finanzielle Unterstützung der Terrorgruppe in Syrien an die Presse weitergegeben hat. Diese Entdeckung wirft mehr Fragen auf, als sie beantwortet, denn woher wusste er davon? Woher wusste er, welches Geld an welche Gruppe ging? Es ist ein Staatsgeheimnis, das bedeutet, alle Informationen sind abgeschirmt. Antink mag der ehemalige Chef sein, aber er hat keinen Zugang mehr zu den Informationen, die hier bewacht werden. Woher konnte er es also wissen? Und wenn er es wusste, warum hat er es dann durchgestochen? Was wollte er damit erreichen? Er hat in vollem Bewusstsein ein Geheimnis enthüllt, und um die Sache noch schwieriger zu machen, hat Calder ihn sogar gebeten, ihr bei der Lösung des Problems zu helfen. Sie hat ihn ins Archiv gelassen, damit er in den Akten nach den Namen von Leuten in der Region suchen konnte, nach Agenten vor Ort, sodass sie kontrollieren konnten, welche Interessen sie da unten eigentlich hatten. Antink hätte die Frage wahrscheinlich an Ort und Stelle beantworten können, stattdessen hat er den Mund gehalten, sich irgendwelche Geschichten über sein Gedächtnis ausgedacht, dass alles so lange her war.

»Er war mir zehn Schritte voraus«, sagt sie. »Und ich habe das nicht gemerkt.« Die Namen seiner alten Kontakte im Libanon und in Syrien, die er ihr gegeben hat, haben nichts gebracht, und jetzt weiß sie auch, warum.

»Wer ist dieser Antink eigentlich?«, fragt Kenzi. »Was wissen wir über ihn? Alle sagen immer, er ist der Ex-Chef, und dabei belassen wir es. Aber haben wir jemals genauer hingeschaut?«

»Ich nicht, aber der Dienst schon. Das kann gar nicht anders sein. Ich will seine Akte. So schnell wie möglich.«

58

VERHÖR

Im Pflegeheim angekommen, geht Lydia zuerst hinein, um einen Rollstuhl zu holen. Zu dritt zerren sie den Mann aus dem Bus, setzen ihn in den Stuhl und wickeln eine Decke um ihn. So fällt er zwischen den alten Leuten im Haus kaum auf. Es gibt genug Alte, denen es sehr schlecht geht, die nicht mehr laufen oder sprechen können. Sie fahren ihn nach drinnen, direkt bis zum Aufzug, nach oben, bringen ihn in ihr Zimmer im dritten Stock. Dort hat Lydia alles für das Verhör des Mannes vorbereitet. Sie wissen noch nicht einmal, wie er heißt.

Sobald der Mann aus dem Chloroformrausch erwacht, wehrt er sich gegen alles. Er wirft sich mit seinem ganzen Gewicht hin und her, bis er mit dem Rollstuhl umkippt. Er bekommt die Hände frei, er stürzt gegen den Tisch, alles fällt klirrend auf den Boden, Gläser, Kaffeetassen, Papiere. Er klammert sich an Lydia fest, fährt mit den Armen wild durch die Luft. Ihre Tasche fällt auf den Boden, er greift nach allem, was er zu fassen bekommt. Lydia versucht ihm die Tasche aus den Händen zu zerren, der Griff reißt. Auf dem Boden liegend, versucht sie der Mann mit beiden Armen festzuhalten, er zerrt an ihr, reißt ihr halb die Uniform herunter, bis es George gelingt, ihn von ihr wegzubekommen.

Von einem Moment auf den anderen ist völliges Chaos ausgebrochen. Der Mann macht einen Riesenkrach, selbst mit dem Knebel im Mund. Sie zerren ihn wieder hoch. Der Mann klammert sich am Tisch fest und zieht den Rollstuhl ganz dicht heran, sodass sie schwerer an ihn herankommen. George schlägt ihm mit der Faust auf die Finger, John zerrt den Stuhl nach hinten. Zusammen binden sie ihn noch mehr fest, sie halten die Seiten des Rollstuhls, damit er nicht mehr umkippen kann. Die beiden Männer sind zwar alt und nicht mehr so schnell, aber sie sind immer noch stark. In seinen jüngeren Jahren konnte George allein ein Auto an einem Reifen vom Boden anheben. Einen Teil dieser Kraft hat er immer noch.

»Lange darf das nicht so weitergehen«, sagt John. Er hat Angst, dass der Tumult die Aufmerksamkeit anderer Leute im Haus erregen wird. Schnell durchsucht er die Sachen des Mannes. Ein Handy, ein Geldbeutel, eine Sonnenbrille und eine kleine Plastikschachtel. Darin ist eine winzige Injektionsspritze, eigentlich eher eine Nadel mit einem Glaskörper dran. In dem Glaskörper befindet sich eine winzige Menge Flüssigkeit. John holt die Nadel aus der Packung und zeigt sie dem Mann.

»Und was haben wir hier?«, fragt er.

Der Mann versteift sich in seinem Rollstuhl.

»Offensichtlich Gift«, sagt Lydia. »Schau doch, wie er reagiert!«

Sie deutet auf den Mann, dem die Panik in den Augen steht. »Die Menge bedeutet, dass das ein sehr starkes Gift ist.«

John schließt die Schachtel wieder und steckt sie sich in die eigene Tasche. Der Mann im Rollstuhl scheint sich etwas zu beruhigen, der Anblick der Schachtel allein genügt, um ihm eine Todesangst einzujagen.

»Wir haben unsere eigenen Mittel«, sagt Lydia. Sie stellt einen Tiegel mit Pulver auf den Tisch und schüttet ein kleines bisschen davon auf ein flaches Stück Karton.

»Sind wir bereit? Wir müssen ihm das Tuch abnehmen und den Knebel aus dem Mund holen, sonst funktioniert es nicht.« Sie setzt sich direkt vor den Mann, den Pappdeckel mit dem Pulver in der Hand hält sie ihm vor den Mund. George drückt dem Mann eine scharfe Messerklinge an den Hals.

»Kein Laut, kein Schrei, keine Frage. Wenn du ganz still bleibst, passiert nichts«, sagt John und zieht das Tuch weg, holt den Knebel aus dem Mund des Mannes und lehnt sich nach hinten, weg von dem Mann, George tut dasselbe, und Lydia bläst über die Pappe. Das Pulver staubt in das Gesicht des Mannes, und unwillkürlich atmet er es ein.

»Fertig«, sagt Lydia.

George bindet dem Mann das Tuch wieder um den Mund und lässt ihn los.

Sie treten vom Tisch weg und schauen still auf den Mann, der nicht genau weiß, was da gerade geschehen ist.

»Das dauert ein paar Minuten«, sagt Lydia. Das weiße Pulver ist Burundanga, die stärkste und effektivste Date-Rape-Droge auf der ganzen Welt. Ein bekanntes und gefährliches Mittel, Scopolamin, man gewinnt es aus dem Borracherobaum in Kolumbien und Ecuador. In den bedenklichen Kreisen des Nachtlebens heißt es auch *devil's breath*, Teufelsatem. »Davon wird man zum wehrlosen Zombie. Und genau so brauchen wir ihn.« Es hat weder Geruch noch Geschmack, die Opfer bleiben bei Bewusstsein und können einfach reden, aber sie werden wehrlos, geben viel leichter Informationen preis. »Ich glaube, er ist so weit.«

Vorsichtig befreien sie ihn, nehmen ihm das Tuch ab, machen ihm die Hände los. Der Mann bleibt ruhig sitzen und schaut mehr oder weniger zufrieden um sich.

»Wie heißt du?«, fragt John.

»Swetlow«, sagt der Mann.

Ein tiefes Schweigen breitet sich im Zimmer aus, alle drei schauen sie auf den Mann, der im Rollstuhl sitzt und sie beinahe vergnügt anschaut. Er sieht zufrieden aus, er fühlt sich gut, auch wenn er nicht weiß, warum.

»Ich heiße Wladimir Swetlow. Kann ich ein bisschen Wasser haben?«

George geht in die Küchenecke, füllt ein Glas mit Wasser und stellt es Swetlow hin. Die ganze Zeit bleibt es still.

»Warte, ich frage einfach noch mal«, sagt John. »Wie heißt du? Wie ist dein Name?«

Seine Antwort ist dieselbe und die Verwirrung komplett.

Statt einen Schritt weiterzukommen, werden sie zurückgeworfen. Der erste Swetlow war nicht Swetlow, das wussten sie schon, denn bei ihren Recherchen hatte sich herausgestellt, dass es ein falscher Name war. Dann wurde er ermordet. Und jetzt sitzt da wieder ein neuer Swetlow! Wie eine Matroschkapuppe: Öffnet man eine, befindet sich eine weitere in ihr. Wie viele Swetlows gibt es wohl?

»Wirkt das Zeug auch wirklich?«, erkundigt sich George.

Lydia steht auf, nimmt sich den Topf mit dem Pulver und zeigt es allen. Der Reihe nach schauen sie das Etikett mit der kryptischen Krakelschrift darauf an. Um die Wirkung zu überprüfen, müsste einer von ihnen das Mittel nehmen, und darauf hat niemand Lust.

»Das wirkt eine Zeit lang, und wir können ihm noch ein bisschen mehr geben«, sagt Lydia. »Aber wir müssen vorsichtig sein. Man kann daran sterben.«

»Wladimir Swetlow?«

»Ja.« Der Mann lehnt sich mit beiden Armen auf den Tisch, als wäre er müde, das Mittel macht ihn träge. Langsam sackt er in seinem Stuhl weg. George steht auf und zieht ihn wieder hoch, hält ihn fest, sodass er nicht mehr umkippt. John ist völlig verwirrt, er weiß nicht mehr, was er den Mann zuerst fragen soll. Wo ist Vera? Für wen arbeitet er? Mit wem arbeitet er zusammen? Was steht genau in der Akte, die diese Leute so unbedingt haben wollen? Und wer war der Mann in der Stalpertstraat? Denn wenn das nicht Swetlow war, dann war er auch nicht der Mann, für den ihn John gehalten hat, dann stimmt nichts mehr von alldem, was er sich bisher ausgedacht hat. Dann beginnt das ganze Spiel von vorne.

»Swetlow?«, fragt John noch einmal. »Dann gibt es dich gar nicht?«

»Stimmt. Gut, was?«

59

NUMMER NICHT MEHR VERGEBEN

Sein Zuhause ist eine Wohnung im vierten Stock, ein Wohnzimmer mit einer lila und einer orangefarbenen Wand und
Zugang zu einem mittelgroßen Balkon. Vorneraus hat man
freie Aussicht auf ein Einkaufszentrum. Die Groen van Prins-
tererlaan ist sicher keine Adresse für die Ewigkeit, aber die
Miete ist in Ordnung. So viel verdient er noch nicht. Er ist
achtundzwanzig Jahre alt, hat einen bikulturellen Hintergrund
mit einander widersprechenden Wahrheiten und Eltern, die
einander lieben, sich aber nie einig sind. Woerden und Tlem-
cen, beides trägt er in sich. Er kann alle Entscheidungen seiner
Eltern nachvollziehen, sich in beide hineinversetzen. Seine eigene Wahrheit bietet Platz für mehr, und darin liegt der Ausgangspunkt für seine Suche.

Antink bekommt man einfach nicht zu fassen. Sobald sie
glauben, sie holen ihn ein, ist er wieder weg. Als würde er vor
dem Dienst fliehen. Kenzis Entdeckung bestätigt das. Antinks
Telefonnummer befand sich unter den Daten im Handy des
Journalisten. Das ist so. Er hat die Nummer mühelos gefunden,

mit einem ganz simplen Trick, den alle Geheimdienstler kennen: Man lockt den anderen mit Informationen, sodass er seine eigenen preisgibt.

Aber das ist nur die eine Seite. Wenn man das Ganze umdreht, sieht man etwas anderes. Dann behindert der Geheimdienst seinen Ex-Chef womöglich gerade bei einer wichtigen Aktion. Wenn das der Fall ist, was genau macht Antink dann? Was geht da vor sich? Calder hat ihre eigenen Theorien, was das betrifft – Gedanken, komplizierte Geschichten darüber, was dieser Mann alles weiß, über seinen Wissensstand und seine Erfahrung. Aber was, wenn Kenzi sich einfach nur anschaut, was Antink tut? Ohne sich zu fragen, was er sagt oder denkt oder weiß. Das sind alles nur Worte. Was treibt er, dieser Siebzigjährige? Er führt mit drei anderen einen Repair Club. Was sind das für Leute? Kenzi weiß nicht einmal, ob das Freunde sind oder Kumpels oder ehemalige Kollegen. Vielleicht kennen sie sich sehr gut, vielleicht aber auch gar nicht. Er wählt die Handynummer von Mevrouw Antink, aber der Anruf geht nicht durch. Die Nummer scheint nicht mehr zu existieren. Dann versucht er es übers Festnetz, aber dort nimmt niemand ab. Er ruft den Mann an, der die Räume in dem leeren Einkaufszentrum vermietet, in dem der Repair Club am allerersten Tag dieser Krise stattgefunden hat. Er spricht auch mit der Abteilung der Gemeinde, die die Fördergelder für kleinere örtliche Events verwaltet. Schließlich bekommt er eine Frau an den Apparat, Claudia Onrust, und eine halbe Stunde später sitzt er bei ihr in einem Besprechungszimmer. Mevrouw Onrust ist klein, schlau und aufmerksam. Sie möchte wissen, warum er die Kontaktdaten der Leute vom Repair Club braucht. Was hat er vor? Will er selbst so etwas auf die Beine stellen?

»Vielleicht ist es dann besser, wenn ich den Kontakt herstelle«, schlägt sie vor.

Kenzi bleibt höflich. Es geht hier um öffentlich zugängliche Informationen, also gibt es keinen einzigen Grund, warum sie die zurückhalten müsste. Es ist die Angst, etwas falsch zu machen, die Angst, später zur Verantwortung gezogen zu werden, auch wenn es gar nichts zu verantworten gibt. Deckung suchen und ausweichen. Er könnte sich als Mitarbeiter des Geheimdienstes zu erkennen geben, dann wäre alles gleich geregelt, und sie würde ihm sofort alle Namen und Adressen aushändigen. Der Nachteil besteht darin, dass sein Besuch damit ein offizielles Ersuchen wäre, über das ein Protokoll geschrieben werden müsste. Die besten Informationen bekommt man, wenn man sie sich ohne jede Form von Zwang verschafft. Darum erzählt er, dass er so viel Positives über diesen Repair Club gehört habe und darum sehr gerne mit diesen Leuten zusammenarbeiten würde, dass er die Initiative so großartig finde und überlege, ob er so etwas in seinem eigenen Viertel auch organisieren könne. Darum möchte er erst mal mit jemandem reden, der ihm erklären kann, wie das so funktioniert. Das war's.

»Einen Namen und eine Telefonnummer. Mehr brauche ich nicht. Wenn ich nur jemanden anrufen kann.«

Sie mustert ihn aufmerksam, schaut ihm dabei direkt in die Augen, als könnte sie auf diese Weise kontrollieren, ob er die Wahrheit sagt. Dann schreibt sie einen Namen auf einen Zettel.

»Mevrouw Wilmen«, sagt sie. »Mit der habe ich Kontakt.«

Sie gibt ihm den Zettel. *Lydia Wilmen* und eine Handynummer. Kenzi bedankt sich überschwänglich und geht, der Zettel mit der Nummer brennt ihm in der Hand. Sobald er draußen ist, wählt er sie, vergeblich. Die Nummer ist nicht erreichbar – öfter mal was Neues. Er kontrolliert, ob er sich auch nicht vertippt hat, und schaut noch einmal auf den Zettel. Alles korrekt, was bedeutet, dass Mevrouw Wilmen die SIM-Karte aus ihrem Telefon entfernt und vernichtet hat. Und das bedeutet wiederum, dass sie etwas zu verbergen hat. Was?

In der digitalen Welt existiert Lydia Wilmen kaum. Eine Suche nach der anderen verläuft im Sande. Ihre Adressdaten sind veraltet, ihre Steuerangaben spärlich, ihre Bankverbindung ist nicht aktuell. Als er die Bank mit einem Gesuch um Information anruft, bekommt er zu hören, dass dieses Konto schon vor Jahren geschlossen wurde. Er reicht eine offizielle Anfrage auf Einblick in ihre Kontobewegungen des letzten Jahres ein. Während er auf die Informationen wartet, sucht er in den sozialen Medien. Auf Facebook, Instagram, Twitter, TikTok oder LinkedIn ist sie nicht. Er kann keine E-Mail-Adresse finden. Niemand ist aus Versehen so unauffindbar. Je weniger Kenzi findet, desto überzeugter ist er, sie finden zu müssen, deswegen sucht er weiter. Er schickt ihre abgemeldete Telefonnummer an die digitalen Whizzkids von der Cyber-Intelligence. Können die noch was rausfinden? Bis die Nummer geknackt ist, kann es dauern. Jetzt wird also an drei Fronten gesucht. Dann entdeckt er bei der Sozialversicherungsanstalt, dass Lydia Wilmens Rente auf ein Konto in Deutschland ausgezahlt wird. Auch dort bekommt er keine Antwort auf seine Frage. Aber es ist ein Anfang.

Die Informationen über die Kontobewegungen bei der Bank sind unergiebig. Bei Lydia Wilmen hat sich nicht viel bewegt. Supermarkt, Drogerie, ein Kleidergeschäft – da tat sich auffällig wenig auf diesem Konto, und deswegen ist es auch nicht verwunderlich, dass sie es irgendwann geschlossen hat. Nirgendwo findet er eine Zahlung an oder von Meneer Antink. Er geht jede Überweisung einzeln durch, schreibt die Namen auf, die nicht zu Geschäften oder Firmen gehören. Insgesamt sind das sechs: fünfundzwanzig Euro an D. Kuipers (Verwendungszweck: »Beitrag Geschenk«), siebzehn Euro neunundneunzig an F. F. Hermsen, vierunddreißig Euro fünfundsiebzig von J. B. Brouwer (»War nett!«), neun Euro fünfundneunzig an G. Kasteel (»Neuer Scheinwerfer«), fünfundsiebzig Euro an R. W. van Wind (»Rückzahlung geliehenes Geld danke«) und noch einmal fünfundzwanzig Euro an J. A. de Jong (»Beitrag Geschenk«).

Sechs persönliche Transaktionen in einem ganzen Jahr, mit sechs verschiedenen Menschen. Es gibt nicht einen einzigen Namen, der mehrfach vorkommt. Alle Transaktionen drehen sich um kleine Summen, fünfundsiebzig Euro ist der höchste Betrag, und das ist nicht viel. Zweimal bezahlt sie einen Beitrag von fünfundzwanzig Euro für ein Geschenk, auch das ist ein ganz normaler Betrag. Sechs Namen und sechs Kontonummern. Auch die lassen sich alle nachverfolgen, aber dafür hat er keine Zeit. Calder hat es eilig, und darum hat er es doppelt so eilig. Er hört noch mal bei der Cyber-Intelligence nach und ist sehr erleichtert, dass sie ein paar Textnachrichten aus Wilmens alter Nummer haben herausholen können. Dabei fällt ihm ein Name auf: George Kasteel. Jetzt hat er einen Namen, der in beiden Systemen vorkommt, bei der Bank und in der App. Der entscheidende Schritt in jeder Untersuchung. Er braucht mehr als eine Quelle, eigentlich mindestens drei, um aus drei verschiedenen Richtungen Verbindungen ziehen und Zusammenhänge herstellen zu können. Die Nachrichten selbst enthalten keine einzige brauchbare Information. Wilmen und Kasteel unterhalten sich über Kaffee und eine Autoreparatur. Das Einzige mit einer möglichen Verbindung zum Repair Club sind ein paar WhatsApp-Nachrichten über eine Rechnung für Werkzeug. Eine Zange und einen Schraubenzieher. Das könnte genauso gut auch mit einer Autoreparatur zu tun haben. Sie verabreden sich nicht zu Treffen, sie wechseln keine persönlichen Informationen aus. Kenzi schreibt sich alle Namen aus den Textnachrichten auf, aber auch hier begegnet ihm der Name Antink nicht. Als er Kasteel unter der Nummer zu erreichen versucht, unter der er vor einem Jahr noch mit Lydia Wilmen WhatsApps ausgetauscht hat, stellt sich heraus, dass auch diese Nummer nicht mehr in Gebrauch ist.

Jeder andere würde das als Niederlage sehen. Für Kenzi ist es ein Beweis, dass er auf dem richtigen Weg ist. Er wird mit Mevrouw Wilmen anfangen. Er öffnet jede Datenbank, die er finden kann, Mietwohnungen, Kaufbriefe, Hotelbuchungen, Campingplatzreservierungen, und endlich findet er eine einzige Mevrouw Wilmen, in einem Pflegeheim am Rande der Stadt. Wer da wohnt, ist achtzig Jahre oder älter. Solche Leute können nicht mehr allein wohnen. Es ist nicht logisch, dass eine Frau, die in einem Repair Club aktiv ist, die anderen bei Reparaturen und technischen Problemen helfen kann, in einem Pflegeheim wohnen sollte. Er starrt auf die Adresse.

Nicht logisch. Stimmt, aber was ist eigentlich überhaupt logisch?

60

JEDER KENNT DICH

Swetlow hängt immer noch zufrieden in seinem Rollstuhl. Dass er gefesselt ist, stört ihn nicht. Alles ist gut.

»Hier heiße ich Wolters. Schon sehr lange.«

Er ist der Mieter der Wohnung in der Stalpertstraat. Wolters, ein Russe mit einem niederländischen Namen. Das bedeutet, dass er tatsächlich schon sehr lange hier lebt, vielleicht sogar als Schläfer. John packt einen der Stühle und setzt sich dicht neben den Mann, legt eine Hand auf seine.

»Wer war der Mann in der Stalpertstraat?«, fragt er.

»Wo?«

»In der Wohnung, die auf deinen Namen läuft, lag ein toter Mann, wer war das?«

»Ach der, ein Verräter. Ist nicht schade um den. Scheiße, ich habe Durst.« Er macht ein schmatzendes Geräusch, leckt sich über die Lippen. George holt ein neues Glas Wasser, diesmal mit einem Strohhalm, und steckt ihm das Ende in den Mund. Gierig saugt der Mann das kühle Getränk auf. John wartet, bis er fertig ist und sich mit einem erleichterten Gesichtsausdruck wieder im Rollstuhl zurücklehnt.

»Worüber haben wir noch mal gesprochen?«

»Der tote Mann in deiner Wohnung. Woher kannte der mich?«

»Jeder kennt dich.«

»Pardon?« Kurz glaubt John, er hätte den Mann falsch verstanden. Niemand kennt ihn, das ist der Ausgangspunkt von allem, was er tut, das ist seine Stärke. Er ist der große Unbekannte, und jetzt sagt dieser Swetlow, dass jeder ihn kennt? »Wer bin ich denn?«, fragt er.

»Max Danzler. Ein Abzocker aus Zürich.«

Es fühlt sich an, als ob er aus dem Nichts eine Faust zwischen die Augen bekommt. Völlig verwirrt steht John zwischen seinen Leuten vom Repair Club. Lydia und George wagen nichts zu sagen. Sie wissen nicht, wer Max Danzler ist, sie haben keine Ahnung, wovon Swetlow redet, aber sie sehen die Reaktion in Johns Gesicht. Das ist mehr als genug.

»Wer war dieser Mann in deinem Apartment?«

»Boris. Ein Mitarbeiter aus meinem Kommunikationszentrum. Boris Fritlow.«

Dieser Name kommt wie eine Cruise Missile aus dem Nichts. Plötzlich ist völlig klar, was hier auf dem Spiel steht. Fritlow ist nicht wichtig. Der Mann hinter ihm macht John Angst. Eine Affäre von vor etwa dreißig Jahren kommt wieder an die Oberfläche. Er hatte damals alle Spuren verwischt und alles so gut hinter amtlichen und juristischen Konstruktionen verborgen, dass niemand jemals nachfragen würde. Nach dem Fall der Mauer und den Umwälzungen in der Sowjetunion gab es eine Phase, in der die Menschen vom einen auf den anderen Tag verschwanden. Ein Mann, der am Mittwoch im Namen des KGB einen Deal anleierte, konnte eine Woche später schon nicht mehr existieren, und dann gab es niemanden mehr, der für das Konto unterschrieb. Außer John, Max Danzler, der als Mitunterzeichner in vielen dieser Verträge auftaucht. Meistens gab es da noch zwei oder drei Sowjets, wodurch die Kontrolle immer mehrfach abgesichert beim Auftraggeber blieb. Meistens, aber nicht immer. In diesem ganz bestimmten Fall war das so gelaufen: Sobald John vom Tod eines der Unterzeichner erfahren hatte, einem gewissen Alexej Fritlow, hatte er alles in einem anderen Verwaltungsbüro untergebracht, wo es ganz und gar in Ruhe gelassen wurde. Eine große Geldmenge wurde überwiesen, sie verschwand in einer Konstruktion, die niemand mehr im Blick hatte. Es gab keine Spur. Der Fonds war verwaist. Nur in der Akte 2.349.7/zu1744353 stand ein kleiner, kurzer Hinweis auf die Begegnung, die dem vorangegangen war. Seit dem Tod des alten Fritlow lag der Deal begraben im schwarzen Loch des Staatsdienstes. Nicht einmal der Minister wusste davon. Das Kapital war einmal zum Waffenkauf bestimmt gewesen, für eine kommunistische Gruppe, die vom Libanon und von Syrien aus operierte. Aus dieser Sache war nichts geworden, weil der Einzige, der dafür unterschreiben konnte, nicht mehr am Leben war. Nur Max Danzler konnte das, und das war das Letzte, was er vorhatte, denn dann hätte er sich verraten. Dazu hatte ihn der junge Boris Fritlow zwingen wollen: ihm Zugang zu diesem Vermögen zu verschaffen. Das hat er mit dem Leben bezahlt.

Die Niederlande scheinen genau die Art Gruppen unterstützt zu haben, für die das Geld ursprünglich bestimmt war. Die Namen sind anders, sie haben nichts Kommunistisches mehr, aber die Menschen sind dieselben, sie haben denselben Hintergrund, kommen aus denselben Clans. Es ist, als verliefe die Geschichte im Kreis. Wenn Swetlow diesen Deal gemeint hat, meint er aktuelle Ereignisse. Aber welche?

»Was wollte Fritlow?«

»Dich warnen, denke ich.«

»Mich warnen. Wovor denn?«

»Dass du benutzt wirst, natürlich. O Mann, kapierst du denn gar nichts?«

»Wie werde ich denn benutzt?«

»Beim Geld, womit sonst? Alles dreht sich ums Geld. Und um Informationen. Denn Geld bedeutet auch Informationen, verstehst du?«

»Wie?«

Schweigend hört John ihm zu. Was Swetlow erzählt, stimmt. Sorge dafür, dass das Geld fließt, und die Verdächtigungen kommen von allein. So funktioniert das, er hat es in der Vergangenheit selbst auch so gemacht. Aber was geht jetzt hier vor sich? Gibt es Geld, das man in seinem Auftrag hat fließen lassen? Cashflow, von dem er nichts weiß?

»Und was sollte ich nicht herausfinden?«

»Fritlow wollte dich warnen. Auf eine etwas umständliche Art und Weise, denn verdienen wollte er auch noch daran. Diese Ratte. Dem weint niemand eine Träne nach. Niemandem kann man vertrauen. Kann man dir vertrauen? Nein, sicher nicht.« Er schmatzt wieder. »Kann ich noch Wasser haben? Oder was anderes? Cola? Hast du Cola?«

Wieder wartet John, bis Swetlow getrunken hat und ihn erwartungsvoll anschaut. Durch das Mittel weiß er nicht mehr, was er tut oder sagt.

»Wo ist Vera?«, fragt John.

»Wer?«

Es wird immer schlimmer.

»Meine Frau, Vera Antink. Sie ist verschwunden, und ihr habt sie. Ihr beantwortet die Nachrichten auf ihrem Handy. Darum sitzen wir hier.«

»Vera?« Der Mann sackt wieder ein Stück in sich zusammen. John hält ihn fest, stützt ihn mit einer Hand. Mit der anderen nimmt er sein Handy und zeigt Swetlow das Foto von Vera, auf dem sie festgebunden auf dem Stuhl sitzt.

»Ach, Jelena«, sagt Swetlow ohne jedes Zögern. Er legt einen Zeigefinger auf das Display und schaut John an.

»Jelena.«

»Nein, nein, nein!« John verliert allmählich die Geduld. Der Mann redet doch einfach nur irgendwas. Verzweifelt wiederholt er seine Frage. »Nicht Jelena. Schau richtig hin. Das ist meine Frau, Vera. Wo ist sie?«

Swetlow schüttelt eifrig den Kopf. »Jelena. Das ist Jelena. Was willst du überhaupt von mir?« Als er es noch mal hört und merkt, dass sich Swetlow absolut sicher ist, beginnt sich Johns Welt zu drehen. Es ist, als würde Swetlow an einem Tau ziehen und mit einem einfachen Ruck alles umwerfen. John muss sich am Tisch festhalten, der Schwindel in seinem Kopf wird beinahe übermächtig.

»Lüg nicht!«, schreit er. »Wer ist das?«

»Jelena!«

Wie in Zeitlupe schwingt eine riesige Abrissbirne auf John zu, und der Aufprall zerschmettert seinen kompletten Verstand.

»Was meint er denn damit?«, will Lydia wissen.

»Er meint ...« John kann den Satz nicht einmal beenden. Wenn dieser Mann die Wahrheit sagt, dann ist sein ganzes Leben ein Irrtum gewesen, dann ist er auf eine ganz fundamentale Weise zum Narren gehalten worden, dann ist er vor Jahren, und zwar schon sehr früh, in eine Falle gelaufen und hat das selbst nie gemerkt. Er steht auf und schlägt mit der Faust auf den Tisch. »Das kann nicht sein!«, schreit er.

Swetlow erschrickt, und zum Erstaunen aller fängt er zu weinen an. Das Mittel hat ihn emotional und verletzlich werden lassen.

John ist das egal. »Wo ist Vera?«, schreit er. »Wo ist sie?« Er weigert sich zu akzeptieren, was Swetlow sagt. Eine Welle der Aggression durchläuft seinen Körper, er kann sich kaum beherrschen. Seine Vera. Er kann einfach nicht umdenken. Seine Gedanken blockieren. Er verspürt ein starkes Bedürfnis, den Mann zu schlagen, ihm wehzutun. Plötzlich holt er fest mit dem Fuß aus und tritt Swetlow mit Stuhl und allem Drum und Dran um.

»Er lügt. Das Zeug wirkt nicht!«, sagt er. »Vera ist Vera. Immer gewesen. Vera. Wie kann sie plötzlich jemand anders sein? Er lügt.«

George und Lydia stellen den Rollstuhl wieder auf. Swetlow ist verstört, er hat Johns Aggression nichts entgegenzusetzen. Und er scheint sie nicht einmal zu begreifen.

»Das ist Jelena«, sagt er noch einmal. »Was mache ich denn falsch?« Hilflos wandert sein Blick von einem zum andern. »Er fragt, wer das ist, und ich gebe Antwort. Das ist Jelena.« Das Scopolamin hat ihn wehrlos gemacht, hilflos schaut er von einem zum anderen, aus trüben, feuchten Augen »Was soll ich denn sagen?«

»Wo ist sie?«, fragt John.

»In Moskau.« Die Antworten kommen schnell und ohne jede Spur eines Zweifels.

»Seit wann?«

»Heute Morgen, glaube ich, Details kenne ich nicht.«

John nimmt sein Handy und zeigt Swetlow wieder das Foto von Vera, die gefesselt auf einem Stuhl sitzt, einen Knebel im Mund. »Ist das wirklich Jelena?«

»Jaja.« Der Mann fängt an zu lachen. »Das Foto haben wir absichtlich gemacht. Das war ihre Idee.« Seine Augen leuchten vor Freude. »Jelena macht alles, wirklich, du hast ja keine Ahnung.«

Das Leben wird förmlich aus ihm gesogen, er fühlt sich vernichtet, beleidigt und verraten. Vera, die Frau, die immer für ihn da war, die ihn immer unterstützt und ihn immer weiter geliebt hat, was auch geschah, ist ein ganz anderer Mensch, als er dachte.

»Warum?«, fragt er.

»Warum was?«

»Warum war sie bei mir?«

»Das war ihr Auftrag. Sie ist dafür in die Niederlande geschickt worden. Als sie noch sehr jung war.«

All sein Training und seine ganze Erfahrung lassen ihn im Stich. Sein ganzes Leben lang hat er sich auf den Umgang mit Geheimnissen spezialisiert, auf das Geheimhalten kleinerer und größerer Aspekte von dem, wer er ist und was er tut. Wenn irgendjemand auf der Welt wissen müsste, wie man auf Veränderungen und unerwartete Ereignisse zu reagieren hat, dann er, John Antink. Aber jetzt steht er der Situation hilflos gegenüber. Selbst das, was persönlich ist, intim, authentisch, scheint anders zu sein. Er hat immer geglaubt, er hätte Vera gefunden, er wäre ihr begegnet und hätte die Initiative ergriffen. Sie war sein Deckmantel. Mit ihr konnte er seine sexuelle Orientierung unter Kontrolle halten. Sie war die Frau, für die er das tun wollte. So konnte er seine Karriere sauber halten und den Versuchungen widerstehen. Den meisten, nicht allen. Durch Vera ist er geworden, wer er ist, und jetzt scheint es von Anfang an umgekehrt gewesen zu sein. Er hat sie nicht gefunden, sie hat ihn sich geangelt. Er war eine Zielscheibe.

Wenn die Vergangenheit sich erst einmal erdbebenartig verschiebt, hört das nicht mehr auf. John ist in eine Lawine geraten, die ihn überrollt und in der er nicht mehr weiß, wo oben und unten ist. Totenstill steht er am Tisch. Swetlow trinkt entspannt einen Schluck Wasser. John hat das Gefühl, dass er nur noch Atem holen kann. Dass jede Bewegung noch mehr in ihm auslösen und zum Vorschein holen wird.

»Wer ist Jelena?«, fragt er endlich. »Wer ist sie?«

»Jelena Wlaskowa«, sagt Swetlow. »Jetzt ist sie Majorin. Weil sie so erfolgreich ist. Sie hat viele Kontakte und Informanten geliefert.«

Ein langer eisiger Schauer durchläuft John. Sie ist eine Verwandte von Wlaskow, den er in Dresden zu rekrutieren versucht hatte, auf den er zugegangen und der dafür überhaupt nicht empfänglich gewesen war. Natürlich nicht. Seine Schwester oder Cousine, oder wie auch immer Vera zu ihm stand, war ja schon an John dran. Man hat mit ihm gespielt wie mit einem Amateur. Kein Wunder, dass er den Tatsachen die ganze Zeit hinterherrennt.

61

ZIELSCHEIBE

Was ist ihm entgangen? Was hätte er damals schon wissen können? Immer mehr Fragen. Wie war das noch bei ihrer ersten Begegnung? Bei Freunden, auf einem Geburtstag, informell, ganz entspannt mit ein paar Leuten. Er war pünktlich erschienen. Die Einladung war für sechs Uhr, und um eine Minute vor sechs hatte er auf die Klingel gedrückt. Wie es sich gehörte. Viel zu pünktlich für den Anlass. Sie war erst später hereingeflattert, mit zwei Freundinnen. Da war es schon halb sieben. Das störte ihn, daran erinnerte er sich noch. Diese Irritation blieb eine Weile, denn Vera war überhaupt nicht empfänglich für seine Vorstellung von Genauigkeit und Präzision. Sie dachte in Farben und Sphären und sprach über die Stadt. Darüber, dass sie gerade diese Jahreszeit so liebte: den Frühling, in dem alles Leben wieder erblühte. Genau wie sie selbst, voller Energie. Obwohl John solche Dinge bereits hundertmal gehört hatte, erschienen sie ihm an jenem Abend ganz neu. Das Fest fand bei gemeinsamen Bekannten statt, Karel und Ineke, wenn er das noch richtig im Kopf hat. Karel und er hatten sich beim Militärdienst kennengelernt und waren Freunde geworden. Einfach Freunde, Karel interessierte sich nicht für Männer und John sich nicht für ihn. Die optimale Situation. Es war John noch nicht gelungen, eine Frau zum Heiraten zu finden, wie er das während seiner Zeit als Soldat beschlossen hatte. Aus dem einfachen Grund, dass ihm noch keine Frau begegnet war, mit der er sich eine gemeinsame Zukunft hätte vorstellen können. Für ihn gestaltete sich die Entscheidung auch schwierig, weil er sich von Frauen nicht sexuell angezogen fühlte. Er interessierte sich eher für Männer. Nach ihrer Dienstzeit hatte Karel bei Vroom & Dreesmann angefangen, einem inzwischen geschlossenen großen Kaufhaus in der Spuistraat in Amsterdam, wo er sich als Abteilungsleiter für Haushaltswaren einen nicht nachlassenden Strom neuer Freunde und Kochutensilien sichern konnte. John war über eine Anstellung beim Innenministerium dann beim Geheimdienst gelandet. Dort arbeitete er seit ungefähr einem halben Jahr, als Ineke ihre Geburtstagsparty gab. Niemand von seinen Freunden hatte irgendeine Ahnung davon, was John tat. Für sie arbeitete er noch immer beim Beschaffungsamt des Ministeriums. Er arbeitete viel, erzählte wenig und wurde von Veras Energie völlig überrumpelt. Sie kam auf ihn zu wie ein Lasergeschoss. So hatte es sich damals nicht angefühlt, er hatte vielmehr den Eindruck, dass er es gewesen war, der vom ersten Augenblick an um sie herumtanzte. Und obwohl er wusste, dass seine Emotionen das Bild verzerren, Vera an jenem Abend mit allen gesprochen und vielleicht zehn Prozent ihrer Zeit mit ihm verbracht hatte, war es für ihn genau andersherum. Er nahm außer ihr niemanden mehr wahr. Zum ersten Mal in seinem Leben streckte eine Frau einfach die Hand nach ihm aus, der so zurückhaltend war, und rüttelte in ihm seine eigene Spontaneität wach. Auf dieser Party, an jenem Abend, hatte er gewusst: Vera war die Frau, die er suchte, und er würde alles tun, um sie für sich zu gewinnen. Dachte er.

Jetzt schaut er mit einem anderen Blick auf seine Vergangenheit, und in der Rückschau wächst das Misstrauen. Was ist damals gelaufen? Hat man sie mit Absicht auf ihn angesetzt? War er ihre Zielscheibe, ihr Auftrag? Hatte sie bei seinem peinlichen Abzug aus Ostdeutschland die Hand im Spiel? Nichts ist mehr, was es einmal war. Nur eins ist ganz klar: Er muss so schnell wie möglich ins Verwaltungsbüro.

62

SELBST ANGEWIESEN

Jaap ist immer noch nicht zurück, und langsam macht das alle sehr nervös. Sogar ohne seinen Scooter hätte er längst wieder da sein müssen. Gehetzt arbeiten sie weiter. Sie schieben Swetlow in seinem Rollstuhl wieder zum Lift, nach unten und nach draußen. Das Scopolamin macht ihn ruhig und zufrieden, er wehrt sich gar nicht. Sie bugsieren ihn hinten in den Kleinbus, wo er ruhig dasitzt und glückselig um sich schaut.

»Wo soll ich ihn absetzen?«, fragt George.

»Am besten irgendwo auf der Groot Hertoginnelaan, in der Nähe der russischen Botschaft, bei der Bushaltestelle an der Ecke Andries Bickerweg. Dann findet er schon irgendwie nach Hause. Schnell, bevor das Zeug aufhört zu wirken.« John schließt die Autotür und schaut dem Bus nach, bis er um die Ecke verschwunden ist.

»Es kann sein, dass ich eine Zeit lang nicht erreichbar bin«, sagt er zu Lydia. »Es gibt ein paar Dinge, die ich allein erledigen muss.« Er dreht sich zum Eingang des Pflegeheims um. »Diese Adresse können wir nicht mehr benutzen. Sorgst du dafür, dass das Zimmer sauber ist? Wir dürfen keine Spuren hinterlassen.«

Lydia weiß, was sie zu tun hat, und sie weiß auch, warum. Durch einen Vorfall wie diesen wird ein Ort unbrauchbar. Das Risiko, dass es Fragen gibt, ist zu groß. Lydia weiß, was sie tun muss, damit jede mögliche Spur hier im Sande verläuft.

»Und findet Jaap.«

»Aber sei bitte vorsichtig, vor allem mit dieser Schachtel in deiner Tasche.«

Er geht los, aus Duinzigt in die Ruychrocklaan und von da aus weiter in die Carel van Bylandtlaan, über die Brücke. Ungefähr zwanzig Minuten ist er unterwegs, bei Weitem nicht lange genug, um zu verarbeiten, was er soeben gehört hat. Um sich herum nimmt er die ihm vertraute Stadt wahr, aber es fühlt sich an, als würde er völlig in der Luft hängen. Vera ist nicht Vera, und was das bedeutet, stellt sein ganzes Leben auf den Kopf. Mit jedem Schritt versucht er seine Panik zu bezwingen. Seine Vera ist Jelena Wlaskowa, eine russische Agentin. Man hat ihn benutzt, ohne dass er das wusste. Das muss er zuallererst stoppen. Das Verwaltungsbüro befindet sich in einer Seitenstraße der Laan Copes van Cattenburch. Den richtigen Ausweis hat er bei sich.

Das Kapital für den Waffendeal stammte aus der Sowjetunion. Max Danzler hatte es in einer Holding unter der Aufsicht eines Den Haager Büros untergebracht. Bei der Gründung hat er die Einkünfte über die Stiftung RC laufen lassen, und damit führt er den Repair Club: Er bezahlt die Miete für ein Büro und schafft ab und zu neues Equipment an. Keiner der Clubmitglieder bekommt ein Gehalt, hin und wieder werden ihnen aber Fahrtkosten ersetzt. Für den Rest des Kapitals, und das ist der übergroße Teil, hat er einige Begünstigte festgelegt, eine GmbH auf den Antillen, eine in Liechtenstein und eine in der Schweiz.

Diese GmbHs sorgen im Prinzip als Fondsverwalter dafür, dass das Vermögen der Holding Jahr um Jahr wächst. Der verwaiste Fonds ist gut gefüllt. Alle Bewegungen werden vom Verwaltungsbüro kontrolliert und von respektablen Den Haager Männer und Frauen als ordnungsgemäß eingestuft, die anonym alles überwachen.

Ihm gegenüber sitzt ein Mann in einem mausgrauen Anzug, einem weißen Hemd, mit blauer Krawatte, dunklem, grau meliertem Haar, einer randlosen Brille, braunen Augen, der durch und durch Höflichkeit verkörpert. *Dr. F. Ajmahl* steht auf seinem Namensschild. Er schaut auf den Ausweis, den ihm John hinhält.

»Meneer Danzler, was kann ich für Sie tun?«, erkundigt er sich.

»Ich hätte gern eine Übersicht über alle Aktivitäten und Transaktionen der vergangenen sechs Jahre.«

»Selbstverständlich.«

Mit ein paar Mausklicks erstellt Ajmahl eine Übersicht dieser Transaktionen, die wenig später aus dem Drucker kommt. Achtzehn Blatt Papier, sechs für jede GmbH. Die Aktivitäten eines Jahres passen für jede von ihnen auf eine einzige Seite. So viel passiert da nicht.

Rasch schaut sich John die finanziellen Bewegungen der GmbHs an, die sich um Anteile, Obligationen, Optionen und Termingeschäfte kümmern. Ihm fällt sofort auf, dass von dem riesigen Vermögen nur noch ein kleiner Teil übrig ist. Auf dem Konto der Holding sind nur noch zehn Millionen

Euro, auf denen der GmbHs noch jeweils gut eine Million an Eigenkapital. Insgesamt ist ein enormer Betrag von beinahe zweihundert Millionen Euro in Investitionen und zu anderen Betrieben geflossen, die damit nicht den geringsten Gewinn generiert haben.

»Warum weiß ich nichts davon? Warum hat mich niemand informiert?«

Ajmahl wirkt verblüfft. »Weil Sie diese Bewegungen selbst angewiesen haben.« Er schaut auf seinen Monitor, klickt ein paarmal mit der Maus, zieht die Augenbrauen hoch und dreht den Bildschirm, sodass John alles sehen kann. Er deutet auf ein Feld mit Haken, *Authorized*. Dahinter steht der Name des Mannes, der jede Ausgabe bewilligt hat: Herr M. Danzler, komplett mit Unterschrift.

Von diesen Überweisungen weiß John nichts, er hat nicht die geringste Erinnerung daran. Das kann nur eines bedeuten: Jemand hat seine Unterschrift gefälscht und seine Identifizierungscodes benutzt, um diese Aufträge zu erteilen. Es bedeutet, dass da jemand sehr tief in seine Geheimnisse eingedrungen ist. Jemand, der über seine Zeit in Zürich und seine dortige Identität Bescheid weiß. Das kann nur Vera sein, schließlich hatte seine Frau Zugang zu allem, von dem er geglaubt hatte, dass es für alle anderen unzugänglich sei.

Schweigend starrt er auf den Bildschirm und versucht zu erfassen, was das für ihn bedeutet. Er versucht die wichtigsten Fragen zu formulieren, aber das ist nicht leicht, denn seine Gedanken werden von der Frage beherrscht, wie das passieren konnte. Wie hat er so blind sein können? Auch das ist die falsche Frage. Die richtige Frage lautet: Was soll er jetzt tun? Er muss das Unbekannte ruhen lassen können und selbst entscheiden, was für ihn jetzt am besten ist. Er muss Entscheidungen treffen, ohne die Wahrheit zu kennen.

Das ist das Schlimme: Es ist fast unmöglich zu entscheiden, welchen Informationen er noch vertrauen kann und welchen nicht. Die Wahrheit scheint nicht mehr zu existieren.

Jetzt geht es um seine eigene Sicherheit. Wenn jemand Zugriff auf seine Codes hat und Danzlers Identität ihn nicht mehr schützt, muss er zuallererst seine Codes so ändern, dass man von außen keinen Zugriff mehr darauf hat. Und er muss sich von Max Danzler verabschieden. Das Erste geht einfach. Mit Ajmahls Hilfe richtet er einen strengeren Identifizierungsprozess ein, der nur noch ihm Zugang gewährt. Der zweite Schritt stellt ihn vor größere Herausforderungen, denn Herr Danzler ist noch nicht fertig, die Vergangenheit hat ihn aufgescheucht, und erst wenn er mit ihr abgeschlossen hat, kann er Max Danzler für immer sicher in ein Schließfach sperren. Jetzt noch nicht.

Er registriert zwei auffällige Transaktionen, die direkt von der Holding aus überwiesen wurden.

»Haben Sie zu diesen Beträgen weitere Informationen?«

Auch die zaubert Ajmahl auf seinen Monitor, und zusammen schauen sie sich die Daten zu den Empfängern an.

»Das sind Stiftungen«, sagt John.

»Das stimmt.«

»Dann sind das keine Kapitalanlagen, sondern Spenden. Stimmt das? Und habe ich die auch angewiesen?« Er hält inne. »Nein, lassen Sie, das ist unwichtig, unter sämtlichen Anweisungen steht meine Unterschrift, die brauche ich nicht noch mal zu sehen. Was für Stiftungen sind das?« Insgesamt wurden fast dreißig Millionen an zwei Organisationen überwiesen.

»Das sind NGOs«, sagt Ajmahl. »Non-Governmental Organisations. Private Organisationen, die nicht zur Regierung gehören und die Dinge tun, von denen Regierungen die Finger lassen wollen oder müssen, weil sie sich nicht in die inneren Angelegenheiten eines anderen Landes einmischen dürfen. Eine NGO darf das, oder sie kann es zumindest versuchen. Die beiden, an die Ihr Geld geflossen ist, sind im Mittleren Osten aktiv. Im Libanon, in Syrien, in Kurdistan und im Irak. An sich gelten solche NGOs als zuverlässig. Sie arbeiten viel mit niederländischen Ministerien zusammen.« Ajmahl ruft eine Liste von Projekten auf, die alle mit der Bekämpfung von Hunger und Armut, mit Bildung, sozialen Maßnahmen, Logistik, Transport und Unterbringung zu tun haben. Nicht eine einzige verdächtige Aktion findet er darunter, aber in Kombination könnte man damit etwas viel Breiteres decken. Unter »Logistik«, »Transport« und »Bildung« lassen sich sowohl zivile als auch paramilitärische Ziele unterstützen. Ein Auto ist ein Auto, ein Kurs ist ein Kurs. Es kommt nur darauf an, wofür man diese Dinge jeweils benutzt.

Er befindet sich jetzt auf demselben Terrain wie Calder, mit denselben Problemen. Wenn die Millionen, die in den Libanon und nach Syrien geflossen sind, bei diesen NGOs als niederländisches Geld verbucht werden, ist es nicht mehr so schwer, daraus eine Verbindung zur niederländischen Regierung abzuleiten. Da ist schon etwas dran, denn die Holding wurde unter der Ägide des Geheimdienstes eingerichtet. Das Kapital schwebt sozusagen in einer Zwischenzone innerhalb und außerhalb der Organisation. Wenn man die richtigen Daten kennt, kann man über die Regierung irgendwohin Geld verbuchen. Mehr ist nicht notwendig, die Beschuldigung an sich richtet schon Schaden an. Bis die Regierung beweisen kann, dass das Geld nicht vom niederländischen Staat stammt, hat die ganze Welt bereits lesen können, dass es doch so ist. Unzuverlässige Informationen, die für wahr gehalten werden und das Misstrauen gegenüber der Regierung nähren. Dieses Gift breitet sich auf der ganzen Welt aus.

»Sie haben ein Problem«, sagt John.

»Ich?«

»Ich habe diese Transaktionen nie angewiesen. Ich weiß noch nicht einmal davon. Sie haben ohne zusätzliche Kontrolle und ohne Rückfrage bei mir Aufträge ausgeführt, die nie hätten ausgeführt werden dürfen. Mit anderen Worten, mein Konto ist gehackt worden, und es liegt in Ihrer Verantwortung, dass das nicht passiert. Ein großes Problem, würde ich sagen.«

Ajmahl reagiert nicht sofort; er lässt die Bedeutung der Worte auf sich wirken. Schweigend wartet er ab.

»Die Dimensionen dieses Problems sind so groß, dass das Management, und zwar Ihr Büro, sich zurückziehen muss, weil es seinen Verpflichtungen in Bezug auf unsere Vereinbarung nicht nachkommt.« John kann aus dem Kopf die betreffenden Artikel des Vertrags wiedergeben. Dieses Büro hat eine katastrophal schlechte Leistung geliefert und muss von seinen Aufgaben zurücktreten.

»Das bedeutet, Sie werden einen anderen Manager finden müssen.«

»Oder auch nicht.« John sieht, wie bei Ajmahl der Groschen fällt. »Bitte beheben Sie das so schnell wie möglich. Diese Fehler sind vor fast zwei Jahren passiert. Nehmen Sie eine Rückdatierung vor und kümmern Sie sich mit sofortiger Wirkung darum. Hier sind die Angaben, die Sie dafür brauchen.«

John gibt Ajmahl einen anderen Pass, den er bei sich trägt und der alle nötigen Daten enthält, damit passieren kann, was er will. Innerhalb einer halben Stunde hämmern sie ein neues System aufs Papier, und als John das Büro verlässt, hat er seine erste Verteidigungslinie hochgezogen. Jetzt noch der Rest.

63

LEERES ZIMMER

Im großen Foyer des Pflegeheims herrscht eine wohltuende Ruhe. Kenzi ist erstaunt – wohnt die Mevrouw Wilmen, die er sucht, wirklich hier? Dann ist sie viel älter, als er gedacht hat, viel älter, als sie laut der Daten sein müsste, die er von ihr gefunden hat.

An der Rezeption fragt er nach. Man sagt ihm, Mevrouw Wilmen habe Zimmer 3C gehabt.

»Gehabt?«

Mevrouw Wilmen hat das Zimmer nicht mehr, und die Frau an der Rezeption weiß auch nicht, wo sie jetzt ist. Jedenfalls hat sie das Zimmer jetzt nicht mehr. Das Zimmer steht leer.

»Gehören Sie zur Familie?«

Kenzi erklärt, wer er ist, zeigt seinen Ausweis vor und fragt weiter. »Wo ist Mevrouw Wilmen denn jetzt?«

»Bei uns hier, in diesem Haus, bedeutet das meistens, dass jemand verstorben ist«, sagt die Frau. »Das ist nicht zynisch gemeint, so geht das hier nun einmal. Für die Menschen hier ist es das letzte Zuhause, verstehen Sie? Deswegen kann ich Ihnen auch keine andere Adresse geben.«

»Seit wann ist sie denn weg?«

Die Frau schaut auf ihren Monitor. »Das Zimmer ist seit heute leer«, sagt sie, und das scheint sie zu erstaunen. Sie klickt herum, sucht nach weiteren Informationen. »Das geht eigentlich gar nicht, denn normalerweise vermieten wir immer einmal im Monat neu, und ich kann hier sehen, dass sie nicht lange bei uns gewesen ist, nur eine Woche. Wirklich sehr kurz.«

Kenzi fragt nach Daten, dem Alter, Namen und Adressen von Verwandten, aber da ist nichts zu finden.

»Können Sie sie vielleicht beschreiben?«

Das kann die Frau nicht. Sie ist Rezeptionistin, bleibt am Empfang. Sie hat mit der Pflege nichts zu tun und kommt nie in die Zimmer der Bewohner. »Es ist hier manchmal wirklich wie auf dem Amt. Überall Regeln und so.«

Das Zimmer ist leer. Kenzi fragt, ob er sich dort umsehen dürfe, und wenig später öffnet er die Tür von Zimmer 3C. Als Allererstes fällt ihm der Geruch auf, er nimmt sofort die Putzmittel wahr. Heute ist Mevrouw Wilmen ausgezogen, er hat sie ganz knapp verpasst. Wie denn ausgezogen? Gelaufen oder hinausgetragen? Er schaut sich um. Ein Bett, ein Tisch, vier Stühle, eine Küchenecke und ein Bad mit WC. Vorsichtig durchmisst er den Raum, durchkämmt systematisch jeden Quadratmeter nach Hinweisen. Auch Reinigungskräfte übersehen manchmal Dinge, weil sie sich so beeilen müssen. Sie sind oft unterbezahlt und haben für ein Zimmer kaum eine Viertelstunde. Kenzi dagegen hat alle Zeit der Welt, um nachzuschauen. Den ganzen restlichen Tag, wenn es sein muss.

Hier haben die Reinigungskräfte alles gegeben, jede einzelne Oberfläche blinkt förmlich. Der Tisch, die Anrichte, die Fensterbänke. Das Bett ist nicht gemacht, eine kahle Matratze liegt darauf. Erst wenn hier wieder jemand einzieht, gibt es neues Bettzeug. Die beiden Schränke in der Küchenecke sind leer. Keine Tassen, keine Gläser, keine Teller. In der Schublade kein Besteck. Es ist nicht vorgesehen, dass jemand sich hier selbst etwas zurechtmacht. Alle Mahlzeiten werden zentral geregelt, und wenn man das möchte, bekommt man sie aufs Zimmer. Normalerweise essen alle im Speisesaal. Es gibt einen kleinen Kühlschrank. Leer. Er schaut unter der Matratze nach. Nichts. Im Badezimmer. Hinter der WC-Schüssel. Unter der Bademitte. Hinter dem Spiegel. Er dreht die Stühle um und schaut unter die Sitzflächen. Hinter die Vorhänge. Nach zwanzig Minuten steht er mitten im Zimmer und weiß nicht weiter. Dann geht er in die Knie und kriecht unter den Tisch, schaut zur Tischplatte hoch, und da, zwischen der Platte und einem der Tischbeine, ragt etwas hervor. Die Ecke einer Bankkarte, die jemand dazwischengeschoben hat. Vorsichtig nimmt er die Ecke zwischen zwei Finger und zieht die Karte heraus. Auf dem Boden sitzend, dreht er die Karte um und liest. *Stiftung RC, L. Wilmen*, die Kontonummer. Er will einen Triumphschrei ausstoßen, aber genau in diesem Augenblick öffnet sich die Tür, und jemand betritt das Zimmer. Jemand in Uniform. Eine Pflegekraft. Er steckt die Geldkarte in die Tasche und kriecht unter dem Tisch hervor, steht Auge in Auge mit der Frau.

»Was machen Sie denn hier?«, fragt sie. »Wie kommen Sie hier rein?«

»Mit Zustimmung des Hauses«, sagt er und zeigt der Frau

den Schlüssel, den man ihm ausgehändigt hat. »Ich habe die Erlaubnis, das Zimmer zu durchsuchen.«

»Zu durchsuchen? Wonach denn? Was suchen Sie?«

»Spuren der letzten Bewohnerin.«

Die Frau mustert ihn mit einem stahlharten Pflegerinnenblick. »Da können Sie lange suchen«, sagt sie. »Die letzte Bewohnerin ist hier nicht mehr.«

»Diesen Eindruck hatte ich auch.«

»Dann möchte ich Sie bitten, jetzt dieses Zimmer zu verlassen.« Sie hält die Hand auf. »Geben Sie den Schlüssel einfach mir. Dann kann ich das Zimmer für den nächsten Bewohner vorbereiten.«

Er gehorcht, gibt ihr den Schlüssel und geht. Durch den Flur, zum Lift, unten durch das Foyer, nach draußen zu seinem Auto. Öffnet die Tür, setzt sich in den Wagen. Die ganze Zeit spürt er, dass sich da irgendetwas nicht richtig anfühlt, aber er kommt nicht darauf. Startet den Motor. Denkt wieder nach. Schließt die Augen. Was ist da los? Er hat irgendetwas gesehen. Er schaltet und fährt los. Raus aus der Straße. Da war was. Da war was. Er biegt rechts ab, dann links, in die Van Alkemadelaan. Da war was. Oder war es etwas, was er *nicht* gesehen hat? Aber was? Einen stahlharten Blick. Den Blick einer erfahrenen Pflegerin. Aber hat er den wirklich gesehen? Oder war da etwas Unerwartetes? Etwas anderes? Kein harter Blick, sondern Angst?

Angst.

Das Bild der Frau in seinem Kopf dreht sich mit einem Schlag um hundertachtzig Grad. Er hat etwas gesagt, was ihr Angst gemacht hat. Er hat gesagt, dass er nach einer Spur der letzten Bewohnerin sucht, und das hat bei ihr diese Angst ausgelöst.

Er flucht laut, bremst, wendet und fährt zurück zum Pflege-heim. Rennt ins Gebäude, nach oben, zu Zimmer 3C. Das ist verschlossen. Zurück nach unten, an die Rezeption. Niemand weiß irgendetwas. Eine Frau, die hier arbeitet, hat den Schlüs-sel abgegeben.

»Wer ist diese Frau? Wo ist sie jetzt?«

Das weiß auch niemand. Die Frau an der Rezeption kennt nicht alle vom Gesicht oder vom Namen her. Wer eine Uni-form trägt, arbeitet hier. Es gibt Namensschilder, aber manch-mal vergessen die Leute, sich die auch anzustecken.

»Das war Mevrouw Wilmen«, sagt er. »Lydia Wilmen.« Kenzi ist sich ganz sicher. Sie hat vor ihm gestanden und ist verschwunden, weil er nicht wusste, wen er da vor sich hatte.

64

UNTERWEGS

Er sitzt hinten in einem Taxi, und die Gedanken kreisen ihm im Kopf umher. Durch den Besuch im Verwaltungsbüro hat John herausgefunden, was geschehen ist und welche zentrale Rolle er dabei ohne sein Wissen gespielt hat. Die GmbHs sind eine administrative Konstruktion des Geheimdienstes, eingerichtet zu seinen Gunsten, doch im Laufe der Jahre in Vergessenheit geraten. Von solchen Geschäften gab es einige: Waisenkinder des Kalten Krieges. Das betreffende Geld war tatsächlich illegal, sowohl für die Russen, die es aus dem Land geschleust hatten, als auch für die Niederländer, die es verwalteten. Vergleichbar mit der Iran-Contra-Affäre in den Vereinigten Staaten. Die CIA hatte Einnahmen aus illegalen Waffenverkäufen an den Iran verwendet, um die Contras zu finanzieren, die die Sandinisten in Nicaragua bekämpften. Illegales Geld, das nur für illegale Aktivitäten benutzt werden konnte. Das gibt es in den Niederlanden auch, die Finanzierung der Aktivitäten, des Geheimdienstes, ist nicht immer legal. Man braucht geheime Geldtöpfe. Töpfe wie diesen. Nur gibt es bei diesem Topf ein sehr großes Risiko, denn letzten Endes gehört er den Russen. Genau diesen Fonds hat man so manipuliert, dass es aussieht, als steckte die niederländische Regierung dahinter, und das bekommt nur jemand hin, der über Johns Rolle bei der ganzen Sache Bescheid weiß. Es bedeutet, dass mindestens zwei Menschen da mitmachen. Jemand, der die Manipulation vornimmt, und jemand, der die Information weitergegeben hat. Das Leck. Es ist sehr unwahrscheinlich, dass eine Person beides erledigt hat. Das wäre einfach nicht logisch.

An diesem Gedanken bleibt er hängen. Es ist nicht logisch, darum verwirft er die Möglichkeit sofort. Aber was, wenn das Ganze überhaupt nicht logisch sein soll? Was, wenn Chaos und Verwirrung entstehen sollen? Wachsendes Misstrauen? Immer wieder hat er dasselbe Grundproblem: Man kann nicht mehr wissen, welcher Information zu trauen ist.

Seit Swetlows Verhör ist ihm bewusst, dass er Vera vielleicht nie mehr wiedersieht, wenn er nicht selbst die Initiative ergreift. Dass sie einfach so verschwindet, ist inakzeptabel. Er weigert sich, einfach hinzunehmen, was sie getan hat.

Es gibt nur einen, der ihm weiterhelfen kann: Claus Werdermann, der Mann in Dresden, den er näher an sich herangelassen hat als jeden anderen sonst, der Einzige, gegen den er keinen Widerstand aufbringen konnte, der Einzige, bei dem ihm die Knie weich wurden. Mit Ost und West hatte das nichts zu tun.

In Dresden gab es keinen Zufall, alles war orchestriert, von einer einfachen Begegnung auf der Straße bis hin zu der Person neben einem an der Bar, von inhaltlich bedeutsamem Austausch über Finanzierung und Handel bis hin zu Männergesprächen über Sport und Frauen. Das wusste er, so betrachtete er jeden Kontakt, den er dort knüpfte. Alle waren Teil des großen Spiels, das dort gespielt wurde, und er hatte geglaubt, das Spiel immer im Blick gehabt zu haben, immer zu wissen, wer ihn hereinzulegen versuchte. Hatte geglaubt, jede Falle schon aus endlos weiter Entfernung entdecken zu können. Er war ein Spieler, und obwohl er das nie laut aussprach, hielt er sich für besser als seine Gegner; er begriff Dinge schneller und klarer, sein Selbstvertrauen war groß. Er war der Meister. Er liebte diese Stadt und das Leben dort, er liebte die bedeutungsvolle Weise, mit der die Leute einander umkreisten und herausforderten, das Leben auf des Messers Schneide, jede Entscheidung war sensibel und wichtig. Er liebte es, dass nichts einfach so passierte, dass niemand einfach so etwas tat. Er auch nicht. Was zeigte ein anderer ihm, was zeigte er von sich selbst? Immer weniger als erwartet, immer zurückhaltend, immer vorsichtig. Darum war es so unglaublich befriedigend, wenn mehr durchkam, wenn jemand mehr erzählte oder wenn einem eine Akte oder ein Plan zugespielt wurde. Dann fühlte er große Genugtuung. Jede Handlung, jedes Wort, das er mit jemandem wechselte, war mindestens ein potenzielles Geheimnis.

Darum dreht sich sein Leben, Geheimnisse bilden den Kern seines Charakters. Alles hat er sorgfältig um Dinge herum aufgebaut, die niemand wissen darf. Sehr präzise und sehr vorsichtig ist er zu dem geworden, der er ist, zu einem Mann auf einem Bunker voll mit Sprengstoffen. Einerseits ist das eine sehr sichere Sache, denn niemand wagt das Risiko einzugehen, dass das Ganze explodiert. Auf der anderen Seite ist es lebensgefährlich, denn schon eine einzige unbedachte Bemerkung kann katastrophale Folgen haben. Daran hat er immer geglaubt, dieses Gleichgewicht war sein Gewicht. Und jetzt hat Swetlow die Tür aufgerissen, und der Bunker ist leer. Er hat keine Geheimnisse. Er selbst war das Geheimnis.

65

MANN UNTERM TISCH

Nebeneinander gehen sie durch den Stadtwald. Jaap ist immer noch nicht da. Nachdem George Swetlow in der Nähe der russischen Botschaft abgesetzt hatte, ist er durch die Zoutmanstraat gefahren. Jaaps Scooter stand noch da, jemand hatte ihn von der Straße geholt und ordentlich hingestellt. Von Jaap selbst keine Spur. Lydia kann ihn auch nicht erreichen; sie will in den diversen Krankenhäusern anrufen, um herauszufinden, ob er da irgendwo liegt, in der Notaufnahme, mit einem Knochenbruch oder so.

»Oder schlimmer«, sagt John. Er ahnt Schreckliches. Lydia, George und Jaap – sie alle sagen immer Bescheid, wo sie sind und wie es ihnen geht, sobald sich die Möglichkeit für einen Anruf oder eine Nachricht ergibt. Immer. Es sei denn, es geht nicht mehr. Vor dieser letzten Möglichkeit hat er Angst. Lydia auch, das hört er in ihrer Stimme.

»Kann ich irgendwas tun?«

»Nein, lass mich nur suchen.« Kurz berührt sie seine Hand, ein winziger physischer Kontakt zur Beruhigung. »Da ist noch was, ich habe meine Bankkarte verloren«, sagt sie. »Die RC-Karte.«

Nach dem Aufräumen war sie losgezogen, um alles an verschiedenen Stellen zu entsorgen, und als sie später beim Einkaufen bezahlen wollte, hat sie gemerkt, dass die Karte weg ist. Sie ist sofort ins Zimmer zurückgegangen, denn da musste die Karte liegen. Swetlow hatte nichts mehr bei sich, als sie ihn in den Bus gehievt haben, seine sämtlichen Taschen waren leer.

»Als ich ins Zimmer kam, saß da ein Mann unterm Tisch.« John bleibt stehen.

»Nicht irgendein Mann, nehme ich an.«

»Unterm Tisch saß er, also hat er etwas gesucht.«

»Hat er auch etwas gefunden? Was denn? Deine Geldkarte?«

Sie weiß es nicht, und fragen konnte sie den Mann auch nicht. Sie hat ihn weggeschickt, das erschien ihr das Beste.

»Ein Russe? Jemand von der Botschaft?«

Sie schüttelt den Kopf. »Er war Niederländer, er gehörte nicht zum Pflegeheim.«

John denkt sofort, dass es jemand vom Geheimdienst war. Von Calder geschickt. Wenn sie intensiv suchen, können sie das Zimmer finden, davon ist er überzeugt. Aber was wollte der Mann dort? Und so bald, nachdem sie das Zimmer verlassen hatten?

»Wer auch immer es ist, sie sind uns dicht auf den Fersen«, sagt er.

66

AGENT A53

Über alle, die beim Geheimdienst arbeiten oder irgendwann dort gearbeitet haben, gibt es eine Akte. Je höher jemand die Karriereleiter erklommen hat, desto mehr Informationen werden gesammelt und gespeichert. So auch über John Antink. Calder scrollt und klickt sich durch die Informationen; auf dem großen Bildschirm ihres Computers kann sie alles aufrufen. Sie hat die Zugangsberechtigung für STRENG GEHEIM-Akten, und diese Akte gehört zu den Staatsgeheimnissen. Wer er ist, weiß sie. John Antink, Agent A53. Wo er wohnt, weiß sie auch, wie alt und wo er geboren ist und solche allgemeinen Dinge. Er ist in Den Haag geboren, als Sohn von Robert Antink und Wilma de Heuve. Der Vater stammt aus dem Achterhoek in Gelderland, die Mutter aus Brabant. Geboren 1943, Kriegskind. Ihre Augen rasen über die Zeilen, bleiben plötzlich an einem Wort hängen, irgendwo in einem Satz.

Adoptiert

Sie starrt auf dieses eine Wort, das so viel bedeutet und so viele Fragen aufwirft. Antink ist von Anfang an nicht der, der er ist. Er ist nicht als John Antink geboren, sein Vater und seine Mutter, das waren andere, mit dem Achterhoek oder Brabant hat er nichts zu tun. Rob Antink war nicht sein Vater und Wilma de Heuve nicht seine Mutter. Er ist als Baby ohne Eltern aus dem Zweiten Weltkrieg gekommen, Rob und Wilma haben ihn aufgenommen, und durch eine Adoption wurde er zu einem Antink.

Aber wer ist er dann? Wer war er bei seiner Geburt? Schnell scrollt und klickt sie hin und her, sucht nach einer Geburts- oder Adoptionsurkunde, einem Dokument, in dem sein ursprünglicher Name und seine Eltern stehen müssen. Auf die Schnelle findet sie nichts. Das ist seltsam, in einer Akte wie dieser müssten eigentlich alle untergeordneten Dokumente verfügbar sein. Warum steht da *adoptiert*, es gibt aber keine Geburtsurkunde? Ist es wahr oder nur eine Vermutung? Bei einer Vermutung hätte da *Wahrscheinlich adoptiert* stehen müssen, doch das steht da nicht.

Erste Lektion bei allen geheimdienstlichen Ermittlungen: Es muss Beweise geben. Wer mit Gerüchten arbeitet, landet irgendwo im Leeren. Sie beugt sich in ihrem Stuhl vor und schließt die Augen. Sie konzentriert sich, um besser zu erfassen, was sie gerade gesehen hat, und die Schlussfolgerung kommt klar und rasch. Wenn der Dienst nicht weiß, wer John Antink war, wie kann man dann wissen, wer er jetzt ist? Weiß er das überhaupt selbst?

Die Antwort auf diese Frage ist entscheidend, weil sie etwas über ihn aussagt. Wenn er es weiß, hat er das ganz bewusst immer verschwiegen, dann ist er mit einem Geheimnis Chef des Geheimdienstes geworden, einem großen Geheimnis, und das bedeutet, dass er den Dienst betrogen hat, bewusst oder unbewusst. Letzteres kann sich Calder nicht vorstellen, Antink ist ein Geheimdienstmann durch und durch, er lebt für seinen Beruf.

Langsam öffnet sie die Augen wieder und sucht in der Akte weiter. Über ihn ist viel bekannt, vor allem über seine Jahre beim Dienst, seine Zeit im Libanon und in Zürich, seine Kontakte und seine Arbeit in Ostdeutschland, die Informationen, die er über die Sowjetunion geliefert hat, die von ihm angeworbenen Agenten. Das meiste davon weiß sie längst, trotzdem ist sie wieder beeindruckt, als sie es in der Zusammenschau vor sich sieht. Sie blättert wieder an den Anfang zurück, zu der Adoption, zu John Antinks frühen Jahren. Die Information, die sie sucht, steht wahrscheinlich in einer anderen Akte, in einer Beilage.

»Natürlich«, sagt sie laut zu sich selbst. Aber sosehr sie auch sucht, die betreffende Beilage ist digital nicht auffindbar, einen Hinweis gibt es auch nicht, keinen elektronischen Link. Wenn es etwas zu finden gibt, wird sie runter ins Archiv gehen müssen, dort zwischen den Kartons und Ordnern suchen.

Frustriert schließt sie die Akte auf dem Bildschirm und geht nach unten, in die Abteilung, zu der sie vor gar nicht langer Zeit John Antink Zutritt verschafft hat, und während sie zwischen den Metallregalen hindurchläuft, kriecht eine böse Vorahnung in ihr hoch. Was war das für eine alberne Bitte von Antink, selbst in den Archiven suchen zu müssen, um Antworten zu finden? Er wollte natürlich hier rein, um irgendetwas zu holen. Irgendetwas, was er nicht aus dem digitalen Archiv fischen konnte.

Aufgeschreckt durch ihren Fehler, blättert Calder hektisch

die Akten durch. Sie ist das nicht mehr gewohnt, so mit den Händen durch die Seiten zu gehen. Auf dem Computer ist alles mit einem Klick über einen Link erreichbar, wenn man erst einmal die höchste Stufe der Zugangsberechtigung erreicht hat. Hier muss sie von einem Archivkarton zum anderen, denn die Beilagen werden getrennt aufbewahrt. Sie notiert sich die Nummern, sie will mehr wissen über seine leiblichen Eltern und über seine letzte Phase als aktiver Agent in Zürich und Dresden. Mit den Nummern in der Hand läuft sie an den Regalen entlang zur richtigen Stelle, bis zu einem hohen Regalbrett, genau über ihrem Kopf, und da bleibt sie stehen. Wie vor den Kopf gestoßen starrt sie in das Fach, wo der Karton stehen müsste. Dort liegt ein Kissen.

Vorsichtig zieht sie es zu sich heran; sie muss es ein wenig zusammenpressen, damit nicht gleichzeitig mehrere Kartons herausgezogen werden, so fest ist es eingeklemmt. Es scheint ein neues Kissen zu sein, denkt sie, während sie es dreht und wendet. Der Stoff fühlt sich an wie direkt aus der Verpackung, aber man sieht nichts daran. Sie legt es weg und schaut auf die Lücke im Regal. Überprüft die Nummer des Kartons links und rechts daneben. Die Nummer dazwischen fehlt. Dann überprüft sie ihre Liste und stellt fest, dass genau der Karton fehlt, in dem sich die Beilagen zu John Antink befinden müssten. Ob Antink den Karton mitgenommen hat, als er hier war? Das ist fast unmöglich, die Kartons sind aus einem festen Spezialmaterial angefertigt, das den Inhalt so gut wie möglich gegen allerlei Widrigkeiten schützen soll. Niemand kann einen solchen Karton einfach so verstecken, und niemand darf dieses Archiv mit einer Tasche betreten, in die man den Karton stecken könnte. Er muss hier noch irgendwo sein.

Sie steigt auf einen Rollhocker unten am Regal, kommt so an die höchsten Etagen, schiebt Kartons und Ordner zur Seite und findet den Karton, ordentlich glatt gefaltet, hinter den anderen verborgen. Vorsichtig faltet sie ihn wieder auf, schaut hinein und findet einen Zettel.

> *Das hier ist eine falsche Spur. Wenn alles gelöst ist,*
> *bringe ich die Dokumente wieder.*

67

DRESDEN
– 1989 –

Nach dem Diner setzte sich Claus Werdermann neben ihn und legte ihm einen Arm um die Schultern.

»Ach, Max«, verkündete er mit einem gut geölten Seufzer. »Wir sind doch Glückspilze, du und ich. Ein denkwürdiges Diner, ausgezeichneter Alkohol, und vor uns liegt noch ein vielversprechender Abend.«

John spürte, wie ihm die Knie weich wurden, und war froh, dass er saß. Wenn Claus in der Nähe war, passierte bei ihm etwas ganz anderes, als es die professionelle Sabina jemals hätte auslösen können.

»Denkwürdig, ja«, stimmte er Claus zu. Er versuchte das Gespräch allgemein zu halten, den Einfluss des Alkohols zu unterdrücken, aber Claus sagte alles, was sich John erhofft hatte. Dass es so warm sei hier drinnen. Dass er gern kurz nach draußen wolle. Und an der Elbe entlang spazieren. Kurz weg aus dem ganzen Trubel.

»Kommst du mit?«, fragte er und führte John zwischen den Tischen hindurch zum Hinterausgang des Restaurants, auf die Terrasse. Als sie draußen waren, verschwand die Welt um sie herum. Vom einen Augenblick auf den anderen gab es keine Parteimenschen mehr, keine Stasiagenten oder Leute vom KGB. Zusammen gingen sie am Fluss entlang, und John war davon überzeugt, die Elbe würde nie wieder so schön sein. Sie waren Privilegierte in diesem Land, sie besaßen die Freiheit, allein zu sein, wo niemand allein war. Alle Warnsignale schienen verstummt, Alarmglocken funktionierten nicht mehr. Sie gingen dicht nebeneinander, ihre Arme berührten sich, und jede Berührung war wie ein neuer Alarm, der ausgeschaltet wurde. John war wehrlos, weil er wehrlos sein wollte. Die Annäherung der Parteibonzen war in Gang gekommen, und in der Zwischenzeit wollte John nichts lieber, als endlich er selbst zu sein. Das hatte er verdient, fand er, und mit Claus verband ihn etwas wie mit keinem anderen Menschen sonst.

Sie saßen am Flussufer im Gras, und John hatte das Gefühl, ein wichtiger Moment in seinem Leben stehe kurz bevor. Am anderen Ufer lag die Altstadt, restauriert und zum Teil neu aufgebaut, in einem Versuch, die Grandezza von früher zurückzubringen, der Turm der Hofkirche, die Brühlsche Terrasse mit der Festung; zum Teil hatte man die Bombenschäden behoben. Die alte Schönheit der feudalen Residenzstadt wurde unter der Arbeiter- und Bauernmacht wiederhergestellt. Alles war Illusion, eine Konstruktion aus Geschichten, denen man nicht vertrauen konnte. Sogar die Denkmäler der Stadt waren eine Lüge. Das war seine Welt, nirgendwo konnte man noch eine Wahrheit erkennen.

Claus holte einen Flachmann aus der Hosentasche, schraubte den Verschluss auf, nahm einen Schluck und reichte den Flachmann John. »Der beste Wodka«, sagte er. »Für den besten Freund.«

John setzte die Flasche an die Lippen und trank, nahm dann lachend noch einen Schluck. Der Rausch des Abends wurde stärker und tiefer, er lehnte sich an Claus und presste ihm die Lippen an den Hals.

»Ja«, sagte Claus. »Ja.«

Euphorisch war er. Fatal euphorisch.

Er versank in einem Traum und erwachte auf einer harten Pritsche, ein paar Brettern mit einer dünnen Matratze darauf. Der Rücken tat ihm weh, sein Kopf schien geplatzt zu sein. Er war krumm und schief, weil etwas mit seinem Körper angestellt worden war. Er lag in einem kleinen Zimmer mit dicken gelbgrünen Betonwänden, einem grauen Fußboden und einem dunklen, schmalen Fenster hoch oben an der Decke. Eine Zelle, kahl, kalt, mit geraden, harten Linien. Das einzige Licht stammte von einer grellen Neonröhre. Die Tür stand offen, deswegen wirkte der Raum unschuldig, aber die Tür war aus Stahl, hatte ein vergittertes Guckfenster. Und er war nackt. Er konnte nicht einfach weglaufen, seine Sachen waren nirgends zu sehen. Man konnte ihn ganz einfach einsperren, indem man die Tür schloss, mehr war nicht nötig. Auf dem Gang hörte er Geräusche von anderen Gefangenen, Stöhnen und Schreien. Er zitterte, der Raum war kaum beheizt, sein Körper protestierte. Er fühlte sich schwach und völlig erschöpft, aber man hatte ihn nicht geschlagen oder misshandelt. Er konnte nichts an sich entdecken, weder blaue Flecken noch Druckstellen, keine Wunden oder Beulen, und trotzdem fühlte es sich an, als wäre er unter die Räder geraten. Als er aufzustehen versuchte, drehte sich alles in seinem Kopf und seinem Magen, seine Armmuskeln brannten, als müsste er schwere Gewichte heben. Von dem Traum des Vorabends waren nur noch die Erinnerung und ein bitterer Geschmack übrig. Vom Himmel in die Hölle, und er konnte sich nicht an das erinnern, was dazwischen geschehen war. Der Alkohol aus Claus' Flachmann. Er musste etwas enthalten haben, was ihn umgehauen hatte. In völligem Vertrauen hatte er daraus getrunken, einen Schluck und noch einen Schluck, weil Claus die Flasche selbst an die Lippen gesetzt hatte und John nichts lieber wollte, als seine eigenen um die Flaschenöffnung zu schließen, die gerade von Claus' Lippen berührt worden war. Euphorie. Ein Rausch, aus dem er nun unsanft erwachte.

Wie war er hier gelandet? Und warum? Was war schiefgegangen? Als Letztes erinnerte er sich an die Schlucke aus dem Flachmann und an das Gesicht von Claus, der ihn ermutigte. Claus hatte ihn unter Drogen gesetzt und hergebracht, in ein Gefängnis. Der schöne Claus hatte Beziehungen zur Stasi, das wusste er schon, aber in seinem Rausch hatte er es vergessen. Er hatte nicht erwartet, dass Claus irgendetwas unternehmen würde. Wie dumm er gewesen war. Hier arbeiteten alle für die Stasi, das war der Ausgangspunkt, doch auf irgendeine Art und Weise hatte Claus sein Vertrauen gewinnen können. Gegen alle Regeln war er in die Falle gegangen. Er musste dringend pissen.

In der Ecke gab es ein WC, und er taumelte hin, sank auf die nackte Kloschüssel, und während er den Urin laufen ließ, versuchte er zu begreifen, welchen Fehler er gemacht hatte. Sosehr er sein Gedächtnis auch durchwühlte, er konnte sich nicht erinnern, irgendwo einen Hinweis gegeben oder sich verraten zu haben. In allem, was er tat oder sagte, war er extrem vorsichtig. Er reiste als Max Danzler, trug keinen Hinweis auf seine wahre Identität bei sich. Seine Kontaktperson in Dresden kannte nur er, und nicht einmal die kannte seinen richtigen Namen, wusste nicht, wo er wohnte oder arbeitete. Der Kontakt wusste nichts über ihn. Alles lief über Zettel, die er an einer vereinbarten Stelle hinterließ, an der er später eine schriftliche Antwort finden konnte. Diese Zettel vernichtete er. Es gab keine einzige Spur zwischen ihm und seiner Kontaktperson. Auch bei seiner Arbeit gab es keinen Hinweis, ihn irgendwie zu verdächtigen, er wohnte in Zürich, machte Geschäfte in Westeuropa und Ostdeutschland und hatte sich bisher in allen Aufträgen durch und durch vertrauenswürdig gezeigt. Kein einziger seiner Auftraggeber hatte Probleme bekommen, beim Geheimdienst verwendete man die Informationen, die er beschaffte, um die Belange und Machtstrukturen einzuordnen und den Cashflow im Blick zu behalten, nicht um Menschen festzunehmen. Das konnte es also nicht sein. Aber was dann?

Als er gerade vom WC aufstehen wollte, betrat Werdermann die Zelle. In der einen Hand hatte er ein Glas Wasser, in der anderen einen einfachen Holzstuhl.

»Max, mein Guter, lebst du noch?«, fragte er. »Bleib sitzen, bleib sitzen.« Er stellte den Stuhl direkt gegenüber von John hin und setzte sich hin, nahm einen Schluck Wasser und schaute ihn an.

»Du auch?« Er hielt ihm das Glas hin.

»Als ich das letzte Mal einen Schluck von dir angenommen habe, ist mir das nicht so gut bekommen.«

»Das kann ich mir vorstellen. Aber hier ist nichts drin, nur Wasser.« Er lachte.

»Max, Max, Max, was soll ich denn jetzt mit dir anfangen? Heißt du eigentlich überhaupt Max? Bestimmt nicht.« Er beugte sich ganz nahe zu ihm hin, ihre Gesichter waren nur noch Zentimeter voneinander entfernt. »Du heißt nicht Max, das sehe ich an deinen Augen. Wie heißt du?«

John konnte seinen Atem riechen. Wenn Claus noch näher käme, würden ihre Nasen einander berühren. Nur mit großer Mühe konnte er die aufsteigende Panik bezwingen. Dass er nach seinem echten Namen gefragt wurde, bedeutete nichts, das wusste er, es war Teil seiner Ausbildung. Der Verhörende tat, als wüsste er alles, um einen auf die falsche Spur zu bringen, einen Irrtum zu provozieren. Auf rationaler Ebene wusste er genau, wie das Ganze lief und was er zu tun hatte, emotional wurde er immer verletzlicher.

»Wo sind meine Sachen?«

»Deine Sachen? Wofür brauchst du die denn? Das hier wolltest du doch so gern, nackt, bei mir.« Claus streichelte ihm die Brust. »Mir gefällt das auch.« Er kniff sanft in die Muskeln von Johns Oberarm. »Nicht schlecht für einen Finanzexperten.«

Es fühlte sich an, als würde er noch nackter. Claus zerstörte ganz mühelos und ohne jedes Zögern seinen letzten Widerstand und legte seine Sehnsüchte frei. Einfach so. Wie zum Spaß.

»Wie heißt du?«

»Meine Sachen, bitte.«

Plötzlich lehnte sich Claus zurück und lachte laut, schrill. »Deine Sachen, Mann, du hast ja keine Ahnung. Zwei Schlucke aus dieser Flasche, und du warst schon weg, bist direkt in den Fluss gefallen. Du hättest dich mal sehen sollen, ein jämmerlicher Anblick. Zum Glück konnte ich dich gerade noch festhalten und rausziehen. Deine Sachen sind in der Wäsche. Lassen wir's dabei, ja? Wie heißt du?«

»Max. Max Danzler. Das weißt du. Was soll das alles? Warum bin ich hier und nicht im Hotel?«

»Wenn du mitarbeitest, kannst du gleich wieder zurück in dein Hotelzimmer, wo du es warm und gemütlich hast. Bis dahin musst du es eben hier aushalten. Also, was meinst du? Wie sieht es aus? Maxi. Mein Maxi. Du weißt doch, du kannst mir vertrauen?«

Claus beugte sich zu ihm und küsste ihn mitten auf den Mund. John spürte seine Lippen und seine Zunge, und in ihm zerbrach etwas.

»Mach dir keine Sorgen«, sagte Claus. »Hier darf man alles.« Er legte beide Hände an Johns Kopf und hielt ihn kurz so fest. »Denk noch einmal kurz über alles nach. Wir regeln das schon.«

Er ließ ihn allein zurück, nackt auf dem WC, in einer Zelle. Der fröhliche Optimismus war unangebracht. Wer einmal in einem Stasigefängnis gelandet war, kam nicht mehr heraus. Bei ihm stand die Zellentür noch offen, als wollten sie ihm deutlich machen, dass noch nicht alles verloren war. Mitarbeiten, so lautete die Forderung. Mitarbeiten, so ein freundliches Wort. Wer würde wohl nicht mitarbeiten wollen? Die Bedeutung war jedoch eine andere: tun, was einem gesagt wurde, gehorchen, nichts abstreiten, alles zugeben, das meinten sie mit »Mitarbeiten«, und das war unmöglich.

John stand auf. Spülen konnte er nicht, das wurde in regelmäßigen Abständen zentral geregelt. In den Zellen gab es weder Wasserhähne noch andere bewegliche Teile, die Gefangene hätten abmontieren und verwenden können, um einen Wachmann anzugreifen.

Er legte sich auf die Pritsche, zog die dünne Decke über sich und wartete. Wenn ihm der Dienst eines beigebracht hatte, dann Geduld und Verzicht. Das Unterdrücken seiner Emotionen und Ängste. Auf null schalten, nannte er das selbst. Auf Stand-by gehen. Er verbannte einen Gedanken nach dem anderen, weil Gedanken immer zu Sorgen, Ängsten, Erwartungen und Hoffnungen führten. Die konnte er nicht brauchen. Ein leerer Kopf ist ein sicherer Kopf.

Claus, dieses Arschloch. Nie wieder würde ihm ein solcher Fehler unterlaufen.

68

JEDES WORT EINE DROHUNG

Zweieinhalb Tage hatte er dort zugebracht. Nach ein paar Stunden war ein Wachmann mit seinen Sachen erschienen, sauber gewaschen und trocken, und er durfte sich anziehen. Sobald er seine Zelle verlassen wollte, wurde er grob zurückgeschickt. Die Tür mochte zwar offen stehen, doch der Flur war verbotenes Terrain. Er saß auf dem Stuhl, den Claus dagelassen hatte, trank Wasser und konzentrierte sich völlig auf die Stille in seinem Kopf und seinem Körper. Alles auf null.

Das Warten in diesem Gefängnis war die bisher größte Herausforderung seines Lebens. Um sich herum hörte er ständig die Qualen der Menschen, die ganz anders behandelt wurden als er, ihr Schreien und Jammern kroch ihm tief in die Knochen. Hier gab es keinen Respekt vor menschlichem Leben oder menschlichen Gefühlen, kein Mitleid und keine Vergebung, und das sollte er auch begreifen. Er war einen Schritt vom Verschwinden entfernt. Sobald sich die Zellentür schloss, bedeutete das das Ende von Max Danzler. Niemand in Ostdeutschland würde nach ihm fragen, und wenn jemals irgendwer Erkundungen nach ihm anstellen würde, würde die ostdeutsche Regierung abstreiten, dass es ihn überhaupt gab. Diese Zelle war ein schwarzes Loch des Vergessens.

Werdermanns freundliches Gesicht beim Betreten der Zelle verwirrte ihn. John glaubte bei seinem Anblick noch immer, dass Claus froh war, ihn zu sehen, dass er etwas für ihn empfand. Noch immer vertraute er ihm. Es war Wunschdenken, ein Traum, den er nicht aufgeben wollte, und dieser Traum stand in einem extremen Kontrast zu der Erfahrung der vergangenen sechsunddreißig Stunden. Werdermann würde ihn ohne Probleme hier zurücklassen, ihn verrotten lassen. Jetzt erkannte er auch die Grausamkeit in diesem Mann, aus so direkter Nähe, dass er sie riechen konnte.

»Komm«, forderte ihn Claus auf. »Das Ganze war ein Missverständnis.«

Er nahm John bei der Hand, sanft, ohne zu ziehen oder hineinzukneifen. Wie ein Liebhaber, dachte John. Wieder die Illusion, das Verdrehen der Wirklichkeit, bis nichts mehr echt ist. Er ließ sich aus der Zelle führen, auf den Flur hinaus bis in das große Atrium, in den Transitraum, wo eine letzte Kontrolle durchgeführt wurde, bis sie durch zwei weitere bewachte Türen nach draußen durften.

Draußen, das war ein Wohnviertel auf einem Hügel außerhalb der Stadt. Ein Platz zwischen hohen Gebäuden. Das Gefängnis befand sich im Souterrain eines Gebäudekomplexes, oben waren die Büros und Konferenzräume der Stasi. Vor der Tür stand ein Wagen.

»Komm«, forderte ihn Claus noch einmal auf.

»Was sollte das alles?«, fragte John, als sie erst einmal im Auto saßen. »Was sollte ich da? Was wolltest du von mir?«

»Sicherheit. Manchmal kann man unmöglich wissen, wem man vertrauen kann und wem nicht. Die Leute reden einfach irgendwas.«

Jedes Wort klang wie eine Drohung, Werdermanns Sicherheit bedeutete Unsicherheit für John. Die ganze Aktion sollte ihm große Angst einjagen, ihn daran erinnern, wer hier die Macht hatte. Nicht er. Das Fatale war, dass auch er nicht mehr wusste, was er glauben konnte und was nicht. Die Wahrheit hatte man ihm soeben mitgeteilt. Der ostdeutsche Staat vertraute ihm nicht. Er durfte Geschäfte für ihn regeln, nach seinen Bedingungen. Dass man ihm die Zelle vorgeführt hatte, war nur der Anfang. Eine falsche Bewegung, ein falscher Schritt, und er würde sofort festgenommen und dorthin zurückgebracht werden. Beim nächsten Besuch würde sich die Zelle schließen, und die Verhöre würden beginnen. Die Stasi hatte einen Ruf, was die Härte dieser Verhöre betraf. Seine einzige Option bestand darin, niemandem mehr zu glauben und den Prozess für das heimliche Verschwinden aus diesem Land in Gang zu setzen.

Im Hotel begleitete ihn Werdermann nach oben, hielt ihm die Tür auf und wünschte ihm eine angenehme Nacht.

»Morgen bekommst du ein anderes Zimmer«, teilte er John mit. »Das hier ist für jemand anderen reserviert, und ich fürchte, du wirst noch eine Zeit lang als Gast bei uns bleiben müssen.« Bevor er die Tür hinter sich schloss, umarmte er John wie einen alten Freund. »Mach bitte keine Dummheiten«, flüsterte er ihm ins Ohr.

John spürte, wie es ihm kalt den Rücken herunterlief. Hausarrest im Hotel, und am nächsten Tag würde man ihn in ein anderes Zimmer bringen, um ihn besser bewachen zu können.

Er zwang sich, praktisch zu denken. So konnte er seine Ängste am besten in Schach halten.

»Und wenn ich etwas essen möchte? Kann ich dann einfach ins Restaurant?«

»Natürlich. Das hier ist doch kein Gefängnis! Du weißt doch jetzt, wie eine Zelle aussieht, das ist doch was ganz anderes.«

Seine Nonchalance fühlte sich an wie ein Peitschenschlag, und Werdermann schlug gern zu. Bei jeder sich bietenden Gelegenheit erinnerte er John daran, dass es für ihn keinen Ausweg gab. Die psychologische Vorbereitung auf ein viel strengeres Verhör. Diese Aussicht war beklemmend, das Spiel mit der Drohung sollte ihn aus der Fassung bringen, abwechselnd Angst und Beruhigung in ihm auslösen, bis er nicht mehr wusste, was er denken sollte. John war darauf trainiert worden, das durchstehen zu können und seine Ängste zu unterdrücken. Das Befolgen der vereinbarten Abläufe, praktisch bleiben, sich immer auf die nächste Aufgabe konzentrieren, etwas, was er umsetzen und bewerkstelligen konnte.

»Wann kann ich Kontakt zu meinem Büro in Zürich aufnehmen? Wenn ich hier noch ein paar Tage länger bleibe, wird man sich fragen, wo ich stecke. Man wird sich Sorgen machen, mir könnte etwas passiert sein.«

»Das reicht morgen noch.« Wieder versuchte ihn Werdermann zu beruhigen, indem er tat, als gäbe es gar kein Problem, und diesmal beließ John es dabei. Er wollte, dass Claus ging, er wollte allein sein, um ungestört tun zu können, was er tun musste. Er konnte nicht mehr davon ausgehen, auf normale Art und Weise nach Zürich zurückkehren zu können. Ganz offensichtlich war irgendwo etwas schiefgelaufen, und man hatte an seinem Hintergrund zu zweifeln begonnen.

Sobald sich die Tür hinter ihm schloss, ging John zu einem der großen Fenster seines Zimmers. Wenn er morgen ein anderes bekommen würde, müsste er so schnell wie möglich seine Kontaktperson informieren. Der Ablauf war einfach. Sein Kontakt wusste, in welchem Zimmer John untergebracht war. Jeden Tag ging er am Hotel vorbei und schaute von der Straße aus zu den Fenstern hoch. Wenn die Gardinen des linken Fensters ganz offen oder geschlossen waren, war alles in Ordnung. Waren sie jedoch halb geschlossen, so bedeutete das, dass es Gefahr gab und man sofort Johns heimlichen Aufbruch aus Ostdeutschland organisieren musste. Dann würde die Kontaktperson am vereinbarten Ort eine Nachricht hinterlassen: in einem Baum auf dem Platz neben dem Wirtshaus Am Thor am Rand der Neustadt. Diese Stelle war extra ausgewählt worden, weil Am Thor bei den KGB-Agenten in Dresden als Treffpunkt sehr beliebt war. Je näher beim Feind, desto sicherer. In der Gaststätte waren die Männer entspannt, man trank Bier und Wodka und passte kaum auf.

Vorsichtig zog John die Vorhänge des linken Fensters aufeinander zu und hielt auf halbem Wege inne. Blieb nicht stehen, schaute nicht nach draußen. Es war früher Mittag, und er wusste, dass seine Kontaktperson immer zwischen drei und vier am Hotel vorbeiging. So war es abgesprochen. Dann könnte ein paar Stunden später eine Nachricht im Baum liegen, etwa zur Essenszeit. Vorher nicht. Bis dahin musste er so tun, als machte er sich um nichts Sorgen.

Was die Stasi entdeckt hatte, wusste er nicht, und sein erster Impuls bestand darin, das herauszufinden. Was genau war da schiefgegangen? War er verraten worden? Hatte jemand entdeckt, dass er zwischen Zürich und Den Haag hin- und herreiste, auch wenn er dabei immer Umwege einbaute? Gab es ein Leck in der Den Haager Organisation? Oder in der Schweiz? Und was wusste die Stasi? Sie kannten seinen richtigen Namen nicht, sonst hätte Claus nicht danach gefragt, nicht so. Seine Fragen waren nicht mehr als vage Versuche gewesen, um zu schauen, wie John reagierte. John Antink war also noch sicher. Wenigstens etwas. Aber Nachforschungen konnte er sich jetzt nicht leisten, dafür war keine Zeit mehr. Er zog sich aus und stand minutenlang unter der Dusche, um sich den widerlichen Schmutz des Gefängnisses vom Körper zu spülen. Mit sauberen Sachen und wieder bei klarem Verstand hätte er in einem ersten Impuls am liebsten sofort das Zimmer und das Hotel verlassen, um in der Stadt zu verschwinden, wäre weggerannt und hätte sich versteckt. Das wäre nicht nur dumm, sondern sogar lebensgefährlich gewesen. Jede seiner Bewegungen wurde beobachtet. Jeden Impuls musste er unterdrücken.

Die wenigen Vorbereitungen, die er selbst treffen konnte, mussten außerhalb des Aufnahmebereichs der Kameras geschehen. Alles, was er in diesem Zimmer tat, wurde observiert und aufgezeichnet. Sobald er sich ungewöhnlich verhielt, wurde das gesehen. Er öffnete den Kleiderschrank und blieb davor stehen, den Rücken zum Zimmer. Im Schrank befand sich keine Kamera, das hatte er vorher kontrolliert. Links waren die Regalbretter und rechts der Teil mit den Kleiderbügeln. Dort hingen zwei Anzüge und seine Jacke. Er nahm sich eine Unterhose, ein Paar Socken und ein Unterhemd und stopfte sie sich in die Jackentaschen. Zwischendurch drehte er sich um und legte ein sauberes Oberhemd und eine andere Hose aufs Bett. Ablenkung. Illusion. Wenn er gleich Hals über Kopf losmusste, konnte er keine Taschen oder Koffer mitnehmen – nur seine Jacke und alles, was hineinpasste. Morgen würde er in ein anderes Zimmer gebracht werden, und seine Sachen würden Stasimitarbeiter transportieren. Zwischen diesem und dem neuen Zimmer würde man jede Faser seiner Kleidung untersuchen. Außer seiner Jacke, denn die würde er anziehen, bevor er das Zimmer verließ.

Seinen Pass hatte er beim Einchecken an der Rezeption abgegeben, den würde er nicht mehr zurückbekommen. Sein heimlicher Aufbruch bedeutete auch das sofortige offizielle Ende von Max Danzler. Nur in der Welt der Verwaltungsbüros würde er weiter existieren.

Sorgfältig platzierte er seine Unterlagen auf dem Schreibtisch in seinem Zimmer: Vorschläge für finanzielle Konstruktionen, Aufzeichnungen zu Transaktionen und Betriebsübernahmen. Er zog sich den Stuhl heran und machte sich an die Arbeit, wie gewöhnlich um diese Zeit. Seit den Erpresserfotos mit Sabina hatte er unermüdlich an einer Konstruktion für den jungen KGB-Offizier mit dem stacheligen blonden Haar gearbeitet. Der Mann war anspruchsvoll, und seinen diversen Wünschen ließ sich nur schwer entsprechen. Aber jetzt hatte er es fast hinbekommen, und dieser Vertrag würde ihm möglicherweise das kleine bisschen zusätzliche Zeit verschaffen, das er brauchte.

Indem er sich selbst zum Arbeiten zwang, wurde er ruhiger. Der Drang, sofort aktiv zu werden, nahm ab. Alles war eine Frage der Beherrschung. Konzentriert bastelte er an dem Vertrag, bis auch die letzten Details seinen Vorstellungen entsprachen. Auf einer Hotelschreibmaschine tippte er den Vertrag. Schrieb alles ins Reine, ohne Fehler. Aus der Tasche holte er ein Stempelkissen und einige Stempel, einen aus seinem Büro in Zürich, einen einer Anwaltskanzlei auf Curaçao und einen eines Mittelsmannes in Panama. Zwei der drei Stempel positionierte er links und rechts oben auf den Seiten. Den dritten, den von Econocom Tech, ließ er liegen. Aus dem Koffer holte er die dazugehörigen Kaufbriefe, die er vor seinem Aufbruch nach Dresden hatte erstellen lassen, alle fein säuberlich und wasserdicht von einem Notar in Zürich ausgeführt. Insgesamt ein schönes Paket, vielleicht das schönste, das er jemals zusammengestellt hatte.

Um sechs Uhr zog er sich um, nahm Hose und Oberhemd vom Bett. Aus dem Schrank holte er eine Krawatte und eine Jacke, betrachtete sich selbst im Spiegel und ging nach unten, zur Bar. Anders als sonst war er allein, der Umtrunk und das Essen dauerten endlos, jede Minute fühlte sich an wie eine Stunde. Geduldig arbeitete er sich durch ein dreigängiges Menü, jeden Bissen kaute er einundzwanzig Mal, wie es ihm seine Mutter beigebracht hatte. Nun tat er es, weil ihn das Kauen in eine Art Trance versetzte, auf eine Bewusstseinsebene, in der die Zeit keine Rolle mehr spielte.

Nach dem Essen bestellte er sich einen Cognac, den er auf der Terrasse trinken wollte, und trat mit dem Glas in der Hand durch die offen stehenden Türen nach draußen in die Dämmerung. Ohne sich umzusehen, ging er weiter bis ans Flussufer. Er ließ das Glas ins Gras fallen und wollte weiter zur Brücke. Nonchalant. Am wenigsten fällt man auf, wenn man sich ganz normal benimmt, als wäre gar nichts Besonderes los. Er ging weiter. Hinter sich hörte er jemanden rufen.

»He! Du!«

Kurz zögerte er. Wenn er jetzt stehen blieb, würde er in der Öffentlichkeit einen Befehl missachten, ein enormes Risiko. Dann würde man ihn vielleicht festnehmen und in das Gefängnis zurückbringen, aus dem er gerade gekommen war. Diesmal als Staatsfeind, und er wusste genau, was das bedeutete: Folter bis zum Ende. Er spürte die Zukunft förmlich in allen Gliedern. Trotzdem musste er weitergehen, dieser Abend war seine einzige Chance, darum schluckte er sämtliche Ängste herunter und ließ es darauf ankommen, dass sein Vorsprung groß genug war. Er duckte sich, verschwand im Gebüsch am Flussufer, rannte unter der Brücke hindurch auf die andere Seite und erreichte die Hauptstraße. Der Mann, der ihn hatte anhalten wollen, stand noch rufend vor der Brückenunterführung; sein Rufen verfolgte ihn beim Weiterlaufen. Er schaute sich nicht mehr um. Bis ans andere Ende der Straße brauchte man vielleicht zehn Minuten. Dort, in der letzten Ecke, befand sich das Wirtshaus Am Thor. Um sicher sein zu können, dass ihm niemand folgte, machte er Umwege und brauchte doppelt so lange. Zwischendurch blieb er stehen, drehte sich um, lief ein Stück zurück, nahm eine Seitenstraße und kehrte wieder um. Er bemerkte niemanden, der ihn beschattet hätte; offensichtlich hatten sie ihm nicht folgen können.

Die Dämmerung ging ins Dunkel der Nacht über, und als er neben dem Baum auf dem Platz stehen blieb, schlug ihm das Herz bis zum Hals. Es war ruhig auf der Straße, wie immer. Aus der Gaststätte klangen die fröhlichen Stimmen der Russen und ihrer ostdeutschen Kollegen. Er zwang sich abzuwarten, bis niemand mehr in der Nähe war, bevor er die Hand in die hohle Stelle im Baum steckte und den Zettel herausholte. Im spärlichen Licht faltete er ihn auseinander und las:

Morgen 16 Uhr, vor dem Haupteingang von Robotron,
grüne Tüte bedeutet Gefahr, rote Tüte Sicherheit. Folge
der roten Tüte.

Die simple Umkehrung war eine zusätzliche Absicherung.
Rot hieß Los, Grün Stopp. Wenn das Treffen bereits beschattet würde, würde das rote Signal vielleicht gerade lange genug
Verwirrung stiften, um ihm einen Vorteil zu verschaffen. Er
steckte sich den Zettel in den Mund, kaute einundzwanzigmal
darauf herum und schluckte.

Die Aktion war eingeleitet, schneller, als er gedacht hatte.
Das war gut, er spürte, wie in ihm ein vorsichtiger Optimismus aufstieg. Den unterdrückte er sofort. Optimismus war gefährlich. Erst musste er es noch sicher zurück ins Hotel schaffen, und dafür brauchte er eine Eskorte, die über ausreichend
Macht verfügte, um die Stasi auf Distanz zu halten.

69

AM THOR

Im Wirtshaus war es voll und laut, an fast allen Tischen saßen Männer zusammen und führten meist ziemlich laute Gespräche. Hier und da gab es kleinere Grüppchen, die sich in
gedämpftem Ton unterhielten, ihre Worte gingen in der Laut-
stärke der anderen unter. John ging zur Bar, bestellte sich ein
Bier. Erst nachdem das Glas vor ihn auf den Tresen gestellt
wurde und er den ersten Schluck getrunken hatte, schaute er
sich um. Das hier war die Stammkneipe der in Dresden statio-
nierten Russen. Hier trafen sie sich, um sich zu entspannen
oder hinter den Kulissen zu beraten, obwohl John bezweifelte,
dass es ein »hinter den Kulissen« in einem kommunistischen
Land überhaupt gab. Alles wurde registriert, alles wurde
dokumentiert. Während der vergangenen Monate hatte er
wahrgenommen, dass immer mehr Russen beim Gedanken
an die Zukunft nervös wurden. Das Gefüge der Sowjetunion
quietschte und knarrte, es schien keine Garantien mehr zu
geben, nicht einmal mehr für die Organisationen, die jahr-
zehntelang das Fundament des Landes gebildet hatten. Dres-

den war bei den Russen beliebt, hier konnten sie in aller Ruhe machen, was sie wollten, viel mehr als in Berlin. In Dresden zog Robotron die Ausländer an. Hier gab es Geld zu verdienen und zu verteilen. Sie wussten es alle, jeder Einzelne, der einzige Unterschied bestand darin, dass der eine Zugang zu Kapital hatte und der andere nicht.

Das Wirtshaus Am Thor war eine richtige ostdeutsche Gaststätte, in allem das Gegenteil des Hotel Bellevue. Einfach, ohne jede Atmosphäre, ohne jeden Luxus, mit harten Stühlen und grellem Licht. Hinten im Schankraum entdeckte John den Mann, den er suchte, Platow, den KGB-Offizier mit dem blonden Stachelhaar und dem mitleidlosen Blick. Der würde ihn ins Hotel zurückbringen können. Der andere erkannte ihn, auch das merkte er. Er nahm sein Glas vom Tresen und ging in aller Ruhe zu Platows Tisch. Unterwegs nahm er sich einen freien Stuhl und stellte sich dann neben den Mann.

»Darf ich?«, fragte er, und nach einem kaum sichtbaren Nicken des Mannes ließ er sich an dem Tisch nieder. »Prost.«

»*Na sdorowje*«, erwiderte der Mann und hob das Glas. »Ich hatte hier nicht mit Ihnen gerechnet.«

»Aber ich bin da. Manche Angelegenheiten können nicht warten.«

Platow lachte auf, kurz und scharf, wie um zu sagen, dass *er* es war, der entschied, wie lange John zu warten hatte. Er und niemand anders.

»Unterschriften und Verträge haben ihre eigenen Gesetze«, sagte John. »Denen ist Zeit egal. Ein Vertrag ohne Unterschrift ist kein Vertrag, der besteht erst, wenn wir ihn komplett machen. Perfekt machen. Ein schöner Ausdruck, finden Sie nicht? Perfekt machen. Denn das ist er, perfekt, besser wird er nicht, und er wartet auf uns.« John leerte sein Glas in einem Zug und stellte es auf den Tisch.

»Jetzt?«

»Unsere sämtlichen Vorbereitungen sind abgeschlossen, alles ist bereit, und Sie wissen so gut wie ich, dass von der Sicherheit von heute schon morgen vielleicht nichts mehr übrig ist.« John wartete kurz auf eine Reaktion, aber die kam nicht. Platow machte keine Anstalten, eine Entscheidung kundzutun.

»Mir ist das egal, ich bin da oder auch nicht, darüber bestimmen andere. Damit erzähle ich Ihnen nichts Neues. Aber wenn ich nicht mehr da bin, kann ich auch keine Vereinbarung mehr treffen. Meine Unterschrift und Ihre, mehr ist nicht nötig, und mit weniger geht es nicht.«

Der KGB-Offizier starrte schweigend vor sich hin. John hatte noch nie ein so unnachgiebiges Pokerface gesehen wie bei diesem Mann. Er war ein paar Jahre jünger als er selbst und völlig unergründlich.

»*Pojekhali*«, sagte er. Los geht's. Er stand auf, rief einige Leute zu sich, beriet sich kurz, zeigte auf den Ausgang der Wirtschaft. Von einem KGB-Team umgeben, jeweils einen Mann vor, hinter und links von sich, setzte er sich in Bewegung. Vorsichtig, freundlich, auf der Hut. Eine einzige falsche Bewegung, und die Gruppe um ihn herum würde ihn umzingeln und ausschalten. Schräg hinter ihm, auf der rechten Seite, ging Platow.

»Zurück ins Hotel«, sagte er. Sie gingen die Hauptstraße entlang, zurück zum Bellevue. Das Lachen auf Johns Gesicht hatte nicht nur etwas mit seiner nervlichen Anspannung zu tun. Das hier war die beste Eskorte, die er hätte haben können. Die Stasiagenten am Hotel, die ihn hatten beobachten sollen, sprangen förmlich auf, um Haltung anzunehmen. Der KGB-Offizier war nicht nur eine Eskorte, sondern gleichzeitig ein greifbares Alibi. Niemand würde es wagen, sein Treffen mit Platow zu kritisieren.

Sobald sie zusammen durch den Haupteingang das Hotel betraten, wurden sie von Sicherheitspersonal umringt, das sie nicht mehr aus den Augen ließ. In der Hotellobby wurde er angehalten. Fünf Stasileute versperrten ihm den Weg, und Platow pfiff seine Männer zurück. Er ließ ihn allein vor einer Übermacht stehen. Vollkommen ungerührt schaute der Russe zu, wie man John packte und mitnahm. Schweigend folgte er in einigen Schritten Abstand.

Der Plan war misslungen. John hatte geglaubt, mit Platow an seiner Seite freien Durchgang zu erhalten, er hatte geglaubt, die Hierarchie würde respektiert werden. Zuerst Moskau, dann Berlin. Sie nahmen ihn mit in einen Raum ohne Fenster, einer der Männer öffnete die Tür, die anderen stießen ihn hinein. Fünf von der Stasi, fünf vom KGB. Er war machtlos. John streckte als Zeichen der Kapitulation beide Arme in die Luft, versuchte zu erklären, dass nichts vorgefallen sei. Ein Geschäftstermin, mehr nicht. John war stark, durchtrainiert, aber ein Kampf mit diesen Männern war keine Option. Mitarbeiten war besser. Kein Widerstand, Widerstand macht alles schlimmer. Der Kontakt zu Platow stellte seine wichtigste Operation dar, Econocom Tech war aufgebaut worden, um genau solche dicken Fische an Land zu ziehen. Der Deal musste abgeschlossen werden, er brauchte die Unterschriften, bevor die Dinge hier in Dresden noch weiter außer Kontrolle gerieten, sonst waren all seine Anstrengungen umsonst gewesen.

»Wir kennen uns alle«, sagte er. »Es gibt kein Problem, wirklich nicht!«

Niemand reagierte, er bekam keine Antwort. Einer der Ostdeutschen trat einen Schritt vor und boxte ihm mit voller Kraft in die Magengrube, unerwartet und hart. John klappte zusammen, Schmerz schoss durch seinen Körper. Noch bevor er den Schlag hätte verarbeiten können, kam der nächste, in die Seite, noch schmerzhafter als der erste, auf die Narbe der Schusswunde. Beim dritten Schlag verging der erste Schock langsam, und der Schmerz drang ungefiltert zu ihm durch. Es war, als stünde sein ganzer Körper in Flammen. Mit beiden Armen versuchte er neue Schläge abzuwehren. Er wollte etwas sagen, aber seine Stimme brachte nur noch unverständliche Schreie hervor. Ein einziges Wort gelang ihm.

»Nicht!«

Der Mann holte mit dem rechten Fuß aus und trat ihm die Beine weg. Mit einem lauten Aufprall ging John zu Boden, knallte mit dem Hinterkopf gegen die Wand. Der Schmerz ging in ein taumelndes Bewusstsein über. Er blieb zusammen-gekrümmt auf dem Boden liegen, die Knie bis ans Kinn hoch-gezogen, versuchte seine Sinne unter Kontrolle zu bekommen. Er sah nichts mehr und hörte nur noch sich selbst. Er konzen-trierte sich auf seinen Atem, seinen Kopf, seine Muskeln. Stieß den Schmerz weg. Fast.

Der Tritt in seinen Rücken war gnadenlos. Sein Körper schien an seine Grenzen geraten zu sein. Er schrie, um sich über den Schmerz hinwegzusetzen. Er schrie, um sich an dem Lärm festhalten zu können. Er schrie, weil er nicht anders konnte.

»Genug.«

Platows flache Stimme bereitete der Gewalt ein Ende, ebenso schnell und unerwartet, wie sie begonnen hatte. Der Mann, der ihn geschlagen und getreten hatte, trat ein paar Schritte zurück, und ein anderer kam auf ihn zu, beugte sich über ihn.

»Ohne Erlaubnis gehst du nirgendwohin.«

John blieb zusammengekrümmt auf dem Boden liegen.

»Hast du mich verstanden?«

Er nickte, ohne den Kopf vom Boden zu heben. Sogar diese kleine Bewegung schmerzte.

»Jeder Termin, jedes Treffen, jedes Gespräch nur mit Erlaubnis. Hast du verstanden?«

Langsam beruhigte sich sein Körper, er fand seine Stimme wieder.

»Ja.«

»Und du hast keine Erlaubnis.«

»Nein.« Worte waren weniger schmerzhaft als Bewegungen.

»Auch nicht für Termine mit unseren geschätzten Kollegen aus Moskau.«

Platow kam auf den Mann zu, tippte ihm an die Schulter, und zusammen gingen sie in eine Ecke des Raumes, außer Hörweite von allen anderen. John sah, wie Platow dem Offizier zuredete, behutsam, mit kleinen Handbewegungen, beherrscht. Der Ostdeutsche wandte sich um, sammelte seine Leute und verließ den Raum. Platow wartete, bis sich die Tür hinter ihnen geschlossen hatte. Erst dann kam er zu ihm, ging in die Knie und hockte sich neben ihn.

»Alles in Ordnung?«

»Nein.«

»Gut so.«

Er winkte, und seine Begleiter halfen John auf, sehr langsam und sehr vorsichtig. Aufrecht stehen ging noch nicht, sein Bauch und sein Rücken zwangen ihn in eine gebückte Haltung.

»Das wird schon wieder«, sagte Platow. »Ich habe da jemanden, der Ihnen helfen kann. Wir haben Erfahrung mit solchen Fällen. Kommen Sie mit.«

Schritt für Schritt gingen sie zur Tür, blieben dort stehen. Einer der Begleiter stützte ihn, John hätte selbst die kurze Strecke sonst nie geschafft.

»Wir sind hier alle zu Gast«, erklärte Platow. »Sie, aber wir auch. Und es ist wichtig, dem Gastgeber das Gefühl zu vermitteln, dass er bestimmt, was hier passiert. Es ist unhöflich, einfach sein eigenes Ding zu machen. Damit stört man die Verhältnisse. Alles klar?«

»Ihm das Gefühl zu geben, dass er bestimmt?«

»Ja, das Gefühl.« Ein sparsames Lächeln umspielte seine Lippen. Es war die furchterregende Andeutung eines Lachens, genauso für seine ostdeutschen Kollegen gedacht wie für John. Gefühle gab es bei diesem Mann nicht.

»Was haben Sie zu ihm gesagt?«

»Dass ich Sie brauche, dass es ein Geschäft von nationaler Bedeutung betrifft und ich niemanden sonst dabeihaben will.«

Das Machtverhältnis zwischen der Stasi und dem KGB musste dahinter zurückstehen. Platow hatte John freibekommen, um ihn selbst benutzen zu können. Sobald er mit ihm fertig wäre, musste er sich wieder selbst zu helfen wissen. John erhielt keine einzige Garantie.

»Wo sind diese Verträge? Auf Ihrem Zimmer?«

»Ja.«

Das erwies sich als Problem. Platow wollte unter gar keinen Umständen in Johns Zimmer seinen Vertrag unterzeichnen, nicht unter dem wachenden Auge der Kameras und vor den Mikrofonen. Ihr Zusammentreffen durfte in keinem einzigen Protokoll erfasst werden, niemand durfte davon erfahren. Seine sämtlichen Forderungen betrafen die Geheimhaltung, und er hatte nicht vor, diese Vorgehensweise zu kompromittieren. Am liebsten hätte er sich gar nicht auf den Hotelfluren sehen lassen; seine Rolle gehörte in den Hintergrund, außerhalb des Scheinwerferlichts. Darum war er auch in Dresden und nicht in Ostberlin. Hier konnte er unbemerkt sein internationales Netzwerk aufbauen. Der Deal mit Max Danzler gehörte dazu.

John hätte Platow nur zu gern gefragt, warum es die Stasi plötzlich so auf ihn abgesehen hatte. Der KGB-Offizier wusste genau, was da los war, auch wenn er es ihm wahrscheinlich nie erzählt hätte. Im täglichen Umgang verhielt er sich genauso wie bei seinen Geschäften: Alles gehörte ihm, aber sein Name durfte nirgendwo erscheinen. Kein einziges Dokument durfte direkt auf ihn hinweisen. Er hatte vielleicht Geschäftsanteile, aber er konnte nicht deren Gesellschafter sein. John hatte eine prächtige Konstruktion für ihn entwickelt, mit einer Stiftung, drei GmbHs und Konten in Steuerparadiesen. Der Vertrag war auf die Akquise einer Handelsfirma in Mexiko ausgestellt. Dieser Betrieb gehörte einer Holding auf den Kaimaninseln, und die Holding befand sich in den Händen einer Stiftung mit einem Büro auf Curaçao. Über gut verborgene Steuerposten konnte Platow alle unsichtbaren Fäden ziehen. Genau wie er wollte.

»Nicht hier«, sagte er. Mit leiser Stimme erteilte er seinen Leuten Aufträge, verteilte die Aufgaben. »Wo sind die Unterlagen?«

»Auf dem Schreibtisch und in meinem Koffer.« John wollte erklären, was genau er brauchte, aber Platow hörte nicht zu.

»Holt alles her«, sagte er zu seinen Leuten.

Genau das hatte John hören wollen. Alles mitnehmen, egal wohin, nur weg aus dem Hotel.

70

ZU DUMM ZUM AUFHÖREN

Auf dem Rücksitz eines Kleinwagens brachte man ihn in ein Viertel außerhalb der Stadt. John erkannte den Weg, sie fuhren den Hügel hoch. Als ihn Claus Werdermann aus dem Gefängnis ins Hotel zurückgebracht hatte, waren sie denselben Weg gefahren, nur in die andere Richtung. Jetzt hielt das Auto an einer eleganten, frei stehenden Villa in einem grünen Viertel mit vielen Bäumen, nur wenige Minuten Fußweg von dem Gefängnis entfernt, aus dem er gerade kam.

Diese Villa war das Allerheiligste des Geheimdienstes, die KGB-Niederlassung in Dresden. Ein geräumiges Gebäude, das zum größten Teil als Büro genutzt wurde. Zwei Begleiter brachten John in ein Schlafzimmer mit einem Doppelbett und eigenem Bad. Waschbecken, Dusche, WC. Alles passte gerade so hinein.

»Warten Sie hier.«

Still saß er auf dem Bettrand, in seinem Kopf tobten so viele verschiedene Gedanken, dass er nicht hinterherkam. Er war in Ostdeutschland, hinter dem Eisernen Vorhang, in einer

Niederlassung des KGB, auf der Flucht vor der Stasi, von den Russen gerettet und kurz davor, den größten Coup seiner Karriere zu landen, während sein Körper noch vor Schmerzen zitterte. Still sitzen war das Beste, was er tun konnte. Keinen negativen Gedanken oder Zweifeln nachgeben. Vor allem den Zweifeln nicht, Zweifel waren der Anfang vom Ende. Und keine Emotionen. Nie Emotionen. Keine zeigen, keine zulassen. Den Kontakt mit Platow abwickeln, unterschreiben und dann dafür sorgen, dass er zum abgesprochenen Zeitpunkt am Eingang des Robotron-Büros stand, um entkommen zu können. Darauf musste er sich konzentrieren, alles andere war unwichtig. Auf den Deal und auf seine Flucht.

Eine Frau mit einer großen Tasche kam herein. Zuallererst holte sie eine Dose hervor. Sie schüttelte sich vier weiße Pillen in die Hand und holte ein Glas Wasser.

»Aspirin«, sagte sie und bedeutete ihm durch Gesten, alle vier einzunehmen. Erst danach half sie ihm sehr vorsichtig beim Ausziehen von Schuhen und Socken, Jacke und Hemd, zum Schluss auch seiner Hose. Nur noch in Unterhosen stand er neben dem Bett. Die Frau ging um ihn herum und betastete vorsichtig die Stellen, die jetzt rot waren und am nächsten Tag tiefblau oder lila sein würden. Sie brachte ihn ins Badezimmer und ließ ihn allein.

Das Duschen war kein Spaß, das Abtrocknen noch schlimmer. Seine Haut fühlte sich an einigen Stellen rau und kaputt an, mehr als sich trocken tupfen konnte er nicht, sein Rücken war unerreichbar. Es gelang ihm nicht, seine Arme so weit zur Seite, nach oben und nach hinten zu bewegen, um das Handtuch hinter sich ziehen zu können. Er fühlte sich hilflos, nicht imstande, für sich selbst zu sorgen. Je mehr Zeit verstrich, desto schlaffer schien sein Körper zu werden. Er brauchte seine ganze Energie, um mit den Verletzungen umzugehen, die Druckstellen mit genügend Blut zu versorgen, den Sauerstoff in sein Blut zu bekommen und das Blut durch seinen Körper zu pumpen. Er fühlte sich wie eine Maschine, die knarrend und quietschend in Gang blieb, zu dumm zum Aufhören.

Die Frau bedeutete ihm, sich aufs Bett zu setzen. Sie hatte ihre Tasche ausgepackt, auf dem Tisch standen Tiegel, Tuben und Fläschchen bereit, neben Verbänden und Pflastern. Geduldig behandelte sie jede Wunde und jeden blauen Fleck, rieb ihm die Haut mit Salben und Lotionen ein, umwickelte seinen ganzen Rumpf mit einem breiten Gazeverband, der alles schützen und stützen sollte. Er verspürte Erleichterung und merkte, dass das Aspirin allmählich wirkte.

»Wir haben Erfahrung mit solchen Fällen«, hatte Platow gesagt, und davon war jedes Wort wahr. Langsam spürte er, wie es ihm besser ging.

Mitten in der Nacht erschien einer der Wachmänner mit seinem Koffer und seiner Tasche, die Papiere vom Schreibtisch in seinem Hotelzimmer hatte er in eine separate Plastiktüte gepackt. Er legte alles aufs Bett. John öffnete den Koffer, holte die Papiere aus den Taschen und kontrollierte, ob sie alles mitgebracht hatten. Sobald er fertig war, bedeutete ihm der Mann durch Gesten, ihm zu folgen, und führte ihn in ein Besprechungszimmer im ersten Stock. Dort saß Platow mit einem Mann, den John noch nie zuvor gesehen hatte.

»Das ist Alexej«, sagte Platow. »Alexej Fritlow. Alexej wird die Papiere unterzeichnen.«

Kurz war John völlig überrascht. »Das geht nicht. Die Unterlagen sind nicht auf seinen Namen ausgestellt.«

»Dann müssen sie auf seinen Namen ausgestellt werden.«

Nach all den Vorbereitungen kam Platow mit einer neuen Forderung. Das bedeutete, alles musste neu gemacht werden. Vielleicht hätte er das vorhersehen müssen, Platows Wunsch, in keinem der offiziellen Dokumenten zu erscheinen, war beinahe pathologisch. Er schaute zu Fritlow hin, der dabeisaß, als hätte er mit alldem nichts zu tun.

John schloss die Augen. »Wissen Sie, worum es hier geht?«, fragte er, und mit weiterhin geschlossenen Augen lauschte er Fritlows Antwort. Der Mann trug ein paar Sätze vor, wie abgelesen. Die Stimme des Mannes hatte keine Tiefe, nichts Eigenes. Er war ein Strohmann. Zur Anpassung der Kaufbriefe brauchte John Unterschriften und Stempel des Rechtsanwalts in Zürich.

»Sagen Sie einfach, was Sie brauchen, wir haben hier alles. Alexej ist auf das Anpassen von Dokumenten spezialisiert.«

Damit war das Gespräch beendet. John konnte nicht anders, er musste gehorchen. Er hatte keine Ahnung, wie viel Zeit er für die Anpassungen brauchen würde, für das Ändern von Namen und Geburtsdaten, Passnummern und allen anderen persönlichen Informationen in den Kaufbriefen. Doch was auch geschah, die Verabredung mit seiner Kontaktperson durfte er nicht verpassen.

»Später am Nachmittag werde ich bei Robotron erwartet«, verkündete er.

»Von wem?«

»Werdermann.«

»Natürlich. Der Claus behält alles im Blick.« Überall war das Kompetenzgerangel zwischen Stasi und KGB zu spüren. Platow musste ständig aufpassen, dass seine Gastgeber, wie er sie nannte, nicht vor den Kopf gestoßen wurden. Claus Werdermann war nicht der unschuldige Personalmanager eines großen Betriebs. Niemand war unschuldig, dachte John, er selbst auch nicht. Es war auch nicht notwendig, unschuldig zu sein, solange man es nur wusste. Werdermann stand höher in der Stasihierarchie, als John nach seinem Aufenthalt im Gefängnis gedacht hatte. Vielleicht war das sogar logisch. Bei Robotron arbeiteten mehr als sechzigtausend Angestellte, und er überwachte sie alle. Dazu passte eine gehobene Funktion.

»Wann?«

Jetzt musste er geschickt bluffen und spekulieren. Wenn sie bei Werdermann nachfragten, war John verloren. Aber wenn er das Treffen mit seiner Kontaktperson verpasste, war er verloren, dann wusste seine Kontaktperson nicht mehr, wo er war. Er würde keine zweite Chance bekommen, noch ein Signal zu geben, denn in sein Hotelzimmer würde er nicht mehr zurückkehren können. Seine einzige Chance war heute die Verabredung vor dem Eingang von Robotron. Rote Tüte, grüne Tüte.

»Um sechzehn Uhr«, sagte John.

»Bis dahin sind wir hier fertig«, sagte Platow. Er schaute auf seine Armbanduhr. Es war fünf Uhr morgens. Noch elf Stunden. »Alexej fährt.«

71

GRÜNE TÜTE, ROTE TÜTE

Alexej war tatsächlich ein richtiger Profi, er konnte Stempel und Unterschriften fälschen und Getipptes unsichtbar vom Papier entfernen, um es dann zu überschreiben. Durch andere Namen. Seinen, Alexej Fritlow. John und er arbeiteten konzentriert weiter, unter seinen Händen verwandelten sich die Unterlagen nach Platows Anweisungen. Während sie beschäftigt waren, versuchte er herauszufinden, wer der Mann eigentlich war, doch Fritlow war auch Profi für kurze Antworten. Ja und nein, auf mehr ließ er sich nicht ein, meistens sagte er aber gar nichts.

Auch gut, dachte John und arbeitete weiter. Die Stunden vergingen, der Mittag brach an. Gerade noch rechtzeitig konnten sie die überarbeiteten Verträge auf den Tisch legen, und unter Platows wachendem Blick unterzeichneten Fritlow und John, mit Initialen auf den einzelnen Seiten und ihren Unterschriften auf der letzten. Drei Kopien, eine für Fritlow, eine für Platow und eine für John, für Zürich, und damit war der Deal abgeschlossen. John konnte es kaum glauben. Ein Dreivierteljahr der Vorbereitung hatte zu einer Konstruktion geführt, in der der Geheimdienst Einblick in die Aktionen wichtiger KGB-Funktionäre erhielt, sie hatten jetzt eine Verbindung, über die sie dem Cashflow folgen konnten, und an diesem Cashflow würde man erkennen können, worum es ging.

»Mit den Unterschriften kann das Kapital der Übernahmen an die Stiftung und die dazugehörigen GmbHs freigegeben werden. Damit wird es verfügbar.«

Es gab weder Champagner noch Torte, es wurde nicht gefeiert. In dem KGB-Haus in Dresden herrschte eine strenge Sachlichkeit. Platow schüttelte ihm die Hand und dankte ihm.

»Wenn alles gut läuft, werden wir einander nie wieder sehen oder sprechen müssen«, sagte er. »Alexej fährt zur Verabredung, bleibt aber draußen. Verstanden, Alexej? Wir bleiben im Hintergrund. Du setzt ihn da ab, bringst seine Sachen ins Hotel und kommst wieder hierher.« Ein schmallippiges Lächeln, mehr Emotionen zeigte er nicht. Die Bedeutung war klar. Max Danzler wurde in Dresden ausgesetzt, sein Schicksal lag in den Händen der Stasi.

»Viel Glück, Herr Danzler.«

Die Fahrt ins Zentrum, zum Robotron-Büro an der Ecke Waisenhausstraße/Leningrader Straße, dauerte eine knappe halbe Stunde. Zu viert hockten sie in einem kleinen Auto, einem Saporoschez. Zwei Bewacher vorne drin, Fritlow und er aneinandergedrängt auf dem Rücksitz. Der Wagen hielt vor der Tür. Viertel vor vier.

»Wir sind früh dran«, sagte John. »Ich mache noch einen kleinen Spaziergang, bevor ich hinein gehe. Nach der letzten Nacht kann ich wirklich ein bisschen frische Luft gebrauchen.«

»Dann warten wir auch«, gab Fritlow zurück. Sein Auftrag

lautete, John abzuliefern. Sobald er im Gebäude wäre, würden ihn die Ostdeutschen im Auge behalten, so lange er noch draußen auf der Straße herumlief, lag die Verantwortung für ihn bei Fritlow und seinen Kollegen.

Um zehn vor vier stieg er aus und lief am Gebäude entlang, in Richtung Altmarkt, vielleicht fünfhundert Meter von dem geparkten Auto entfernt. Er schlenderte herum, sog die Luft ein, leerte seinen Kopf. An nichts denken. Grüne Tüte, rote Tüte. Nichts anderes.

Er wandte sich um und ging zurück zum Bürogebäude. Fritlow und einer der Bewacher waren nun auch ausgestiegen und lehnten sich an den Wagen. Nur der zweite Bewacher saß noch darin. John näherte sich ihnen, mit langsamen Schritten. Grüne Tüte, rote Tüte. Nichts zu sehen. Nicht an der Tür und auch nicht irgendwo anders auf der Straße. Ohne den Kopf zu bewegen, ließ er den Blick von links nach rechts schießen. Je früher er jemanden mit einer Tüte sah, desto schneller konnte er reagieren, aber er sah niemanden. Vor dem Eingang des Gebäudes standen einige Leute und unterhielten sich. Arbeiter wahrscheinlich. Menschen kamen und gingen.

Zwei Minuten vor vier. John stand wieder vor dem Gebäude, und noch immer sah er niemanden. Um für Fritlow glaubwürdig zu bleiben, musste er die Treppe zum Eingang hinauf, sonst würde er zu spät zu seinem angeblichen Termin kommen. Er war fast dort, doch bevor er das Gebäude betreten konnte, kam ein Mann heraus. Hut, Brille, Regenmantel. John trat einen Schritt zur Seite, und in diesem Augenblick zog der Mann eine rote Tüte unter dem Mantel hervor. Er schaute John nicht an, sondern lief einfach weiter, die Treppe hinunter, zum Bürgersteig.

Rote Tüte!

Instinkt und Training übernahmen die Regie. John reagierte automatisch. Hinter dem Mann verließen vier weitere das Gebäude, in einer Gruppe. John schloss sich den vieren an, ging ebenfalls die Treppe hinunter. Sah, dass Fritlow und seine Begleiter sich gerade anschickten, wieder in den Wagen zu steigen. Offensichtlich glaubten sie, er sei nach drinnen gegangen und jetzt außer Sichtweite.

Der Mann mit der Tüte bog nach links ab, mit großem Abstand am Auto vorbei. Immer noch in der Gruppe geschützt, folgte ihm John. Bis jetzt war es gut gelaufen, doch irgendwann würde er unwiderruflich aus seiner Deckung treten und nicht mehr hinter der Gruppe, sondern direkt davor laufen müssen, um außer Sicht zu bleiben. Und dieser Punkt befand sich ganz in der Nähe des Wagens. »Mach deinen Kopf leer, warte auf den richtigen Augenblick, denke an nichts, dann los.« So lautete das Training. Alles im Auge behalten, links und rechts gleichzeitig, *split vision*, wie ein Basketballer auf dem Feld. Der Mann mit der roten Tüte ging jetzt schneller. Fritlow schaute sich noch einmal um, für einen letzten Check, bückte sich, um ins Auto zu steigen, und genau in diesem Moment verließ John seine Deckung, machte fünf, sechs Schritte, um die Gruppe zu überholen und an ihr vorbeizukommen. Er musste schneller gehen, um die rote Tüte nicht zu verlieren.

Hinter sich hörte er Fritlow schreien.

»Danzler! Halt!«

Vor sich sah er die rote Tüte um die Ecke biegen. Da musste er hin. Er schaute sich nicht mehr um, nur noch vor sich, auf diese Ecke, hundert Meter entfernt, rannte mit aller Macht, die blauen Flecken an seinem Körper protestierten mit brennendem Schmerz. Es fühlte sich an, als würde seine Narbe gleich reißen. Geschrei hinter ihm. Er sprintete um die Ecke, der Mann mit der roten Tüte stand neben einem Auto mit geöffnetem Kofferraum. Anweisungen waren überflüssig. John sprang hinein, rollte sich zusammen, und der Mann schlug die Klappe zu. Der Mann selbst stieg nicht ein, aber John hörte, wie er Krawall machend wegrannte, die Straße hinunter, hörte die Männer hinter ihm herrennen und schreien, bis es still wurde und wieder Ruhe in der Straße einzukehren schien.

Wie lange lag er da? Ewig lange Minuten, vielleicht eine halbe Stunde oder noch länger, er hörte nur noch Passanten, hin und wieder eine bedeutungslose Unterhaltung, die von links nach rechts an ihm vorbeizog oder andersherum. Viel Stille. Er rührte sich nicht, lag bewegungslos in dem viel zu kleinen Kofferraum, bis er in allen Muskeln Krämpfe hatte, bis seine Gelenke steif waren wie ein rostiges Schloss, bis endlich jemand einstieg, den Wagen startete und quälend langsam wegfuhr.

So lag er noch Stunden, hin und her geworfen durch die nicht existente Federung des Wagens, von Stoßdämpfern war nichts zu spüren. Nach dreieinhalb Stunden Fahrt hielt der Wagen an. Der Fahrer stellte den Motor ab, und schlagartig umgab John eine intensive Stille. Jede Bewegung des Fahrers konnte er hören. Der öffnete die Fahrertür, stieg aus, lief um das Auto herum. Stopp. Der Mann fummelte am Schloss. Der Kofferraum sprang auf, und John blickte in die tintenschwarze Nacht hinaus und sah nichts. Der Mann knipste eine kleine Taschenlampe an und leuchtete ihm direkt ins Gesicht.

»Komm«, sagte er, und mit beiden Händen griff er nach Johns, half ihm vorsichtig aus dem Kofferraum. John war steif und krumm, konnte nur mit Mühe aufrecht stehen. Der Mann nahm ihn am Arm und ging den Weg entlang, leuchtete hin und wieder mit der Taschenlampe, die er aber schnell wieder ausknipste. Mit jedem Schritt kam Johns Blutzirkulation wieder in Schwung. Auf den ersten hundert Metern wurde ihm beinahe schwindlig von der Bewegung und dem Gefühl der Freiheit, von der Erleichterung, dass es dem ostdeutschen Regime nicht gelungen war, ihn einzusperren. Erst jetzt, da die Bedrohung nicht mehr bestand, spürte er, wie nahe sie ihm gekommen war. Immer noch hielt der Mann seinen Arm fest, ohne etwas zu sagen. Nach weiteren hundert Metern drehten sie um und gingen zurück zum Auto. Ostdeutschland hatte er verlassen, am Ziel war er noch nicht.

Der Mann gab ihm einen Ausweis und ein wenig Geld.

»Hast du eine Waffe?«, fragte er.

»Nein.«

»Gut so. Ohne ist es sicherer.« Er holte eine Packung Zigaretten zum Vorschein, f6, bot John eine an, gab ihm Feuer und steckte sich selbst auch eine an. Schweigend rauchten sie, an der Seite eines schmalen Pfades durch den riesigen Wald, weit entfernt von der nächsten Stadt. Sie warteten, bis in der Ferne Motorengeräusch zu hören war.

»Da sind sie«, sagte der Mann. »Gute Reise.« Ohne jeden weiteren Abschied stieg er in sein Auto und fuhr davon, ohne die Scheinwerfer einzuschalten, hinaus in die Nacht. Er hatte sich nicht vorgestellt und außer nach der Waffe nach nichts gefragt, wusste wahrscheinlich nicht einmal, wer John war, und wollte es auch gar nicht wissen. Sein Auftrag lautete, einen Mann außer Landes zu bringen, und diesen Mann an einem bestimmten Punkt abzusetzen.

Einige Minuten später hielt ein anderes Auto, ein Mann am Steuer winkte John, er solle einsteigen. Auch er stellte sich nicht vor, und auch er fragte nichts. Sie fuhren durch die Nacht, durch das Morgengrauen. An Prag vorbei nach Österreich. Kurz vor der Grenze stieg John in einen Lastwagen um, wo er über eine Luke in den Laderaum gelangte und sich in einer Art Sarg in der Karosserie verbarg. Nach einer Höllenfahrt hielt der Lastwagen in Rohrbach, und er konnte wieder in ein normales Auto umsteigen, einen Wagen aus dem Westen, einen Opel, mit dem er nach Westdeutschland gebracht wurde, über Luxemburg nach Maastricht und von dort aus mit dem Zug nach Den Haag. Max Danzlers Pass befand sich noch im Besitz der Stasi, und Max selbst hatte er irgendwo in den dunklen Wäldern der Tschechoslowakei zurückgelassen.

Teilweise zumindest.

12

SPUR AUS DER VERGANGENHEIT

Es steht alles in der Akte, aber ohne die Sehnsucht und die Desillusionierung, ohne das Drama, das sich darum herum entwickelt hatte.

Erfolgreich exfiltriert. Econocom Tech geschlossen.

Trocken wie altes Brot. Sachlich. Kein Wort über die Angst, die Hast, mit der John hatte handeln müssen. Nichts über das Gefühl des Verrats, das ihn überwältigte, und die Einsamkeit, die ihn überfiel, als er plötzlich ein Mann allein in einem feindlichen Land war.

Calder liest alles und zeigt es Kenzi. Antinks Vergangenheit ist genauso wenig zu fassen wie der Mann selbst.

Auf ihrem Schreibtisch liegt der Zettel, den sie in dem Archivkarton gefunden hat.

Das hier ist eine falsche Spur. Wenn alles gelöst ist, bringe ich die Dokumente wieder.

»Es ist also wahr«, sagt Kenzi. »Oder es ist nicht wahr.«

»Ob es wahr ist oder nicht, ist nicht interessant. Er sagt, diese Spur sei eine falsche, aber welche meint er damit? Da muss es doch etwas geben. Haben wir gar nichts anderes? Das kann doch gar nicht sein.«

Zögernd legt Kenzi die Geldkarte auf Calders Schreibtisch. »Das hier habe ich. Mevrouw Lydia Wilmen von der Stiftung RC. Das ist die Organisation hinter dem Repair Club, wo sie mit Antink und noch zwei anderen Unbekannten mitmacht. Über die Kontonummer habe ich ein paar Dinge herausfinden können. Die Stiftung hat eine Adresse in der Laan Copes van Cattenburch, bei einem Verwaltungsbüro. Alles ganz ordentlich geregelt.«

»Die Spur aus seiner Vergangenheit.«

»Das meine ich ja. Was ist seine Vergangenheit? Woher kommt John Antink? Warum weiß das niemand? Und wie heißt er wirklich?«

»Genau. Finden Sie ihn.«

13

WAS?

Er sitzt an einem Tisch im Restaurant im ersten Stock des Hotels und schaut auf den Koekamp, den kleinen Park auf der anderen Straßenseite. Vor ihm stehen ein dampfender Cappuccino, zwei Scheiben Toast mit Butter, ein halbes hart gekochtes Ei und ein Töpfchen Marmelade. Er weiß jetzt, was Boris Fritlow wollte, warum er ihn gesucht hat. Er weiß, dass Moskau sein ganzes Leben lang die Fäden gezogen hat, ohne dass er das mitbekommen hätte. Er weiß, warum seine Mutter und Vera so gut miteinander auskamen und dass seine Mutter wahrscheinlich wusste, dass er sie bespitzelt hat, und dass sie das genossen hat. Er begreift, dass deshalb die Informationen, die er aus dem Haus an den Geheimdienst weitergab, unzuverlässig waren. Keine der Informationen war jemals wirklich belastend für sie gewesen. Er weiß, dass seine Flucht aus Dresden etwas ganz anderes war, als er immer geglaubt hatte. Er trinkt seinen Cappuccino, isst von seinem Toast und versucht das Chaos seiner Vergangenheit zu sortieren. Eine der wichtigsten und prägendsten Missionen seines Lebens, das

Einholen von Informationen über die Pläne der Sowjetunion über finanzielle Verträge, hat sich in seiner Bedeutung ganz plötzlich um hundertachtzig Grad gedreht.

Was war dort in Dresden passiert? Die Ostdeutschen und die Russen hatten ihm eine riesige Illusion vorgegaukelt. Er war nicht enttarnt worden, denn sie wussten längst, wer er war. Mit Vera als Informantin brauchten sie nichts mehr zu entdecken, er brauchte nichts mehr zu gestehen, Verhöre waren nicht nötig. Es ging also um etwas anderes. Claus und Platow arbeiteten zusammen, und er war der Bauer, den sie auf ihrem Schachbrett hin und her schoben. Aber warum? Was wollten sie erreichen? Warum hatte man ihn so brutal zusammengeschlagen und danach so sorgfältig wieder zusammengeflickt? Sie hatten gedroht, ihn einzusperren, und dann hatten sie ihn entkommen lassen.

Erfolgreich exfiltriert. Econocom Tech geschlossen.

Das steht mit angemessenem Stolz in seiner Akte. Was für ein Scherz! Als man ihn im Kofferraum des qualmenden, rütteligen Trabant etwas nördlich außerhalb von Petrovice über die Grenze in die Tschechoslowakei gebracht hatte und er dort mitten im Wald ausgestiegen war, hatte er eine riesige Erleichterung empfunden, als wäre er aus einer beklemmenden Dunkelheit in ein befreiendes Licht getreten. Die Erleichterung war echt. Er war entkommen, das glaubte er wirklich, und dieser Glaube bewies, dass die Aktion der Ostdeutschen und der Russen auch echt war. So fühlte es sich an. Hätte ihm jemand in diesem Moment gesagt, dass alles inszeniert gewesen war, hätte er denjenigen für verrückt erklärt und ihm nicht geglaubt. Er vertraute seinem Gefühl, und es gibt nichts, was einen so hereinlegen kann wie das eigene Gefühl.

Aus diesem Grund schließt er oft die Augen, wenn er jemandem zuhört. Dann hört er nur, was der andere sagt, die Worte und die Intonation, und er braucht dem anderen nicht in die Augen zu schauen. In den Augen beginnt die Täuschung, dort regiert das Gefühl; der Gedanke, dass man dem anderen in die Seele schauen kann, ist stärker als das, was man hört.

Er weiß das alles. Er weiß viel zu viel. So früh am Morgen, der Cappuccino ist noch heiß, er hat den Toastduft noch in der Nase. Eigentlich wäre es besser, noch nicht so viel zu wissen, jedenfalls weniger als alles, was ihm im Kopf herumspukt. Die Frage lautet nicht mehr, was andere über ihn wissen. Die Frage lautet inzwischen, ob es noch irgendetwas gibt, was sie *nicht* wissen. Kennen sie Victor de Jolais? Wissen sie über den Repair Club Bescheid, über Lydia, George und Jaap? Wissen sie, was der Repair Club tut und woher das Geld stammt? Nach seiner Rückkehr aus Dresden hatte er einen neuen Ausweis für Max Danzler anfertigen lassen, damit hat er jetzt das verbliebene Kapital abschirmen können, die Passwörter verändert und den Auftrag erteilt, die GmbHs aufzulösen. Auch das werden diejenigen, die davon Gebrauch gemacht haben, schnell genug erfahren, nichts bleibt mehr verborgen. Das Einzige, was er noch hat, ist Zeit. Einen kleinen Vorsprung, vor allem weil sie denken, dass er ganz weit hinterherhinkt.

Veras Verrat hat ihn umgehauen, er ist von grenzenloser Niedergeschlagenheit überwältigt, die jegliches Vorausdenken und Planen blockiert. Das Gefühl wirft ihn gewaltsam in die Vergangenheit zurück, er verstrickt sich darin, wird eingeschlossen wie von Treibsand. Er darf nicht nachgeben. Wenn er in diesen ganzen Jahren eines gelernt hat, dann das: Das Spiel ist erst vorbei, wenn der Sarg in die Erde gelassen wird. Und so weit ist es noch nicht. Noch nicht.

Die ganze Finanzierung syrischer Terrorgruppen war ein Täuschungsmanöver: Die Russen wollten erreichen, dass die Niederlande die Schuld bekamen. Das muss Calder erfahren, so schnell wie möglich. Über sie kann die Information zum Minister gelangen und das Kabinett erreichen. Das sind simple Schritte, die er unternehmen muss.

Am Frühstückstisch des Hotels schaut er auf das kleine Wildgehege des Parks. Seine Tasse ist leer, eine halbe Scheibe Toast noch übrig. Die Sonne steigt über den Gebäuden auf und scheint auf das etwas weiter entfernt gelegene Malieveld. Es ist ein schöner Tag. In der Hand hat er ein neues Handy. Er wird es nur ein einziges Mal benutzen.

14

DIE DÜMMSTE AUSREDE

Er ruft Calder an.

»Wo bist du?«, fragt sie.

»Das tut nichts zur Sache. Hör zu.«

Sie unterbricht ihn. »Nein, erst hörst *du mir* zu. Und das sage ich, um dich zu beschützen, also halt einfach den Mund, okay?«

»Um mich zu beschützen? Vor wem?«

»Vor mir. Und ich weiß, wovon ich spreche.«

Innerhalb einer Minute nimmt das Gespräch eine ganz andere Wendung als von John beabsichtigt. Calders ernster, fast böser Ton ist nicht zu überhören. Er kennt sie gut genug, um die Drohung in ihrer Stimme nicht zu unterschätzen. Sie weiß, wie das System funktioniert, und zwar zurzeit besser als er.

»Du stehst ganz oben auf der Liste der Meistgesuchten. Du. John Antink, ehemaliger Chef dieses Geheimdienstes, da brauche ich dir hoffentlich nicht zu erklären, was das bedeutet.«

Er hat das Gefühl, in einer Zeitschleife gelandet zu sein, einer sich wiederholenden Geschichte. Was ihm vor dreißig Jahren in Dresden zugestoßen ist, wird sich jetzt hier wiederholen. Verdächtigt, gesucht, gehasst. Ein Ex-Geheimdienstchef unter Verdacht wird verachtet wie kein anderer. Auf Verräter spuckt man, und wenn der Verräter aus den eigenen Reihen stammt, ist die ärgste Strafe nicht schlimm genug. Eine niederländische Zelle ist weniger schrecklich als eine bei der Stasi in Ostdeutschland, aber auch dort kann man jemandem das Leben extrem unangenehm machen.

»Warum?«

»Nicht am Telefon. Komm her und stell dich, dann erfährst du alles.«

»Nein, so arbeite ich nicht. Ich will es zuerst wissen.«

»Wenn du es weißt, kommst du nicht her.«

»Wenn ich es nicht weiß, auch nicht. Wo liegt da der Unterschied?«

Hier läuft ein Wettkampf zwischen zwei gleich starken Spielern. Calder ist genauso stark wie er, aber jünger. Sie besitzt ein größeres Durchhaltevermögen, eine bessere Kondition, einen härteren Kern, und außerdem hat sie den ganzen Geheimdienst hinter sich. John verfügt über mehr Erfahrung, hat mehr Kilometer auf dem Buckel, echte Kilometer im Einsatz. Macht und Kraft stehen einander gegenüber.

»Der Unterschied besteht darin, dass du entweder freiwillig erscheinen kannst oder ich dich holen lassen kann. Der Unterschied besteht darin, dass du entweder mitarbeitest oder untertauchst. Der Unterschied besteht darin, dass du kommst oder zu verschwinden versuchst und ich dich jage, bis ich dich zu fassen bekomme. Entscheide du.«

Sie scheinen eine Pattstellung erreicht zu haben, aber für John kommt es gar nicht infrage, bei Calder zu erscheinen. Wie auch immer die Verdächtigungen aussehen, er bleibt lieber außer Sicht. Sobald er das Geheimdienstgebäude betritt, gibt er jede Kontrolle auf. Dresden kommt immer näher. Dort hat sich die ganze Inszenierung abgespielt, nicht hier. Calder glaubt, was sie sagt, jedes einzelne Wort. Er muss raus aus diesem Gespräch, einen anderen Weg finden.

»Wenn ich dir sage, was ich weiß, sagst du mir, was ich getan haben soll.«

»Ein Tausch also?«

»Warum nicht? So funktioniert das doch bei uns: Du bekommst dies, ich das. Wir sind Tauschhändler. Wir tauschen Geheimnisse aus.«

»Was weißt du?«

»Jabhat al-Shamija ist ein Täuschungsmanöver.«

Kurz bleibt es still, er kann Calder atmen hören, als hätte sie ihre Stimme verloren. Das dauert nur kurz, dann ist sie wieder da.

»Und das sagst *du*?« Sie lacht laut, schrill und aggressiv. »Das sagst *du*? Mann, wie kommst du auf diese Idee? Hältst du mich für blöd, oder was? Denkst du, wir sitzen hier und drehen Däumchen, und dann erscheinst du mit irgendeiner schwachsinnigen Theorie? Was denkst du dir dabei? Das wüsste ich wirklich zu gerne. Ein Täuschungsmanöver, ach was? Von dir hätte ich mehr erwartet, John, ich schätze dich nämlich sehr. Oder vielleicht sollte ich sagen, ich habe dich sehr geschätzt. Bist du möglicherweise dement? Das ist die dümmste Ausrede, die ich seit Jahren gehört habe. Und so was aus deinem Mund, Mensch, hör doch auf! Aber ich bin fair. Du hast gesagt, was du weißt, auch wenn es Unsinn ist, und darum werde ich dir sagen, was ich weiß: Du bist das Leck!«

75

KEIN ERBARMEN

Er unterbricht die Verbindung, holt die SIM-Karte aus dem Handy, bricht sie in der Mitte durch und sitzt mit den beiden Hälften in der Hand still da. Kein Kontakt. Nicht zu orten. Wenn Calder glaubt, dass er das Leck ist, muss er aus ihrer Reichweite bleiben, so gut es geht. Dann muss er untertauchen. Er zieht sich in sein Hotelzimmer zurück, vorläufig ist er hier sicher. Die Identität von Victor de Jolais ist noch nicht korrumpiert, das muss er zu seinem Vorteil nutzen, denn John Antink ist mehr oder weniger schachmatt.

Wie kommt Calder darauf, dass er das Leck ist? Welchen Beweis hat sie dafür gefunden? Wenn dieser Beweis überzeugend ist, begreift John ihre Reaktion, dann ist die Behauptung mit dem Täuschungsmanöver lächerlich. Völlig amateurhaft, auch wenn sie stimmt. Es bedeutet, dass er selbst Teil der Irreführung ist. Das Manipulieren der Trustfonds war nur ein Teil der Operation. Der zweite besteht aus einer Spur, die zu ihm führt.

Desinformation. Nichts kann einen Geheimdienst so sehr

aus den Angeln heben wie die Entdeckung eines Maulwurfs hoch oben in der Organisation. Auch wenn er dem Geheimdienst nicht mehr angehört – er ist der ehemalige Chef, und er verfügt immer noch über genug Informationen, um damit einen ungeheuren Schaden anrichten zu können, wenn sich herausstellt, dass er ein Doppelagent ist. Wenn sich herausstellt, dass er das die ganze Zeit gewesen ist.

In einem solchen Fall wird der Geheimdienst nach einem festgelegten Muster agieren. Die Enttarnung muss unbedingt geheim bleiben, denn das Bekanntwerden des Maulwurfs vergrößert den Schaden nur, dann ist der Ruf des Geheimdiensts völlig dahin. Die ultimative Methode, um einen gegnerischen Geheimdienst auf Jahre hinaus flügellahm zu machen, weil niemand ihm mehr vertraut. Vor allem attraktiv, wenn ein Geheimdienst einen guten Ruf hat, wenn er über bestimmte Kapazitäten verfügt, die dem Gegner Mühe bereiten, wie die niederländische Joint Sigint Cyber Unit.

Verräter muss man ohne Aufsehen dingfest machen. Je weniger Leute darüber Bescheid wissen, desto besser. Schadensbegrenzung beginnt beim Abstreiten des Schadens und endet mit dem Abstreiten der Tatsache, dass es jemals einen John Antink gegeben hat.

Er weiß, dass es so läuft, und er weiß, dass er dem gnadenlosen Handeln des Geheimdienstes machtlos gegenübersteht. Der Regierungsapparat ist groß, streng und kennt kein Erbarmen.

76

ALLES AUF ANFANG

Sie treffen sich im Konferenzraum einer Hotelkette in Wassenaar. Sie haben viel Platz, und es ist anonym. Als John den Raum betritt, sitzen George und Lydia schon da. Er bemerkt ihre düsteren Gesichter, ihre niedergeschlagene Haltung.

»Es ist Jaap«, sagt Lydia, und ihre Stimme bricht. Tränen rollen ihr über die Wangen. Sie hat ihn im Westeinde-Krankenhaus gefunden, in der Leichenhalle. Niemand von ihnen weiß, was nun mit dem Leichnam geschehen soll. Jaap hat keine Familie, keine Geschwister, keine Kinder. Er war ein alter Junggeselle, der pensionierte Pförtner einer Sekundarschule. Das Alleinsein gewohnt.

»Ohne uns verschwindet er in einem Krematorium.«

»Mit uns auch«, sagt George. Hart, aber wahr. »Hör zu, wenn wir uns jetzt um ihn kümmern, hält uns das auf, und das geht nicht.« Seiner Stimme ist anzuhören, wie schwer ihn Jaaps Tod trifft. »Jaap hat es nicht geschafft, das ist scheiße, richtig scheiße, oder? Kümmere dich darum, dass wir wissen, wo er hinkommt. Seine Asche oder was auch immer von ihm übrig bleibt, und dann können wir ihm später die letzte Ehre erweisen. Denn das werden wir, das verspreche ich. Aber nicht jetzt. Stimmt doch, oder, Chef?«

So nennt ihn George zum allerersten Mal und genau im richtigen Moment. Es liegt bei John, er muss entscheiden, was sie tun sollen, und er hätte es nicht besser formulieren können als George.

Die Zeit drängt jetzt wirklich. Zu Calder kann er nicht, die lässt ihn nicht wieder gehen. Ihm bleibt nur eine einzige Option: Er muss zurück in die Stadt, in der alles begonnen hat, nach Dresden. Dort kann er die Überbleibsel seiner Vergangenheit zusammenkehren, und es gibt nur einen einzigen Mann, der ihm dabei helfen kann.

»Werdermann. Claus Werdermann«, sagt er und erzählt, was vor langer Zeit in Dresden vorgefallen ist. Er legt ein altes Foto von Werdermann auf den Tisch. »Vier Jahre jünger als ich, also ist er jetzt sechsundsechzig. Wahrscheinlich sieht er ein bisschen anders aus. Ein aktuelles Foto habe ich nicht. Das ist der Mann, der 1989 alle Kontakte hatte und der von allen wusste, wer sie waren und was sie taten. Diesen Mann muss ich finden.«

Damals muss es zwischen Werdermann und Vera eine direkte Verbindung gegeben haben, eine andere Erklärung ist nicht möglich. Diese Verbindung will er jetzt reaktivieren.

»Bist du sicher, dass es ihn noch gibt?«

Er ist sich bei gar nichts mehr sicher. Wenn Claus nicht mehr lebt, wird seine Vergangenheit unauffindbar. Er ist der Einzige, der Kontakt zu Vera aufnehmen kann. Vera, Claus und er, das sind die drei Anknüpfungspunkte, die er braucht, um das Geschehene in die richtige Perspektive zu rücken. Perspektive. Tiefe.

»Hieß er denn wirklich so? War das sein richtiger Name?«

Das bezweifelt John nicht. Claus war immer Claus, er lebte in einem Land, in dem man keine falsche Identität brauchte. Er war dort zu Hause, unter seinen Leuten, er war jemand, ein Mann mit einer Funktion bei Robotron und bei der Stasi, er entschied über das Leben anderer, er war stolz auf das, was er war. Herr Werdermann.

»Finden!«, sagt er, und aus seiner Stimme klingen Aggression und Frustration.

Der Repair Club tut das, was er gut kann, er schaut und sucht zwischen den Schrauben und Muttern, den Sprungfedern und Schaltern, den Kabeln und Steckern nach den Teilen des alten ostdeutschen Apparats, die noch funktionieren. Es gibt Datenbanken und Register, Archive und Listen. Auch in Deutschland ist viel digitalisiert und frei oder gegen eine kleine Gebühr zugänglich. Innerhalb weniger Stunden haben sie die Daten, die sie suchen: Adresse, Kontonummer, Telefonnummer. John schaut auf die Nummer und nimmt sein Handy. Claus Werdermann. Seit ihrem letzten Gespräch sind dreißig Jahre vergangen, es gehört in eine andere Zeit. Damals wurde sein Leben über den Haufen geworfen, genau wie jetzt. Was vor dreißig Jahren in Gang gesetzt wurde, hat ihn wieder in seiner Gewalt, und diesmal hat er vor, den Schaden von damals zu reparieren.

Er wählt die Nummer.

11

ES REGNET IN DER WÜSTE

»Werdermann.«

Als John seine Stimme hört, ist es, als würde durch irgendeinen merkwürdigen Defekt im Mobilfunknetzwerk eine direkte Verbindung zwischen der Gegenwart und 1989 entstehen. Ein Science-Fiction-Szenario, in dem die Zeit aufhört zu existieren.

»Claus. Hier spricht Max. Max Danzler.«

»Max?«

John hört die Verwunderung, das Erstaunen. Eine Stille entsteht, die sich rasch mit Erinnerungen füllt, mit alten und neuen. Vor allem mit alten. Bilder strömen ihm wieder in den Kopf, und er ist davon überzeugt, dass es Claus genauso ergeht. Die Erinnerung ist so mächtig, dass er sich wieder genauso jung fühlt wie damals. Alles war spontaner und intensiver, sein Körper fit und schnell, in Dresden war er auf seinem Höhepunkt. Obwohl er inzwischen weiß, dass die Wirklichkeit ganz anders aussah, dass es ein Fiasko war, dass der große Erfolg den anderen gehörte und nicht ihm. Trotzdem bleibt

Dresden sein Gipfelpunkt. Nicht was er getan hat, nicht das Ergebnis, sondern das Gefühl, damals auf der Höhe seines Könnens zu operieren. Dieses Gefühl war großartig, niemand konnte es ihm nehmen.

Im Rückblick erkennt er die Fehler, die er gemacht hat und die er kein zweites Mal machen wird. Ihm wird bewusst, dass er inzwischen möglicherweise besser ist als damals, dass er die Höhe seines Könnens erst jetzt erreicht, mit siebzig Jahren, im Ruhestand. Nicht mehr so schnell und fit, aber noch genauso gierig.

Verfluchter Claus Werdermann.

»Wir müssen reden«, sagt er. »Schnell. Und ich will, dass du ein Treffen für mich regelst.«

»Glaubst du, ich kann das noch? Einfach so Leute zusammentrommeln?«

»Was ich glaube, tut nichts zur Sache. Du schuldest mir etwas, und diese Schuld wirst du jetzt einlösen.«

»Max, das war vor dreißig Jahren, es gehörte zum Berufsrisiko. Das ist keine Schuld, das war unsere Arbeit.«

John ignoriert den Protest, er lässt sich in kein Gespräch verwickeln. »Du hast mich von fünf Stasileuten zusammenschlagen lassen, du hast mich ins Gefängnis gebracht, und du hättest mich ohne Skrupel dort zurückgelassen. Es war dir völlig egal.«

»Das ist nicht wahr, es hat mich mehr mitgenommen, als du glaubst.«

»Wenn du das wirklich glaubst, besteht genau darin deine Schuld mir gegenüber.« Er lässt eine kurze Stille entstehen. Schuld braucht Raum, muss atmen können. Er hört Claus seufzen. Das ist das Zeichen zum Weitermachen. »Hör zu, mir geht es um Folgendes.«

Ruhig erklärt er, was er von Claus erwartet. Es ist nicht viel, aber es muss schnell geschehen, er hat keine Zeit zu verlieren. Mit jedem verstreichenden Tag wird es schwieriger.

»Wo treffen wir uns?«, will er wissen.

»Im Am Thor? Das erscheint mir irgendwie angemessen.«

Als John den Namen der kleinen Gaststätte an der Ecke der Hauptstraße mit dem großen Platz hört, wird er noch einmal ohne jeden Halt in seine eigene Vergangenheit zurückgeworfen. Vom Robotron-Hauptbüro an der Leningrader Straße bis zu der einfachen Ostblockwirtschaft brauchte man zu Fuß eine gute halbe Stunde. Es ist der richtige Ort, dort haben sich die wichtigsten Dinge ereignet. Damals. Und jetzt wieder. Sie vereinbaren Tag und Uhrzeit.

»Dann sehe ich dich dort.«

»Vielleicht«, gibt Claus zurück. »Wenn auf einem der Tische ein Buch mit dem Titel *Stress Factors in Steel Structures* liegt, weißt du, dass ich komme.«

»*Stress Factors in Steel Structures.*«

»Wenn du das liegen siehst, sagst du: ›In der Wüste regnet es‹.«

Das Einbauen solcher Sicherheitsvorkehrungen hat man im Blut, jeder Termin wird mit einem Kontrollmechanismus und einer Überprüfungsmöglichkeit versehen. Werdermann ist damit aufgewachsen, die Passwörter und Codes sind so tief in seinem System verankert, dass er sie nie wieder loswird.

»In der Wüste regnet es.«

»Genau. Und dann lautet die Antwort …«

18

WUT

In dieser Nacht verlässt er das Hotel, überquert die Straße, geht zum Koekamp und von da aus aufs Malieveld. Die Fläche liegt verlassen in der Dunkelheit. Vera und Jaap geistern ihm durch den Kopf, Verrat und Verlust, ein giftiger Cocktail. Alles, was er denkt, wird damit verdorben. Dass Jaap die Aktion nicht überlebt hat, ist seine Schuld. Bisher hat er das noch nie so deutlich empfunden, der Tod war ein Risiko, das jeder im Einsatz auf sich nahm. Sie haben das Risiko alle getragen, niemand beschwerte sich deswegen. Wer sich dagegen wehrte, geriet in einen Strudel und kam da nicht mehr heraus. Hier in Den Haag ist das anders; Lydia, George und Jaap sind Freunde, doch in der letzten Zeit hat sich ihr Alltag mit den kleinen Tätigkeiten verändert, und der Tod ist in ihr Leben getreten. Eigentlich dürfen sie nicht weitermachen, sie müssen am Leben bleiben. Es wird zu riskant, das ist ihm auch klar, es ist eine Idee, die einen beschleicht, und bevor man sichs versieht, glaubt man daran.

Er geht weiter, seine Schritte wirken ohne Jaap schwerer, die

Entfernung länger. Ihr letzter Kontakt war ein Kommando, ein Auftrag, den er ihm über sein Handy gab: *Jaap, weg da!* Jaap hatte nicht einmal geantwortet. Verschollen im Einsatz. Vor Jahren hätte John das als ehrenvoll empfunden, jetzt fühlt er sich schuldig. Er vermisst seinen Kumpel. Ein Kumpel ist ein echter Freund und mehr als das, jemand, dem man sein Leben anvertraut. Der ein Teil von dem ist, was man tut. Ohne Jaap funktioniert es nicht mehr, ohne Jaap hört das, was sie einmal waren, auf zu existieren. Er darf sich nicht in der Trauer verlieren, so schmerzlich das auch ist. Wir sterben alle einmal, hier in Den Haag oder im weit entfernten Syrien oder in Russland, letztlich ist es egal. Was nicht egal ist: Vera steckt dahinter. Das verändert alles. In seinem Inneren fühlt es sich an, als wäre er eine Sprengstoffladung auf der Suche nach einer Lunte. Er verspürt Desillusionierung und Wut.

Vera ist ein Fehltritt, der wiedergutgemacht werden muss. Als er den Repair Club gegründet hat, hätte er nie gedacht, dass er einmal vor dieser Entscheidung stehen würde. Wie weit soll er gehen? Wo liegt die Grenze? Ist das Leben des anderen Menschen mehr wert als seins? Mehr als der Verrat? Die unmittelbare Antwort lautet: Ja. Aber bei seiner Arbeit geht es meistens nicht um die unmittelbare Antwort.

Aus der Jackentasche holt er seine Pistole. Zwischen zwei Bäumen bleibt er stehen, außer Sichtweite der wenigen Autos, die noch vorbeifahren. Er wartet, bis es keinen Verkehr mehr gibt, entsichert seine Waffe und schießt mit drei Schüssen die drei durchsichtigen Paneele der Haltestelle in Stücke. Ein Schuss für Vera. Einer für Jaap. Und einer für Platow. Dreimal ein dumpfer Knall, um seiner aufschreienden Wut Gestalt zu verleihen.

Keine Sekunde später ist es wieder still, von der Waffengewalt ist nichts mehr zu hören. Er sichert seine Glock, hebt die leeren Patronenhülsen auf und verschwindet in der Nacht. Die Erleichterung ist minimal.

Im Auto fährt er von Den Haag nach Dresden, das sind acht Stunden. Lang, aber anonym. Er will keine Grenzkontrollen, keinen Check-in am Flughafen, keine Fingerabdrücke oder Irisscans. Er will keine Tickets auf seinen Namen mit Platzreservierungen. Er will, dass ihm niemand folgt. Mit dem Pass von Victor de Jolais in der Tasche, mit Bart und Brille und wenig Gepäck, von Tankstelle zu Tankstelle, achthundert Kilometer. Wunderbar zu machen. In einer Raststätte bei Eisenach wirft er die drei Patronenhülsen in einen Abfalleimer.

Als er die Niederlande erst einmal verlassen hat, fühlt er sich sicherer. In Deutschland sucht man nicht nach ihm, auch Werdermann nicht. Der ehemalige Stasimann hat in seinem eigenen Land keinen Einfluss mehr. Werdermanns eigenes Land, die DDR, existiert nicht mehr. Ein beruhigender Gedanke. Auf halbem Wege hält John an und holt sich eine Currywurst. Eigentlich würde er am liebsten ein Bier dazu trinken. Eigentlich würde er am liebsten so viel tun. Vielleicht später, nachdem die Fehler wiedergutgemacht worden sind.

In Dresden hat er ein Zimmer in einem modernen Hotel, einem hohen Gebäude in der Nähe des Hauptbahnhofs. Im neunten Stock schaut er aus dem Fenster auf die Prager Straße, eine Einkaufsstraße, die fast schnurgerade über die Seestraße zum Altmarkt verläuft und dann in die Schlossstraße und auf die Augustusbrücke mündet, die Fußgängerbrücke über die Elbe. Gegenüber liegt die Hauptstraße. Nur mit Mühe kann er seine Emotionen im Zaum halten. Er, John Antink oder Max Danzler oder wer auch immer er ist – sein Name ist ihm egal, sein Leben aber nicht. Dieses Leben hat man ihm hier in dieser Stadt geraubt, und jetzt wird er es sich zurückholen.

Die Leningrader Straße heißt inzwischen St. Petersburger Straße, sie ist neu asphaltiert, moderne Straßenbahnen und glänzende BMWs fahren herum. Das früher so stolze Robotron-Büro hat man abgerissen, es gibt nur noch ein paar separate Abteilungen, die man in ein Außenviertel verlegt hat. Der Rest wurde verkauft oder ganz einfach geschlossen. Er fährt auf einen Parkplatz beim Bahnhof Dresden-Neustadt, keine hundert Meter von einer Straßenbahnhaltestelle entfernt. Dort stellt er sein Auto ab. Das gehört alles zur Vorbereitung.

Dann geht er zurück ins Hotel, um auf den nächsten Tag zu warten. In den nächsten achtundvierzig Stunden wird er zeigen müssen, dass er nichts vergessen und nichts verlernt hat.

19

NUR JAAP VELDGRAAF VERWEIGERT DIE MITARBEIT

Antink ist verschwunden, niemand weiß, wo er steckt. Ihre Organisation lässt sie im Stich, sie muss völlig auf ihre eigene Intuition vertrauen. Warum ist er weg? So war das nicht abgesprochen. Sie hat ihm zehn Tage gegeben, und jetzt, kurz vor Ablauf dieser Frist, ist er schon weg. Zum zigsten Mal. Noch bevor sie ihn einbestellen kann. Antink hat seit seinem Besuch im Archiv die höchste Zugangsermächtigung und kann sich frei bewegen, wie er will. Aufgewühlt rasselt sie eine Reihe an Aufträgen herunter, einer umfangreicher als der andere. Sie will ein paar Mann auf der Straße postiert haben und mindestens zehn in der Datenerfassung, über Videoüberwachung und Handyortungen will sie herausfinden, wo der alte Antink, der ehemalige Geheimdienstchef, sich befindet. Ihr Assistent notiert alles und gibt sofort eine der Anweisungen über sein Tablet weiter: Antink, John, herbringen, dringend. Jeder Spur unbedingt nachgehen.

»Einen Misserfolg akzeptiere ich nicht«, sagt sie.

Kenzi zögert, bevor er spricht, er ist sich seiner untergeordneten Position bewusst. »Können wir unsere Kapazitäten

417

nicht sinnvoller einsetzen?« Er macht sich Sorgen. Wenn das so weitergeht, werden bald zu viele Mitarbeitende mit dem Aufspüren eines einzigen Mannes befasst sein und zu wenige mit dem Beantworten der Fragen, die vor ihnen liegen. Je länger sie damit warten, desto schwieriger wird es.

»Sinnvoller?«

»Sinnvoller verteilen, meine ich.«

Kenzi Kuipers ist der beste Assistent, den Calder jemals gehabt hat. Oft fällt es ihr schwer, mit dem Tempo seiner Vorgehensweise Schritt zu halten. Er gehört in jeder Hinsicht zu einer neuen Generation, die scheinbar mühelos digitale Technologie mit altmodischem Handwerk kombiniert und die mit einer beneidenswerten Leichtigkeit abstrakte Abwägungen treffen kann. Er ist zwanzig Jahre jünger als sie, und manchmal scheint es, als beherrschte er schon jetzt, was sie noch lernt. Er kann Netzwerke nutzen, Datenströme erkennen und benennen, auseinanderhalten und verbinden und blitzschnell zwischen Interpretationsleveln hin- und herschalten. Darum muss Calder besonders gut aufpassen, sonst unterlaufen ihr Dinge, die ihr später leidtun werden.

Ein Fehler ist schnell gemacht.

Was Kuipers noch nicht besitzt: Erfahrung im Einsatz. Er weiß nicht, was es bedeutet, sich ein eigenes Netzwerk aufzubauen. Er hat Erfahrung mit Systemen, nicht mit Menschen. Nicht mit den tiefen Loyalitäten, die zwischen Agenten weit weg von zu Hause eine Rolle spielen, die nichts anderes haben als ihre eigenen Sinne und ihren eigenen Körper, um im Kriegsgebiet zu überleben. Sein Netzwerk ist digital, Antink hat eines, das sich über einen großen Teil der Welt und in der Zeit zurück erstreckt. Kuipers weiß nicht, was das bedeutet.

Wenn man Teil des Netzwerks ist, ist der Schutz dieses Netzwerks am allerwichtigsten, die Menschen, die man kennt, sind die Retter in der Not.

Warum gibt es keine Informationen über die Leute, mit denen Antink umgeht? Er nimmt zu niemandem Kontakt auf und ist nicht erreichbar. Wenn er das Leck ist, will er nicht gefunden werden, und dafür braucht er einen internen Kontakt. Woher sollte er sonst wissen, was beim Geheimdienst vor sich geht? Aber selbst dann – warum hat er die Information durchgestochen? Worin bestand sein Interesse? Sein Vorteil? Das ist das Mysteriöse, und sosehr sie auch darüber nachdenkt und die Informationen zu analysieren versucht, sie kann einfach keinen Grund entdecken, warum Antink das tun sollte. Seine Erklärung mit dem Täuschungsmanöver meldet sich bei ihr wieder. Was, wenn Antink die Wahrheit sagt? Was würde das bedeuten? Genau aus diesem Grund muss sie ihn zu fassen bekommen.

»Da gibt's noch etwas«, sagt Kenzi. »Seine Frau ist auch weg.«

Nur mit Mühe kann Calder einen Fluch unterdrücken. Stocksteif steht sie mitten in ihrem Zimmer, schlägt dann unerwartet heftig mit der flachen Hand auf ihren Schreibtisch. Es gibt einen Knall, und Kuipers erschrickt.

»Es kann doch nicht so schwer sein, eine fast siebzigjährige Frau zu bewachen? Wenn wir daran schon scheitern, was können wir dann überhaupt? Was ist da passiert?«

»Wahrscheinlich ist sie durch die Hintertür aus dem Haus, und wir hatten nur vorne einen Mann postiert.«

»War er für sie zu erkennen?«

»Er sagt nein.«

»Wir sprechen hier über Antinks Frau. Glauben Sie, ich würde das nicht merken, wenn jemand vor meiner Tür Wache hält?«

Antink war einer von ihnen, jemand, der den Geheimdienst von innen und von außen kennt. Erst jetzt dringt es wirklich zu Calder durch, dass die Frau, die sie beschatten, und der Mann, den sie finden müssen, zwar alt sein mögen – ihre Erfahrung ist hundertmal so groß wie ihre eigene. Mit dem Ruhestand büßt man seine Anstellung ein, nicht aber seine Fähigkeiten. Wieder denkt sie an das Täuschungsmanöver. Jemand gibt sich als jemand anders aus, ein Land tut, als wäre es ein anderes. Wen meint Antink damit? Sich selbst oder jemand anderen? Tatsache ist: Das Ehepaar Antink ist diesem Dienst immer einen Schritt voraus.

»Zwischen den beiden hat es keinen Kontakt gegeben«, sagt Kenzi. »Jedenfalls nicht unserer Kenntnis nach. Seit wir Vera Antink hergeholt haben, ist keine der bekannten Nummern von Antink und seiner Frau mehr erreichbar.«

»Auch nicht, nachdem wir noch mal bei ihr gewesen sind? Hat sie nicht wenigstens versucht, ihn anzurufen? Das wäre doch logisch.« Calder schaut auf die auffällig kurze Liste. Vera Antink hat in den Stunden vor ihrem Verschwinden genau drei Mal das Festnetz benutzt. Einmal für einen Anruf bei der Apotheke und zweimal für Gespräche mit Freundinnen. Nicht ein einziges Mal, um ihren Mann zu erreichen, und der hat auch nicht versucht, sie ans Telefon zu bekommen.

Aufmerksam hört sie ihrem Assistenten zu. Kenzi begreift sehr gut, was er da sagt, er weiß, was seine Feststellung bedeutet. Ein Mann wie Antink kann wie kein anderer unauffindbar werden, er weiß, wie er seine Spuren verwischen muss und wie er durch das digitale Netz hindurchschlüpfen kann – ab durch ein Labyrinth, und weg ist er.

»Darum glaube ich, dass wir uns auf die drei anderen von seinem Repair Club konzentrieren sollten. Das sind die Leute, mit denen Antink zusammenarbeitet. Ich denke, die sollten wir befragen«, sagt er. »Auch wenn sie einander über eine Art Liebhaberei kennen, müssen sie doch irgendetwas wissen. Sind das Freunde oder nur Kollegen? Wie bleiben sie in Kontakt? Wo treffen sie sich? Wie haben sie sich kennengelernt? Wir wissen nicht einmal, ob das Freunde sind, die auch außerhalb ihres Clubs miteinander umgehen. Ehrlich gesagt wissen wir gar nichts über sie.«

Drei dünne Akten legt er vor seiner Chefin auf den Schreibtisch. Drei Namen stehen darauf: Lydia Wilmen, Jaap Veldgraaf und George Kasteel.

»Das sind sie.«

Calder blättert die Akten durch, eine nach der anderen. In den Datenbanken des Dienstes kommen die drei kaum vor. Außer ihren Geburtsdaten, Adressen und ihrem Familienstand gibt es noch ein paar andere allgemeine Daten, sonst aber keine Informationen, und das an sich ist schon ein Grund zur Vorsicht. Sie schließt die Akten wieder, legt sie neben sich.

»Was haben wir von der ganzen Sache zu halten?«, fragt sie.

Kenzi zögert keine Sekunde. »Es müsste mehr Informationen geben.« Er zweifelt kurz, solche Ermittlungsarbeit ist eine besondere Kombination aus Fakten und Gespür, ganz bestimmt in ihren Zeiten mit einer Unmenge an Fake News und alternativen Fakten. Alle Informationen müssen kontrolliert und noch mal überprüft werden, und selbst dann ist es manchmal nicht eindeutig, was die Wahrheit ist und was nicht. »Wenn eine dieser Akten so aussähe, wäre daran nichts Besonderes«, sagt er. »Es gibt sehr viele Menschen, über die wir gar nichts wissen, weil es nichts zu wissen gibt. Wenn bei zweien von drei keine Informationen vorliegen, würde mich das schon ein bisschen erstaunen. Es ist immer noch nicht undenkbar, zwei von dreien, das scheint noch akzeptabel, aber drei von dreien, das ist wirklich sehr ungewöhnlich.« Er drückt sich vorsichtig aus. »Wenn es außerdem drei Bekannte oder Freunde des Ex-Chefs betrifft, dann …«

»… dann schrillen die Alarmglocken«, ergänzt Calder. Drei Personen, mit denen Antink umgeht, auch wenn es sich nur um eine sozial begrüßenswerte Aktion zur Nachhaltigkeit handelt, das ist egal. Antink weiß, mit wem er zusammenarbeitet, das Erlangen von Informationen liegt ihm im Blut, es ist in seine DNA eingeschrieben. Ganz einfach unvorstellbar, dass er den Hintergrund seiner drei Freunde nicht hat überprüfen lassen. Noch wahrscheinlicher ist, dass er sie aus einem früheren Leben kannte, dass sie alle miteinander zu tun hatten, bevor sie als die vier Musketiere des Recycling aktiv wurden. Intuition, aber auch Logik. Intern funktioniert es hier so, dass ein Mann wie Antink über einen Kreis an Menschen und Spezialisten verfügt, die er persönlich ausgewählt und in diesen Kreis aufgenommen hat. Das geht gar nicht anders. »Wissen wir, wo diese drei jetzt sind?«

»Veldgraaf haben wir noch nicht gefunden.«

»Holen Sie sie her.«

Sie werden abgeholt und zum Leidschendam gebracht. Ohne Zwang, es gibt keine Polizeibeamten, die sie in Handschellen in einen Kleinbus verfrachten. Die Männer und Frauen vom Geheimdienst verstehen es, die Dringlichkeit ihres Ersuchens auch ohne Gewalt zu vermitteln. Kenzi koordiniert die Aktion. Er will die drei gleichzeitig ins Gebäude bringen lassen, damit sie einander nicht warnen können. Das ist Standardprozedere, auch wenn bei dieser Gruppe vom Repair Club nicht der geringste Anlass zu der Annahme besteht, dass sie das tun könnten, denn Lydia Wilmen und George Kasteel kooperieren problemlos. Allein das ist verdächtig. Nur Jaap Veldgraaf verweigert die Mitarbeit – von ihm findet Kuipers eine Sterbeurkunde.

80

LYDIA WILMEN

»Ambulante Pflege. Schon mein ganzes Leben lang.« Ihr Gesicht nimmt einen entspannten, sanften Ausdruck an, nicht der geringste Widerstand ist darin zu erkennen. Den Mann ihr gegenüber hat sie zuletzt im Zimmer im Pflegeheim gesehen. Als sie den Raum betrat, hat sie eine Bemerkung gemacht: dass er hier eher am richtigen Platz zu sein scheint als unter einem Tisch, und darüber hatten sie beide freundlich gelacht. Sie hat ihn nicht gefragt, was er da zu suchen hatte, das lässt sie in der Schwebe. Wenn er darüber sprechen möchte, wird er es ihr schon sagen. Bei allem muss sie davon ausgehen, dass er mehr weiß, als er sich anmerken lässt. Vorerst ist er auf der Suche nach John, und was das betrifft, arbeitet sie mit. Natürlich. So will es John. Kooperieren, keinen Widerstand leisten und den anderen so oft wie möglich bestätigen. »So ein netter Mann, davon gibt es nicht viele. Und ich bin schon sehr vielen Männern begegnet. In den sechsundvierzig Jahren, die ich im Pflegedienst bin, habe ich alles gesehen, das kann man wirklich sagen.«

John hat sie bei seiner Mutter kennengelernt. Lydia Wilmen gehörte zu den Leuten vom mobilen Pflegedienst, die zu Wilma Antink nach Hause kamen, als sie nicht mehr für sich selbst sorgen konnte. »Wilma, das war mir eine. Puh. Anlegen durfte man sich nicht mit ihr.« Wilmen ist freundlich und ehrlich, geprägt von einem Leben in der Pflege. Der Umgang mit alten Menschen ist häufig eine Frage des ruhigen und deutlichen Sprechens, es darf einem nichts ausmachen, Dinge mehr als einmal zu sagen, und man muss alles eindeutig formulieren. Alles einfach sagen, wie es ist, ohne Drama und ohne Panik zu verbreiten. Zu detaillierte Erklärungen führen häufig zu Verwirrung, und nach all den Jahren ist ihr das zur zweiten Natur geworden. »Die alte Mevrouw Antink war echt eine Marke, das können Sie mir glauben. Einmal Kommunistin, immer Kommunistin, sage ich immer. Sie nahm kein Blatt vor den Mund, und ihr Mund blieb keine Sekunde ruhig.«

»Und da sind Sie Meneer Antink begegnet?«

»Hin und wieder, ja. Er war viel unterwegs, für seine Arbeit, glaube ich. In dieser ersten Zeit habe ich seine Frau öfter gesehen als ihn.«

»Wann war das?«

»Ach, nun ja, etwa vor zehn Jahren, wenn nicht noch länger.« Sie denkt nach und zählt im Kopf die Jahre. Es sind tatsächlich mehr, und im Stillen ist sie erstaunt darüber, wie schnell die Zeit vergeht. »Sie war alt, weit über achtzig.«

Wilmen lässt sich durch nichts aus der Ruhe bringen, sie hat schon alles gesehen. Nicht die ganze Welt, aber das muss auch gar nicht sein. Ihren Urlaub verbringt sie meistens in Skandinavien, in Schweden oder Norwegen. Einmal war sie in Spanien, aber dort hat es ihr nicht gefallen. Es war zu heiß und zu voll. Sie mag es nicht, wenn die Temperatur über fünfundzwanzig Grad steigt, dann ist es, als würde sämtliche Energie aus ihrem Körper fließen. Norwegen mag sie am liebsten, die Berge und die Fjorde schenken ihr eine Form der Entspannung, die sie nirgendwo sonst findet. Und da sind so wenige Menschen. Das findet sie herrlich, denn bei ihrer Arbeit sieht sie ständig Menschen, in allen Stadien des Verfalls. In den Häusern ihrer Klienten begegnet ihr menschliches Leben in all seinen Facetten, in den Schlafzimmern, den Wohnzimmern und den Esszimmern, in den Küchen, den Badezimmern und den WCs. Dafür braucht sie Den Haag nicht zu verlassen. Jeden Morgen, Mittag und Abend ist sie verfügbar, für das Anziehen, Ausziehen, Waschen und die Hilfe bei allem, was erledigt werden muss. Um menschliches Elend zu sehen, braucht man nicht in die Dritte Welt zu reisen, das gibt es hier auch, gleich um die Ecke. Ohne Bomben und Munition, ohne Giftgas oder Raketen; abgerissene Gliedmaßen hat sie noch nie gesehen. Das braucht sie auch nicht, sie hilft den Menschen, die manchmal voller Staunen die eigenen Arme, Hände oder Füße betrachten und nicht mehr wissen, wem die gehören. Die nicht mehr wissen, wie sie selbst heißen, ob sie überhaupt einen Namen haben, wer ihre Kinder sind oder wie alt. Menschen, die nicht mehr aufstehen können, wenn sie hinfallen, die dann liegen bleiben, bis jemand kommt.

Die beiden ihr gegenüber beeindrucken sie kaum. Die Frau bleibt ein wenig im Hintergrund, lässt den Mann die Arbeit erledigen. Kuipers heißt er, ein altmodischer Name. Sein Vorname ist Kenzi. Ungewöhnlich.

»Wissen Sie, was Meneer Antink arbeitet?«

»Er ist Diplomat. Das hat seine Mutter immer gesagt, voller Stolz, dass ihr Sohn im diplomatischen Dienst arbeitet. Darum war er auch so oft weg.«

»Im diplomatischen Dienst?«

»Stimmt das denn nicht?«

Eine kurze Stille entsteht. Dann kommt er näher, er hat ein freundliches Gesicht, offen ist es, das fällt ihr plötzlich auf. Er fragt, ob sie weiß, wo John Antink sich gerade aufhält. Das weiß Lydia nicht, sie wusste nicht einmal, dass er weg ist. So persönlich gestaltet sich ihr Kontakt nicht. Nicht mit gegenseitigen Besuchen.

»Nach dem Tod seiner Mutter ist John einmal zu mir gekommen, um sich für die Pflege zu bedanken. Das war sehr aufmerksam von ihm, das tun die meisten Angehörigen nicht, die machen sich nicht die Mühe herauszufinden, wo ich wohne.«

»Aber Sie wussten, wo er wohnte?«

»Das musste ich sogar wissen, er war die Kontaktperson, falls es Probleme mit seiner Mutter gegeben hätte. Geschwister hatte er keine, deswegen hatte ich seine Nummer und seine Adresse, die hat er mir selbst gegeben.«

»Und wann hat John Antink Sie zum Repair Club dazugeholt?«

»Gar nicht.«

»Pardon?«

»Das hat er nicht getan. Es war umgekehrt. Weil er bei seiner Mutter immer so gut mit den Geräten umgehen konnte. Der kann mit den Händen umsetzen, was er mit den Augen sieht, so einer ist das. Den braucht man in so einem Club. Jemanden, der keine Angst davor hat, einen Kontaktgrill auseinanderzuschrauben, um zu schauen, welche Stelle den Kurzschluss verursacht. Jemanden, der überhaupt keine Angst vor Kurzschlüssen hat. Die hat John jedenfalls nicht, kein Wunder, bei so einer Mutter.« Sie lacht. »Was für eine Type, diese Frau. Solche Leute gibt es gar nicht mehr!«

»Sie haben Meneer Antink in den Repair Club geholt, nicht andersherum?«

»Genau.«

»Es ist also Ihre Gruppe?«

»Was meinen Sie damit? Wir sind von niemandem die Gruppe. Jedenfalls nicht dass ich wüsste.«

Es ist, als würden sie nicht weiter zu fragen wagen, sich nicht trauen, sie unter Druck zu setzen.

»Was haben Sie vor drei Tagen in der Zoutmanstraat gemacht?« Der junge Mann schaut sie an, als wäre es völlig selbstverständlich, dass er diese Frage stellt.

»Vor drei Tagen war ich nicht in der Zoutmanstraat.«

»Sind Sie sich da ganz sicher?«

»Zum letzten Mal war ich vor bestimmt anderthalb Jahren dort.«

»Sie wissen also nicht, was da vorgefallen ist?«

»Natürlich weiß ich, was da vorgefallen ist«, sagt sie. Gekränkt. Sie trifft genau den richtigen Ton. Wie wagt es dieser junge Mann anzudeuten, dass sie das nicht wüsste. »Dort ist Jaap verunglückt.«

Ganz vorsichtig fragt er weiter. Weiß Lydia, was Jaap dort wollte? Hat er etwas darüber gesagt? Wann hat sie ihn zuletzt gesehen? Jede Frage beantwortet sie mit der angemessenen Ehrerbietung für den Verstorbenen. Nein, auch mit Jaap Veldgraaf war sie nicht befreundet, ebenso wenig wie mit John und

George, ihr Kontakt war vor allem geschäftlich. Sie waren gute Bekannte und trafen einander beim Repair Club. Ansonsten führte jeder sein eigenes Leben.

Lydia findet es am schwierigsten, nicht zu viel zu sagen, sie muss fortwährend die Neigung zu sprechen unterdrücken, die Neigung, Dinge erklären zu wollen. Je mehr sie sagt, desto größer ist die Chance, dass sie etwas Falsches von sich gibt.

»Was haben Sie da in dem Pflegeheim gemacht?«

Der junge Mann ist gut, er bleibt ruhig und hat einen Blick, den sie nicht richtig deuten kann. Manchmal wirken seine Augen fast aggressiv, kurz darauf schaut er sanft und freundlich drein. Sie schließt die Augen, sodass sie nur seine Stimme hört, und wieder hat sie das Gefühl, dass er mehr weiß, als er sagt.

Warum will er das wissen?

»Da springe ich ab und zu ein, wenn ich gerade in der Gegend bin.«

»Das Zimmer war auf Ihren Namen reserviert. Warum?«

»Ein befristetes Arrangement, um es für jemanden verfügbar zu halten, der es brauchte, aber nicht so schnell die notwendigen Schritte veranlassen konnte.« Sie hat alles vorab geklärt, alles steht genau so im Computer des Pflegeheims.

»Und wenn Sie gerade nicht in der Gegend sind, wo sind Sie dann?«

Kuipers fragt und fragt und fragt, seine Geduld scheint endlos, er umkreist sie wie ein träges Raubtier, bis er ziemlich abrupt das Verhör beendet, ihr ausführlich für ihre Mitarbeit dankt und sie gehen lässt. Als sie an der Tür steht, versucht er es noch ein letztes Mal.

»Wo ist John Antink?«, fragt er.

»Wenn ich das wüsste, würde ich es Ihnen sagen.« Sie lügt, und das nicht zum ersten Mal. Eine erfahrene Pflegerin kann über den Tod lügen. Im Vergleich dazu ist das hier kinderleicht.

81

GEORGE KASTEEL

Er sitzt in einem kleinen Zimmer in einem modernen Gebäude. Das Zimmer hat ein einziges Fenster, ziemlich weit oben in der Wand, sodass er nicht nach draußen schauen kann. Die Tür ist verschlossen. Vor der Tür, auf dem Flur, steht ein Mann Wache. Vor fünf Minuten hat George die Tür geöffnet, um den Mann zu fragen, was das Ganze hier eigentlich soll. Wie lange muss ich noch warten? Auf wen? Und warum? Das hat ihm nichts gebracht, der Mann hat ihn nur ruhig und streng zurück in das Zimmer geschoben und die Tür wieder geschlossen. Sein Handy hat man ihm bei der Ankunft schon abgenommen, seine Proteste waren umsonst. Als er nicht schnell genug kooperierte, haben sie mit ein paar geübten Griffen sein Handy konfisziert. Er soll zu niemandem Kontakt aufnehmen können.

Eine Polizeistation ist das hier nicht, danach sieht das Gebäude nicht aus. Es ist ein Büro, die Menschen tragen keine Uniformen, keine Mützen. Die meisten Leute sind im Anzug, Männer wie Frauen. Er ist in seinem Leben schon in vielen Gebäuden gewesen, meist unbemerkt, er kann jedes Schloss aufbekommen, ohne dass man irgendwelche Spuren sieht. Er ist ein Techniker, er kann Sicherheitssysteme ausschalten, ohne dass die Wachzentrale das mitbekommt. Er kann sich in der Stille menschenleerer Gebäude fast lautlos fortbewegen. Dann ist er in Bestform, unsichtbar und unhörbar.

Und jetzt sitzt er hier. Er sieht, wie sich die Tür öffnet und zwei Leute hereinkommen, ein Mann und eine Frau. Der Mann setzt sich ihm gegenüber und legt eine Mappe auf den Tisch, die Frau bleibt stehen.

»Meneer Kasteel«, sagt der Mann und öffnet die Aktenmappe. »George Willem Kasteel, so heißen Sie doch?«

»Ja. Und Sie sind?« George gibt sich Mühe, ordentlich und ohne Dialekt zu sprechen, damit sie nicht auf falsche Gedanken kommen.

Also geht es los. Es ist kein Gespräch, sondern eine Abfolge von Fragen und Antworten. Kasteel weicht keiner einzigen Frage aus. Genau wie er das von John gelernt hat, beugt er sich, wie ein Halm im Wind. Wenn er etwas nicht weiß, sagt er das. Wenn etwas Unsinn ist, sagt er das auch.

»In welcher Beziehung stehen Sie zu John Antink?«

»Beziehung? Hören Sie doch auf.«

»Sie wohnen in Duindorp?«

Die Antworten auf ihre Fragen stehen in der dummen Mappe da vor ihnen. Das Häuschen in Duindorp hat seinen Eltern gehört, und nach ihrem Tod hat er es behalten. Er verwendet es noch immer als Adresse, mehr nicht. Er zieht die Schultern hoch und schaut die Frau an. Was will sie überhaupt?

»Gehen wir kurz einen Schritt zurück.« Der Mann ergreift das Wort. »Sie hatten eine Werkstatt? Kasteel Auto.«

»Die habe ich immer noch«, korrigiert er. »Eine Werkstatt. George Kasteel, das bin ich. Kasteel Auto gibt es schon seit vierunddreißig Jahren. Vielen Dank.«

»Aha, diese Werkstatt haben Sie also immer noch?«

Das ist eine dumme Frage. Also hält er den Mund. Das finden sie wahrscheinlich verdächtig, denn diese Leute finden alles verdächtig, danach sehen sie aus. Wenn man zu viel im Büro hockt, kommt man auf komische Gedanken.

»Sie führen immer noch eine Werkstatt?«

Schwer von Begriff ist der Kerl auch noch. George schaut wieder zu der Frau hin, die inzwischen mit dem Rücken an der Wand lehnt. Betont nonchalant. Darauf fällt er nicht herein, die Tante da ist gestresst, das sieht doch ein Blinder mit Krückstock. Alle Muskeln, die sie nicht braucht, sind angespannt, von den Waden bis zum Hals. Das ist ungesund, und das will er eigentlich auch sagen, aber danach fragen sie nicht.

»Immer schon gehabt, wissen Sie? Die Arbeit macht Spaß. Man begegnet ziemlich vielen Leuten.«

»Zum Beispiel John Antink?«

»Das ist ein guter Typ.«

Die Frau lacht.

»Habe ich etwas Komisches gesagt?«

»Nein, nein, so habe ich nur noch nie jemanden über Meneer Antink sprechen hören.«

»Dann ist das jetzt das erste Mal. Und Sie sind?«

Der Mann beantwortet seine Frage. Er heißt Kenzi Kuipers. Der ist in Ordnung. Wenn die beiden etwas von ihm erfahren wollen, müssen sie ein bisschen fester aufs Pedal treten. Das hier ist doch nichts. Sie suchen nach John, denn der ist plötzlich verschwunden. Und dann wollen sie ihn finden? Das wird nicht klappen.

»Haben Sie irgendeine Ahnung, wo er sich aufhalten könnte?«

»Nicht die geringste.« John hat ihm nichts gesagt, das tat er noch nie. Und George hat ihn nichts gefragt, das tat er auch noch nie. Wenn etwas gesagt werden musste, erfuhr er es schon. Aber das war nicht gestern gewesen, und wenn es dann doch gestern war, dann zumindest nicht heute. »Ist er nicht zu Hause? Haben Sie seine Frau angerufen?«

Schon drei Mal. Sie geht auch nicht an den Apparat, sagen sie. Sie sind beim Haus gewesen und in dem Gemeindezentrum, wo der Repair Club stattgefunden hat. Antink ist nirgends zu finden, und ganz offensichtlich brauchen sie ihn. Also fragen sie nach allem Möglichen. Ob er schon mal bei Antink zu Hause gewesen ist? Ob sie schon mal zusammen irgendwo anders gewesen sind? Irgendwo anders als beim Repair Club?

»Zum Beispiel? Woran denken Sie da?«

Sie fragen und fragen, und George beantwortet alles mühelos. Er hat sie an der Angel, sie tun genau, was er will, und das merken sie nicht einmal.

»Hat Ihnen Meneer Antink irgendwann einmal etwas über seine Arbeit erzählt? Seine Arbeit von früher?«

»Also wirklich, was früher war, ist uns schnuppe. Wir interessieren uns mehr für die Gegenwart, wissen Sie. Für den Augenblick. Das sollten Sie auch mal probieren.« John erzählt nie von früher, das braucht er auch nicht. George weiß schon alles.

»Eine andere Frage: Wann sind Sie Meneer Antink zum ersten Mal begegnet?«

»Vor achtundzwanzig Jahren, 1991. An einem Samstagmorgen.«

»Und wo war das?«

»In der Werkstatt.«

»Einfach so?«

»Nein.«

»Nein, weil?«

Weil. Das ist doch keine Frage. »Weil« ist ein Wort, das zwischen zwei Sätze gehört. Es kann nicht einfach so allein stehen. Außerdem ist es unhöflich. Unhöflich kann er auch.

»Was, weil?«

»Warum sind Sie ihm da begegnet? Einfach so?«

»Nein, natürlich nicht einfach so. Wer geht denn einfach so in eine Werkstatt? Niemand. Nur Leute ohne Gehirn gehen einfach so in eine Werkstatt. Was glauben Sie denn? Was glauben Sie, warum er in meine Werkstatt kam? Raten Sie mal.«

»Mit seinem Auto?«

Dieser Typ lässt sich nicht aus der Ruhe bringen.

»Musste das repariert werden?«

»Sehr gut.«

»Und das haben Sie behalten? Das Ganze ist achtundzwanzig Jahre her, und Sie wissen noch genau, dass Meneer Antink an einem Samstagmorgen zum ersten Mal zu Ihnen gekommen ist? Was war denn an dieser Begegnung so Besonderes, dass Sie das noch so genau wissen?«

»Sein Wagen.« John Antink war mit einem Auto in seine Werkstatt gekommen, für das Kasteel einen Mord begangen hätte. Mit einem Jensen Interceptor III aus dem Jahr 1971, einem 7,2-Liter-Achtzylinder, silbergrau mit schwarzem Dach. Ein Prachtstück von einem Auto. Und John hatte wissen wollen, ob er diese Schönheit wohl warten wolle. Auch so eine überflüssige Frage.

»Was für ein Wagen war das, sagen Sie? Ein Johnson?«

Keine Ahnung, der Kerl hat überhaupt keine Ahnung. Der hält wahrscheinlich einen nähmaschinenartig klingenden 1-L-Dreizylinder-Ford auch für ein Auto. So ein Quatsch. Was soll das jetzt? Durch sein Erstaunen und seinen Widerstand gegen die Fragen merkt er nicht, dass er zu reden anfängt. Ohne dass er es mitbekommt, haben sie den Knopf gefunden, den sie bei ihm drücken müssen: Autos. Denn dann geht es endlich um etwas. Über Autos kann er den ganzen Tag reden.

»Ist das ein besonderer Wagen?«

»Und ob.«

»Teuer?«

»Damals nicht. 1991 war das Auto zwanzig Jahre alt, nicht billig, aber kein Ferrari oder so. Jetzt zahlt man für einen guten Wagen dieser Serie schon ein bisschen mehr, fünfzigtausend oder so. Aber nun ja, es geht nicht um den Kaufpreis, es geht um die Wartung. Mit den Dingern ist doch immer irgendwas. Schön sind sie, aber empfindlich.«

»Eine klassische Kombination.«

Sie lachen. Damit hat er nicht gerechnet.

»Aber er hatte dieses Auto nie vor dem Haus stehen, stimmt das?«

»Das steht in der Garage, bei seinen anderen Autos.«

»Seinen anderen Autos?«

George schweigt. Ihm wird bewusst, dass er etwas gesagt hat, was unschuldig wirkt, wovon er die Konsequenzen aber nicht überblicken kann.

82

VIER AUTOS

Eine Pflegerin, ein Werkstattbesitzer und ein Pförtner. Den
dritten Mann gibt es nicht mehr. Kenzi liegt die Sterbeurkunde vor, er zeigt sie Calder. Datum und Zeitpunkt des
Todes stehen darauf. Innere Verletzungen und Blutungen
durch eine Kollision während eines Vorfalls in der Zoutmanstraat. Was genau geschehen ist, ist noch nicht geklärt.
Ein Vorsatz scheint nicht vorzuliegen. Der Mann lag unter
seinem Scooter. Augenzeugen haben widersprüchliche Angaben gemacht. Einer sprach von einer Explosion, ein anderer hatte nur Rauch gesehen. Wieder ein anderer hatte
Schüsse gehört, ein vierter einen lauten Knall, entweder neben oder in einem Auto. Der Mann mit dem Scooter hatte
sich benommen wie jemand unter Drogen. Er versuchte zwischen den Leuten hindurch über den Bürgersteig zu kommen, fuhr Leute um. Man hatte ihn festgehalten, er war um-
gestoßen worden oder in der Menge umgefallen. Das alles
auf dem Bürgersteig, wo er nicht einmal hätte sein dürfen.
Es gab da Probleme mit einem Kleinbus und einem geparkten

Wagen, und der Mann mit dem Scooter war irgendwie zwischen beiden gelandet.

Eigene Schuld, darin stimmten alle Zeugen überein.

»In der Zoutmanstraat? Gab es da einen Vorfall?«

»Ich habe nichts finden können.«

Calder starrt auf die Schlussfolgerungen aus den Vernehmungen, die auf dem Monitor ihres Computers erscheinen. Was haben diese Leute mit dem ehemaligen Geheimdienstchef zu tun? Und er mit ihnen?

»Da gibt es noch etwas«, sagt Kenzi. Nach langem Hin und Her hat ihnen Kasteel den Namen der Garage genannt, und sofort ließ Kenzi dort zwei Wachen postieren, einen Mann am Eingang und einen an der rückwärtigen Tür. Niemand konnte mehr hinein oder heraus, bevor sich der Geheimdienst nicht in aller Ruhe umgesehen hatte. In einem Schuppen am Stadtrand, Richtung Monster, standen siebzehn Oldtimer, einer schöner als der andere. Glänzender Chrom und geputzte Karosserien leuchteten unter dem spärlich in den Raum fallenden Sonnenlicht um die Wette. Kenzi war selbst mit Kasteel und ein paar Leuten dort gewesen.

»Gehören die alle Antink?«, hatte er sich erkundigt.

»Nein, nicht alle.« George Kasteel war vorneweg gegangen und hatte auf vier der Wagen gezeigt: einen Mercedes 300 SL Gullwing, einen Chevrolet Corvette Stingray, ein Ford Mustang 289 Achtzylinder-Cabriolet und den Jensen Interceptor III.

»Wem gehören all die anderen?«

»Kunden.«

Seit dem Betreten der Lagerhalle hatte Kuipers nur wenig gesagt. Still schaute er auf die Sammlung, die hier in einem grauen Gebäude auf einem Firmengelände am Stadtrand ihren Prunk zur Schau stellte. Von außen sah man nichts, es gab nicht den geringsten Hinweis darauf, dass in diesem Gebäude Oldtimer für ein Vermögen standen. Neben Antinks gab es Autos von Ferrari, Maserati und Lamborghini. Was hier stand, war viel Geld wert, das begriff Kuipers ohne jede weitere Erklärung. Er fragte sich vielmehr, wie sich Antink das alles leisten konnte. Der Mann hatte einen guten Job gehabt, das stand ganz außer Zweifel, aber damit behielt man nicht genug Geld übrig, um mehrere alte Autos zu kaufen, sie restaurieren und warten zu lassen. Außer er hatte von seiner kommunistischen Mutter richtig viel geerbt, und das war nicht sehr wahrscheinlich. Von seinen Schwiegereltern vielleicht? Aber selbst dann – wie war das möglich?

»Ich will, dass alle vier Wagen durchsucht werden.« Er war nach draußen gegangen, um die beiden Wachtposten nach drinnen zu holen.

»Sind Sie sicher, dass hier keine weiteren Autos von Antink stehen?«, hatte er Kasteel gefragt. »Haben Sie die Papiere hier? Oder Kopien davon? Die würde ich gern sehen.«

Während die Männer die Autos durchsuchten, hatte er die Unterlagen kontrolliert. Kasteel hatte nicht gelogen, nur die vier Wagen, die er benannt hatte, gehörten Antink. Der Rest war das Eigentum von Leuten, die er nicht kannte, die Namen sagten ihm nichts. Zur Sicherheit hatte Kuipers die Kopien mitgenommen.

Um ihn herum waren die Kofferräume geöffnet, man suchte unter Matten und in Fächern am Armaturenbrett. Hände schoben sich unter Sitze, Fächer wurden geöffnet und wieder geschlossen. Die Männer hatten schnell und vorsichtig gearbeitet, als empfänden sie eine unwillkürliche Ehrfurcht vor der glänzenden Technik. Kuipers war zwischen den Wagen hindurchgelaufen und hatte darum gebeten, auch die Motorhauben zu öffnen. Eines nach dem anderen stellten die Autos ihre Motoren zur Schau. Beim Mercedes war es ein Reihensechszylinder, bei den anderen dreien handelte es sich um Achtzylindermotoren. Beeindruckende Maschinen.

Dafür hatte Kuipers keinen Blick; er sah etwas ganz anderes. Die Motoren wirkten nagelneu, unbenutzt, wie frisch aus der Fabrik.

»Werden diese Autos überhaupt bewegt?«

»Nur kurze Strecken. Einmal im Monat lassen wir die Motoren eine Viertelstunde oder so laufen.«

Kuipers hatte die Kennzeichen in eine Plastiktüte gesteckt.

»Die darf er gar nicht einfach so mitnehmen«, hatte Kasteel zu niemandem im Besonderen gesagt.

»Passen Sie nur auf, sonst lasse ich *Sie* auch mitnehmen. Dafür brauche ich keine weitere Zustimmung.«

Er hatte die Halle verriegeln und versiegeln lassen. Niemand durfte mehr dorthin, bis er sie wieder freigab. Und das konnte noch eine ganze Weile dauern, denn hier stimmte etwas nicht.

83

RESPEKT VOR DEM GEHEIMNIS

»Wir hatten Ihnen ja bereits mitgeteilt, dass sich der Ministerpräsident persönlich mit dem Hintern auf den Deckel dieser
Jauchegrube gesetzt hat, um das Geschrei in Schach zu halten, und bis heute ist ihm das auch sehr gut gelungen.« Dem
Generalsekretär Oudenburg passt es nicht, dass Varman jetzt
inaktiv ist, und das lässt er sie spüren. Er stellt keine Fragen,
er berichtet nur, und das auch nur ein einziges Mal. Der Ministerpräsident mag es nicht, wenn Informationen öffentlich
werden, und er mag es nicht, dann Erklärungen abgeben zu
müssen. Das ist Theater, verschwendete Zeit. Der Ministerpräsident hat sämtliche Fragen über die finanzielle Unterstützung für die syrischen Terrorgruppen abwimmeln oder umschiffen können, indem er sich auf Staatsgeheimnisse und auf
das Risiko für Menschen im Einsatz berufen hat. »Aber der
Mann weiß natürlich nicht, worum es bei der ganzen Sache
geht. Er hält alles zusammen, und wissen Sie, für wen er das
tut?« Wieder stellt Oudenburg keine Frage, er konstatiert nur
etwas. »Das tut er für Sie, das tut er, um Ihnen die Zeit zu

verschaffen herauszufinden, was da los ist. Um Ihnen die Zeit zu verschaffen, das Leck zu finden und auszuschalten. Darum tut er das. Darum sitzt er mit dem Hintern darauf, und so langsam rächt sich das. Es wird ihm allmählich recht ungemütlich dort, wenn Sie verstehen, was ich meine. Lassen Sie es mich so sagen: Der Ministerpräsident würde sich gern woandershin setzen, wenn Sie nichts dagegen haben.«

Calder hört schweigend zu. Sie hat das Leck gefunden, und bevor sie dem Generalsekretär sagt, wer es ist, fällt sie lieber tot um. Wenn sie sich zwischen dem Hintern des Ministerpräsidenten und der ihr zur Verfügung stehenden Intel entscheiden muss, entscheidet sie sich für die Intel. Kenzi Kuipers weiß Bescheid und sie selbst, niemand sonst, und so muss es auch bleiben. Sobald bekannt wird, dass der ehemalige Chef des Geheimdienstes Informationen durchgestochen hat, ist hier die Hölle los. Dann wird der Geheimdienst zum Gespött der Regierung, und sie kann ihre Karriere an den Haken hängen. Alles, was sie sich während der vergangenen Jahre aufgebaut hat, steht auf dem Spiel. Was geheim ist, muss geheim bleiben.

»Wir sind dran«, gibt sie zurück.

»Wo dran? Nicht am Hintern des Ministerpräsidenten, hoffe ich doch.«

Sie lacht nicht, sie würde am liebsten schreien. Der Generalsekretär lässt seiner Geringschätzung freien Lauf und deutet an, dass sie nicht einmal weiß, woran sie überhaupt arbeitet. Alle Vorurteile sind wieder da. Er denkt, dass sie das Problem ist, und sie hat dem nichts entgegenzusetzen. Sie kann nicht einmal sagen, dass sich das Ganze komplizierter gestaltet, als er denkt, denn dann müsste sie das erklären. Darum schweigt sie, mit versteinertem Gesicht.

»Wir sind dran. Vielleicht kann jemand den Ministerpräsidenten davon überzeugen, noch ein wenig auszuharren. Das gehört doch zu Ihren Aufgaben?«

»Noch ein wenig auszuharren? Mit Ihnen? Wie lange denn? Einen Tag? Eine Woche? Ein weiteres Jahr? Wie weit sind Sie?«

»Dazu kann ich nichts sagen.«

»Wenn ich diese Frage stelle, können Sie alles sagen.«

Langsam bewegt sie den Kopf von links nach rechts. Es ist an der Zeit, den Generalsekretär auf die Grenzen seiner Stellung hinzuweisen. »Es geht hier um Staatsgeheimnisse, und für diese Staatsgeheimnisse besitzen Sie nicht die erforderliche Zugangserlaubnis. Das wissen Sie. Je mehr Druck Sie also ausüben, desto mehr manövrieren Sie sich selbst an eine ungünstige Position.«

»Staatsgeheimnisse, die offengelegt wurden, kann man ja wohl kaum noch als geheim bezeichnen.«

»Steven, in diesem Land gibt es mehr als nur ein Staatsgeheimnis. Wenn eines offenliegt, bedeutet das, dass der Rest noch sicher ist. Und ich möchte, dass das so bleibt. Wenn ich nun Hinz und Kunz erzähle, was hier vor sich geht, gelangt innerhalb kurzer Zeit eine ganze Lawine an Geheimnissen an die Öffentlichkeit. Deswegen sollten wir uns jetzt einfach auf unsere jeweiligen Zuständigkeitsbereiche konzentrieren. Und was das betrifft, hilft es nichts, wenn Sie diese Zuständigkeitsbereiche nicht klar voneinander trennen.«

»Tue ich das denn nicht?«

Sie zeigt ihm die Aufnahme mit Varman im Schlemmer. »Darum habe ich ihn kurz nach Hause geschickt, verstehen Sie? Weil Sie Zuständigkeitsbereiche nicht klar voneinander trennen.« Sie ignoriert seinen wütenden Blick und übt weiter

Druck aus. »Deswegen werde ich mich um diese Angelegenheit kümmern und das Problem lösen. Sie halten weiterhin Kontakt mit dem Ministerpräsidenten, und der Ministerpräsident vollführt den Trick mit seinem Hintern. Das kann er doch gut.« Sie erhebt sich. »Sind wir dann fertig?«

Innerlich steht sie kurz vor der Explosion. Oudenburg hätte ihr hier sein Vertrauen aussprechen, ihr sagen müssen, dass der Ministerpräsident in seinen Verantwortungsbereich gehört, dass er die Politik auf Distanz halten kann. So lange, wie sie das braucht. Ermittlungen gehören nicht zu seinen Aufgaben, er begreift nicht einmal, worum es dabei geht. Er hat keinen Respekt vor dem Geheimnis, er hält das Ganze für ein Spiel. Er hätte den Sturm von ihr abhalten müssen, weil er weiß, dass die Angelegenheit bei ihr in guten Händen ist. Das hat er nicht getan, er hat das alte »Weißer Mann, schwarze Frau«-Spiel gespielt, und am liebsten hätte sie ihn vom Schreibtisch weggezerrt. Eine Minute, mehr hätte sie nicht gebraucht, um ihn mit dem Gesicht nach unten in den Teppich zu pressen. Eine Minute, die nie kommen würde.

84

AM THOR

Die Hauptstraße in Dresden ist zu einer modernen Geschäftsstraße geworden, zur Fußgängerzone. Unter den Platanen schlendern die Touristen an den Schaufenstern und Restaurants vorbei. Ganz am Ende der Straße, an der Ecke zum Jorge-Gomondai-Platz, befindet sich die Gaststätte. Auch der Platz ist renoviert worden, der Straßenbelag ist neu, es ist nur noch wenig von der alten DDR zu sehen.

Dreißig Jahre ist es her, dass er zuletzt hier war. Das Wirtshaus ist modernisiert, aber noch immer einfach, mit einer Einrichtung im DDR-Stil. Jetzt erschallt 10cc aus den Lautsprechern. »I don't like cricket, no, no, I love it.« Einfache Holzstühle mit grünem Kunstlederbezug, klobige Holztische, die 1970 modern waren. An der Decke eine Klimaanlage. Eine neue Bar gibt es auch, aber auf eine unerwartete Weise nimmt er noch die Atmosphäre von früher wahr, als Wolodja Platow hier mit seinen ostdeutschen und sowjetischen Kollegen an einem Tisch saß. Platow war der Deckname des jungen KGB-Offiziers, der in Dresden seinen ersten Auslandsposten innehatte. Wolodja, kleiner Wladimir.

Als Antink die Gaststätte betritt, hält er kurz den Atem an. Ein einziger Mann sitzt da am Tisch, und zwar nicht der, den er dort erwartet hat. Auf dem Tisch liegt allerdings das Buch: *Stress Factors in Steel Structures*. Ein Irrtum ist ausgeschlossen. Trotzdem zögert er, dieser Mann ist zu jung, höchstens Anfang dreißig, er trägt gerade seinen ersten Anzug. Er wirkt in der einfachen Gaststätte fehl am Platz und scheint überhaupt keine Ahnung von dessen Geschichte zu haben, davon, was sich hier früher alles abgespielt hat. Sein Blick ist auf sein Handy gerichtet, seine Daumen sind es auch, er bemerkt erst, dass jemand hinter ihm steht, als sich Antink höflich räuspert. Dann legt er das Smartphone hin und schaut auf. Ein langes, schmales Gesicht, blaue Augen, blonde Haare, eine spitze Nase, dünne Lippen, dunkle Augenbrauen. Er steht auf und wartet ab.

»In der Wüste regnet es«, sagt Antink.

»Dann werden die Brücken blühen.«

»*Stress factors* brauchen Wasser.«

»Setzen Sie sich.« Der Mann schaut noch einmal auf sein Smartphone und steckt es dann ein.

Antink bleibt stehen. »Sie sind jemand anders«, sagt er.

»Ein Mittelsmann. Eine zusätzliche Kontrolle.«

»So war das nicht abgesprochen.« Antink hat das unverkennbare Gefühl, dass ihn jemand beobachtet, den er nicht sehen kann.

»Abgesprochen war nur, was abgesprochen ist. Da können sich weitere Aspekte ergeben. Und so läuft es jetzt. Aus Sicherheitsgründen.«

Antink bleibt immer noch stehen, mit der linken Hand auf der Rückenlehne des Stuhls. Unter seinem ungerührten Äußeren ist er zerrissen. Das hier läuft allen Spielregeln zuwider, die er kennt. In einem ersten Impuls will er gehen, sich umdrehen und raus. Sein Instinkt sagt ihm, dass er warten soll, denn auch wenn Regeln Regeln sind, sind sie nie genug. Was sagt ihm sein Gefühl? Allen Anzeichen zum Trotz fühlt sich das Ganze gut an. Er muss alles überprüfen, die Lage peilen.

»Quatsch. Ihre Sicherheit ist nicht meine. Wenn ich nicht darauf vertrauen kann, dass die Absprache eingehalten wird, ist meine Sicherheit kompromittiert. Dann gehe ich eben wieder.«

»Dafür war Ihre Anreise zu lang.«

»Ich habe schon längere Anreisen auf mich genommen, viel längere, und bin trotzdem sofort wieder aufgebrochen. Distanz bedeutet nichts.«

»Bitte setzen Sie sich. Claus rechnet damit.«

Zögernd nimmt er sich einen Stuhl und setzt sich hin, an die falsche Seite des Tisches, mit dem Rücken zum Eingang. Das darf eigentlich nicht sein, aber er hat keine Wahl, der junge Mann sitzt auf der anderen Seite auf der Bank, und John hat nicht vor, sich neben ihn zu setzen. Er rückt mit dem Stuhl ein wenig zur Seite, und in diesem Augenblick steht der junge Mann auf, nimmt sein Buch, verlässt das Lokal. John sitzt plötzlich allein an einem einfachen Holztisch. Er will noch etwas rufen, aber dann erinnert er sich wieder an die manchmal endlos umständlichen Abläufe bei den Geheimdiensten im Ostblock. Er setzt sich sofort auf die andere Seite des Tisches, mit dem Rücken zur Wand, mit Blick auf den Eingang. Die Standardposition. Viel besser. Sicherer. Ruhiger.

Er lässt den Blick über die Inneneinrichtung der Gaststätte schweifen. So vieles hat sich verändert, und trotzdem erkennt er mehr, als er erwartet hätte. Kurz ist es, als könnte er die Gerüche von damals wieder wahrnehmen, den Kaffee und die Zigaretten. Er rauchte f6 Filter, die wurden hier hergestellt, eine billige Imitation amerikanischer Marken. Der Kaffee war schlecht, zur Hälfte geröstetes Erbsenmehl. Die Zigaretten waren scharf, von miserabler Qualität, aber das war egal. Das waren kleine Dinge, aber er war ein freier Mann in einem unfreien Land. Er erinnert sich an Minuten und Stunden, in denen er geschaut, zugehört und gewartet hat, eins mit seiner Umgebung, gerade durch die kleinen Dinge. Er entscheidet, woran er sich erinnert.

Er sieht ihn hereinkommen. Der schöne Claus ist nicht mehr so attraktiv, die Jahre haben ihn gezeichnet. Was schön an ihm war, ist in dem Leben zurückgeblieben, das er einmal gehabt hat, mit Macht und Einfluss, und hat den Fall der Mauer nicht überlebt. Der Mann, der jetzt das Wirtshaus betritt, hat sich verändert, aber er ist es, ganz eindeutig, und John ist noch immer empfänglich für seinen sanften Blick und seine eleganten Bewegungen. Das weiche Gefühl in seinen Knien ist eher eine Erinnerung als irgendetwas sonst.

»Max.«

»Claus.« Wie von selbst öffnen sich die vergangenen Jahre, sie haben zusammen so viel durchgemacht, sie sind am Abgrund entlanggeschlittert, John dichter am Rand als Claus. »Wenn ich damals mit dir mitgegangen wäre, wäre ich nie wiedergekommen«, sagt John.

»Vielleicht wäre das besser gewesen.«

»Besser vielleicht, aber unmöglich.«

»Diese Kombination, die hatten wir drauf, damals.« Claus schweigt. »Wenn ich mich nicht täusche, gibt es davon noch Filmmaterial.«

»Das glaube ich sofort. Aber ich brauche es nicht zu sehen.«

Sie sprechen über die Vergangenheit und die Gegenwart, die Zeiten scheinen sich zu vermischen. Nach dem Mauerfall und der Wiedervereinigung, nach der Auflösung der Staatssicherheit war Claus Werdermann nur noch Chef der Personalabteilung eines Betriebs ohne Zukunft. Robotron wurde abgewickelt, und er behielt seine Stelle, bis man auch die strich; er war einer der vielen Ossis, die übrig blieben. Das Einzige, was er noch hatte, war sein Adressbuch. Er kannte viele der Leute, die später in Russland wieder an die Oberfläche kamen. Der Präsident hatte seine ersten Schritte hier gemacht. Das war seine Rettung.

»Hat es geklappt?«

Die Verabredung steht. Claus hat genau das getan, worum ihn John gebeten hat.

»Das hat mich alles gekostet, jeden Kontakt, den ich noch hatte. Du hast ja keine Ahnung.«

»Vielleicht nicht. Aber ich kann es mir durchaus vorstellen. Wo findet das Treffen statt?«

»In einer Gedenkstätte.«

»In welcher Gedenkstätte?«

»In der Bautzner Straße.«

»Ist das jetzt eine Gedenkstätte?« In der Bautzner Straße hatten sich das regionale Hauptquartier der Staatssicherheit und das Gefängnis befunden, in das ihn Claus damals gebracht hatte. »Die Zeiten ändern sich.«

»Zum Teil. Nicht alles ändert sich. Manche Dinge werden sogar wichtiger.«

»Davor hatte ich schon Angst.«

Dort muss die Begegnung stattfinden. Das alte Stasigefängnis ist keine schlechte Wahl. Dort wird sie niemand suchen, es ist zu nahe an der schmerzlichen Vergangenheit.

»Einverstanden.« Am nächsten Tag um zehn nach zehn morgens. Dann ist es dort ruhig. »Ich werde da sein.« Er steht auf, bleibt noch kurz neben dem Mann stehen, der ihn einmal so mühelos verraten hat. »Wir sehen uns heute zum letzten Mal«, sagt John. »Pass auf dich auf.«

Eine Antwort wartet er nicht ab, es gibt keine Antwort mehr.

85

IN DER GEDENKSTÄTTE

In einem ruhigen Viertel außerhalb der Stadt, mit prächtigem Blick über die Elbe, die träge durch das Tal fließt, hält die Straßenbahn an ihrer Endstation. Von dieser Haltestelle aus sind es noch fünf Minuten zu Fuß, an den prächtigen Villen vorbei, bis zur Bautzner Straße 112a, der Gedenkstätte. In den Kellern des alten Stasigebäudes liegen die Zellen des Sowjetgefängnisses. Das hatte man dort nach dem Zweiten Weltkrieg eingerichtet, als Dresden unter das Protektorat der Sowjetunion fiel. In einem separaten Flügel befinden sich die Zellen des Stasigefängnisses. Sorgfältig von der russischen Abteilung getrennt. Beamtenordnung herrschte hier über alles. Es war ein trübseliges Zentrum der Verhöre, der Folter und des Einsperrens. Nun ist es eine Gedenkstätte.

Vielleicht sogar die richtige Entscheidung, überlegt John. Irgendwo muss die Erinnerung an die Düsternis weiterleben, an einer echten Adresse, wo Menschen eine Eintrittskarte kaufen müssen, um hineinzudürfen. Gedenkstätte. Ein Ort der Erinnerung an ein grausames Regime. Kein Museum und dennoch vielleicht Kunst, die Praxis, die auf die Idee dahinter zurückführt, auf ein Bild, eine Statue. Ein Objekt.

Mit einem Ticket, für das er sechs Euro bezahlt hat, geht er nach unten und biegt links in den langen Gang ein. An den Wänden hängen Zeichnungen der Gefangenen von damals. Angst und Panik sind in den dargestellten grauen und dunklen Gesichtern und Körpern zu erkennen. Je tiefer das Böse steckt, desto stärker ist das Bedürfnis, es auf irgendeine Weise zum Ausdruck zu bringen. Diese Kunst hängt hier.

Schweigend geht er zu der Tür auf der anderen Seite, die in das Stasigefängnis führt, ins Erdgeschoss und in drei Etagen. Zellen auf einem Flur, kleine Nischen, jetzt alle ordentlich aufgeräumt, das Bettzeug ist gewaschen, die Betten sind gemacht. Es riecht nach nichts, kein Gestank, keine Desinfektionsmittel, keine Angst. Und es ist still dort. Er schaut sich um, außer ihm ist niemand hier. Er ist allein, und das erstaunt ihn. Er hätte erwartet, dass seine Verabredung früher erscheint, dass sie ihre Position auswählt. Alte Gewohnheiten bleiben lange hängen. Er schaut hoch zur Galerie, auch dort ist niemand. Er selbst wäre sicher zehn Minuten früher erschienen und hätte sich einen strategischen Platz gesucht, von dem aus er beobachten könnte, wer den Raum betritt, wie viele Leute dabei sind, wo sie sich hinstellen oder hinsetzen.

Schnell wird er aktiv. Seine Plastiktüte stellt er auf den Boden. Er zieht Jacke und Schuhe aus, nimmt die blonde Perücke vom Kopf, zieht die Schuhe aus und setzt die Brille ab. Aus der Tasche holt er eine andere Jacke, eine andere Hose und Schuhe. Die zieht er an. Die anderen Kleidungsstücke und die Perücke stopft er in die Tasche und versteckt die in einer dunklen Ecke unter der Treppe. Jetzt ist er wieder John, nicht der Mann, der am Eingang eine Karte gekauft hat und der gleich die Gedenk-stätte wieder verlassen wird.

Mitten in der Haupthalle lauscht er der Stille. Hier wurden Menschen gefangen gehalten, weil sie anders dachten, weil sie eine andere Meinung vertraten als der Staat, weil sie etwas getan hatten, was ihnen nicht einmal bewusst war. Hier hat er gesessen, zwei Tage lang. Verglichen mit der Zeit, die andere hier eingesperrt gewesen waren, nur sehr kurz. Hier hat man Leben gebrochen, zerstört und beendet. Inzwischen sind Schmerz und Tod zu Sehenswürdigkeiten geworden, die Geschichte wird zu einer Erzählung umgebaut.

Das ist unvermeidlich.

Hinter sich hört er, wie sich eine Tür öffnet, und als er sich umdreht, sieht er sie die Halle betreten. Sie sieht gut aus, Majorin Wlaskowa. Sie trägt einen dunkelblauen Anzug, dazu schwarze Schuhe mit flachen Absätzen. Was er sieht, ist seine Frau. Was er fühlt, ist Verrat.

Bei diesem Verrat geht es nicht um Länder oder Politik, es geht um ihn und sie. Über vierzig Jahre hat er sie nicht gekannt. Sie ihn schon. Dieses ganze Getue mit den Farben, mit gelben, blauen oder grauen Menschen, das war natürlich Unsinn, ein Ablenkungsmanöver. Einfach nur verrückt. Sie zittert nicht, das fällt ihm auf. Ihre Hände bleiben still. Selbst ihr beginnender Parkinson scheint eine Täuschung gewesen zu sein.

Er weiß nicht, was er tun soll. Sie umarmen und küssen, wie er das immer getan hat, erscheint nun unangebracht. Vielleicht sollte er es gerade aus diesem Grund doch tun. Es würde ihn nicht erstaunen, wenn diese Begegnung aufgezeichnet wird, mit Bild und Ton. Er macht einen Schritt auf sie zu.

Sie streckt die Hand aus. Zwei Menschen, eine Begegnung in einer Gedenkstätte.

»Vera«, sagt er.

»Jelena, wenn es dir nichts ausmacht. Ich nenne dich ja jetzt auch nicht Max.«

»Dann sogar Frau Majorin Wlaskowa.«

»Diesen Rang verdanke ich dem Netzwerk an Informanten, das ich aufgebaut habe.«

»Durch mich?«

»Durch dich habe ich Zugang zu den richtigen Kreisen erhalten, das stimmt. Vielen Dank.«

»Gern geschehen.« Das Ganze wirkt, als würden sie ein Theaterstück aufführen. Kurze Szenen, um ihre Positionen zu definieren. »Wie geht es dir?«, erkundigt er sich. Eine dumme Frage, aber ihm fällt nichts anderes ein. Was fragt er da eigentlich? Ob es ihr nun endlich gut geht, nachdem sie ihn zurückgelassen hat, nachdem sie ihm gezeigt hat, was für ein hoffnungsloser Fall er in dieser ganzen Zeit gewesen ist? Will er hören, dass es ihr leidtut? Das war bei ihm auch nie der Fall, warum also sollte es bei ihr so sein? Sie hat perfekte Arbeit absolviert, Besseres geleistet als er, sie kann sehr zufrieden sein. *A job well done*, so nennen das die Engländer. Ist das alles? Sie trägt ein Pflaster an der linken Hand. Er fragt, ob sie sich geschnitten hat, sie wischt die Frage mit einer Handbewegung weg. Es ist nichts, eine kleine Wunde. Für einen Außenstehenden wirken sie wie ein Mann und eine Frau, die einander begegnen, mehr nicht. All seine Jahre der Liebe und Treue zerbröckeln und rieseln in immer kleineren Stücken dahin.

Er würde sie gern berühren, Kontakt ohne Worte herstellen, spüren, ob sie einander noch verstehen oder ob dieses gegenseitige Begreifen auch eine Illusion war. Sie blicken einander über einen Abgrund hinweg an, von dessen Existenz er nie etwas gewusst hat. Sie schon, sie hat die ganze Zeit davon gewusst, und darüber ist er eigentlich am meisten erstaunt.

»Wie bist du an mich geraten?« Seit er entdeckt hat, wer sie ist, nagt diese Frage an ihm. War es Zufall oder Absicht?

»Über deine Mutter. Sie war meine Kontaktoffizierin.«

»Oh.« Etwas anderes kann er nicht mehr sagen. Es war kein Zufall. Unerwarteterweise ist das für ihn in Ordnung. Seine Mutter. »War das alles ihre Idee?«

»Erst hatten sie jemand anderen für mich im Auge, doch es hat sich schon bald herausgestellt, dass du ein viel geeigneterer Kandidat warst. Also hat man das organisiert.«

Die Party, zu der sie zu spät kam und auf der sie ihn so beeindruckt hat.

»Wo hast du meine Mutter kennengelernt? In der Kirche wahrscheinlich nicht.«

Sie lacht, ein kurzes, herablassendes Lachen, um ihn spüren zu lassen, dass sein Versuch, witzig zu sein, misslungen ist. »Natürlich nicht. Deine Mutter fand dieses religiöse Getue immer sehr amüsant.« Als junges Mädchen war sie in die Niederlande gekommen und unter einem anderen Namen in einer speziell ausgebildeten Familie untergebracht worden. Ein Ausweg aus der bitteren Armut, in der ihre Eltern lebten. Indem sie sie hergaben, war ihre Zukunft gesichert, und sie empfanden es als Ehre, dass man ihre Tochter ausgewählt hatte. Sie wurde zur Schläferin, von Kindesbeinen an erzogen und darauf vorbereitet, für den Staat zu arbeiten. Andere Kinder ihres Alters träumten vom Sport und von einer Zukunft in der Pflege, in der Finanzwelt, auf der Bühne oder von etwas ganz anderem. Sie lernte, vom kommunistischen Ideal zu träumen. Der russische Militärgeheimdienst, der GRU, hatte ein Programm für junge Menschen, die man im Westen unterbrachte und die dort mit einer falschen Identität aufwuchsen. Jelena war ein GRU-Kind.

»Übrigens bereue ich nichts, ich hätte es um einiges schlechter treffen können.«

»Ich wünschte, ich könnte dasselbe sagen.«

»Es hat Momente gegeben, in denen ich gezweifelt habe. Ob ich nicht doch Kinder haben will.«

»Das hat nicht geklappt, dachte ich.«

»Weil ich nicht wollte, dass es klappt.«

Ein Schlag nach dem anderen wird ihm versetzt, nichts bleibt mehr übrig. Ihr Geheimnis war besser und größer als seines. Nichts war, wie es schien. Höflich und zuvorkommend umkreisen sie einander, einander und die Leere, die sie zusammen geschaffen haben. Trotzdem glaubt John ihr nicht. Wenn Vera tatsächlich gezweifelt hätte, würden sie jetzt nicht hier stehen. Das sind Ablenkungsmanöver, bis sie nicht mehr weiterkönnen. Das Ende ihrer gemeinsam zurückgelegten Reise kommt immer näher.

»Warum?«, fragt er. »Warum hast du es getan?«

»Weil ich so erzogen wurde«, gibt sie zurück. »Weil ich mein Ideal besser finde als deines.«

»Du meinst die Kommunistische Partei? Dass ich nicht lache.«

»Nein, natürlich nicht. Die Kommunistische Partei ist nicht meine Partei. Nie gewesen. Ich bin vom Geheimdienst. Genauso wie du.«

»Und genau wie dein Präsident.«

»Richtig. Und das kannst du von dir nicht behaupten. Euer Land wird von einem Menschen ohne Rückgrat oder religiöse Überzeugung regiert. Darum sind wir so viel stärker. Die Ideale meiner Partei stehen aufrecht. Noch nie wurde die Sicherheit des Landes mit so großer Überzeugung verteidigt wie jetzt.«

»Hör doch auf.«

»Du hast eigentlich keine Ideale, deine Freiheit ist leer, alle im Westen machen einfach irgendwas. Liberale Faulheit ist eine Krankheit. Was glaubst du eigentlich? Dass du eine bessere Wahl getroffen hast?«

Das glaubt er tatsächlich, aber es hat keinen Sinn, ihr das jetzt zu erklären.

»Ein Glaube ist das, was man selbst damit verbindet, genau wie die Sache mit den Farben bei dir, Grün und Blau und Rot. Wir sehen, was wir zu sehen glauben. Das gilt auch für mich. Wie konnte ich nur so blind sein? Diese missglückte Entführung, war die echt?«

»Nein. Du warst verschwunden, wir wussten nicht, wo du steckst, und das war inakzeptabel. Du musstest wieder zum Vorschein kommen. Darum haben wir etwas inszeniert. Ich musste ganz schön laut schreien, bis dieser stocktaube Sanders gemerkt hat, dass da etwas los ist.« Sie zieht eine Grimasse. »Ich habe noch ein paar blaue Flecken davon. Aber das war die Sache wert.«

Er will wissen, was genau passiert ist, und sie berichtet, wie sie durch den plötzlichen Tod von Alexej Fritlow den Zugriff auf das Kapital verloren haben. John ließ das Geld verwalten und kümmerte sich überhaupt nicht mehr darum. Die ganze Zeit wuchs das Vermögen. Sie hatten Jahre gewartet, um an seine Codes und Nummern zu kommen. Erst nach seiner Pensionierung passte er nicht mehr gut auf, und sie konnte in seinem Computer und seinem Handy spionieren. Auf diese Weise bekamen sie endlich wieder Zugriff.

»Jahrelange Arbeit hat uns das gekostet. Und es war unsere eigene Schuld. Nachdem die mächtigen Russen verschwunden oder ermordet waren, konnte Alexej als Einziger noch an das Geld, und er unternahm nichts damit. Das hätten wir vorher regeln müssen. Aber egal, wir haben es trotzdem geschafft. Und das Geld wird dort eingesetzt, wo es von Anfang an hinsollte. Als wir erst mal wussten, wie wir an das Geld rankommen, und es eingesetzt hatten, gab es keinen Weg mehr zurück.«

»Die Unterminierung des Westens, Verwirrung stiften, Misstrauen in die eigenen Leute schüren.« John weiß, wie das läuft. »Ein Staatsgeheimnis durchstechen, wie hast du das mit meinem Namen verbinden können?«

»Über dein Handy, so schwer ist das wirklich nicht.«

Sie hatten sein Handy gehackt und über seine Nummer Kontakt mit dem Journalisten aufgenommen. Sämtliche Dokumente hatten sie schon, sie konnten alles problemlos weiterschicken. Er war eine unwissende Schachfigur in ihren Operationen. Die Dimensionen dieser gezielten Täuschung sind viel größer, als er angenommen hat. Auf professionellem Niveau empfindet er sogar Bewunderung. Er macht sich zum nächsten Schritt bereit, dem letzten. Er setzt sich in Bewegung, langsam.

»Warst du schon einmal hier?«, will er wissen.

Sie schüttelt den Kopf.

»Ich schon. Ich wurde hier festgehalten.«

»Nicht lange.«

»Das ist deine Ansicht. Für mich hat es sich anders angefühlt. Ich weiß noch, welche Zelle meine war. Komm, dann zeige ich sie dir.«

»Nicht nötig«, sagt sie. »Ich glaube dir auch so.«

Er dreht sich zu ihr hin, sie stehen dicht nebeneinander, er streckt die Arme nach ihr aus, will sie berühren, und sie reagiert, aus Gewohnheit, ein Automatismus oder weil sie sich ihm nicht verweigern kann. Es ist egal. Sie legt die Hände in seine. Wie früher.

»Komm. Für mich. Für mich ist es wichtig.«

Zusammen gehen sie nach oben, in den ersten Stock. Auf der Galerie stehen einige Zellentüren offen, sodass die Besuchenden hineingehen und sich ansehen können, wie es damals war.

Oben an der Treppe rechts, dritte Zelle. Vor der offenen Tür bleiben sie stehen. Kurz schnürt es ihm die Kehle zu, die Erinnerung an damals ist noch quicklebendig, das Gefühl der Verlassenheit, das er damals empfunden hat, scheint einfach nicht vergehen zu wollen.

»Hier war es.« Er will sie vorgehen lassen, aber sie rührt sich nicht. Sie bleibt an der Zellentür stehen, tritt einen Schritt zurück. Misstrauen flackert in ihrem Blick auf.

»Hast du eine Waffe dabei?«, fragt sie.

»Nein.« John breitet die Arme aus, öffnet seine Jacke, damit sie sehen kann, dass er kein Holster trägt. Seine Glock liegt noch im Hotelsafe in Den Haag.

»Ich schon«, sagt sie, und im nächsten Augenblick schaut er in die Mündung ihrer Pistole. Er hat nicht einmal bemerkt, dass sie die gezogen hat.

Er hält den Atem an, das Herz schlägt ihm bis zum Hals. Vor der Waffe hat er keine Angst, Waffen hat er in seinem Leben schon so viele gesehen, dass ihm das kaum noch etwas ausmacht. Er hat Angst vor ihr, Jelena Wlaskowa. Sie ist völlig unberechenbar, er hat keine Ahnung, was sie tun kann oder will, und das jagt ihm Angst ein. Sterbe ich also doch hier und jetzt? Haben sie hier in diesem Gefängnis vor all den Jahren mein Ende einfach nur bis zu diesem Augenblick hinausgezögert?

»Du hast doch nicht etwa geglaubt, dass ich unvorbereitet hierhergekommen bin?« Sie macht eine Gebärde mit dem Pistolenlauf. »Los jetzt, du wolltest doch so gern noch einmal hier rein?« Sie zwingt ihn in die Zelle.

Seine sämtlichen Sinne sind hellwach. So alt, wie er ist, so hart muss er sein. Der tiefe Schmerz, den er an diesem Ort empfunden hat, wird nie vergehen, und Vera reißt gnadenlos seine alten Wunden auf. Er spürt es in sämtlichen Gliedmaßen, es sticht und zieht. Er verliert jedes Gefühl für sich selbst. Der Schmerz ist eine letzte Verteidigung, er sorgt dafür, dass er nicht mehr zögert. Er darf keine Sekunde mehr verlieren. Je länger er wartet, desto geringer ist seine Chance.

Er macht einen Schritt nach vorn, in Richtung Türrahmen, den Kopf leicht gesenkt, als würde er widerstandslos gehorchen. Um die Zelle zu betreten, muss er an ihr vorbei, es ist nur wenig Platz, und genau an diesem Punkt, als sie einander beinahe berühren, rammt er ihr den Ellbogen in die Schulter, dreht sich, greift mit der anderen Hand nach der Pistole, bekommt sie aber nicht richtig zu fassen. Vera ist stärker, als er erwartet hat, sie stößt sich von ihm ab, tritt nach ihm und versucht die Pistole wieder auf ihn zu richten. John denkt nicht mehr nach, er wirft sich mit seinem ganzen Gewicht auf sie und schleudert sie mit dem Rücken gegen den stählernen Türpfosten. Kurz verliert sie das Gleichgewicht, und sofort tritt er ihr mit dem Absatz auf die Zehen, so fest er nur kann. All seine Wut und Frustration legt er in diesen Tritt, und er spürt, wie ihre Zehenknochen unter seinem Absatz brechen. Sie schreit laut auf. Er schlägt ihr die Waffe aus der Hand, stößt sie vor sich her. Während sie mit gebrochenen Zehen in die Zelle stolpert, holt er Swetlows kleine Giftspritze aus der Tasche, nimmt sie zwischen Zeige- und Ringfinger, legt Vera eine Hand in den Nacken, wie in einer liebevollen Berührung. Hier muss es enden, hier muss der Fehler aus der Vergangenheit behoben werden. Der Reparateur in ihm beherrscht das mit geschlossenen Augen. Eine Sprungfeder hier, eine Schraube da, die Nadel an der richtigen Stelle. Über das Undenkbare darf man nicht zu lange nachdenken. Er stößt die Nadel durch ihre Haut. Ein Stich, so klein, dass man ihn kaum spürt. Eine halbe Sekunde, länger nicht. Fertig. Das Gift, Batrachotoxin, breitet sich in ihrem Körper aus, man kann nichts mehr dagegen tun. Sicher nicht hier, hier gibt es keine Hilfe.

»Hier habe ich gesessen«, sagt er und ignoriert ihren Schmerz und ihre Verwirrung. »Jetzt darfst du hier sitzen.« Er packt sie mit beiden Händen, setzt sie auf den Bettrand und ignoriert die Panik, die in Wellen ihren Körper durchläuft. Er erzählt, wie er hier lag, vor vielen Jahren, ohne Kleidung, ohne Stütze. Wie er auf dem nackten WC in der Zimmerecke scheißen und pissen musste, immer in Sichtweite der Wachen, weil sie die Tür seiner Zelle nicht schlossen. Er erzählt von dem Weinen und Schreien, das er um sich herum hörte. Von seinen eigenen Gefühlen, von der Angst. Er erzählt, wie er am nächsten Tag von fünf Stasimännern zusammengeschlagen wurde, bis er mehr tot als lebendig auf dem Boden lag. Er erzählt, bis er spürt, wie ihr Körper erschlafft und sie sich immer schwerer an ihn lehnt. Und während dieser ganzen Zeit hat er beide Arme um sie gelegt.

»Was hast du …?« Ihre Worte klingen schleppend und verzerrt. Es ist, als würde sie lachen, als könnte sie das Humoristische dieses Endes begreifen, seine Unausweichlichkeit, den Witz ihres eigenen Versagens im allerletzten Augenblick. Aber das Lachen ist nicht echt, es sind ihre Muskeln, die ihr nicht mehr gehorchen. Ihre Körperkraft schwindet rasend schnell. Der Schmerz ihrer gebrochenen Zehen verschwindet im Tod, der sich unwiderruflich in ihrem Körper ausbreitet.

Er hatte sich das ganz anders vorgestellt.

»Es tut mir leid«, sagt er. Er meint es nur halb. Sie fällt gegen ihn, er muss sie festhalten, damit sie nicht auf dem Boden landet. Er sitzt hier mit Jelena, nicht mit seiner Vera, aber es ist ein zwiespältiges Gefühl. Ihr Tod ist keine Rache, es ist die Konsequenz aus ihrer beider Leben, ihrer beider Hingabe.

Das Gift wirkt schnell, das muss man den Russen lassen. Er steht auf und legt sie vorsichtig auf die Pritsche. Zieht die dünne Decke über sie. Schaut noch einmal auf sie herunter. Sie bewegt sich nicht, ihr Atem schwindet bereits. Seine Vera. Nicht mehr.

Er wischt die Spritze ab, bis kein Fingerabdruck mehr darauf ist, legt sie unter die Pritsche auf den Boden, schiebt sie mit dem Fuß etwas weiter nach hinten. Jemand wird sie dort finden, eine Visitenkarte aus Moskau.

Er ist sich voll und ganz dessen bewusst, was er da tut. Niemand sieht es, niemand weiß es. Er hebt die Pistole auf, wischt sie ab und legt sie neben sie auf die Decke. Still geht er auf den Gang, kontrolliert, dass da auch niemand ist, und lässt Vera zurück. Jelena. Er zieht leise die Zellentür zu. Es gibt noch weitere Zellen mit geschlossenen Türen, eine mehr fällt da nicht sofort auf.

Unten an der Treppe zieht er sich wieder um. Andere Jacke, Perücke auf, andere Brille, andere Schuhe. Als blonder Mann verlässt er das Gebäude und nimmt die Straßenbahn in die Stadt. Er geht nicht zurück ins Hotel, sondern zum Bahnhof Neustadt. Dort steigt er in seinen Mietwagen und fährt weg. Er lässt Dresden hinter sich.

86

FÜR WEN?

Immer schon hat er seine Geheimnisse gelebt, er hat sich selbst um all die Dinge herum aufgebaut, die nur er wusste, er war ein Gebäude aus unsichtbaren Backsteinen.

Die Reise zurück nach Den Haag ist lang. Er fährt nach Leipzig, wo er den Wagen zurückgibt. Ab hier nimmt er den Zug. Damit fangen die Verspätungen an. Am Bahnhof von Bad Bentheim muss er aus dem ICE nach Arnheim umsteigen, weil irgendetwas mit dem Sicherheitssystem nicht stimmt und ein Ersatzzug besorgt werden muss. Es ist ein kleiner Bahnhof, der Wagen der ersten Klasse am Kopf des Zuges ragt über den Bahnsteig hinaus, und John steht beim Aussteigen im Gras neben dem Gleis, läuft mit der Tasche in der Hand zurück zu der kleinen Treppe, die zum Bahnsteig führt. Vier Stufen sind es. Minutenlang stehen die Passagiere neben dem leeren Zug, bis sich die Türen schließen und er quälend langsam zurückfährt und auf ein anderes Gleis einbiegt.

Das Wetter ist so anständig, dass man draußen keine Jacke braucht, hin und wieder spürt man den warmen Sonnenschein. Regenwolken drohen in der Ferne. Es ist ruhig. John ist ruhig. Auf halbem Weg seiner Reise hat er einen vorläufigen Endpunkt erreicht, und das fühlt sich sehr verdient an. Vera hat ihn ausgesaugt, ihn lebendig ausgeweidet. Er hatte erwartet, dass er von seinen Emotionen überwältigt würde, als er sie zurückließ, aber das ist nicht passiert. Sein Atem geht ruhig, seine Gedanken sind klar. Emotionen waren immer der Feind, jede Desinformation richtet sich auf die Emotionen, darum waren Emotionen ein Luxus, den er sich nicht erlauben konnte. Nach fast einem halben Jahrhundert der Unterdrückung und Verleugnung weiß er nicht mehr, wie er seine Gefühle erreichen kann.

Eine Illusion, aber durchaus eine sinnvolle Illusion. Ohne sie gibt es kein Ziel, keinen Grund. Er war ein Mechaniker, ein Mann, der glaubte, alles reparieren zu können, auch nach seiner Pensionierung. Mit dem Repair Club hat er kaputte Geräte wieder in Gang bekommen und versucht, in der Vergangenheit begangene Fehler rückgängig zu machen. Jetzt, hier, auf dem Bahnsteig von Bad Bentheim, kann er die tiefen Löcher in seinem Leben nicht mehr schließen. Er umkreist sie, schaut sie an, schaut hinein und hat keine Antwort mehr auf die Frage, für wen er es tut. Ohne seine Geheimnisse fühlt sich sein Leben leer an.

Die Sonne verschwindet hinter einer dunklen Wolke, ein Stück entfernt sieht man schon wieder blauen Himmel. Aus der kleinen Wolke regnet es dicke, warme Tropfen, und zwischen den Menschen auf dem Bahnsteig, während er auf den nächsten Zug wartet, spürt er, wie die Tropfen ihm aufs Gesicht fallen, auf die Wangen. Es wirkt, als würde er weinen, als wären die Tropfen Tränen. Er versucht es so zu empfinden. Es gelingt ihm nicht, nicht wirklich. Er wischt sie weg.

87

DIE BEICHTE

Von seinem Haus geht er die wenigen Straßen zur St. Albaanskerk in der Rietzangerlaan, dem kleinen Gotteshaus, in das
fast niemand mehr kommt. Der Priester sitzt am Küchentisch
und liest in der Bibel. Neben ihm steht eine dampfende Tasse
Tee. Die beiden Männer begrüßen einander herzlich. Bastiaan
Werkendael hat den Krankenhausaufenthalt gut überstanden;
von seinem kleinen Schlaganfall hat er kaum Schäden zurück-
behalten.

»Es war sogar noch weniger schlimm als zunächst angenommen«, berichtet er. »Kaum der Rede wert. Gott muss
schon größere Geschütze auffahren, um mich zu sich holen
zu können.«

Er genießt die Stille rund um sein Haus und die Besinnung,
die er in seiner Kirche findet, auch wenn er dort meistens allein ist.

»Ich habe dich im Krankenhaus sogar besucht«, erzählt John.

»Das habe ich gar nicht mitbekommen. Ich war auch nicht
so richtig da, glaube ich. Aber ich bin froh, wieder zu Hause

zu sein.« Er steht auf und geht zur Anrichte, um Kaffee auf-
zusetzen. Das eine Bein zieht er ein wenig nach, sonst ist ihm
nichts anzumerken. Nach all den Jahren weiß er, wie John seinen Kaffee trinkt. Er stellt die Maschine an, schiebt eine Tasse
darunter, füllt den Milchschäumer auf und setzt sich wieder
an den Tisch. Er schaut John eindringlich an, als würde er ihn
erst jetzt richtig sehen. »Und du, mein Guter, wie geht es dir?
Du siehst ziemlich mitgenommen aus.«

»Es ist viel geschehen.«

»Amen.« Werkendael holt die Tasse, gießt aufgeschäumte
Milch dazu und stellt sie auf den Tisch, legt einen Löffel und
einen Würfel Zucker daneben.

»Und Vera?«

»Ich weiß nicht, was ich sagen soll.«

»Gibt es gute oder schlechte Neuigkeiten?«

»Beides. Ganz ehrlich gesagt auch einiges, worauf ich nicht
besonders stolz bin.«

»Amen«, wiederholt der Priester. »Wenn du etwas loswer-
den möchtest, dann …« Er beendet seinen Satz nicht. »Du bist
immer willkommen, das weißt du. Das Gute und das Schlechte
gehören zusammen, bis zu einem gewissen Punkt natürlich.
Vielleicht machst du dir unnötig Sorgen, um nichts.«

»Nichts ist in diesem Fall doch sehr wenig.«

»Dann bleibt dir immer noch die Beichte.«

John bricht in Gelächter aus, der Gedanke allein erscheint
ihm völlig abwegig.

»Ja, lach nur. Vera kam auch oft zum Beichten hierher.«

»Wirklich?«

»Du glaubst vielleicht nicht an Gott, und das ist auch nicht
schlimm. Selbst wenn du nicht glaubst, kann es eine unge-

heure Erleichterung bedeuten, die eigenen Sünden laut gegenüber jemandem auszusprechen, der mit niemand anderem darüber reden darf.«

»Das Beichtgeheimnis.«

»Genau.«

»Muss ich dafür in so einen Stuhl?«

»Das ist nicht nötig. Hier am Küchentisch geht es auch, aber wenn du in den Beichtstuhl möchtest, geht das natürlich.«

»Wenn ich schon beichte, dann auch richtig. Mit allem Drum und Dran.«

»Komm.«

Zusammen gehen sie durch die Zwischentür in die Kirche. Werkendael betritt durch einen der Vorhänge den Beichtstuhl, John tut dasselbe auf der anderen Seite. Durch eine dünne Holzwand mit einem Fenster getrennt, nehmen sie Platz. Im Fenster hängt ein feinmaschiges Gitter, und durch dieses Gitter sprechen sie miteinander. John kniet mit dem Gesicht zum Gitter gewandt, auf der anderen Seite sitzt Werkendael auf einem Stuhl, der schräg zur Fensteröffnung hingewandt ist. John sieht sein Profil ein wenig verschwommen. Werkendael spricht ein Schriftwort, ein kurzes Gebet, das John nicht verstehen kann. Dann richtet sich der Priester an ihn und fragt nach seinen Sünden.

»Das sind so einige«, gibt er zurück. Er spürt die Verantwortung dafür, was er getan hat, die Schuld, die er trägt, und er weiß, dass er darüber niemals mit dem Priester sprechen wird. Nicht einmal in der Beichte, denn es gibt da etwas anderes, was ihn belastet. »In diesem Augenblick besteht meine Sünde darin, dass ich an der Aufrichtigkeit eines guten Freundes zweifle.«

»Hat dir dein Freund dazu einen Anlass gegeben?«, fragt der Priester.

»Ein einziges Wort. Mehr war es eigentlich nicht. Ein einziges Wort, und mein Vertrauen in ihn ist verschwunden.«

»Ein einziges Wort?«

»Ein einziges Wort, und ich habe unsere jahrelange Freundschaft ein für alle Mal abgeschrieben. Sie ist nichts mehr wert. Das ist eine Sünde, oder?«

»Und wie lautet dieses Wort?«

»Kam.«

Werkendael schweigt. Durch das Gitter nimmt John wahr, dass ihn der Priester nicht ansieht.

»Kam. ›Vera kam auch oft zum Beichten hierher.‹ Das hat dieser Freund gesagt. Und jetzt frage ich mich, woher er wissen kann, dass sie nicht mehr kommen wird. Das kann er gar nicht wissen. ›Vera kommt auch oft zum Beichten her‹, das hätte er sagen müssen. Aber er hat ›kam‹ gesagt, und jetzt vertraue ich ihm nicht mehr. Ich kann nicht einmal im Zweifel für den Angeklagten entscheiden, denn ich habe keinen Zweifel. Und das mit der Vergebung wird auch schwierig. Wegen eines einzigen Wortes? Ich glaube nicht, dass mir das gelingen wird. Das ist eine Sünde, was soll ich also tun? Soll ich beten? Ein Vaterunser und zwei Ave Maria?«

Regungslos sitzt der Priester auf der anderen Seite der Holzwand. John kann seine Angst riechen, ein säuerlicher Geruch dringt durch das Gitter.

»Oder soll ich etwas anderes tun?«

»Etwas anderes?«, fragt Werkendael. »Was sollte das sein?«

John schnellt aus dem Beichtstuhl, durch den Vorhang und zur anderen Seite hinein. Es sind nicht mehr als vier Schritte, dann steht er direkt vor Werkendael. Er sitzt regungslos auf seinem Stuhl, wagt John nicht einmal anzusehen, hält einen Rosenkranz in den Händen. Der Priester ist vielleicht ein wenig jünger als John, aber in einer körperlich viel schlechteren Verfassung. Der kleine Schlaganfall hat ihm zugesetzt, er ist schwach. John geht vor dem Mann in die Hocke. Eine Haltung, die er nicht lange durchhalten kann.

»Bist du von Vera rekrutiert worden?«

Der Priester nickt, er wagt kaum zu sprechen.

»Wann?«

»Schon vor langer Zeit, als der Glaube aus diesem Viertel verschwunden war und ich verzweifelt nach etwas anderem suchte, zu dem ich gehören konnte.«

Das hatte Vera für ihn getan. Durch sie fand er einen Grund, um die alten Bande mit seinen Gemeindemitgliedern neu zu knüpfen. Und durch die finanzielle Unterstützung konnte seine Kirche geöffnet bleiben. All das war das Werk von Majorin Wlaskowa.

»Und woher weißt du schon, dass Vera tot ist, Bastiaan? Über eine Kontaktperson bei der russischen Botschaft? Wer? Wer ist das? Unser großer Freund Swetlow? Der Unauffindbare?«

»Ich kenne keinen Swetlow.« Noch immer schaut Werkendael ihn nicht an. John greift ihn bei der Jacke, zieht ihn hoch und zerrt ihn aus dem Beichtstuhl. Der Priester wehrt sich nicht, kämpft nicht, versucht nicht zu flüchten.

»Nein, du kennst keinen Swetlow. Er verwendet natürlich einen anderen Namen. Welcher Name ist das? Wie heißt dein Kontakt? Denk nach, Bastiaan! Was nimmst du mit? Was lässt du zurück? Bist du eigentlich überhaupt ein Priester, oder ist das Ganze nur ein Deckmantel? Genauso wie für Vera? Wer ist es, Bastiaan? Wer ist dein Kontakt?«

Er stößt ihn grob gegen den Altar. Werkendael schwankt. Er bebt, seine Atemzüge werden hektischer. Über seinem Kopf hängt ein großes Holzkreuz, alles in dieser Kirche ist einfach. Genau wie dieses Verhör. John schlägt ihn ein einziges Mal, und das nicht einmal besonders fest.

Werkendael schreit laut auf, seine Angst ist größer als der Schmerz. John wiederholt seine Frage, immer wieder, bis er eine Antwort bekommt. Einen Namen. Mehr braucht er nicht.

»Bedosekin. Dimitri Bedosekin.«

»Sehr gut.«

Er streckt die Hand aus und hilft Werkendael auf, redet ihm beruhigend zu und legt ihm die Hand auf den Mund, hält ihn in einem Klammergriff, kneift ihm die Nase zu, lässt nicht locker und bleibt stehen, bis der Priester nicht mehr zappelt.

Als er ein wenig später die Kirchentür hinter sich schließt, sitzt Werkendael wieder im Beichtstuhl, und die Wahrung des Beichtgeheimnisses ist sichergestellt.

88

AUS DEM NICHTS IST VERDÄCHTIG

In der Hotellobby wird er von einem jungen Mann angesprochen.

»Meneer de Jolais?«

Der junge Mann ist etwa Ende zwanzig, schätzt er, mit niederländisch-arabischem Hintergrund, er kommt ihm vage bekannt vor.

»Kenne ich Sie?« Seine Gedanken rasen. Niemand kennt Victor de Jolais. Wo kommt dieser Kerl plötzlich her?

»Kuipers. Kenzi Kuipers. Wir sind uns schon einmal begegnet. Beruflich.«

»Aha.« Ein Mann vom Geheimdienst, er hätte es wissen müssen. Hat Calder ihn geschickt? Das ist wohl eher unwahrscheinlich, sie weiß nichts von Victor de Jolais. Diesen Namen hat er gerade aus der Beilage seiner Akte entfernt. Was geht hier also vor sich?

Kuipers macht eine Handbewegung in Richtung des Hotelrestaurants.

»Ich habe ein paar Fragen. Wollen wir uns kurz hinsetzen? Oder ist es Ihnen lieber, wenn wir auf Ihr Zimmer gehen?«

»Nein, nein, hier ist es gut.«

Sie wählen einen Tisch und setzen sich, nicht gerade entspannt, der alte Chef und der junge Agent. John ist von der Ruhe und Beherrschung des jungen Mannes beeindruckt. Keine Nervosität, keine Anzeichen von Stress, er ist völlig überzeugt von dem, was er tut.

»Sie sind Calders Assistent, jetzt erinnere ich mich wieder. Wie kann ich Ihnen helfen?«

»Das ist tatsächlich genau die Frage.« Kenzi beugt sich vor, stützt die Ellbogen auf den Tisch und schaut aus dem Fenster auf den Koekamp auf der gegenüberliegenden Straßenseite. Auf die Fußgänger und Fahrradfahrer und den vorbeiströmenden Verkehr. »Sie werden gesucht.«

»Nicht mehr. Mein Eindruck von dieser Begegnung ist, dass man mich gefunden hat.« Plötzlich begreift John, dass Kuipers hier aus eigener Initiative erschienen ist und Calder wahrscheinlich nicht einmal weiß, was er gerade treibt. »Oder vielleicht sollte ich lieber sagen, Sie haben mich gefunden?«

»Ich habe Sie gefunden, das stimmt. Aber zugleich habe ich Sie auch nicht gefunden. Der gesuchte Mann heißt John Antink, ehemaliger Geheimdienstchef. Den habe ich noch nicht gefunden.«

Sie schauen sich an. Kuipers spielt ein Spiel, und John kann noch nicht erkennen, welches Spiel das ist.

»Wenn man es so betrachtet, ist das Ergebnis meiner Suche sehr geringfügig. Oder? John Antink, ein Mann mit einer Akte zu einem Staatsgeheimnis. Warum ist das eigentlich so?«

»Das muss so sein. Man möchte nicht, dass jeder einfach so

die Akte des Chefs einsehen kann. So eine Akte ist eine Art Rückversicherung, kein Lesefutter.«

Kenzi Kuipers ignoriert seinen ironischen Unterton, er bleibt bei seinem Thema. »Ich habe also jemand anderen gefunden, einen Mann, Victor de Jolais. Das scheint ein Name zu sein, auf den Sie reagieren. Über diesen Victor de Jolais sind kaum Informationen verfügbar, und das macht mich neugierig. Er hat eine niederländische Mutter und einen französisch-algerischen Vater, wenn ich mich nicht täusche. Genauso wie ich, aber andersherum. Mein Vater stammt aus Woerden und meine Mutter aus Algerien, und ich frage mich, ob das ein Zufall ist.«

»Wieso?«

»Ich mag keine Zufälle.«

»Da haben Sie recht. Ich auch nicht.« Dieser junge Mann ist ganz nach seinem Geschmack, ein junger Mann, der die Essenz dieses Faches im Blut hat. Er hat Antink entdeckt und weiß, dass er sein Wissen für sich behalten muss, bis er mehr weiß. Er weiß etwas, was der andere nicht weiß, und auch das weiß er, und das ist Gold wert.

»Ist das Ihr richtiger Name? Denn ich komme einfach nicht dahinter. Antink, Danzler, Victor de Jolais.«

»Mein richtiger Name? Vielleicht, vielleicht auch nicht. Macht das einen Unterschied? Eine Identität darf man nicht überbewerten, es ist ein Mittel. Es ist kein Teil von einem wie der Darm oder die Niere. Bei der Geburt bekommt man ein Blatt Papier, darauf stehen ein Name und noch ein paar andere Daten. Intel für die Bürokratie. Was man damit anfängt, ist eine andere Sache.«

»Auf jeden Fall nicht Antink, denn das ist der Name Ihrer

Adoptiveltern. Der Name de Jolais scheint aus dem Nichts zu kommen, und das ist an sich schon fast verdächtig. Aus dem Nichts.«

»Eins zu null.«

Die Kellnerin kommt zu ihnen an den Tisch und fragt, ob sie etwas bestellen möchten. Im ersten Moment will Kenzi sie wegschicken, er ist hier nicht zum Spaß, sondern beruflich. John wischt seine Bedenken weg.

»Was würdest du bestellen, um einen Erfolg zu feiern?«, fragt er.

»Cola.«

»Prima. Ich auch.«

John bestellt zwei Cola und wartet, bis die Kellnerin außer Hörweite ist. »Wie hast du mich gefunden?«

»Über das Auto.«

»Das Auto? Dann hast du mit George gesprochen und …« Plötzlich sieht er den jungen Mann da neben sich mit anderen Augen. Kenzi Kuipers hat in aller Stille sein Netzwerk gefunden und bloßgelegt und genau das herausgepickt, womit er John finden konnte.

»Ja, und mit den anderen. Lydia. Mit Jaap nicht.«

»Nein.«

Das Einverständnis zwischen den beiden erreicht eine neue Stufe, von abwartend und suchend zu einer gegenseitigen Wertschätzung. Kuipers hat seine Entdeckung nicht an Calder weitergegeben, er hat sie für sich behalten, genauso wie John das getan hätte. Die Ermittlungen selbst sind nicht mehr als der erste Schritt, man brauchte sie für den nächsten, um zu entdecken, was die Information bedeutet und was sie wert ist. Bis dahin hält man den Mund.

»Das Auto, hast du gesagt.«

»Der Gullwing ist auf den Namen eines gewissen Victor de Jolais zugelassen. Nicht in den Papieren, die ich von George Kasteel bekommen habe, aber zur Sicherheit habe ich die Nummernschilder noch mal kontrolliert, und da hat sich herausgestellt, dass der Mercedes vor einiger Zeit Meneer de Jolais überschrieben wurde, deswegen habe ich mich gefragt, wer das war und warum er nicht in unserer Akte erscheint. Nun ja, gefragt. Einfach auf Verdacht ehrlich gesagt, denn es gibt keinen einzigen Grund, warum ein Autobesitzer in einer Akte stehen sollte, aber da hatte ich die Frage schon im Kopf, verstehen Sie?«

John begreift es nur zu gut. Oft weiß man nicht einmal, woher eine solche Frage kommt, es ist eine Form der Inspiration, ein Zweifel, dem man keine Vernunft entgegensetzen kann, bis man die Antwort gefunden hat.

»Ich meine, ein Gullwing? George Kasteel war sich absolut sicher, dass Ihnen das Auto gehört, ich habe ihn sogar noch einmal gefragt, und meinem Eindruck nach macht er auf diesem Gebiet keine Fehler, deswegen bin ich der Sache nachgegangen und …« Er beendet seinen Satz nicht.

So sieht das Handwerk eines Geheimagenten aus, Unsicherheiten erkennen und den Details nachspüren. Überprüfen, ob sie stimmen. Der Mercedes Gullwing ist zurzeit gut und gern eine Million wert. Das passt nicht zu einem Beamtengehalt. Darum ist dieses Auto unter dem Namen Victor de Jolais angemeldet.

»Aber wenn ich ehrlich bin, war es eigentlich etwas ganz anderes«, sagt Kuipers. »Es war zu einfach. Sie kamen als Leck zu einfach an die Oberfläche, und dabei hatte ich kein gutes Gefühl.«

»Dann bist du besser als ich. Als ich vor fünfunddreißig Jahren Probleme bekommen habe, habe ich nicht geahnt, dass meine Flucht zu leicht verlaufen ist. Darum sitzen wir jetzt hier.«

»Ach ja?«

Jetzt ist der Moment gekommen, in dem John erzählen kann, was er weiß. Zwischen dem jungen Agenten und ihm ist ein gegenseitiges Verständnis entstanden, das er nähren will.

»Dieser Syrien-Skandal kam aus dem Nichts«, berichtet er. »Und, wie du selbst gerade gesagt hast, aus dem Nichts ist immer verdächtig.«

»Das Nichts war ein Leck.«

»Ja und nein.« John erklärt, dass der Syrien-Skandal und das Leck Teil eines Manövers ausmachen, mit dem der Geheimdienst zerstört werden soll. Es wurde also nichts von innen durchgestochen, sondern der Geheimdienst sollte als Schuldiger dargestellt werden. »Das Geld für die finanzielle Unterstützung stammte noch nicht einmal von uns.«

»Von wem denn sonst?«

»Aus Moskau.«

»Der tote Diplomat in der Stalpertstraat. Die Entführung seiner Frau. Die ganze Troll-Operation rund um den Skandal. Alles deutet in eine einzige Richtung.«

»Weiß die Chefin davon?«

»Nein, noch nicht.«

»Warum nicht?«

»Weil sie mich noch nicht gefunden hat.« John lacht. »Und so soll es bitte noch eine Weile bleiben.«

»Was soll ich dann jetzt machen? Eigentlich muss ich die Entdeckung von Meneer de Jolais melden.«

John entspannt sich, denn das hier ist eine Verhandlung. Kenzi Kuipers hat gerade sein Anfangsgebot abgegeben. Für ihn muss etwas drin sein, ansonsten enttarnt er Victor de Jolais.

Er will Intel, Informationen, die er gebrauchen kann. Sehr gesund für einen Agenten. Sein Gebot ist nicht schlecht, aber es ist das eines Anfängers.

»Das würde ich nicht tun«, gibt John zurück. »Um den Geheimdienst zu schützen und damit auch dich selbst. Meneer de Jolais hat ganz anderes Gepäck bei sich, und damit willst du nichts zu tun haben.«

Die ganze Geschichte mit Vera und Werkendael muss abgeschirmt werden. Wenn bekannt wird, wie weit der Dienst dadurch schon kompromittiert wurde, durch ihn und durch seine Unachtsamkeit, entsteht ein nicht mehr zu überblickender Schaden. Um Kenzi Kuipers bei Laune zu halten, muss er ihm etwas geben. Er legt eine Mappe auf den Tisch.

»Hier steht alles drin«, verkündet er. Er schlägt die Mappe auf und zeigt dem jungen Mann die Rechnungen der Holding und der GmbHs in der Schweiz, in Liechtenstein und auf den Antillen. Er zeigt die Beträge, die Buchungen, die Route des Geldes und wie man das Ministerium administrativ für Zahlungen verantwortlich gemacht hat, von denen es nichts wusste.

»Was sind das für GmbHs?«

»Ein Überbleibsel aus der Vergangenheit. Während des Untergangs der Sowjetunion ist eine ungeheure Kapitalflucht entstanden, und das hat sich der niederländische Geheimdienst zunutze gemacht. Unter dem Vorwand der finanziellen Dienstleistung haben wir verschiedene Kontakte gelegt, die uns im Laufe der Jahre sehr zupassgekommen sind. Fast das ganze Kapital ist ordentlich bei den Auftraggebern gelandet, bei Russen und den Ostdeutschen, aber dieser eine Fonds ist übrig geblieben. Der Begünstigte ist verstorben, und man hatte sich nicht um eine Nachfolge gekümmert. So ist ein Waisenfonds entstanden, untergebracht bei einem Verwaltungsbüro, das die Firma im Auftrag des Dienstes verwaltete. Alle Kosten wurden durch die Einnahmen der GmbH bezahlt, deswegen war nirgendwo eine Geldspur zu finden. Bis das Geld von Moskau für eine geheime subversive Aktion eingesetzt wurde. Moskau hat die Terroristen unterstützt, und uns hat man die Schuld gegeben.« Das ist der unumstößliche Beweis für das Täuschungsmanöver. »Nach diesem Namen musst du suchen, Dimitri Bedosekin. Der steckt dahinter. Wenn du das ganz heimlich schaffst, bekommst du ihn zu packen, bevor er das Land verlassen kann.«

Kuipers blättert die Akte durch. Er hat Gold in den Händen, das ist ihm klar. »Und wie bin ich an diese Intel gekommen?«, will er wissen.

»Über mich. John Antink. Niemanden sonst.«

Kenzi will aufstehen, zögert aber. »Eins noch: Ihre Eltern, Meneer und Mevrouw de Jolais, was ist mit ihnen passiert? Ich kann über sie gar nichts finden.«

»Das soll so bleiben.« John hält ihn zurück. »Jetzt die Gegenleistung. Wenn ich mich nicht täusche, hast du noch etwas von mir«, sagt er. Er hält die Hand auf.

Er sieht, dass der junge Mann begreift, was er meint, und er sieht auch, dass er zögert. Solange er behält, was er hat, hat er Wechselgeld für die Zukunft. Man weiß nie, was noch passiert und wann man etwas braucht.

»Etwas von Ihnen? Ich habe keine Ahnung, was das sein sollte«, gibt er zurück.

Kenzi will das Wechselgeld behalten, das kann John begreifen.

»Wenn es nur unter uns bleibt und nicht in der einen oder anderen Akte landet, und wenn es nicht anders geht, muss es mit der höchsten Geheimhaltungsstufe versehen werden.«

»STR. GEH.«

»Ich hoffe, wir werden einander noch oft begegnen.«

89

AUF DER ANDEREN SEITE

Sie findet ihn auf der Terrasse des Imbisswagens auf dem Malieveld. Mit einem Bier in der Hand und einer Portion Bitterballen. Ein etwas älterer Mann mit dünnem grauem Haar und deutlichen Bartstoppeln. Dunkles Brillengestell, unauffällig und beinahe nicht wiederzuerkennen. Trotzdem weiß sie sofort, dass er es ist. Sie legt eine Hand auf die Rückenlehne des Stuhls neben ihm.

»Darf ich mich dazusetzen?«

»Du? Immer.«

»Wir hätten das hier auch im Büro erledigen können.«

»Das hätten wir, ja, aber das Wetter ist so schön, und nach dem ganzen Theater bin ich lieber draußen.«

Die Aktion ist vorbei. Der Versuch, dem niederländischen Geheimdienst Schaden zuzufügen, konnte wahrscheinlich verhindert werden, die Nachrichten sind noch voll davon, Meldungen zirkulieren im Internet und in den sozialen Medien.

»Kuipers hat exklusives Material geliefert«, berichtet Calder.

»Weiß ich. Er ist gut.«

»Bis wir die Folgen dieses Hacks beseitigt haben, wird es noch lange dauern. Aber dank dir können wir das größtenteils intern erledigen.«

»Genau das macht den Unterschied aus.«

Ein paar Leute der russischen Botschaft haben das Land verlassen, sind nach Moskau zurückgekehrt. Man hat sie des Landes verwiesen, auch wenn das nie so ausgedrückt werden darf. Diplomaten verlassen ein Land immer aus freiem Willen. Die Aufräumaktion hat in aller Stille stattgefunden. Von den Russen hat John nur noch sehr wenig zu befürchten. Nicht mehr als sonst jedenfalls. Jelena Wlaskowa gibt es nicht mehr, und damit hat John auch für Moskau ein Problem gelöst. Das mag man dort.

Inzwischen wird der Kampf gegen die Desinformation mit jedem Tag umfangreicher und schwieriger. Fragen, die einmal in den sozialen Medien landen, schwirren lange herum. Was haben die Niederlande in Syrien getrieben? Warum unterstützten die Niederlande Terrorgruppen? Warum hat man darauf nicht reagiert? Was verheimlicht die Regierung? All das ist Nährboden für Verschwörungstheorien. Es ist inzwischen egal, was die Regierung sagt oder welche Beweise sie liefert, das Misstrauen wird genährt, und Misstrauen ist eine zähe Pflanze, eine Art Efeu. Jedes Mal, wenn man glaubt, man hätte sie besiegt, kommt sie irgendwo anders wieder zum Vorschein, und man stellt fest, dass sie sich unkontrolliert verbreitet hat.

»Man sticht was zur Presse durch und verbreitet es in den sozialen Medien. Man kann nichts dagegen tun. Soziale Medien sind eine Waffe«, sagt Calder. »Und die größte Gefahr liegt darin, dass das Volk die sozialen Medien für *seine* Waffe hält.«

Aus seiner Tasche holt John eine Mappe, den Teil seiner Akte, die er aus dem Archiv mitgenommen hatte, die Beilage. Sorgfältig um die Information bereinigt, die er nicht mit anderen teilen will. Der Name de Jolais kommt nicht mehr darin vor. Unter allen Umständen will er versuchen, diese Identität geheim zu halten. »Ich entschuldige mich dafür, diese Unterlagen mitgenommen zu haben.«

»Die falsche Spur.«

»Die Frage war nie, wer ich genau bin. Ich bin der, der ich für dich sein soll, das weißt du. Agent A53. So habe ich angefangen, und der werde ich immer bleiben.«

»Eine Nummer?«

»Natürlich gibt es in meiner Vergangenheit etwas zu entdecken, aber davon hast du nichts.«

Calder steckt die Mappe ein, ohne hineinzuschauen. Agent A53. »Was ist mit Vera?«, will sie wissen.

»Vera ist verschwunden.« Er antwortet ohne Zögern, ohne Gewissensbisse. Ohne Reue.

»Ach. Sollen wir sie suchen lassen?«

»Dafür ist es zu spät, fürchte ich.«

»Bist du dir da sicher?«

Er antwortet nicht. Was ihn betrifft, ist dieses Thema abgehakt. Er erzählt Calder nichts über seine Mutter, nichts über Jelena Wlaskowa, nichts über die Untersuchungshaftanstalt der Stasi mit den Gefängniszellen in Dresden, wo Vera lag, nichts über den Priester. All das ist geheim, es sind die neuen Geheimnisse, mit denen er wieder ein Stück seiner selbst zurückbekommt.

»Gehörst du zu ihnen?«, fragt sie.

»Wie bitte?« Die Frage kommt zu überraschend. Nach allem, was Antink ans Tageslicht geholt hat, fällt es ihm schwer, auf die konkrete Frage umzuschalten.

»Stehst du auf der anderen Seite?«, fragt sie.

Dann begreift er, was sie wissen will. Regungslos sitzt er ihr gegenüber, ganz eindeutig ist es so weit: Die Frage wurde gestellt. In aller Ernsthaftigkeit. Sie fragt, ob er ein Doppelagent sei. Nicht als Witz oder giftige Bemerkung, wie er sie selbst gern austeilt, nein, diese Frage zählt. So schaut sie auch drein, das ist der Blick von Calder, der ihre wahre Härte ganz unverhüllt demonstriert. Der Blick, der zeigt, warum er sie zum Geheimdienst geholt hat und warum sie jetzt dort die Chefin ist. Stahl ist nichts dagegen. Sie blinzelt nicht. Sie wartet ab.

Er auch. Er zögert den Moment hinaus, denn das ist der Augenblick der Wahrheit. Jetzt stellt sich heraus, dass sie wirklich nicht weiß, wie sie ihn einzuschätzen hat, dass sie keine Ahnung mehr hat, wer oder was er ist. Sie durchschaut ihn nicht, und das verschafft ihm eine enorme Genugtuung.

»Ich habe manchmal gedacht ...«, sagt er, und dann schweigt er wieder.

»Was, John? Was hast du gedacht?«

»Wäre es nicht schön gewesen?«

»Was? Was wäre schön gewesen? Rede endlich.«

»Für den Ostblock zu arbeiten, als es noch wirklich der Ostblock war. Vor der DDR oder, besser noch, vor der Sowjetunion. Kannst du dir das vorstellen?«

»Nicht wirklich, nein.« Sie spricht leise, als wollte sie ihn nicht unterbrechen. Sie will, dass er weiterspricht.

»Diese Sicherheit, diese Überzeugung, der Back-up, der ganze Staatsapparat der Sowjetunion hinter einem. Diese Macht, dieses Gefühl.«

»Die Sowjetunion war eine Fiktion.«

John ist wie vor den Kopf gestoßen. Wie kann die Chefin des Geheimdienstes sich so wenig dessen bewusst sein, was da war? Wie kann sie so wenig Verständnis dafür haben, was sich dort abspielt?

»Natürlich, eine Fiktion«, stimmt er ihr zu. »Du hast recht, aber das sind wir auch.«

»Wir? Du vielleicht.«

»Ist egal.« Er fühlt sich plötzlich müde. All die Jahre hat er seine Meinung für sich behalten. Die Leute erkennen sich selbst in ihm, und er erkennt ihre Schwäche. Er sieht, wen er benutzen kann und wen nicht. Was er selbst findet, ist außer Sicht geraten. Er hängt an einigen Ideen, die langsam ausgetrocknet und verhärtet sind, weil keine neuen dazukamen, weil sie nicht in Gesprächen geschliffen oder getestet wurden, in echten Gesprächen, in Diskussionen. Sie sind falsch und jetzt nur noch für ihn selbst zu genießen, und sogar ihm schmecken sie immer weniger. Alles von ihm befindet sich in diesem Schrank, und diesen Schrank poliert er immer weiter, bis er glänzt. Er hat ihn immer für einen schönen Schrank gehalten.

»Du weichst meiner Frage aus. Soll ich sie für dich beantworten?«, insistiert Calder.

»Wenn du möchtest. Es ist egal. Es geht um das Ideal, um die Freiheit der Sicherheit oder die Freiheit des Zweifels. Was gefällt dir eher?« Er schweigt kurz. »Ich habe nie gezweifelt.« So eröffnet er doch wieder einen Ausweg, mit einem halben Scherz. Was meint er denn nur? Er weiß es selbst nicht mehr. Die Wahrheiten liegen in ihm aufgestapelt wie Backsteine für ein Haus, das er nie gebaut hat. Er kann noch immer alles abstreiten, das geht immer, das weiß jeder beim Geheimdienst.

Abstreiten und ausweichen. Wann hört das auf? Calder ist dicht dran, dichter dran als jemals irgendwer zuvor. Er will etwas sagen, was sie glauben kann, etwas, was wahr ist, aber es gibt so viele Wahrheiten, es gibt so viele Backsteine. Welche soll er wählen?

»Wie hast du es herausgefunden?«, fragt er. »Niemand weiß davon. Niemand weiß, dass ich vom anderen Ufer bin. Dass ich der Männerliebe nicht abhold bin, wie das früher so förmlich formuliert wurde. Schwul. Ich stehe auf Männer. Das habe ich nie jemandem erzählt. Es klingt auch ein bisschen seltsam.« Zum ersten Mal in seinem Leben spricht er es laut aus. Er muss über sich selbst lachen, er hat etwas gesagt, vor dem er sich immer gescheut hat, und jetzt ist es gar nicht so schlimm. Das ist es nicht, was Calder gemeint hat, er hätte nie gedacht, dass er das jetzt sagen würde. Er wird selbst ganz still, er erwartet, dass mit diesem Bekenntnis seine ganze innere Struktur einstürzen wird.

Nichts passiert.

»Schwul? Du?« Calder ist gut, sie weiß, wann jemand lügt und wann er die Wahrheit sagt, und Antink lügt nicht.

Die Lüge steckt hinter der Wahrheit. Das Geheimnis gibt es noch. Keiner fragt weiter nach seinem Glauben, nach seiner Ehe, nach den Kindern, die er nicht hat, und alles, was er sagt, stimmt. Es stimmt alles zu sehr.

»Warum wohnst du eigentlich in dem Hotel da?«, fragt sie. »Warum nicht einfach zu Hause?«

»Das ist nicht mehr mein Zuhause, ich will dort nicht mehr sein.«

Sie sitzen still nebeneinander, er schaut über die Straße zur Lange Poten hin. Sie schaut zu ihm.

»Nimmt dich eigentlich manchmal jemand in den Arm?«

Ihre Frage trifft ihn völlig unerwartet und dringt in sein Inneres ein, mitten durch seine ganzen Geschichten und Geheimnisse, direkt in sein Herz, das schon so lange einsam schlägt. Sein Atem vibriert.

»Schon lange nicht mehr«, sagt er.

Calder steht auf, zieht ihn von seinem Stuhl hoch und umarmt ihn. Erst etwas ungeschickt, aber dann innig, und John lässt es zu, auch er legt seine Arme um sie und lässt seinen Tränen freien Lauf. Es sind nicht viele, aber sie sind echt. So stehen sie eine Minute lang da, vielleicht ein wenig länger, bis ihn Calder wieder loslässt.

»Kann ich dich mitnehmen?«, erkundigt sie sich.

»Nein danke, es ist gut so.«

»Ich weiß, du läufst lieber.«

»So ist es, Schritt für Schritt. Aber wir müssen aufpassen, der Mann hinter dieser Operation ist inzwischen Präsident. Platow war der Deckname eines jungen KGB-Offiziers, der in Dresden die Basis für seine Karriere gelegt hat. Sie hat ihm zu einer Position uneingeschränkter Macht verholfen.«

»Der Präsident, ich weiß. Und diese Warnung gilt auch für dich. Passt du auch auf?«

»Ich? Ach, du kennst mich doch. Ich repariere Radios und so.«

90

UND DANN?

Der Repair Club arbeitet heute in einem großen Hotel am Stadtrand. John ist als Erster vor Ort. In einem großen Saal schaut er sich die Aufstellung an. Drei Tische gibt es, einen für ihn, einen für Lydia und einen für George. Er spürt Jaaps Abwesenheit, bevor er überhaupt hätte anwesend sein können, bevor die anderen anwesend sind.

Lydia erscheint mit ihrem Werkzeugkoffer und einer Tasche, aus der sie eine Urne holt. Die stellt sie auf einen separaten Tisch.

»He, Jaap«, sagt George. »Du auch hier?«

Zu dritt stehen sie um die Urne. John schließt die Augen und denkt an das letzte Mal, als er Jaap gesehen hat. Und an das Mal davor. Und das davor. In aller Stille halten sie eine kleine Gedenkminute für ihren Freund ab, und sie beschließen, ihn den ganzen Tag dort stehen zu lassen.

»Und wenn wir ihn jetzt ein ganzes Jahr lang zu jedem Repair Club mitnehmen?«, schlägt Lydia vor. »Und danach suchen wir einen schönen Ort für ihn.« Mit diesem Vorhaben gehen sie zu ihren Tischen. Die Türen öffnen sich, die Menschen strömen mit ihren Toastern und Kaffeemaschinen, Bügeleisen und Kontaktgrills in den Raum. Unterschiedliche Altersgruppen, alte und junge Menschen durcheinander, alles Leute, die kein Geld für neue Sachen haben oder sich nicht von dem verabschieden wollen, was sie besitzen. Die Urne ist ein schönes Symbol für diese treue Verbundenheit.

John schraubt, schneidet, fummelt und lötet, und später am Nachmittag, als die größte Betriebsamkeit schon vorbei ist, steht Kenzi Kuipers an seinem Tisch. Er hat ihn nicht einmal hereinkommen sehen. Der Typ ist ziemlich gerissen.

»Meneer Kuipers, was kann ich für Sie tun?«

»Ich wollte einfach mal sehen, wie das bei einem Repair Club so läuft.«

»So, so läuft das hier den ganzen Tag. Hier sitzen wir mit unseren Schraubenziehern und Zangen und schauen, was da kaputt ist.«

»Kaputt«, sagt der junge Mann. »Ich habe nichts, was repariert werden müsste, aber vielleicht können Sie damit etwas anfangen.« Er legt Lydias Geldkarte zwischen die Geräte auf den Arbeitstisch. »Ich komme damit einfach nicht weiter.«

John nimmt die Geldkarte und steckt sie ein. »Wenn du möchtest, sorge ich dafür, dass du eine bekommst, die funktioniert.«

»Und dann?«

»Ja, und dann? Das ist die Frage. Das weißt du erst, wenn du eine hast.«

NACHWORT UND DANK

Den Repair Club aus diesem Roman gibt es nicht, alle Figuren wie auch der Plot sind frei erfunden. Allerdings habe ich versucht, bestimmte Entwicklungen innerhalb der Handlung – zum Beispiel John Antinks Erlebnisse in der DDR – in einen historischen Kontext einzuordnen. Dresden und das dort angesiedelte VEB-Großkombinat Robotron waren in den Achtzigerjahren bis zum Mauerfall ein Hotspot der Spionage. Wladimir Putin, damals ein junger blonder ehrgeiziger KGB-Offizier, trat dort seinen ersten Auslandsposten an. »Platow« gehörte zu seinen ersten Decknamen. Diesen Umstand und die Tatsache, dass die Niederlande damals im Ostblock eifrig um neue Informanten und Agenten warben, habe ich als Grundlage für einen Teil meines Romans verwendet. Auch das Geheimnis um die niederländische Unterstützung syrischer, international als Terrorgruppen geltender Rebellengruppen habe ich verarbeitet und mich dabei auf Artikel von Ghassan Dahhan und Milena Holdert in *Trouw* (10. September 2018) gestützt, außerdem auf ihre spätere Berichterstattung zu der

Tatsache, dass Ministerpräsident Rutte auch zwei Jahre nach dieser Enthüllung keine Fragen dazu beantwortet (27. November 2020). Er hat außerdem versucht, Untersuchungen im Zusammenhang mit dieser Unterstützung entgegenzuwirken. Für mich der Anlass, mir ein mögliches Szenario auszudenken. Russlands unermüdliche Versuche, heimlich Einfluss auf die inneren Angelegenheiten anderer Länder zu nehmen, war ein weiterer. Dabei ließ ich mich von einem in *De Volkskrant* (20. September 2020) erschienenen Artikel von Jonathan Witteman zur Untersuchung der zentralen Rolle der Niederlande beim Waschen russischer Milliarden inspirieren. Als Quellen dienten mir außerdem Catherine Beltons *Wie sich der KGB Russland zurückholte und dann den Westen ins Auge fasste* und Ben Macintyres *Agent Sonja*. Der Satz »In mir pocht die Vergangenheit gleich einem zweiten Herzen« stammt aus John Banvilles *Die See*, ins Deutsche übertragen von Christa Schuenke.

Mein Dank gilt Joeri Jansen und Gemma Derksen.

Alles ist Fiktion.